나비 사냥

나비 사냥

박영광 장편소설

매드픽션

1

 비는 일주일 내내 내리고 있었다. 봄비가 많이 온다 싶더니 태풍까지 올라와 봄장마라 부르기에 충분했다. 태풍은 일본으로 지나갈 것이라고 예보되었지만 방향을 틀어 서해안을 따라 북상했다. 바람은 가로수를 꺾고 불어난 빗물은 강물을 넘어 주택과 도로를 따라 논과 밭으로 넘쳐났다. 모래주머니를 만들어 집 앞에 쌓고 쓸려온 흙을 치워 빗물이 흘러길 길을 만들었지만 소용없었다. 사람들은 넘쳐날 물 걱정에 뜬눈으로 밤을 지새웠다. 거친 바람에 우산도 소용이 없었고 가로수는 부러지고 쓰러졌다. 비는 위에서 오는 게 아니라 아래서 위로 올라오는 것 같았다. 비옷을 입고 위태롭게 카메라 앞에 선 기자가 앞으로도 이틀은 더 비가 올 거라고 했다. 봄에 태풍이 오기는 10년 만이라며, 올해는 예년에 비해 여름장마도 길고 많은 비가 예상된다는 예보를 내보냈다.
 새로 지어진 낯선 건물은 산 아래 있었다. 사내 둘이 들어와서 시멘트 블록과 콘크리트로 집을 올렸다. 레미콘 차가 세 번 왔다 가더니 집의 모양새가 잡혔다. 집이 다 지어지자 사내들은 가끔 나타날 뿐 잘 보이지 않았다. 간혹 일을 하는 것 같기도 하고 안에 들어가 사는 것 같기도 했다. 공사는 마무리를 짓지 않아 페인트칠도 되지 않았고 공사 자재도 치워지지 않았다. 사내들이 보이는 날 굴뚝에서는 연기가 피어올랐고, 그럴 때마다 짐승을 태우는 노릿한 냄새가 주변을 기어다니다 바람을 따라 흘러갔다.

그 집엔 창문이 없었다. 절대로 안이 들여다보여서는 안 되는 이유가 있는 것처럼 사내들은 그곳에 창문을 만들지 않았다. 세상을 차단한 콘크리트 벽은 어떤 작은 소음도 그것을 넘어서지 못하게 하려는 듯 두껍고 견고했다. 숨바꼭질하다 꼭꼭 숨어버린 아이처럼 아무도 찾지 못하도록 콘크리트 벽은 소리를 빨아들이며 비를 맞았다.

비린내는 입구에서부터 시작되었다. 사람에게서 나온 그것은 짐승이 흘린 것보다 진득하게 퍼져나갔다. 시멘트는 붉은색을 둘러쓴 비린내를 흡수하지 못했다. 그대로 건물 안을 흘러다녔고, 밖으로 빠져나가려 벽을 더듬거리고 긁어대었다. 그것들은 벽에 부딪혀 서성이다 입구가 열릴 때 밖으로 빠져나와 빗물과 함께 고여 썩어갔다.

사내는 여자에게서 흐르는 붉은 핏물을 무표정하게 바라보았다. 그의 손에 쥐어진 기다란 칼은 여자의 비린내를 날에 묻히고 붉은 눈으로 여자를 노려보고 있었다. 여자에게서 흘러나온 피가 바닥에 떨어져 콘크리트와 섞여 더 역한 냄새를 내었다. 사내 둘에게 둘러싸인 여자는 사람이 아니라 구경거리이고 연습용에 불과했다. 이런 상황에서 그녀가 정신을 추슬러 기억을 하고 추리를 하기란 불가능했다.

일이 끝난 저녁 집으로 가던 길이었다. 바람에 섞인 비를 피하기 위해 우산을 앞으로 내려쓰고 바닥만 보며 걸었다. 길에 사람들은 없었고 차도 없었다. 다만 하얀색 탑차 한 대가 서 있을 뿐이었다. 누군가와 부덮혀 우산을 들어 올려 앞을 보았을 때 둔기가 얼굴을 여지없이 강타했고 여자는 그대로 쓰러졌다. 창고 같은 차 안으로 끌려 들어가면서 겨우 정신을 차리고 남자를 떠밀었으나 무차별한 주먹세례가 또다시 정신을 잃게 만들었다. 비명조차 지르지 못할 짧은 순간에 여자는 차 안으로 옮겨졌고 칠흑 같은 어둠 속에서 한참을 달렸다. 바늘만 한 빛도 스며들지 않았고 바람도 틈새를 기어들지 못했다. 갇혀 있다는 것보다 빛이 없다는 것이 더 공포스러웠다. 비명을 질러보아도 소리는 벽을 빠져나가지 못한 채 벽에 부딪혀 안에서만 맴돌았다. 얼마를 달려 문이 열리고 사내에게 머리채가 잡혀 끌어내려진 곳은 콘크리트집의 지하였다. 이곳이 어디인지 집과는 얼마나 떨어진 곳인지 전혀 알 수가 없었다. 납치된 것을 알았지만 여자는 비명을 지르는 것 말고는 방법이 없었다. 옷은 이미 찢어져 벗겨졌고 팔과 다리는 벽에 묶였다. 왜 이런 모양으로 자신이 서 있어야 하는지 이해할 수 없었다. 하지만 수치심은 공포를 이기지 못했다. 발가벗었다는 부끄러움은 이곳을 살아서 나갈 수 있을까란 공포에 묻혀 의문조차 되지 못했다. 사내들과 눈이 마주칠까 두려워 눈조차 뜨고 있을 수 없었다. 성난 얼굴로 노려보는 사내가 왜 화가 나 있는지 이유조차 알 길이 없었다. 만난 적도 없으며 길을 가다 우연이라도 마주친 적도 없는 사람이었다. 어디에서부터 연관이 되었는지 사내가 몸을 유린할 때도 머릿속은 온통 그 생각뿐이었다. 아무리 생각해도 결론은 이들과 자신은 아무런 연관이 없다는 것이었다. 찢겨진 아래에서는 붉은 피가 다리를 타고 흘러내려 콘크리트에 문양을 그리고 있었다. 여자는 발가락 사이사이에 발바닥 여기저기에 붉은 부끄러움을 묻힌 채 간신히 버티고 있었다.

나비 사냥

사내는 성욕을 풀려 한 것도 아닌 듯 보였다. 그것에 즐거워하지도 흥분하지도 않았다. 사정을 하고 나서는 오히려 얼굴을 더 구겼고 여자보다 더 성난 얼굴로 그녀를 바라보았다. 그의 눈은 사람의 것이 아니었고 그렇다고 짐승의 것도 아니었다. 그는 스스로를 신이라 불렀다. 신이 인간의 목숨을 주재하듯 그는 여자의 목숨을 가지고 저울질하고 있는 듯했다. 사내는 숨을 몰아쉬며 그의 신도를 지그시 바라보았다.

그의 목소리 하나 행동 하나하나에 무조건적인 반응을 보이는 어린 남자는 경이로운 눈으로 사내를 바라보며 허리를 숙였다.

"신은 인간을 죽이지. 나도 인간을 죽인다. 왜? 내가 신이니까. 신은 감정이 없어야 인간을 죽일 수 있어. 이게 아직도 인간으로 보이냐? 여자로 보여? 여자로 보인다면 절대로 인간을 죽일 수 없어. 이건 짐승이고 고깃덩이야!"

"……"

사내가 그를 추종하는 어린 신도에게 다그치듯 말했고 그는 아무런 대답이 없었다. 그건 소리 없는 수긍이었고 복종이었다. 어린 신도는 온몸을 떨고 있었고 그것을 들키지 않으려 손에 힘이 잔뜩 들어가 있었다. 간신히 침을 삼키는 소리가 천둥소리보다 크게 들려 숨조차 제대로 쉬지 못했다. 설교를 하는 사내의 눈빛은 이미 사람의 것이 아니었다. 건물 안 공기도 공포로 굳어버린 듯했다.

사내가 칼을 들어 올렸다. 그것은 이미 여자의 몸속에 여러 번 들어갔다가 나왔고 아직도 식지 않은 피가 칼에 묻어 있었다. 그것을 혀로 가져가 빨아들였다. 뜨거운 피가 입속에 들어오자 사내는 희열을 느끼듯 숨을 길게 들이켰고, 그것의 비릿한 향을 즐기려 더 깊은 숨으로 빨아들였다. 여자의 피가 몸으로 들어가 그를 살찌우고 용맹하게 할 것이라고 믿었다. 그 맹렬한 느낌을 자신을 바라보는 신도도 느끼기를 원했다. 여자는 숨을 빨아들이며 생명을 간신히 쥐었다가 사내의 눈빛에 놀라 숨을 놓치고 다시 잡았다. 귀를 찢는 듯 날카로운 비명이 콘크리트벽에 부딪혀 다시 여자에게 돌아갔다. 소리가 멀리 가지 못함을 원망하며 여자는 더 소리를 질렀다.

"쉿, 쉿, 쉿!"

사내가 여자의 입술에 손가락을 가져가 속삭이듯 말했다. 이것이 마지막이라는 것을 아는 듯 여자의 숨소리는 더 거칠게 새어나와 남자의 손가락을 뜨겁게 했다.

뜨거워진 손가락으로 여자의 헝클어진 머리카락을 쓸어내리고 머리에 힘없이 꽂힌 비녀를 잡아당겼다. 비녀의 끝에 나비가 날갯짓을 하고 있었지만 사내의 손아귀에서 날개가 부러지고 피를 뒤집어썼다. 긴 머리가 흘러내려 여자의 어깨를 가려주었다. 사내는 잠시 나비를 응시하다가 고개를 돌렸다. 그리고 칼은 거침없이 여자의 가슴으로 들어가 겁에 질린 심장을 찢고 순행하던 피를 거꾸로 돌려보내기 시작했다. 찢어진 심장은 피를 토했고, 여자의 외마디 비명은 그녀의 마지막 유언이 되어 벽에 새겨졌다. 들어간 칼을 빼어내자 붉은 것이 거침없이 쏟아지기 시작했고 건물 안을 모두 적실 만큼 마구 솟아 사방을 붉게 물들여갔다. 비명만큼이나 많은 흔적을 바닥과 벽에 새겨놓으며 여자는 죽어갔다. 사내의 동작은 멈추지 않고 반복되었다. 가슴으로 다시 배로, 다시 목으로……. 칼은 춤을 추듯 거침이 없었다. 살아 있던 심장의 피는 뜨겁고 붉었으나 죽어버린 심장은 뜨겁지도 붉지도 않았다. 검붉은 것이 아래로 흘러 여자의 다리 아래 웅덩이를 만들었다. 그것은 여자의 그림자를 만들 듯 퍼져나가다 더 이상 늘어나지 않았다. 여자가 죽은 후에도 사내의 표정에는 아무런 변화가 없었다. 그 무표정이 죽어가는 여자를 더 무의미하게 만들었다.

"인간은 이렇게 죽이는 거다."

"……예."

2

고속도로를 빠져나온 차량은 한가로운 시골길을 달렸다. 태석에겐 실로 오랜만의 고향길이었다. 작년 추석에는 소송 때문에 내려오지 못했고, 재작년에는 편의점 강도사건으로 내려오지 못했었다. 동생 미숙이 살고 있지 않았더라면 몇 년이고 내려오지 않았을 테고 이곳으로 발령을 내달라고 하지도 않았을 것이다. 왜 그렇게 서울을 떠나지 못하고 버둥댔는지 생각해보면 우스웠다. 애초에 아내를 만나지 않았더라면 좀 더 빨리 내려왔을지도 몰랐다. 그랬더라면 김동수도 만나지 않았을 것이고, 이혼도 징계도 없었을 것이다. 태석은 코란도 밴의 화물칸에 실린 짐을 돌아보고는 긴 한숨을 쉬었다. 짐이라 봐야 옷가지 몇 벌이 다였다. 서울에서 10년 넘게 살았음에도 내려올 때 짐이 차 한 대가 되지 못하다니, 허탈한 마음에 담배만 물었다 놓았다 했다. 하루 전에 내려오려다가 갈 곳도 없을 것 같아 새벽에 출발해 내려왔다. 새벽녘 서울의 도로는 아쉬울 것 없다는 듯 길을 넓게 열어주었다. 고속도로에 차는 드문

드문했고 간혹 대형 트레일러가 새벽 도로의 주인인 양 육중한 소리를 내며 옆을 지나갔다. 휴게소에 들러 우동 한 그릇으로 아침을 대신하고 잠시 눈을 붙이고는 다시 달렸다.

전날 전남청 인사담당에게서 전화가 왔었다. 어디로 가고 싶냐는 것이었다. 나주, 장성, 담양, 곡성은 안 된다고 했다. 그곳은 광주와 가까워 지원자들이 많아 갈 수 없고 나머지 중에서 택하라고 했다. 서울에서 전화가 왔다면서, 나머지 곳이라면 어떻게든 보내주겠다는 것이었다. 영광으로 갈 수 있냐고 하자 가능하다는 답변이 왔다. 고향으로 간다는 생각에 내려가는 길이 조금은 가벼웠다. 전남청 신고는 생략되었다며 바로 경찰서로 가라고 했다. 징계 받고 내려오는 직원은 신고도 받지 않는 것인가. 신고를 생략해도 된다니 편하기는 했지만 왠지 씁쓸했다.

고속도로를 빠져나오자 고향 냄새가 창문 새로 스며들었다. 바다의 짠 냄새와 생선의 비릿한 냄새가 태석을 반겼다. 국도를 따라 읍내로 들어갔다. 시골의 작은 읍내, 곳곳에 조기들이 널려 있고 눈 돌리는 곳마다 크고 작은 영광굴비 간판이 내질러 있었다. 진작 내려올걸, 헛웃음이 났다. 서울에서는 이방인이었지만 고향에선 나를 맞아주겠지. 태석도, 태석의 어머니도, 어머니의 어머니도 모두 여기서 나고 자랐다. 사람들이 나를 맞아줄까. 읍내로 들어서자 자신이 없어졌다. 서울처럼 여기 사람들도 모두 자기를 비웃고 있을 것만 같았다.

휴게실에서 우동을 먹고 있을 때 경무과 인사담당 직원에게서 전화가 왔었다. 오전에 있을 신고가 서장님 일정 때문에 오후로 연기되었다는 것이다. 경찰 인사라는 게 참 쉽다. 인사발령 쪽지 하나면 다음 날 부서가 옮겨지고, 서울에서 한참 떨어진 지방까지 내려가야 한다. 새로 온

과장은 발령 얘기를 꺼내면서 그래도 고향으로 보내준다며 생색을 내었다. 전남청에도 연락을 해준다며 퍽이나 다정히 말했고, 진심으로 걱정해주는 척했다. 정문 앞을 통과하려 하자 의경이 차를 세웠다.

"신분증 주세요."

"직원이야, 발령 신고하려고."

"직원요?"

"왜? 그렇게 안 보이냐?"

"조사받으러 온 사람인 줄 알고······."

의경은 태석을 이리저리 살펴보고는 직원이라는 말에 고개를 갸웃거렸다. 의경마저 자신을 무시하는 건가 싶어 기분이 좋지 않았다. 차를 주차시킨 후 룸미러를 올려다보았다. 수염은 까칠하고 머리는 감지 않아 떡이 졌다. 수염이라도 깎고 내려올걸 그랬다. 자기가 봐도 조폭 행동대장쯤 되어 보였.

경찰서 건물은 10년 전 그대로였다. 근래 페인트칠을 새로 했는지 산뜻한 느낌이 들었다. 건물 옥상에 걸린 큼지막한 영광경찰서 간판에는 인터넷 주소에 조명시설까지 달아놓았다. 출근 시간이라 직원들이 하나둘 건물 안으로 들어가고 있었다. 아는 사람이라고는 한 명도 보이지 않았다. 숨을 크게 들이쉬고 차에서 내렸다.

현관에 들어서자 가장 먼저 경찰서 홍보사진들이 눈에 들어왔다. 맨 위 사진에는 굴비를 든 채 만세를 부르는 시장 사람들 가운데서 서장이 주먹을 쥔 채 파이팅을 외치고 있었다. 그 아래에는 '치안 성과 1위'라는 문구와 함께 강력팀 직원들이 경찰서 현관 앞에서 어색한 표정으로 사진을 찍은 모습이 있었다. 그 가운데는 선배인 한주석도 보였다. 10년 전 같이 일했었고 가끔 연락을 주고받았다. 하지만 태석이 고향으로 내려온다고 하자 그는 별 내켜하지 않는 눈치였다.

복도 끝 강력팀 명패를 올려다보고는 계단을 올라 경무과로 갔다. 계단에서 마주친 직원이 어색하게 옆을 지나갔다. 누군데 아침부터 경찰서에 왔지, 하는 표정이었다. 복도를 지나 경무과 사무실 앞에 섰다. 그래도 첫 인사인데 조심스러웠다. 서울 일들에 대해 꼬치꼬치 캐묻지 않고 그냥 모른 척해주면 좋겠다는 생각을 하며 문고리를 잡았다. 숨을 들이쉬고 들어가려 할 때 안에서 목소리가 들려왔다. 태석은 손잡이를 잡고도 문을 밀지 못했다.

"계장님 하태석이란 직원 아세요? 10년 전에 이곳에서 근무했었다고 하던데."

젊은 서무 직원이 계장에게 물었고, 계장은 의자에 몸을 기댄 채 기억을 더듬는 척했다.

"10년도 더 되었을걸. 내가 여기 오고 얼마 안 있다가 갔으니까. 그 친구가 일은 참 잘했어. 그 친구가 잡아서 구속시킨 놈만 해도 수없이 많았지. 도둑놈이고 사기꾼이고 귀신같이 잡아냈으니까. 서에서 열 명을 구속시키면 아홉 명은 그 친구가 했어."

"거의 혼자 일을 다 했네요."

"그렇다고 봐야지. 힘도 좋고 덩치도 얼마나 큰데. 딱 보면 조폭 저리 가라야. 그때 참 겁 없는 친구라는 생각을 했지. 힘이 완전히 곰 같은 데다 성질이 불이야. 근데 서울 가서 많이 죽었다고 그러더라고. 그 친구도 나이가 들어가는 거지. 그래도 그 성질이 어디 가겠어."

계장은 태석에 대해 잘 알고 있다는 듯 아는 체를 했다.

"집에도 안 가. 여기서처럼 서울에서도 집에 안 들어갔을 거야. 내가 이혼할 줄 알았어."

"위장이혼이라는 말도 있던데요. 소송 때문에 어쩔 수 없이요."

여직원이 끼어들었다.

"월급도 모두 압류당해 있어. 그러게 왜 그런 짓을 해가지고."

"그런 짓이라니요?"

"진 순경은 모르는가? 용의자를 패가지고……. 여기서도 그랬어. 성질이 불 같애. 다혈질이야. 그놈이 범인이라고 믿는 놈은 죽는 거야. 개장수 앞에 개처럼 모두 덜덜 떨었다니까. 여길 떠난 것도 그것 때문에 그런 건데……."

"무슨 일인데요?"

여직원이 호기심에 찬 목소리로 물었다.

"광주에서 강도사건이 있었는데 거기에 여기 읍내 애들이 끼어 있었어. 그놈을 팬 거지. 그때는 뭐 지금처럼 인권, 인권 할 때가 아니고 용인이 될 때였어. 자백을 받았는데 검찰에 가서 그놈이 딴소리를 한 거야. 가끔 뉴스에 나오잖아. 경찰의 가혹행위 때문에 거짓으로 진술했다, 이런 거 말이야. 그래서 징계를 받게 됐는데 타서 전출로 대신한 거지. 그런데 이번에 또 그랬다네. 아직도 그런 게 통할 줄 알았나. 형사에 민사까지 걸려서 그놈 거의 신용불량자야."

"그래도 범인 잡으려다가 그런 건데 국가에서 좀 봐줘야 하는 거 아니에요?"

"범인을 잡으려고 했는지, 계급장을 잡으려고 했는지 모르지."

"특진 때문에요?"

"그런 소문이 있어. 욕심이 그렇게 만들었다고."
"에이, 그건 좀 그렇다. 그래도 범인을 잡으려고 그런 거니까……."
여직원이 동정의 여지가 있지 않느냐는 듯 말했다.
"범인이 아니었으니까 문제지."
"범인이 맞다고 그러던데요. 증거가 없어서 그렇지."
서무 직원이 다시 끼어들었다.
"범인이 아니니까 지가 지금 이 꼴이 된 거 아니야. 여기까지 떨려난 거 보면 몰라? 아직도 소송이 끝난 게 아니야."
"아직요?"
"검찰에서도 인권위에서도 조사 중이잖아. 민간인을 그렇게 두들겨 팼으니 그대로 두겠냐고. 아직도 재판이 끝나지 않았어."
"합의가 됐다고 하던데요. 돈 엄청 물고 그것 때문에 이혼까지 했다고."
"그것도 하지 않으려고 했대요. 범인이 맞는데 왜 합의를 하냐고. 그런데 부인이 나서서 합의를 했다고 하던데. 그래야 직장을 유지하니까 그기라도 하자고. 여자가 속은 디 있어요. 이혼은 했지만 밀에요."
"그건 니가 잘못 안 거고. 그게 이혼 사유였다는 말이 있어. 돈 들어가는데 마누라가 자기 재산 다 줄 맘이 있겠어. 재산을 내주는 대신 이혼해달라는 거였대. 여자가 더 무섭지."
서무 직원이 어디서 들었다는 듯 아는 체를 하자 계장이 다시 정정했다.
"합의하느라 재산 다 날리고, 마누라하고도 사이가 틀어져서 결국 그렇게 되었지."
"조용히 있다 가야 할 텐데요. 서울은 난리가 났다면서요."
"신문에 크게 안 나서 그렇지 엄청났겠지. 홍보 쪽에서 기자들 죽기

살기로 막았을 거야. 곤욕 좀 치렀겠지. 상대를 봐가면서 건드렸어야지. 상대 변호사들이 우리나라 최고 로펌 출신들이라잖아. 그곳 관할 지검 출신이고. 그럼 끝난 거지. 얼마나 물고 늘어지는데. 아마 몸뚱이만 간신히 건졌을 거야."

"살아남은 것만도 다행이네요."

"그렇지. 원래 해임이었는데 소청해가지고 정직 처분만 받고 몇 달 쉬었어. 그때 이혼도 하고. 어떻게 생각하면 안됐어."

"그러게요. 다 범인 잡자고 한 일인데."

"일은 그렇게 해도 순박하고 여린 놈이야. 직원들 다치지 않게 하려고 지 혼자 다 떠안았잖아. 여기서도 그랬는데 서울에서도 그런 모양이야. 혼자 고생을 많이 했을 거야."

태석은 그나마 마지막은 동정론으로 끝나 다행이라고 생각했다. 잡았던 손잡이를 놓고 복도 끝으로 갔다. 답답한 마음에 담배를 꺼내 물었다. 어쩌면 저들의 말이 맞을지도 몰랐다. 범인이 아니었을지도. 자신이 틀렸을지도…….

그나저나 정말 보통놈이 아니다. 같은 경찰들도 저렇게 생각하는데 일반인들은 오죽할까. 스스로 반문해도 긴 한숨만 나왔다. 태석은 여전히 놈을 범인이라고 확신했지만, 다른 사람들은 모두 그가 틀리다고 말하고 있었다. 멍하니 하늘을 올려다보며 담배를 깊이 빨아들였다. 답답한 속이 담배 연기로 꽉 들어차고 몇 모금 빨지도 않았는데 꽁초가 되었다. 마지막 연기 속에 빗속에서 허우적대고 있는 자신의 모습이 있었다.

3

취조실 안은 너무도 조용했다. 그러나 남자를 앞에 둔 태석의 시선은 시끄럽게 떨리고 있었다. 며칠째 깎지 않은 수염이 밤송이처럼 솟아 턱을 가득 메웠고 세수도 하지 않아 마른 눈곱이 눈가에 붙어 있었다. 컴퓨터 자판 위에 놓인 그의 길게 자란 손톱에는 검은 때가 박혀 있었다. 두꺼운 눈썹에 황소 같은 눈동자가 매섭게 남자를 노려보았다. 조사실의 공기가 한꺼번에 폐로 들어갔다가 쏟아져 나오듯 그의 숨소리는 흥분해 있었다. 조금이라도 남자에게서 허점이 보이면 당장 주먹이 날아갈 듯한 분위기였다. 그러나 상대 역시 만만치 않았다. 그는 태석의 기에 조금도 주눅 들지 않았다. 오히려 느긋한 자세로 조롱하듯 희미한 미소를 띠고 있었다.

"아이들은 어디 있어?"

"경찰이 그렇게 반말해도 돼?"

"그럴 자격이 있는 사람에게는 존내를 하지, 그린네 너는 아니야."

"흥."

"존칭어를 써주십시오. 이건 경찰의 심각한 인권침해라고 생각되는데요. 정정해주세요. 계속해서 그러면 서장에게 수사관 교체를 요구하겠습니다."

남자의 옆에 있던 변호인이 남자의 보디가드쯤 되는 듯 태석의 어투에 시비를 걸었다.

"인권위에 제소를 하건 보고를 하건 맘대로 하고 묻는 말에 대답이나 해!"

변호인이 다시 여러 차례 시정을 요구했지만 태석은 무시했고, 남자도 별 문제될 것 없다며 변호인을 말렸다.

"아이들 데리고 어디로 간 거야?"

"무슨 아이들?"

"니가 데리고 간 아이들 말이야?"

"내가 무슨 아이들을 데려갔다고 그러는 거야? 왜 내가 아이들을 데려가! 미친 새끼!"

아이들이 사라진 지 벌써 한 달이 넘었다. 초등학교 5학년 동갑내기 친구 미순과 선미는 놀이터에서 놀겠다며 나갔다가 들어오지 않았다. 학원에 갈 형편이 되지 못해 방과 후에는 둘이 단짝이 되어 노는 것이 일과였다. 미순의 아버지는 구두 공장에서 주야로 일을 했는데, 그날은 야간근무라 저녁에 출근했다. 미순의 엄마는 식당일이 끝난 10시가 넘어서야 집에 들어왔다. 그녀가 집에 돌아왔을 때 집에는 동생 진영만 잠을 자고 있었고 미순은 보이지 않았다. 그러나 전에도 그런 적이 더러 있어서 별 걱정을 하지 않았다. 선미네도 아버지는 조립공장에 나가고 엄마는 시장에서 배달 일을 했다. 선미가 친구와 놀다가 자정께에야 들어오는 경우가 있었기 때문에 선미 엄마는 그날도 그러려니 했다. 자정을 넘어 새벽이 되어도 딸들이 들어오지 않자 두 집은 그제야 걱정이 되어 딸들을 찾으러 나섰다. 미순네 엄마가 선미네 집으로 갔다. 엄마들은 둘이 같이 있다는 게 그나마 다행이라고 여겼다. 친구 집에 있다 들어올 거라며 집에서 기다려보자고 하고서 돌아갔다. 그리고 아침. 학교에 가야 하는데 아침을 먹어야 할 아이들은 없었다. 신고를 하자 지구대에서 경찰관들이 나왔다. 집을 나간 게 처음이냐는 질문이 가장 먼저 나온 경찰관의 말이었다. 아니라고 했다. 친구 집에 가서 오지 않은 적이 있냐는 질문이 다음이었다. 몇 번 있다고 했다. 그 말을 들은 경찰관들은 그것이 아이들이 집에 없는 이유라고 생각했다.

"친구 누구요?"

"학교 친구들인데 이름이 잘 생각이 안 나는데……. 주영이라고 했던가, 수영이라고 했던가."

"잘 생각해보세요."

엄마들은 잘 생각이 나지 않았다. 그 이름을 알려주면 경찰관이 찾아줄 거라는 생각이 들어 더 골똘히 생각을 해보았지만 떠오르지 않았다.

"학교가 어디죠?"

"서진초등학교 5학년 3반인데요."

"둘 다요?"

"선미는 1반이에요."

"아직 등교 전이라 학교를 확인하기도 힘들고……. 우선 같이 가실래요? 순찰차에 타시든가, 아니면 따로 오셔도 되고요."

"차가 없어요. 꼭 가야 돼요? 일 나가야 하는데……. 늦세라도 애들이 들어올지도 모르고요."

"그럼 조금 더 기다려보실래요?"

"예. 학교에 연락해놓고 점심 먹고도 안 들어오면 지구대로 갈게요."

"신고 접수는 우선 해놓을게요. 여자아이들은 무조건 접수해야 돼요. 우선 가출로 접수하고 저희가 찾아볼게요. 사진 있어요? 최근 사진 있으면 줘보세요."

나이 든 경찰관은 친절하게 설명하면서도 머릿속으로는 단순가출이라는 생각을 하고 있었다. 그래도 성의를 보여야 한다는 생각에 사진을 받아 들고 주머니에 넣었다. 오후가 되면 아이들이 돌아와서 사진을 돌려주게 될 거라고 믿었다. 그때 아이들에게 엄마 아빠가 걱정 많이 했다며 다시는 그러지 말라고 따끔히 훈계를 해주면 될 것이다.

"가정환경이 중요하다니까. 초등학교 5학년밖에 안 된 애들이 벌써 집을 나가잖아."

"그러게요. 오죽했으면 집을 나가겠어요. 그 집 보셨죠? 먹고살기 힘든데 아이들에게 신경이나 쓰겠어요."

"저것들이 나가서 뭘 하겠어. 가출한 애들끼리 모여 사고나 치겠지."

"부모 원망 많이 할 거예요. 그러다 그 애들도 커서 지 부모들처럼 살 거 아니에요."

"그렇지. 그렇게 가난이 대물림되는 거야. 빠져나오기 힘들어."

돌아가는 차 안에서 두 경찰들은 아이들보다는 부모들의 무덤덤함과 그럴 수밖에 없는 환경을 탓했다.

두 여자아이는 가출로 처리되어 여성청소년계로 접수되었다. 순찰차들에 간단한 인상착의가 전달되어 편의점과 찜질방 등을 점검 대상으로 순찰을 돌았지만 성의는 없었다. 그러다 하루가 더 지나 사건은 강력계로 넘어갔다. 형사들이 두 아이네 집으로 왔고 학교에도 찾아가 조사를 했다. 아이들 사진을 찾다가 지구대 경찰관이 자기 호주머니에 있는 것을 머리를 긁적이며 내놓았다. 처음엔 과장에게만 보고되던 내용이 서장에게도 보고되었고, 시간이 더 지나자 청장에게도 보고가 되었다. 최초 보고에서는 '아이들이 집을 나갔는데요'라고 하다가, 다음에는 '집에 들어오지 않았는데요'로, 그러다가 '실종되었습니다'에서 '납치된 것 같습니다'로 보고 수위는 점점 높아졌다. 회의 시간에 가장 먼저 보고해야 하는 것이 아이들 건이었고, 또한 가장 긴 시간 동안 하는 것도 아이들 건의 경과 보고였다. 사건이 커지면서 서장실에서는 고성이 터져 나왔다. 서장이 던져버린 보고서가 바닥에 떨어져 흩어졌고 과장들은 고개를 들지 못했다. 기자들이 학교로 찾아왔고 엄마들에게도 기자들의 인터뷰가 쇄도했다. 뉴스에서는 아이들이 실종되었다는 내용보다 경찰의 초동수사가 허술했다는 내용이 비중 있게 다루어졌다. 경찰은 아이들의 부모보다 매 시간마다 쏟아지는 언론의 화살이 더 무서웠다. 경찰 수사에 관련된 신문사설 하나까지도 매일 청장에게 들어갔다. 최초 출동했던 경찰관들은 감찰조사를 받았고, 초동수사 미흡과 보고 지연으로 대기발령을 받았다. 서장은 물론 지구대장과 경찰서 생활안전과장도 책임을 피해가지 못했다.

"미순아, 선미야, 빨리 돌아와!"

방송매체는 시민들의 감성을 사로잡는 방법을 알고 있었다. 울음을 터트리며 사라진 아이들의 이름을 부르는 친구들의 모습은 지금 당장 이들을 찾지 않으면 경찰은 끝이라는 메시지와도 같았다.

사건이 커지자 담당자가 하태석으로 바뀌었다. 서장이 전체회의에서 역량 있는 형사에게 이 사건을 맡기라고 했고, 과장과 계장은 전담팀을 꾸린 뒤 곧바로 태석을 추천했다. 누구도 그를 지목하는 데 이견이 없었다. 이미 두 건의 납치사건을 해결한 경험이 있는 데다 사건을 맞으면 가정조차 잊고 일에 몰입하는 근성을 보여왔기 때문이다. 이미 언론에 터져버린 사건을 맡는다는 게 부담스러웠지만 태석은 받아들일 수밖에 없었다. 처음부터 사건을 맡겠다고 한 것은 아니었다. 과장과 계장은 이 사건만 잘 해결되면 1계급 특진은 무조건 보장한다는 약속을 했고 그건 피할 수 없는 목적이 되어버렸다.

　아이들의 부모들은 매일같이 태석을 찾아왔다. 그들은 아예 생업을 포기하고 아이들을 찾는 데만 매달리고 있었다. 먹고사는 데에 지쳐 아이들을 제대로 돌보지 못한 자신들의 잘못이라며 눈물을 그칠 줄 몰랐다. 윗사람들의 다그침보다 더 무겁고 사나운 질책이 그들의 눈물이었다. 태석은 하루하루 지날수록 아이들이 점점 멀어지는 것 같아 그들을 만나기가 미안했다.

　한 달이 넘는 기간 동안 형사들은 집에도 들어가지 못하고 있었다. 누구 하나 '집에 갈게요.'라는 말조차 꺼내지 못했다. 잠시 집에 들러 속옷을 갈아입고 오는 정도가 다였고 식사도 눈치를 보며 먹었다. 실종된 아이들의 집 주변 2킬로미터 이내 전과자들을 수사선상에 올려놓고 그중에 성범죄자를 다시 추렸다. 서울 전체를 대상으로 해야 한다는 의견이 있었지만 그건 숫자가 너무 많아 차선으로 하고 우선 집 주변인 은평구부터 하기로 했다. 그 작업만도 일주일이 걸렸다. 아이들이 갈 만한 곳에 경찰기동대 5개 중대가 투입되어 매일같이 뒤지기 시작했다. 산과 골짜기, 빈집과 하수구를 기다란 검침봉으로 땅속까지 쑤셔가며 수색했다. 10년 전 잃어버린 바늘도 찾아낼 만큼 뒤졌지만 끝내 아이들은 발견하지 못했다. 산과 하수구를 뒤진다는 건 죽었을 거라는 추정이 섞여 있었기에 부모들은 오열했다. 단서라고는 놀이터와 편의점의 CCTV뿐이었고 골목길에 주차돼 있던 차량들의 블랙박스는 아이들을 모두 피해갔다. 하지만 놀이터 CCTV에는 노는 아이들 모습뿐이었고, 편의점 CCTV에는 아이들이 들러 새우깡 한 봉지를 사가는 모습이 전부였다. 편의점에 손님 몇이 있었지만 사건과는 아무런 관련이 없었다. CCTV는 잘사는 동네와 그렇지 않은 동네를 구분하는 바로미터 같았다. 잘사는 동네의 골목엔 곳곳에 설치되어 있지만, 실종된 아이들이 살았던 동네에는 CCTV가 거의 설치되어 있지 않았다. 뒤늦은 비난에 구청 담당 직원은 CCTV를 설치할 위치를 선정한다며 지구대 직원들과 함께 동네를 돌아다녔다.

  CCTV와 블랙박스 모두 아이들을 찾는 데 소용이 없게 되자 형사들은 그야말로 밑바닥에서부터 자료를 긁어모을 수밖에 없었다. 우선 성범죄 전과자들을 불러다 한 명 한 명 알리바이를 확인하기 시작했다. 아이들이 없어진 시간대의 주변 통화내역도 분석 작업에 들어갔다. 그 일대 교통카메라에 찍힌 차량도 분석에 들어갔다. 형사들은 맡고 있던 다른 사건들을 올스톱하고 아이들에게 매달릴 수밖에 없었다. 주변 통화량만 해도 100만 건이 넘고 교통카메라에 찍힌 차량만도 수만 대가 되는데 그것들을 모두 분석해야 하니 그야말로 소모적인 시간 싸움이었다. 아이들이 납치되었다는 전제 하에, 프로파일러들은 범인이 30대 중반에 직업이 없으며 아이늘과 안면이 있던 사람일 것이라는 분식을 했고, 범죄학 전문 교수들도 카메라 앞에 서서 한 마디씩 거들었다. 형사들은 수천의 확률 속에서 그에 부합되는 용의자를 찾아가기 시작했다. TV에서는 '사라진 아이들의 행방'이라는 내용으로 시사 프로그램을 만들어 심야 시간에 내보냈고, 그것을 본 시민들은 경찰청 게시판에 들어가 '무능한 경찰'이라며 비방의 글들을 남겨놓았다.

  언론에서 기사 하나가 나갈 때마다 관련 지시사항은 열 가지 스무 가지가 되어 쏟아져 내렸다. 사건을 지휘하는 사람은 내부가 아닌 외부에 있는 것 같았고, 당장 범인을 잡아내지 못하면 그것들에 깔려 압사할지도 모를 지경이었다. 언론과의 인터뷰를 모두 차단하고 사전 보고 없는 인터뷰는 감찰조사 대상이라고 엄포를 놓았다. 시간이 흐를수록 직원들의 신경은 날카로워졌고 밖으로 나가 단서를 찾아오라는 지휘부의 말에는 짜증이 묻어났다.

그러나 정작 사건 담당자인 태석은 책상 앞에서 CCTV 녹화자료만 들여다보고 있었다. 다른 때와 달리 밖으로 나가 현장을 들쑤시고 다니지 않고 오직 녹화자료에만 매달렸다. 이미 분석이 끝나 유효한 자료가 아니라는 결론이 났음에도 손에서 놓지 않았다. 도로도 비추지 않아 지나는 차량 바퀴만 조금 보일 뿐 차종조차 확인하기 어려웠다. 그런데 태석은 거기에서 용의차량을 찾으려 했다. 아이들이 사라지려면 분명 차가 있었어야 한다는 게 그의 생각이었다. 지나는 차량의 바퀴를 일일이 종이에 그리고 사진을 찍어 비교한 끝에 그는 마침내 수상쩍은 용의차량 한 대를 발견했다. 짐승의 뿔 모양으로 생긴 바퀴 휠의 차량이 마치 놀이터를 감시하듯 왕복하고 있었다. 거기다 동일한 바퀴 휠의 승용차가 아이들이 들른 편의점 앞에서도 잠시 섰다가 지나는 모습이 있었다. 놀이터에서 아이들을 살피다가 편의점까지 뒤따라갔을 거란 가정이 충분히 가능했다. 거기다 편의점으로 간 후로는 놀이터에 더 이상 나타나지 않은 게 그 가능성을 높여주었다. 곧바로 휠 전문 업체를 찾아가 확인했다. 그것은 고급 승용차에만 장착한다고 했고 서울에서만도 꽤 판매되었을 거라는 진술을 얻었다. 납품업체를 찾아가 지금까지 나간 물량과 각 대리점을 상대로 판매한 차량을 확인해줄 것을 요청했다. 그리고 그 차량 중 은평구에 거주하고 있는 사람으로 축소하자 차량은 1000대가 채 되지 않았다. 그중 교통사고 같은 과실이 아닌 고의성이 있는 전과를 가진 사람을 찾자 80명이 조금 넘었다. 그중에서 성폭력 전과자는 열다섯 명이었고, 다시 아동과 관련된 전과자는 한 명이 있었다. 15년 전 일이긴 하지만 미성년자성폭행으로 기소유예를 받은 전과가 있어 의심이 가기에는 충분했다. 퇴직한 담당형사를 찾아 당시 내용을 들었다. 열한 살이던 피해자를 차로 유인해 강간하고 마구잡이로 폭행했다는 것이다. 기소유예를 받을 수 있었던 것은 피해자 부모와 합의를 하고 탄원서까지 받아내어 무마했기 때문이라고 했다. 돈은 피해자보다, 법보다 위에 있었다.

그가 지금 태석의 앞에 앉아 있는 40대 후반의 김동수다. 부동산 업자로 건물을 세 채나 가지고 있고 편의점 네 개를 운영하고 있는 재력가이다. 처음 태석이 그를 용의자로 지목하자 모두들 고개를 저었다. 정상적인 가정을 꾸리고 있고 재력도 있는 데다 주위사람들의 평판도 나쁘지 않은 사람이 왜 그런 일을 저질렀겠느냐는 것이었고, 프로파일러의 분석과도 동떨어져 있다는 것이었다. 그리고 더 중요한 것은 그런 사람은 변호인들이 상난이 아니라는 것이다. 섣불리 용의자로 넘겨짚고 조사를 진행했다가 혐의를 찾지 못하면 담당형사가 치러야 할 곤욕이 이만저만이 아니었다. 팀장도 과장도 태석의 추론에 가능성이 없지 않다고 하면서도 억측일 수 있다는 우려를 보였다. 그러나 태석은 그가 범인이라는 확신을 굳혔다. 차량 번호가 확인된 만큼 그의 행적을 추적하기는 어렵지 않았다. 도로마다 설치된 방범카메라를 분석해 차량의 시간대별 이동을 확인하고 휴대전화 이용 내역과 위치도 분석하기 시작했다. 그날 오전에는 은평구 내에서 빠져나간 사실이 없었다. 그러다 저녁 7시가 되어 차량은 은평 뉴타운을 지나 입곡삼거리를 통해 북한산

방향으로 빠져나가 새벽 늦게 돌아왔다. 방범카메라에 찍힌 차량 안에 아이들의 모습은 보이지 않았다. 그러나 태석은 아이들이 그 차 안에 있었을 거라고 확신했다. 앞자리에 없었다면 뒷자리, 아니면 트렁크. 평소 그가 북한산 쪽으로 가는 일은 드물었다. 휴대전화 기지국을 확인해도 대부분이 서울이었다. 차량을 확인해야 할 필요가 있었다. 김동수에 대한 영장을 신청하자 지휘부는 회의적인 반응을 보이면서도 하루빨리 피의자를 검거하기를 바라는 마음에 태석의 수사를 막지 않았다. 증거가 인멸될 우려가 있다는 압수영장의 사유에 검사와 판사는 두말없이 영장을 내주었다. 워낙 언론에서 떠들고 있었기에 그들도 조금의 단서라도 된다면 주저하지 않았다. 그러나 체포영장은 검사로부터 기각당했다. 범인이라고 단정 지을 만한 직접적 증거가 부족하고, 단지 아동성폭력 전과가 있다고 납치범이라고 보기는 어렵다는 것이다. 압수영장이나마 나온 게 다행이었다. 거기에서 증거를 찾는다면 즉시 긴급체포가 가능하기 때문이다.

압수영장 집행 장소는 김동수 소유의 창릉천 주변의 별장과 차량이었다. 사람들이 많은 강남의 아파트에 아이들을 데려가진 않았을 테고, 창릉천을 끼고 있는 단독주택 별장이라면 가능하리라고 보았다. 영장을 집행할 때 나타난 김동수는 예상보다 더 포악을 부리며 무언가를 숨기듯 협조하지 않았다. 보안업체 직원들까지 달려왔으나 영장을 보여주자 모두 돌아갔다. 대신 변호사들이 나타나 적법한 절차를 거치고 있는지 확인했다. 돌담으로 둘러싸인 단층 건물 집에는 오래된 정원수들이 허리를 비틀며 자태를 뽐내고 있었다. 관리인은 없었으며 집 대문 앞과 담을 비추고 있는 감시카메라가 있었다. 집 안 어딘가에 반드시 아이들의 흔적이 있으리라 생각했다. 살아 있다면 다행이지만 죽었다면 그 흔적이라도 곳곳에 남겨두었을 것이다. 집과 차에 조금이라도 흠집이 생기면 가만두지 않겠다는 김동수의 엄포를 반드시 고개 숙이게 만들 수 있을 거라고 생각했다.

그러나 집 안에 아이들의 흔적은 없었다. 의도된 것인지 감시카메라는 플러그가 뽑혀 작동되지 않고 있었다. 다만 욕실과 승용차량 뒤 트렁크에서 혈흔이 발견되었다. 특히 욕실에서는 벽에 뿌려진 듯한 비산 혈흔의 흔적이 다량 발견되었지만 이미 세제로 정밀하게 세척이 되어 흔적만 있을 뿐이었다. 하지만 그것이라도 채취를 해 국과수에 분석을 의뢰했다. 차량은 아이들이 없어지고 나서 다섯 번이나 스팀으로 정밀 세차를 했다. 세차원은 깨끗한 차를 다시 세차하는 것을 이상하게 여겼지만 유난스레 깔끔한 손님이라고 생각했을 뿐이다. 차량에서 나온 쓰레기를 수거해 아이들의 머리카락이라도 찾고 싶었지만 이미 버려진 후였다. 집과 차량에서 나온 혈흔에 마지막 기대를 걸고 국과수의 결과를 애타게 기다렸다. 혈흔이 아이들의 것이라는 결론만 나온다면 사건은 해결되고 그 즉시 김동수를 체포할 것이다.

사무실은 침묵이 흘렀다. 경찰이 사느냐 죽느냐의 순간 같았다. 국과수의 답변을 기다리는 시간이 몇 년의 시간을 기다리는 만큼 더디고 지루하게 흘러갔다. 드디어 전화벨이 울리고 국과수의 법의학 유전자분석관이 분석결과를 보고했다. 경찰들의 기대가 얼마나 큰지를 알고 있기에 그의 목소리는 냉정을 유지하려 애쓰고 있었다. 분석결과는 혈액에 의한 반응이 맞지만 누구의 것인지, 사람의 것인지 짐승의 것인지도 구분하지 못한다는 것이었다. 결과적으로 그것이 미순과 선미의 것이라는 증거는 없었다. 다만 차량 뒷자리 시트에서 남자의 정액반응이 나왔는데, 그것은 김동수의 것이었다. 태석은 정액이라는 말에 '개새끼'라는 욕을 내뱉었다. 그의 머릿속에 성폭행 후 살해라는 시나리오가 스쳐가고 있었다.

지휘부에서는 상당한 기대를 했다가 증거가 나오지 않자 실망으로 돌아섰다. 용의자가 곧 잡힐 거라는 말을 기자에게 흘렸고, 기자는 곧바로 범인이 잡혔다는 기사를 인터넷에 올렸다. 시민들은 곧 발표될 범인의 모습을 궁금해했다. 다시 밝혀진 건 아무것도 없다고 발표해야 할 상황이 되자 지휘부는 적잖이 긴장했다. 언론은 선량한 사람을 범인으로 몰았다고 비난할 것이고, 당사자는 피해를 입었다고 얼마나 요란을 떨지 뻔했다. 지휘부는 태석의 수사에 대한 기대를 접고 거리를 두었다. 태석 혼자 지휘부와는 상관없이 수사를 진행하여 오류가 난 것이라고 이미 시나리오는 만들어져 있었다.

수사를 더 진행할 수 있을지, 사무실 직원들은 모두 맥이 빠졌다. 그러나 태석은 조금도 망설이지 않았다. 그의 머릿속에 김동수는 여전히 범인이었다. 빠져나가려 할수록 답이 없어 보일수록 오기가 발동했다. 그리고 곧 더 의심을 떨칠 수 없는 증거가 들어왔다. 창릉천 별장의 수도요금이 8월에만 1만 원이 넘게 나왔다는 것이다. 그가 그곳에 간 것은 단 하루였으니까 하루에 물을 수 톤이 넘게 썼다는 얘기였다. 화장실에서 나온 비산 혈흔과 연관 지어본다면 아이들을 살해하고 씻어내는 과정에서 다량의 물을 사용했을 거라는 추정이 가능했다. 살인마 '유영철'도 같은 수법이었다.

김동수를 경찰에 출석하게 했다. 그의 일거수일투족을 따져볼 참이었다. 아직까지 그에게 그날의 행적에 대하여 물어보지 않았다. 그의 진술을 토대로 그의 행적을 확인해볼 것이고 조금이라도 이상한 점이 있다면 검증을 할 것이다.

김동수는 사건이 발생한 지 꼭 한 달 반이 되는 날 자진 출석했다. 그의 옆에는 우리나라 최고 로펌이라 불리는 법률사무소 변호인 두 명이 붙어 있었다. 한 명으로는 성에 차지 않았던 모양이다. 그들은 경찰이 조금의 허점이라도 보이면 공격하려는 사냥개 같았다. 전직 검사 출신들이라는 그들의 고개는 김동수보다 더 빳빳했다.

김동수는 놀이터를 자주 지났던 것은 적적해 바람을 쐬었던 것이라고 했고, 편의점 앞도 마찬가지라고 했다. 그는 놀이터와 편의점의 CCTV에 자신의 차량이 온전히 찍혀 있지 않다는 것을 모르고 있었다. 바퀴만 찍혀 있는 차량이 김동수의 것이라는 객관적 증거는 없었고, 다만 같은 차량일 가능성만 있었다. 그런데 김동수가 본인의 입으로 그곳에 있었다는 것을 시인한 것이다. 그것만으로도 절반의 숙제는 푼 것이라 생각했다.

아이들을 보았느냐고 묻자 보지 못했다고 했다. 그냥 지나가던 길인데 어떻게 보느냐는 것이었다. 창릉천 별장에 거의 안 가다가 최근에 간 이유에 대해서는 드라이브를 했다고 했다. 고양까지 갔다가 차를 세우고 잠시 눈을 붙이곤 새벽에 깨어 돌아왔다는 것이었다. 고양까지 갔다는 말에 태석이 상세하게 말해줄 것을 요구하자 은평 뉴타운을 지나 북한산 도로를 타고 계속 가서 송추역까지 갔다고 진술했다. 그러나 거기에는 모순이 있었다.

"송추역까지 가는 그 길에는 모두 네 대의 방범카메라가 있는데 그중에 두 개에만 찍혀 있고 나머지 두 개에는 없어. 무슨 말인지 알지? 김동수 당신 별장이 있는 곳까지만 찍혀 있고 그 뒤에는 없다는 거야. 송추까지 갔다는데 왜 방범카메라에 차량이 찍혀 있지 않지?"

"역까지 가지 않았나? 오래돼서 기억이……."

"기억이 안 나는 게 아니라 거기까지 가지 않은 거지. 김동수 씨가 간 곳은 창릉천 별장뿐이야. 그곳에 아이들을 데려간 거고."

"그래, 내가 별장에 갔다고 합시다. 송추역까지 가고 안 가고가 왜 문제가 되는데?"

"상관이 없지. 상관은 없는데 계속 거짓말을 하려는 김동수 씨 모습에 신뢰가 가지 않는다는 말이지."

"말장난하는 거야?"

"그게 아니라 김동수 씨 진술의 신빙성을 확인하는 거야. 별장에 들렀다 곧바로 집으로 왔어?"

"곧바로 왔지 그럼."

"몇 시에? 몇 시에 왔냐고?"

"별장에서 한숨 자고 새벽에 왔을걸."

"혼자서?"

"그럼 혼자 자지 누구랑 같이 자? 애들을 데려가 같이 자기라도 했다는 거야!"

"그건 당신이 알고 있겠지!"

잠시 휴식을 가지고 다시 시작했다.

"별장 화장실에서 다량의 비산 혈흔, 즉 뿌려진 듯 퍼져나간 혈흔이 있어. 그런 건 둔탁한 흉기로 내려칠 때 발생하는 거야. 망치 같은 거지."

"그게 뭐가 문제인데?"

"난 그게 왜 발생했느냐고 묻는 거야."

"그런 것도 다 대답을 해야 하나? 내가 그곳에 가는데 노루가 한 마리 뛰어드는 거야. 차로 치었는데 그걸 어떡해? 별장으로 가져가 잡았지. 그게 다야."

"뭘로?"

"집에 있는 칼이지."

"칼로 잡았는데 피가 튀어?"

"뼈를 자를 때는 망치를 썼지."

"망치나 칼에서 혈흔은 발견되지 않았어."

"당연하지. 삶았으니까. 피가 더럽잖아."

"차로 친 노루를 집으로 가져와 도살하고 그 도구를 삶았다니, 말이 돼?"

"말이 되는지 안 되는지는 알아서 생각하시고."

"아이들이 없어진 그 달에만 물을 1톤이 넘게 썼더군. 당신이 그 집에 있었던 것은 하루뿐인데. 왜 하루 만에 물을 그렇게 많이 쓴 거지?"

"아, 그때 노루를 잡는데 피가 많이 튀어서 물이 많이 필요했지."

"노루 한 마리를 잡는데 그렇게 물이 많이 필요해?"

"노루가 컸거든."

"그럼 노루는 지금 어디 있지?"

"버렸어. 먹으려고 했는데 안 되겠어서 버렸지."

"그렇게 힘들게 잡아서 버리다니 아깝지 않았어?"

"내가 힘들지 당신이 힘든 건 아니잖아."

"어디? 버린 곳이 어디야?"

"그것도 알려줘야 해?"

"말해!"

"강, 한강. 돌아오던 길에 들러서 버렸어."

"노루 사체를 한강까지 와서 버렸다는 게 말이 돼? 옷은, 피 묻은 옷은 어쨌어?"

"그것도 한강에 버렸지."

"왜?"

"내 옷 내가 버리면 안 되나?"

김동수의 눈빛이 야비하게 태석을 올려보았다. 절대로 시인을 할 놈이 아니었다. 잠시 쉬기로 하고 밖으로 나와 담배를 물었다. 상황을 지켜보던 과장과 팀장이 따라 나왔다. 그들은 태석보다 더 초조해하고 있었다. 위에서 긴하게 보고를 기다렸기 때문이다. 그들은 태석의 입만 쳐다보았고, 태석의 입에는 담배 연기만 들락거리고 있었다.

"뒷좌석에서 정액반응이 나왔어."

차량 뒷좌석의 정액반응에 대해 묻자 김동수는 대답 대신 비웃음을 흘렸다.

"형사님, 형사님은 자위 안 해? 부인이 잘해줍니까? 흐흐흐."

"자위?"

"혼자서 하는 거 몰라? 마스터베이션."

미친놈인지 몰라도 머리가 좋은 놈인 것은 분명했다. 누군가와 연애를 했다고 하거나 차를 빌려주었다고 하면 그들을 조사할 것이 분명하니까 혼자서 해결했다고 한 것이다. 트렁크의 혈흔에 대해서는 골프채를 정리하다가 손이 찢어져 피를 흘린 적이 있다고 둘러댔다. 보통 피의자들이 긴장할 때 보이는 생리현상을 김동수는 전혀 보이지 않고 있었다. 오히려 당황한 건 태석 쪽이었다. 결정적 증거도 자백도 받아내지 못한 채 시간은 점점 늘어지고 있었다.

"자진 출석한 사람을 이렇게 계속 붙잡고 있어도 되는 건가요? 이건 거의 감금입니다."

금테 안경을 쓴 변호사가 과장실을 찾아가 항의했다. 과장도 곤혹스럽다는 듯 대답을 하지 않았다.

"저놈이 확실합니다. 뭘 더……?"
"아이들이 없잖아. 살아 있든 죽어 있든 아이들이 있어야지. 지금 상태로는 저놈이 죽였다고 자백을 한다 해도 사체가 없는데 어떻게 해? 아이들이 죽었다는 증거가 없잖아. 오늘은 내보내고 더 보강수사를 해서 영장 받아 다시 잡아들이면 돼."
"이렇게 내보내면 안 됩니다. 저놈이 죽인 게 확실하다고요."
"지금은 영장을 신청해도 기각당할 게 뻔해. 이미 한 번 기각당했잖아. 아직 아이들은 실종 상태야. 죽었다는 증거가 없다고. 정말 살아 있을지도 모르고."
"과장님은 아직도 아이들이 살아 있을 거라고 생각합니까?"
"죽었다고도 볼 수 없어. 아이들의 부모는 아이를 찾아달라는 거지 살인범을 잡아달라는 게 아니야."
"……"

태석은 그 말에 아무런 대답을 하지 못했다. 부모들이 원하는 것은 살인범이 아니었다. 어쩌면 그건 자신이 원하고 있는 것이었다. 태석은 아이들을 찾으려 한 게 아니라 살인범을 찾고 있었다. 위에서 지시한 대로 어쩔 수 없이 내보낼 수밖에 없었다. 조사실로 돌아와 마지막으로 김동수와 마주했다.

"마지막으로 물어보겠어. 아이들 어디 있어? 어디 있냐고!"

"미친놈, 선량한 시민 데려다 무슨 짓이야. 이럴 시간 있으면 나가서 실종된 아이들이나 찾아봐. 다리 밑에서 울고 있을지도 모르잖아. 새벽부터 비도 온다는데. 떠내려갈지도 모르지."

"뭐?"

"당신 아직 경사지? 나 잡으면 특진시켜준다고 하던가? 나이는 제법 든 것 같은데 계급이 그게 뭐냐. 꼴에 승진 한번 해보겠다고 날뛰는 꼬락서니하고는. 당신 돈 많아? 경찰 월급으로 소송비용 감당하기 힘들 텐데. 당신 헛다리 짚은 거야."

김동수는 태석을 비웃으며 유유히 현관을 빠져나갔다.

태석은 '다리 밑'이라는 말이 머릿속에서 떠나지 않았다. 새벽부터 비가 온다는 말도. 아이들을 다리 밑 어딘가에 버려놓았을 것 같았다. 이대로 김동수를 내보낼 수는 없었다. 더 붙잡고 끝까지 추궁하면 아이들이 있는 곳을 알아낼 수 있을지도 모른다. 이대로 놈을 내보낸다면 손에 쥔 물처럼 아이들이 빠져나가 버릴 것만 같았다.

태석은 서랍에서 수갑을 챙겨서 경찰서를 나가고 있는 김동수에게 달려갔다.

"김동수, 당신을 오미순과 김선미 살해혐의로 긴급체포한다. 묵비권을 행사할 수 있고 변호인의 조력을 받을 수 있어. 손 내밀어. 당장!"

"이게 뭐하는 짓이야! 당장 못 풀어!"

그의 손에 수갑을 채웠다.

"야, 태석아! 이게 무슨 짓이냐? 너 미쳤어, 인마! 특진에 미쳤구나, 니가."
팀장은 노발대발했고, 보고를 받은 서장은 진노했다. 그러나 이미 사태는 벌어졌고 어떻게 수습할 방도가 없었다.

태석은 과장에게 갔다.
"과장님, 아이들을 찾아주십쇼. 수색을 다시 한 번만 더 해주세요. 다리 밑입니다. 비가 오면 떠내려갈 만한 곳을 집중적으로 해주십시오. 열두 시간입니다. 그 안에 찾아내기만 하면 됩니다. 분명 있습니다."
"찾아내지 못하면 어떻게 될 것인지는 알고 있나? 나는 책임져주지 못해."
"예. 알고 있습니다."
"……그래, 나가봐."

과장은 곧바로 서장을 찾아가 상황을 설명하고 수색을 해줄 것을 요청했다. 고민하던 서장도 어쩔 수 없다는 듯 기동대에 시원 요정을 지시했다. 5개 중대가 늦은 시각 출동했다. 다리가 있는 곳을 일일이 찾아다니며 집중적으로 수색했다.

검찰에서 전화가 왔다. 검사 출신 변호사가 벌써 전화를 넣은 모양이었다. 긴급체포 승인건의서를 지금 당장 넣으라는 것이다. 지금 서류를 만들고 있다고 기다리라 했다. 검사의 목소리는 지금 당장 넣어도 승인 불가라고 말하는 것 같았다. 열두 시간, 김동수를 체포해놓을 수 있는 시간은 초조하게 지나갔다.

얼마나 시간이 지났을까. 후배 김정수가 와서 태석의 귀에 속삭였다.

동물 사체가 하나 발견되었는데 노루라는 것이다. 토막 나거나 절단된 것은 아니었다. 김동수의 말이 맞는 것일까. 끝내 아이들 사체는 찾아내지 못했다. 사체를 찾지 못한 채 지금까지 수사한 것으로만 승인건의서를 검찰로 넣자 곧바로 기각 통지가 날아왔다. 마치 기각시키기 위해 기다리고 있었던 것 같았다. 이미 예상했던 것처럼 사체가 없는데 어떻게 살해와 사체유기를 확인하느냐는 것이었다. 좀 더 보강수사를 진행하라는 통상적인 지휘만 있었다.

김동수는 보란 듯이 경찰서를 빠져나갔다.

수색조도 비가 오면서 모두 철수했다. 늦은 새벽에 사무실을 나온 태석은 혼자 길을 나섰다. 비가 엄청나게 쏟아 붓기 시작했다. 비마저 태석을 비웃는 것 같았다. 당장 날이 밝으면 쏟아질 비난을 어떻게 감당해야 할지 생각조차 하기 싫었다. 지휘부는 벌써부터 꼬리 자르기를 준비하고 있었다. 언론과 시민단체에서 날려 보낼 비난의 화살을 피할 궁리를 하는 것이다. 태석의 담배가 빠르게 타들어갔다. 불을 붙이고 잠시 빨았을 뿐인데 벌써 꽁초가 되어 있었다. 담배연기가 빗속으로 빠르게 섞여 사라졌다. 담배연기처럼 내일이면 태석 자신도 사라져버릴 것만 같았.

차를 몰아 앞으로 달렸다. 와이퍼를 분주히 움직여도 앞이 보이지 않았다. 창릉천 강줄기를 따라 김동수가 아이들을 싣고 달렸을 길을 태석도 달렸다. 불과 몇 시간 만에 창릉천의 물이 차오르고 천변 옆에 쌓여있던 쓰레기들이 떠내려가기 시작했다. 거기에 아이들이 있는 것은 아닐까. 이미 모두 수색했다지만 태석은 자신의 눈으로 일일이 확인하지 못하고 흘려보내는 게 안타까웠다. 떠내려가는 쓰레기에 정신이 팔리다

보니 길을 잘못 들고 말았다. 점점 길이 좁아지더니 논길로 들어섰다. 논과 논 사이로 물이 흐르고, 보통 세월교라 부르는 시멘트로 지어진 난간 없는 다리가 나타났다. 태석은 차에서 내려 아래를 내려다보았다. 불어난 물이 굉음을 내며 배수구를 빠져나가고 있었다. 비가 오지 않을 때는 작은 도랑이었겠지만 수량이 많아지자 큰물이 되어 배수관을 꽉 채우고 흘러가고 있었다. 이것은 다리가 아니지만 다리다. 혹시라도 아이들의 모습이 보이지 않을까 하고 플래시를 비추어보았지만 아무것도 보이지 않았다. 쓰레깃더미와 나뭇가지들이 입구에 막혀 덩어리가 되었다가 물살에 휩쓸려 떠내려갔다. 태석은 위험을 무릅쓰고 다리 아래로 내려갔다. 보이지 않는 저 물살 사이에 아이들이 있을 것만 같았다.

태석의 차 뒤로 다른 차가 와서 멈추어 섰다. 강한 LED 등이 빗속을 비추며 움직이지 않았다. 차 안의 사람은 다리 아래 태석이 하는 모양을 쳐다보며 담배에 불을 붙였다. 잠시 후 우산을 펴고 밖으로 나온 그는 태석은 아랑곳 않고 어둠 속의 물살을 바라보았다.

"비가 와서 나행이야. 비가 오지 않았다면 이기 어디에 있을지도 모르는데."

남자가 다리 아래 있는 태석을 향해 소리쳤다.

"뭐가? 뭐가 있다는 말이야?"

"뭘까? 니가 찾는 거. 비가 와서 떠내려간 것 같은데 안타깝네. 먼 바닷가로 가면 찾을 수 있으려나."

"너, 김동수 개새끼! 너야, 분명히 너야!"

"아이들이 예뻤어. 죽기에는……."

"미친 새끼!"

남자는 피우던 담배를 강물 속에 던지고 돌아서 걸어갔다. 그대로 놈을 보낼 수 없었다. 아이들을 죽이고도 천연스럽게 웃고 있는 놈을 반드시 응징해야 했다. 다리 아래에서 달려 올라온 태석은 김동수를 돌려세우고 곧바로 주먹을 날렸다. 주먹이 얼굴에 명중했다. 김동수는 입술이 터진 채 뒤로 나가떨어졌다. 태석은 그 위로 달려들어 또다시 주먹을 던졌다. 그런데 이상하게도 놈은 어떠한 반항도 행동도 보이지 않았다.

"왜 죽였어? 왜?"

"……."

"아이들을 저기다 버렸지? 노루가 아니라 아이들을 죽인 거야!"

"……."

"말해! 말하라고! 개새끼야!"

"넌 좆 됐어."

"뭐?"

"좆 됐다고, 넌 끝이야."

김동수를 내리깔고 있는 태석 옆으로 어느새 경찰차가 달려와 있었다. 태석은 출동한 경찰관들에게 현행범으로 체포되었다.

4

"하 경사님!"

태석은 서둘러 꽁초를 비벼 껐다.

"어서 들어오세요. 신고하셔야죠. 아니, 사복으로 오셨어요? 정복 입으셔야 하는데. 제가 전화 드리지 않았던가요?"

"오후라고 하셔서……."

"서장님 오전 행사가 연기되었어요. 그래서 지금 해야 하는데……. 문자 못 보셨어요? 한 시간 전쯤에 보내드렸는데."

태석의 휴대전화에 확인 안 한 문자가 있었다. 젊은 직원은 정복을 입고 오지 않은 모습에 태석의 얼굴과 시계를 번갈아 쳐다보았다. 지금 신고라니, 목욕탕에 들러 씻고 올걸 그랬다. 안으로 들어가자 계장이 일어나 알은체를 했다. 조금 전 이야기는 전혀 없었다는 듯 반기는 기색으로 태석에게 다가왔다. 보자마자 말을 놓았지만 태석은 신경 쓰지 않았다.

"하 경사, 나 기억해? 자네가 서울로 가기 몇 달 전에 내가 발령받아 왔는데. 몇 번 마주치기는 했지만 기억하기는 어려울 거야."

"그러게요. 잘 기억이……."

기억에 없었지만 그래도 전혀 모르겠다는 표정을 지을 순 없었다.

"정 순경, 미리 연락하지 않았어? 신고할 땐 정복을 입어야지. 서울은 안 그런기?"

정복을 입지 않은 태석의 모습에 계장은 애꿎은 서무 직원을 나무랐다. 그러면서 핀잔을 주듯 태석의 위아래를 훑어보았다.

"그냥 들어와. 혼잔데 뭐. 내가 서장님께 말씀드리면 되지. 회의 끝나고 바로 들어오라고."

소파에 앉아 있던 경무과장이 별일 아니라는 듯 말하며 사무실을 나섰다. 나이가 지긋해 보이는 그는 느긋함이 몸에 배인 듯 말도 행동도 느렸다. 정기 인사발령도 아니고 혼자 신고하면 되는 건데 뭘 격식을 따지냐며 대수롭지 않게 말했지만, 얼굴은 골칫거리가 하나 생겼는데 귀

나비 사냥 39

찮게 됐다는 표정이었다.

"신고해봤지? 내가 지시하는 대로만 하면 돼. 어디서 왔지?"

"은평서요."

"성심여대 있는 데? 그냥 서울청에서 영광경찰서로 하는 게 낫겠어. 앉아 있어. 조금 시간이 걸릴 거야."

태석은 소파에 앉아 멍하니 기다렸다. 말을 거는 직원도 없었다.

"하 경사님, 신분증 가져오셨죠?"

"신분증요?"

"네. 반납해주세요. 새 신분증은 나오려면 한 2, 3주 걸릴 거예요. 그동안 쓸 일 없으시죠?"

"이런 시골에서 무슨 신분증이 필요해. 서울에서나 필요하지. 괜히 들고 다니다가 잃어버리면 골치만 아파. 안 그래, 하 경사?"

태석은 묵묵히 은평경찰서로 되어 있는 신분증을 꺼내어 젊은 직원에게 주었다.

회의가 끝나자 서장실로 들어갔다. 경무과장이 서장 옆에 서 있다가 작은 목소리로 복장에 대해 말하자 서장이 고개를 끄덕였다. 혼자 쓰기에는 부담스러울 정도로 큰 서장실 중간에 태석이 서고 그 앞에 서장이 섰다. 각 과 과장들이 뒤쪽으로 들러리를 섰다.

"지금부터 인사발령에 따른 신고식이 있겠습니다."

"뭐, 혼잔데 신고하고 말고 할 필요 뭐 있어. 됐어. 차나 한잔 가져오지."

식순을 읽으려던 계장은 난감한 듯 뒷머리를 긁적였다.

과장들과 계장이 나가고 부속실 여직원이 차를 내왔다. 정년을 얼마 남겨놓지 않은 서장은 머리가 희끗하고 배가 나와 움직이는 게 둔해 보였다. 서 있는 것도 귀찮다는 듯 의자에 앉아 등을 기댄 채 배를 내밀었다.
"이리 앉아."
태석이 어색하게 의자에 앉았다.
서장은 커피를 소리 내 들이켜고는 뜨거운지 혀를 굴렸다. 그러고는 고개를 약간 숙여 태석의 얼굴을 살피듯 쏘아보았다.
"언제 갈 건가?"
"무슨 말씀이신지?"
"여기 계속 있을 거야? 다시 올라가야지."
"아, 예. 아직……."
"난 자네가 조용히 있다가 가면 좋겠어. 무슨 뜻인지 알지?"
서장은 징계 받고 내려온 놈한테 베풀 배려 따위는 없다는 듯이 말했다. 말년에 웬 골칫덩이가 와서 귀찮게 하느냐는 표정이었다.
"빽이 좋은가봐? 여기 인사권자는 난데 서울에서 다 결정해서 내려보내고 말이야."
서장의 뱃속은 꼬여 있었다. 태식 때문에 권한을 무시당했다고 여기는 듯했다.
"서울에서 전화가 왔더구만. 가고 싶은 데 있으면 보내주라고. 내가 이리 가라, 저리 가라 할 수 있겠어? 보내주라는데. 안 그래?"
"그런 뜻이 아니고……."
"됐고. 그래, 강력팀으로 가겠다고?"
"예. 저도 뭐라 말씀드리기는 뭐한데……."
"그럼 말하지 마. 강력팀으로 발령은 냈으니까 소란 피우지 마. 내가 과장한테도 말했는데, 실적 바라지 않아. 그냥 조용히 있다가 조용히 올라가. 그게 내 뜻이야. 나 정년 얼마 남지 않았어. 진급을 할지도 모르지만, 그렇지 않으면 여기서 정치도 해야 하고……. 무슨 말인지 알지? 명심해!"

퇴직 후에는 선거에 출마할 생각이니까 자신의 경력에 조금의 오점도 남게 해서는 안 된다는 협박 같았다. 태석은 맥없이 알겠다고 대답했다. 차는 마셔보지도 못하고 바라보기만 했다. 서장실을 나오는데 뒷머리가 뜨거웠다. 신상에 도움이 될 놈은 아니라고 못을 박아놓은 듯 보였다. 다른 직원들도 모두 그렇게 생각하고 있는 것은 아닐까. 계단을 내려와 수사과장실로 들어가는 길이 너무 멀었다.

"앉아. 여기 차 좀 주고, 팀장들 좀 들어오라고 해."

쉰이 넘은 과장은 기다렸다는 듯 맞아주었다.

"김상중 선배가 몇 번을 전화를 하던지. 자네 때문에 그렇게 곤욕을 치렀으면서도 신경을 쓰네. 그 일 있고 경기도로 갔지?"

"예?"

"다 알아, 왜 그래!"

"예. 경찰대 행정실로 가셨습니다."

"서장도 그렇고, 여러 명 그렇게 되었어. 그렇지?"

과장도 태석을 놀리고 있었다. 굳이 옛날 일을 꺼낼 것까진 없었다.

"참모회의 때 서장님이 대단하셨어. 전화 한 통에 웬 역정을 그리 내시는지, 참. 전화 오기 전에는 파출소로 내보내려고 했었어. 자네한테도 거기 가서 마음 정리하는 게 나을 거라고. 그런데 왜 계속 수사를 하려고 하는 거야?"

"……도망가기 싫어서요."

"이 사람 그게 도망이 아니지. 재충전이고 재도약이지. 왜 그렇게 생각해."

과장의 말투는 걱정이 아니었다. 비웃음이었다.

"그래. 이왕 이렇게 된 거 여기서 하면 되지 뭐. 수사하는 사람이 수사하는 사람 마음 알지, 누가 알겠어. 강력팀에 책상 하나 새로 넣었어. 뭐, 충전하고 간다고 생각해. 시골에 무슨 사건이 있겠어. 간단한 가정폭력이나 뭐, 고소장 몇 개 처리하고 머리 식히다가 올라가. 아주 눌러앉을 생각은 아니겠지? 자네같이 유능한 직원이 이런 시골에 묻혀서는 안 되지."

과장의 친절을 둘러쓴 말에는 비웃음의 가시가 돋쳐 있었다. 태석을 별 환영하지 않는다는 말을 돌려서 하고 있는 것 같았고 거기에 대해 할 수 있는 답변은 침묵이 전부였다.

"강력팀장입니다."

"들어와."

같은 고향 사람이고 선배인 한주서가 먼저 들어오고 다음으로 낯선 두 명의 팀장이 더 들어왔다. 지원팀장과 지능팀장이었다.

"여기는 이번에 새로 강력팀에 발령받은 하태석 경사. 이곳이 고향인데 강력팀장 아는 사이인가?"

"예. 같이 일도 했었고, 제 3년 후배 됩니다."

"그럼 뭐, 달리 소개할 필요 없겠네. 하 경사가 내려온 이유는 다들 들어 알겠지? 따로 말 안 해도 알겠지만, 우리 서에서는 절대 그런 일 없도록 하고. 뭐, 여기는 특진을 걸 만한 사건도 없으니까 그럴 일은 없겠지. 팀장들은 팀원들한테 하 경사 소개시켜주도록. 그럼 나가서 인사들 해."

나비 사냥 43

인사를 하고 나가려는데 과장이 다시 태석을 돌려세웠다.

"하 경사는 오늘 내려오느라 피곤할 텐데, 인사는 간단히 하고 목욕탕부터 가는 게 낫겠어."

"예? ……아, 예."

더부룩한 수염과 헝클어진 머리가 어지간히 눈에 거슬렸던 모양이다. 오후에 신고가 있다고 해서 그렇게 되었다고 굳이 변명할 수는 없었다.

강력팀 사무실은 어디나 마찬가지인 모양이다. 화분 하나 없는 메마른 철제 책상이 태석을 맞이했다. 햇볕은 들어오지 않았고, 종일 켜 있는 형광등이 아침인데도 눈을 부릅뜨고 아래를 내려다보고 있었다. 누군가 피웠을 담배꽁초가 커피와 섞여 익사한 채로 으깨어져 있었고, 구겨진 서류종이들이 구석에 뭉쳐 있었다. 한쪽에서는 새벽에 있었던 폭력사건으로 술집 주인이 진술을 하고 있었고, 손님은 술이 덜 깨어 소파에 기대 졸고 있었다.

"태석아, 저기 책상 쓰면 돼. 짐이 많혀, 어쩌?"

"없어요."

소파 앞에 놓인 책상이 태석의 것이었고 파트너는 없었다. 두 명씩 조가 지어져 있는데, 태석 때문에 기존의 조를 흐트러트리기는 힘들다고 했다. 말하자면 태석 혼자 하라는 것이었는데, 그런 조치에도 태석은 불만을 드러낼 수 없었다.

"여기 인사들 허지. 하태석이라고 내 고향 3년 후배여. 알지? 요번에 서울서 내려온 거. 정식 인사는 차차 허기로 허고, 조서 받던 거는 그대로 받어."

"예."

"태석이가 왔으니 저녁에 회식을 할까. 어때, 근호랑 승오는?"

"저녁에 사람 불러놓아서 조서 받아야 하는데요."

"그려, 회식이 급한 것은 아니니까. 태석이 너 우선 목욕탕부터 다녀와라."

직원들은 태석을 반기지 않았다. 사고 친 직원을 받는다는 게 그리 내키는 일은 아닐 것이다. 거기다 위에서 사건도 주지 말라는 말이 있으니 있으나 마나 한 직원이 들어온 거나 마찬가지였다. 조서를 받던 직원들과는 인사도 제대로 못 한 채 나머지 직원들하고만 악수를 하고 태석은 밖으로 나왔다.

태석은 목욕탕을 가려다가 먼저 동생 미숙에게 가기로 했다. 내려온다는 언질도 주지 않았는데 깜짝 놀랄 것이다. 어머니를 산에 모신 게 2년 전이다. 간암으로 요양병원에서 2년을 보내다가 돌아가셨다. 어머니를 찾아뵌 것도 병원에 있을 때 서너 번이 전부였다. 미숙에게서 위독하다는 전화를 받고 서둘러 내려왔지만 임종은 보지 못했다. 긴 세월 외로웠다는 말을 하는 것처럼 어머니의 얼굴은 아무런 표정이 없었다. 미숙은 많이 울지 않았다. 이미 많이 울어서 정작 돌아가신 후에는 담담한 모양이었다. 사무실에 부고를 알리고 장례를 준비했다. 태석이 고향을 떠난 지 10년이 훨씬 넘었고 자주 내려오는 편도 아닌 데다 어머니가 사람들을 많이 알고 지내온 편도 아니어서 문상객은 많지 않았다. 고향 사람들보다 오히려 서울에서 온 사람들이 많았다. 조용히 장례를 치르고 난 후 태석은 자주 내려오겠다는 말을 하고 올라갔지만 말뿐이었다. 한 번 올라간 뒤론 좀처럼 내려오기 힘들었다.

　미숙은 고등학교를 졸업한 뒤 미용을 배우겠다고 광주로 갔다가 거기에서 지금의 두 살 연하의 남편을 만났다. 태석은 속이 끓었지만 그렇다고 무턱대고 반대할 수만은 없는 상황이었다. 미숙의 배 속의 아이가 5개월을 넘어가고 있었기 때문이다. 그런 미숙을 보고 노모는 경찰인 태석을 나무랐다. 동생에게 신경을 좀 썼어야지 내버려두었다는 것이다. 처음 여동생이 신랑감을 데리고 왔을 때 태석은 깜짝 놀랐다. 학교 다닐 때부터 사고를 일으키고 다녀서 경찰서를 제 집 드나들 듯했던 박대준이었다. 후배들 돈을 빼앗는 것은 물론이요, 툭하면 선생들한테 대들던 사고뭉치 망나니였다. 학교에서도 포기하고 경찰에게 제발 잡아가서 처벌해달라고 할 정도였다. 자기보다 나이도 어린 그런 녀석을 신랑감이라고 데려온 미숙이 한심하지 않을 수 없었다. 집으로 인사하러 데려온 날 녀석을 죽지 않을 만큼 패주었다. 한 번만 자기를 믿어달라는 녀석의 말을 태석은 들은 척도 하지 않았다. 동생을 꼬드겨 임신까지 시킨 녀석이 죽도록 미웠다. 결코 평탄한 결혼생활이 될 리 없었다. 무슨 일이 있어도 녀석과 미숙을 떨어뜨려놓아야 했지만 미숙의 눈에는 오직 그 녀석뿐이었다. 녀석과 결혼하지 못하면 집을 나가 혼자서 애를 낳겠다고 하니 어쩔 도리가 없었다. 다행히 녀석도 미숙과 결혼해 열심히 살아보겠다고 조금은 의젓한 모습을 보여주기도 했다. 태석은 어쩔 수 없이 은행대출을 받아 읍내에 미용실이 딸린 신혼집을 얻어주었다. 미숙이 광주에서 몇 년을 지내면서 어깨 너머로 배운 미용 기술이 쓸 만해서 제법 손님이 들었다. 태석이 자주 들러 미숙을 돌보았고, 녀석도 전과 다르게 착실한 모습을 보여 다행이었다. 그러나 태석은 한 번도 녀석을 진정으로 믿은 적이 없었다.

그러다 일이 터졌다. 광주에서 일어난 강도사건의 용의자가 읍내에 살고 있던 놈과 일치했다. 그놈에게 갑자기 돈이 생긴 것도 의심스러웠고 행적에도 수상한 점이 있었다. 그놈이 읍내를 떠나 있는 동안 사건이 발생했고 용의자와 생김새도 유사했다. 태석의 감은 적중했고 결국 놈은 실토했다. 그러나 실토하기까지가 문제였다. 성질을 죽이지 못해 그만 녀석을 만신창이로 만들어 진술을 받아냈고 공범들을 모두 잡아들였다. 광주 북부서에서 진행하던 사건을 가로챘다고 욕을 얻어먹기는 했지만 그래도 마무리를 잘 지어 청장표창까지 받았다. 그런데 검찰로 넘어간 녀석이 태석을 걸고넘어졌다. 강도짓을 한 것은 인정하지만 경찰관에게 두들겨 맞은 것은 용납이 안 된다는 것이었다. 검찰도 처음에는 이를 묵살하고 조서를 꾸몄지만, 어떻게 알고 왔는지 기자가 그를 면회하고 일이 커졌다. 태석의 폭행이 지역 신문에 실렸고 비난 여론 때문에 징계를 피할 수 없었다. 그렇게 타도 전출이 되었고 서울로 올라갔다.

미용실 앞에 차를 세우고 차 안에서 가게 안을 들여다보았다. 미숙이 동네 할머니를 의자에 앉히고 머리를 말고 있었다. 오랜만에 보는 동생은 추레해 보였다. 벌써 30대 중반이라니, 아이를 밴 채 집으로 들어왔을 때가 생각났다. 그때는 참 어렸었는데……. 다른 손님은 없었다. 예전보다 손님이 떨어진 것 같다는 생각이 들었다. 조카들은 학교에 갔는지 보이지 않고 대준도 보이지 않았다. 처음 가게를 냈을 때만 해도 조수를 두고 일을 했을 정도로 손님이 많았는데 해가 지날수록 손님이 줄었다. 미숙은 읍내에 미용실이 많이 생겨서 그렇다고 하지만 다른 가게는 손님이 많은 것을 보면 문제가 있는 것이 분명했다. 아마 대준이 녀석 때문일 것이다. 태석이 서울로 간 후 감시가 멀어지자 놈은 그동안 참았던 본색을 드러냈다. 노름에 미쳐 집 밖으로 나돌며 집안일과 조카들에게 신경을 쓰지 않았다. 태석이 내려올 때마다 다그치고 설득해도 그때뿐이었다. 태석은 동생보다 나을 것 없는 제 처지는 생각 안 하고 동생 걱정에 여념이 없었다.

"미숙아."

"오빠! 어떻게 왔어? 서울서 온 거여, 시방?"

태석은 얼굴에 미소를 띠고 가게 안으로 들어갔다. 마치 매일 드나들던 사람처럼 편하게 보이려고 애썼다.

"연락이나 하고 오제, 깜짝 놀랐네. 혼자 온 거제?"

"혼자 오지, 그럼 누구랑 오냐?"

"아이구, 오빠……. 인자 진짜 혼잔가."

미숙은 할머니 머리를 말다 말고 앞치마로 눈물을 찍어냈다. 이혼하고 빈털터리로 홀로 고향에 내려온 오빠가 너무나 처량해 보였다.

"아이구, 우리 오빠 불쌍해서 어떻게 헌대."

"불쌍하기는 누가 불쌍해. 쓸데없는 소리하고 있네. 손님도 있구만. 얼른 하던 것이나 해."

"다 끝났어. 할매, 끝났구만요. 오늘은 머리 깜으면 안 돼요이. 그래야 머리 흉터가 태가 안 나요. 곱슬곱슬해야 좀 가려주지. 조심히 가셔요이."

할머니의 오른쪽 옆머리에 동전만 한 흉터가 있었다. 마치 날카로운 둔기에 찍힌 듯한 모양이었다. 미숙은 머리를 빗어 흉터를 가려주고는 서둘러 노인을 내보내려 했다. 그런데 노인이 태석을 보고 미숙에게 말을 건넸다.

"저기……. 경찰?"

"예. 서울서 일하던 우리 오빠구만요."

"그려이……."

할머니가 계산을 하고 나가며 태석에게 말을 걸려는 듯 머뭇거렸다.

"할매, 마을 들어가는 버스 놓쳐. 장에 가서 살 것도 있다믄서 얼른 가셔요."

"잉. 근디……."

"뭐 잊어버린 거 있어요?"

"아니여, 그냥."

할머니는 문을 나서면서도 하지 못한 말이 있다는 듯 망설이다 길을 나섰다. 미숙은 할머니가 빨리 가기만을 바랐다.

"할머니 머리가 왜 그래?"

"잉, 일허다가 넘어졌대."

"넘어져서 생긴 게 아닌데."

"몰라. 할매가 그렇다고 허니께 그런 줄 알지."

"그래. 박 서방은 어디 갔냐?"

태석은 할머니의 머리에 난 흉터에 관심을 보이다가 말을 돌렸다.

"응. 아까 나갔어."

"일은 하니?"

"알아보고 있어."

"알아보기만 몇 년째구나. 그 녀석 지금도 노름하고 다니는 거 아니지? 아직도 정신 못 차리고 있는 거 아냐? 내가 오랫동안 못 내려와서

나비 사냥 49

아마 고삐가 많이 풀렸을 거다."

"아니여, 지금은 잘혀. 뭐, 커피 주까?"

미숙이 종이컵에 믹스 커피를 타는 동안 태석은 가게 안을 둘러보았다. 정리 정돈이 전혀 되어 있지 않았다. 늘 깔끔하던 미숙이 이렇게까지 가게를 지저분하게 쓸 리 없었다. 쓰레기통은 비우지 않았고 바닥엔 깎인 머리가 수북했다. 화초는 물을 언제 주었는지 말라죽었고 살아 있는 것도 목이 말라 허덕이고 있었다. 문이 빠끔히 열린 방 안도 마찬가지였다. 먹던 밥이 그대로 상 위에 있고 이불은 개어지지 않은 채 구석에 뭉쳐져 있었다.

"박 서방은 하는 일도 없을 텐데 청소나 좀 하라고 하지. 이렇게 해놓으면 손님이 오냐?"

"좀 줄긴 했제. 그보다 오빤 완전히 갈라선 거여? 지영이는 언니가 보고?"

"응."

"오메, 불쌍헌 우리 오빠. 얼굴도 까칠해지고 살도 겁나게 빠져부렀네."

"까칠해지기는 무슨. 살은 더 쪘어. 얼굴 살이 빠져서 그렇지."

동생의 말에 태석은 턱을 쓸어 수염을 만졌다.

"서울에 또 가?"

"아니, 완전히 내려왔어. 다시는 서울 갈 일 없다."

"엄마 살았을 때는 그렇게 내려오라고 혀도 안 내려오드만, 일이 터져서야 내려오는구만. 그때 내려왔으면 이런 험한 꼴은 안 보제. 언니허고도 이렇게까지는 안 되고."

"옛날 얘기는 하지 말자. 이제 내려왔으니까 이제부터 잘살면 되지. 어디 예쁜 처자 있는지 알아봐라. 오빠 새장가나 가게."

"진짜여? 그럼 알아보네이?"

"농담이야, 인마. 됐어."

태석의 농담을 진담으로 듣는 미숙이다. 미숙은 정말로 소개를 시켜줄 요량이었다. 자기보다 늦게 결혼한 태석이 새언니에게 잡혀 사는 게 못마땅했는데, 이렇게 이혼까지 당하니 미울 수밖에 없었다. 거기다 앞으로 혼자 살아야 할 태석을 생각하면 걱정보다 안타까움이 더했다.

"오빠, 여기 앉아봐. 내가 머리 깎아줄게. 머리가 왜 이 모양이야. 집 나온 지 한 달도 넘은 사람처럼."

"됐어. 이따 목욕탕 가서 목욕하고 거기서 깎을게."

"뭐하러 거기 가서 돈을 쓴데, 동생이 미용실을 하는데."

"어차피 목욕하고 하는 거니까 거기가 편해. 넌 손님 받아야지. 그것보다 근처에 집 나온 거 없든? 원룸 같은 게 좋은데. 달방 써도 되고."

"방을 얻을라고? 저짝 터미널 뒤에 새로 집을 짓고는 있는디 비싸다고 허드라고. 집값이 여기도 서울맹키 오를라고 허는가. 집이 없다고 난리여."

"혹시 알아볼 데 있으면 알아봐. 오빠 배고프다. 밥 좀 시켜라. 너도 밥 먹어야지?"

"아침도 안 먹고 온 거여? 가만있어봐. 내가 해주께."

"그냥 시켜. 편하게."

시키라고 하는데도 미숙은 굳이 직접 음식을 요리했다. 식사가 준비되는 동안 태석은 빗자루를 들고 가게를 청소했다. 미숙이 쉬라고 말렸지만 태석은 정리를 멈추지 않았다.

밥을 먹고 나서 생활정보지를 보고 몇 군데 전화를 걸어 방이 난 곳을 알아보았다. 군청 옆 원룸이 다 차지 않았다고 했다.

"저녁에 박 서방이랑 애들이랑 같이 밥 먹자. 저기 진성식당 지금도 하지? 거기서 7시에 보자. 근데 박 서방이 전화를 안 받던데, 일 있는 것은 아니지?"

"아니여. 내가 전화해볼게. 그럼 저녁에 봐이. 아 참, 빨래 있으면 두고 가."

"됐어. 홀아비 빨래를 왜 니가 빠냐. 그런 건 걱정하지 말고."

태석은 과도하게 손을 흔들어 보이고 가게를 나갔다.

"보증금 300에 월 30만 원이면 너무 비싼데?"

"집을 보쇼. 완전히 새로 지은 집인디, 경찰 아저씨가 처음으로 이 방을 쓰는 것인게."

"새집이건 헌 집이건 비싸니까 그러죠."

나이 든 주인은 처음 태석이 방을 보자고 왔을 때 깜짝 놀랐다. 큰 덩치와 까칠한 수염이 마치 드라마에서 나오는 산적 같았다. 직업이 경찰관이라는 말에 그나마 안심했지만, 저런 모습이 어떻게 경찰관일까, 고개를 갸웃거리며 뜯어보았다. 태석은 방을 자세히 살피지도 않았다. 그냥 잠만 잘 수 있으면 그만이었다. 가진 돈이라고는 보증금 정도가 전부였고, 월급도 차압당한 데다 지영이 양육비까지 송금해주어야 하니 월세 30만 원은 큰돈이었다.

"혼자 지낼라고 그렁가? 마누라나 애들은 없고?"

"없어요. 혼자 쓰고."

"그럼 월 28만 원. 내가 2만 원 빼드릴게."

"25만 원에 하죠. 음식도 해먹지 않고 씻기도 사무실에서 할 텐데."

"물값은 많이 쓰나 적게 쓰나 별 차이 없는데……. 그 가격에는……."
"안 되겠네. 그럼."

말이 끝나기도 전에 태석은 방을 나와 계단을 내려갔다. 더 깎자고 사정을 해야 하는데 그냥 나가버리자 당황한 것은 오히려 집 주인이었다. 집이 몇 달째 나가지 않아 그대로 두는 것보다는 어떻게든 사람을 넣는 게 나았다. 산적 같은 놈이 계속 깎으려고 해 맘에 들지 않았지만 얼마만에 온 사람인데 그냥 보내서는 안 되었다.

"어이, 경찰 양반. 얘기는 다 하고 가야지, 거기 서보쇼."
"왜요?"
"까짓 거 그렇게 하지. 대신 다른 방 사람들한테는 25만 원에 했다는 말 절대 허지 말아요이. 딴 디는 30만 원씩 꼬박꼬박 받고 있으니께."
"내가 미쳤어요? 그런 말을 하게."

짐이라고는 구형 코란도 밴과 가지고 내려온 옷가지가 전부였다. 차를 주차장 안에 넣고 짐을 옮겨놓았다. 두 번 만에 짐이 모두 옮겨졌다. 요즘 옷 몇 벌만 옷장에 걸어두고 나머지는 박스째로 구석에 던져놓았다. 청소를 할까 하다가 그대로 두었다.

낮이라 그런지 목욕탕에 사람은 그리 많지 않았다. 어딘지 휑해서 서늘한 느낌마저 들었다. 열쇠와 면도기를 샤워기 앞에 던져놓고 대충 몸을 적신 뒤 탕 안으로 들어갔다. 탕에 녹차 잎이 든 양파망을 풀어놓아 물이 누런빛을 띠었다. 보글거리는 공기방울이 엉덩이를 두드리는 느낌이 나쁘지 않았다. 눈을 감고 숨을 몰아쉬며 뜨거운 열기를 받아들이자 지쳐 있던 세포들이 활기를 찾은 듯 온몸에서 아우성을 쳤다. 쉰내 나는

묵은 때들이 더운물에 씻겨 하나씩 떨어져나가는 것 같았다. 그러다 문득 서울의 기억이 살아나 태석의 머릿속을 찔렀다. 아이들이 예뻤다는 놈의 발정 난 목소리를 참지 못했다. 참아야 한다는 이성은 어디에도 없었고, 놈의 더러운 주둥이를 부셔버려야 한다는 생각뿐이었다. 놈의 이빨이 부러져나갔고 입술이 터져 붉은 피가 끊임없이 솟았다. 그러나 고통스러워해야 할 놈은 오히려 계획대로 되었다는 듯 흡족한 표정이었다. 놈에게 제대로 걸려들고 말았다.

"태석이 왔냐?"

친구 근식이 탕 안으로 몸을 집어넣었다. 몇 년 만에 보는 얼굴인데 근식은 어제 본 사람처럼 스스럼없었다. 머릿속을 괴롭히던 김동수는 어느새 사라졌다.

"소식은 들었다. 완전히 내려온 것이여?"

"응. 소식 빠르네."

"내가 누구냐. 그려 잘했다. 서울이 뭐시가 좋다고 거기에 있냐. 사람들 복잡허기만 허고 정내미도 없는디."

근식의 목소리는 느리고 묵직했다. 불알친구이자 고교 동창인 그도 한때 태석을 피해 다닐 때가 있었다. 목포에서 사고를 치고 고향에 숨어 있을 때였다. 결국 태석이 근식을 설득해 자수하도록 했다. 다행히 지금은 모든 것을 청산하고 레미콘 회사에서 일하며 가정을 꾸렸다.

"서울 일은 잘 해결된 거여?"

"다 끝났어."

"그러니까 그놈이 범인은……"

"사업은 잘 되어가냐?"

태석은 서둘러 근식의 말을 끊었다. 서울일은 더 이상 생각하기도 입에 올리기도 싫었다. 근식도 더 이상은 묻지 않았다.

"잘 되지. 내가 누구냐? 태석이 니한테는 기를 못 써도 다른 사람한테는 엄청난 사람이여, 알지?"

"알지."

"미숙이는 어찌냐? 내가 아는 아짐씨들 죄다 미숙이한테 가라고는 허는디, 그래도 힘들어허지. 대준이 그놈이 정신을 차려야 허는디. 처음에는 착실허더만 영 정신을 못 차리네."

"그 녀석 요즘 뭐하고 다니냐?"

가장 먼저 물어보고 싶은 말이었다.

"노름이지 뭐여. 그 새끼가 손을 떼겠어? 노름에 미친 놈은 손모가지를 잘라부러야 헌다고 안 허디. 가게에서 미숙이가 번 돈 그 새끼가 죄다 노름판에 가져갈 것이다. 내가 몇 번 혼을 내기는 헸는디."

"아직도 정신을 못 차리네, 개새끼가."

그래서 미숙이 얼굴이 어두웠구나. 태식은 그제아 알 깃 같있다. 가끔 엉뚱한 데 돈을 투자해 손해를 보긴 했지만 그래도 미숙에게 잘해주려 노력하는 모습이 좋아 보였다. 그런데 태석이 서울에서 일이 생겨 신경을 쓰지 못하는 사이 옆길로 새고 말았다.

"저녁에 뭐허냐? 소주 한잔 해야지."

"오늘은 미숙이허고 약속 있고, 내가 조만간 연락할게."

둘은 어제 만난 것처럼 몇 마디만 하고 같이 탕을 나왔다.

5

"지웅이, 재웅이 잘 있었냐?"

태석은 조카들을 공중으로 들어 올려 한 바퀴 빙 돌려주려다 너무 무거워 그러지 못했다. 지난번에 만났을 때만 해도 이렇게 크지 않았었다.

"어이쿠, 니들 언제 이렇게 컸냐?"

몰라보게 많이 커버린 아이들을 내려놓고 그냥 머리만 쓸어주었다. 아이들은 오랜만에 보는 삼촌의 모습에 어색한 듯 인사를 했다.

"박 서방은?"

"응, 일이 좀 있어서 늦는대. 못 올지도 몰라."

"같이 밥 먹자니까. 이 자식을, 전화 걸어봐."

"아빠 전화 안 받아요. 거의 꺼져 있어요."

지웅이가 당연한 것을 삼촌은 왜 모르냐는 듯 말했다.

"됐어. 얼른 들어가자. 우리 맛있는 거 많이 사줄 거지? 고기는 오랜만이거덩."

미숙은 태석이 계속 대준을 찾을 것 같자 아이들을 데리고 식당 안으로 끌고 들어갔다. 태석이 전화를 걸어보았지만 지웅이 말한 것처럼 꺼져 있었다.

고기 굽는 연기가 뿌옇게 가게 안을 덮고 있었다. 손님은 많지 않았고 식구가 온 것은 그들뿐이었다. 구석으로 가 자리를 잡았다. 삼겹살에 소주도 한 병 시켜 태석 앞에 놓았다. 미숙은 집게와 가위를 들고 연신 고기를 구웠다. 아이들은 매운 연기에도 아랑곳없이 걸신 든 듯 구운 고기를 집어 들었다. 대준이 그놈이 고기 한 번 사 먹이지 않은 모양이었다.

콜라를 한 잔씩 따라주고 태석도 잔에 소주를 따라 몇 잔 연거푸 마셨다. 오랜만의 술이라 그런지 속이 뜨거웠다.
"오빠, 나도 한잔 줘."
"너 술 못하잖아."
"괜찮여, 나 술 많이 늘었어."
술이 늘었다는 말에 어이가 없어 태석은 헛웃음을 터트렸다. 잔에 든 술을 들이켜고 미숙에게 빈 잔을 건넸다. 그 모습에 아이들이 일제히 미숙을 향해 고개를 돌렸다. 큰애 지웅이 걱정스런 눈빛으로 미숙을 바라보았다. 잔에 들어 있던 소주가 한꺼번에 미숙의 입속으로 흘러들어갔다. 꿀꺽 소리와 함께 목을 넘어가는 소주가 달아 보였다. 술을 못하던 예전의 미숙의 모습이 아니었다. 미숙은 다시 잔을 내밀었다. 그 모습에 태석은 또다시 헛웃음을 짓고는 잔을 채워주었다. 그렇게 몇 잔을 더 부어주었고, 그럴 때마다 아이들은 미숙의 눈치를 살폈다.
"엄마, 술 먹지 마! 삼촌, 엄마 술 그만 주세요."
"얘들이 왜 이래. 엄마 술 한잔 믹는 게 그렇게 기분 나쁘냐?"
"그게 아니잖아, 엄마."
"지웅이, 왜?"
태석이 묻자 지웅은 입을 다물고 재웅이가 답했다.
"엄마 술 먹으면 울어요. 아빠 욕하면서."
그사이에 미숙은 혼자 술을 따라 먹고 있었다. 몇 잔을 더 먹더니 금세 취기가 오르는 모양이었다. 고기를 굽던 손이 느려지더니 급기야 가위를 떨어뜨렸다.
"엄마, 술 그만 마시라구!"

나비 사냥 57

엄마가 취했다는 것을 알고 지웅이 소리를 질렀고 재웅도 걱정스런 눈으로 바라보았다.

"알았어. 딱 한 잔만 더 먹고. 오빠 술 떨어졌네. 한 병만 더 시키자."

"그만해. 아이들이 싫어하잖아."

"그만하긴 뭘 그만혀. 한 잔만 더 먹자. 아줌마, 여기 소주 한 병!"

"아니 됐어요. 그냥 가져가요."

태석이 술을 들고 온 아줌마를 그냥 돌려보냈다. 그러자 미숙이 일어나 아줌마가 들고 온 술을 낚아채 뚜껑을 따고는 잔에 따랐다.

"엄마, 그만 마셔. 또 울라고."

말이 끝나기 무섭게 미숙이 울기 시작했다. 처음에는 소리 없이 눈물만 떨어뜨리더니, 갈수록 굵은 눈물이 볼을 타고 흘러내려 바닥에 떨어졌다. 억지로 술을 빼앗으면 더 마시려고 할 것 같아 태석은 술을 조금만 따라주었다. 왜 우는지 그 이유를 알고 싶었다.

"오빠! 오빠, 나 어떻게 해? 흐흐흑."

드디어 울음이 소리가 되어 터져나왔다. 사람들이 일제히 고개를 돌려 쳐다보았다. 아이들은 사람들의 시선이 신경 쓰이는지 고개를 숙였다. 미숙은 아랑곳 않고 소리를 높여 울기 시작했다.

"그때께 오빠가 결혼 못 하게 좀 말리제. 왜 그랬어, 왜? 그 자식이 좆같은 놈이라는 거 알면서 왜 말리질 않은 거여!"

"대준이 녀석이 속 썩이냐?"

"썩이기만 해? 그 자식이, 나이도 어린 놈이 내 속을 파내지, 파! 나는 어떡허든 살아볼라고 허는디, 그 인간은 밖에서 뭘 하는지, 돈이 있는 족족 가져가불고. 집구석이 어떻게 돌아가는지 생각도 하지 않고. 엉엉,

나는 더 이상 못 살아. 못 살아! 오빠가 책임져, 책임져!"

"알았어. 오빠가 책임질게."

"어떻게 책임을 질라고, 어떻게, 말로? 말로만?"

"그럼 어떻게 할까?"

"죽여버려, 아주 잘근잘근 씹어서 죽여버려. 넘들은 내 속도 모르고 젊은 서방 데리고 산다고 부럽다고 해. 내 속은 속이 아닌디. 애들 셋을 데리고 사는 것 같혀."

한이 많이도 맺혔나 보다. 미숙은 소리까지 꺽꺽대며 울었다. 사람들이 쳐다보았지만 태석은 신경 쓰지 않았다. 다만 미숙이가 혼자서 얼마나 힘들었을까. 그동안의 사연이 안쓰러웠다.

"오빠가 서울로 가불고 내가 엄마 모시면서 얼마나 힘들었는지 알제? 근데 오빠는 잘 내려오도 안 허고, 오빠는 나쁜 사람이여. 동생 하나 시골에 있는디 신경도 안 쓰고. 뭐 엄마한테도 잘한 거 없는디, 동생이라고 잘해주었어."

"쥐했다. 가자."

"취하긴 뭘 취해. 내가, 내가 왜 취해! 엉엉엉."

"엄마 가! 그만 울고."

"너희들도 하나 소용없어. 지 아빠 닮아서 너희도 싫어. 가부러. 얼른 가! 가라고!"

"정말 간다."

아이들은 이럴 땐 빨리 술자리를 파하는 게 좋다는 듯 자리에서 일어나려 했다.

"너희들 그만해. 엄마가 힘드니까 그러지. 밥은 먹고 가야지. 여기요,

밥 좀 주세요."

밥이라도 먹여 보내려고 서둘러 밥을 주문했지만 아이들은 일어나 밖으로 나가버렸다.

"지웅아! 재웅아!"

"그냥 둬, 저것들도 다 소용없어, 나쁜 녀석들. 으으흑, 가란다고 진짜 가는 것 좀 봐. 으으엉."

술 취한 미숙은 통제가 되지 않았다. 술 한 잔도 못하던 아이였다. 태석이 술을 마실 때 어쩌다 한 잔 따라주면 한 모금 마시곤 취해서 얼굴이 빨개져 구석에서 잠들어버리던 아이다. 그런 미숙이 술을 한 병 넘게 마시고 그것도 모자라 더 먹으려고 소리까지 지르다니. 모르는 사람들이 보면 부부싸움에 아이들은 집으로 도망가고 남편이 달래주는 거라고 짐작할 터였다.

"불쌍한 우리 엄마, 우리가 이렇게 사는지 아는가 몰라. 오빠는 이혼 허고 시골로 쫓겨오고, 나는 나이 어린 서방한티 두들겨 맞고. 서방이란 인간은 돈이라고 보이는 족족 가져다 노름판에 바치고, 집에는 들어오지를 않고……. 아이고 불쌍헌 년, 불쌍헌 년. 그리고 불쌍헌 우리 오빠. 지영이 보고 싶지 않어? 새언니는? ……그려. 새언니가 나쁜 년이제. 서방이 이렇게 되었다고 이혼이나 허고. 나 같은 년도 참고 사는디……. 아니여. 내가 미친년이제. 나도 이혼을 해야 허는디. 근데 지웅이하고 재웅이는 어떻게 해. 안 돼. 염병할 놈이라도 데리고 살아야지. 언젠가는 속 차리겠지. 히히히. 안 그려, 오빠?"

미숙은 웃다가 울다가를 반복했다. 태석은 모두 자기 탓인 것 같아 해줄 말이 없었다. 그저 바라만 보며 술을 들이켤 뿐이었다.

택시를 부르려다 집까지 업고 가기로 했다. 정신을 완전히 놓은 게 아니어서 다행이었다. 뼈쩍 마른 몸이지만 술에 취해서 그런지 제법 무거웠다. 등에 와 닿는 숨결이 아직도 어린아이 같았다.

미숙을 업어본 게 얼마 만일까. 어릴 적 학교에서 태석을 기다리며 울고 있는 것을 집까지 업고 왔던 게 생각났다. 태석은 운동장에서 축구를 하다가 혼자 집으로 돌아갔는데 미숙은 학교에 남아 계속 오빠를 기다리고 있었다. 집에서 한참을 기다려도 미숙이 안 오자 태석은 다시 학교로 갔다. 그때 미숙은 태석을 보고 껵껵거리며 울었다. 벌써 30년도 더 된 옛날 일인데, 지금의 미숙이 그때의 어린아이가 되어 어리광을 부리고 있는 것처럼 느껴졌다. 그렇게 여린 아이가 힘들어하고 있다는 생각을 하자 화가 끓어올랐다.

"오빠, 인제 내려줘. 안 무거워?"

"괜찮아. 너 왜 이렇게 말랐냐?"

"남편이 속 썩이니까 글제. 오빠도 새언니 속 많이 썩였제? 그러니까 이혼당했지."

"그래. 속 많이 썩였지."

"미안혀, 오빠. 잘 사는 모습 보여줄라고 했는디, 정말 잘 살고 싶었는데……."

미숙은 또다시 울었다. 태석의 등에 얼굴을 묻고 미안하다는 말을 눈물로 대신했다. 소리 내 울면 태석이 마음 아파할까봐 울음소리를 삼키려 애썼다. 그래서 말이 없었다. 태석의 등이 뜨겁게 젖어갔다.

"오빠, 이제 걸어갈게. 집에 다 왔잖여. 애들이 흉봐."

"조금만 더. 오빠가 좋아서 그러는 거야."

나비 사냥 61

"무겁지도 안 헌갑네?"

"무겁거든."

오랜만에 동생과 농담을 하니 마음이 한결 가벼워졌다. 아이들은 이불을 깔고 벌써 잠들어 있었다. 옆에 미숙의 자리도 깔아놓았는데, 아빠인 대준의 자리는 없었다. 취한 미숙은 안으로 들어가자마자 이부자리에 쓰러져 엎어졌다.

"오빠, 미안혀……."

베개를 받쳐주자 미숙이 오빠를 부르고는 눈을 감았다. 긴 눈물이 감긴 눈에서 흘러나와 베개로 빠르게 스며들었다. 밤새 저렇게 울지 모른다는 생각에 화가 치밀어올라 참을 수 없었다.

"근식아, 대준이 그 새끼 지금 어디 있냐?"

태석은 밖으로 나오자마자 근식에게 전화를 걸어 대준의 위치를 물었다. 대준이 눈에 띄기만 하면 반쯤 잡아 죽일 듯한 기세였다. 대준의 전화는 여전히 꺼져 있었다.

"왜?"

"그놈 어디 있는지 좀 찾아봐라. 내가 죽여버릴라니까."

"미숙이 만났냐?"

"그려. 너 미숙이가 그렇게 고생하는 거 알고 있었지?"

"……기다려봐 알아볼게."

근식은 태석의 질문에 대한 답을 기다리라는 말로 대신했다. 전화가 끊기고 분을 참으며 다시 전화가 걸려오기를 기다렸다. 잠시 기다렸을 뿐인데 10년은 기다린 것 같았다.

"천둥장 여관 403호다. 놈들 중에 선수도 끼어 있어. 조심혀."

전화가 끊기자 태석은 뛰기 시작했다. 손모가지를 부러뜨려 버려야겠다. 여관 카운터를 지나는데 사내 하나가 잡으려 했다. 태석은 그를 무시하고 그대로 계단을 뛰어 올라갔다. 사내는 성난 태석의 눈빛에 기가 눌려 부르지도 못했다. 대신 서둘러 403호에 전화를 넣었지만 태석은 이미 문 앞에 도착해 있었다. 방문이 잠겨 있었다. 태석의 육중한 발은 그대로 문짝을 부수기 시작했다. 발로 내리찍을 때마다 문이 갈라졌고 열쇠고리가 튕겨져나갔다. 몇 번을 더 차자 문의 장석이 떨어져 옆으로 기울더니 문이 뜯겨나갔다.

"대준이 개새끼야, 나와!"

얼마나 소리가 크던지 아래층에 투숙한 사람들까지 나와서 기웃거렸.

장땡을 잡고 오랜만에 돈을 긁어모을 기대에 차 있던 대준은 깜짝 놀랐다. 이번 한 번으로 지금까지 잃었던 돈을 모두 되찾을 수 있는데, 밖에서 태석이 재를 뿌리고 있었다. 문짝 부수는 소리에 꾼들은 서둘러 돈을 챙기기 시작했다.

"잠깐, 잠깐, 잠깐, 내 패 보고 내 패 보고 가져가, 시발!"

"패는 무슨 패여! 이 손 놔!"

"안 돼!"

문이 부서지고 태석이 뚫고 들어왔다. 문 앞을 지키던 놈이 다가서 태석을 막아섰다.

"저리 꺼져, 새꺄!"

사내가 태석의 어깨를 잡아채자 태석은 거침없이 놈의 팔을 붙잡아 방 안으로 던져버렸다. 얼마나 힘이 센지 놈은 날아가 바닥을 뒹굴고도 벽에 부딪혀 머리를 찧었다. 또 다른 사내가 앞을 가로막았지만 마찬가지였다. 그 모습에 놀라 모두 뒤로 물러나 몸을 움츠렸다.

"누구여? 누군디 이러는 거여?"

"대준이 어디 있어?"

아직도 화투 패에 미련을 못 버리고 있던 대준이 놀란 눈으로 태석을 바라보았다. 태석은 그대로 달려들어서 앞뒤 보지 않고 짓밟았다. 대준이 양팔을 모아 막아보려 했지만 성난 발길질을 피할 수는 없었다.

"왜 그려? 경찰이여?"

"이거 못 놔! 이런 노름쟁이 새끼들. 다 현행범으로 잡아 처넣기 전에 빨리 꺼져! 나하고 유치장 갈 놈은 남고 그렇지 않은 놈은 다 꺼지라고!"

태석은 다른 것은 아무것도 눈에 들어오지 않았다. 오직 동생 미숙을 힘들게 하는 못된 놈 하나만 보일 뿐이었다. 사내들은 처음에는 말리려 하다가 태석의 경고에 하나둘씩 빠져나가기 시작했다.

"개새끼야, 죽어. 죽어, 시발럼아!"

"아, 형님! 왜 그래요?"

"왜 그러기는 개새끼야. 니가 몰라서 물어! 디져, 새꺄 디져!"

밟히던 대준이 일어나려 하자 태석은 뒷덜미를 잡아서는 방구석으로 던져버렸다. 그러고는 바닥에 있던 맥주병과 물주전자를 손에 잡히는 대로 집어서는 마구 집어던졌다. 대준의 코피가 터지고 입술이 깨져도 아랑곳하지 않았다. 급기야 대준이 태석의 발을 붙잡고 사정을 했지만 태석의 귀에는 들리지 않았고 화는 좀처럼 풀리지 않았다.

"앉아, 개새끼야!"

바닥에 널브러져 있던 대준이 간신히 일어나 무릎을 꿇고 앉았다. 반

성하는 눈빛이 전혀 아니었다. 아직도 미련이 남은 듯 얼굴에 불만이 가
득했다. 술도 얼마나 마셨는지 냄새가 진동했다.
"이 시발럼아! 너 이 새끼 또 노름하면 내가 죽여버린다고 했지. 그랬
어, 안 그랬어?"
"예에."
"개새끼야, 대답 똑바로 안 해!"
"그랬어요."
"그런데 니가 또 해? 지웅이 재웅이를 생각하면 니가 그러면 돼? 한
푼이라도 더 벌어서 살 궁리를 해야 할 거 아냐. 미숙이 혼자 고생하는
거 알아 몰라? 니가 미숙이 행복하게 해준다고 했던 거 기억 안 나? 결
혼했으면 잘 살아야 할 거 아냐!"
"자기는 이혼했으면서……."
"뭐, 인마!"
태석의 주먹이 다시 올라가자 대준은 몸을 움츠리며 눈치를 보았다.
"너 어떻게 할래? 내가 니, 니 이 새끼 손 펴봐, 손가릭 펴봐!"
"아무것도 없어요."
"없기는 시발럼이!"
아직까지 손에 쥐고 있던 장땡 패가 태석의 눈에 들어왔다. 태석은 조
금 누그러졌던 화가 다시 솟았다. 여지없이 주먹이 올라갔다.
"잠깐만요. 파출소에서 나왔어요. 사람 그만 패시고. 왜 그래요?"
"아닙니다. 동생 놈이 도박을 하고 있어서 단속하는 겁니다."
"단속요? 경찰이에요?"
파출소 직원들이 방 안으로 들어왔다. 그들은 맞고 있는 대준을 보고

놀라지 않을 수 없었다. 문은 부서져 있고 가재는 죄다 널브러져 있었다. 도박하던 놈들이 빠져나가면서 화투와 화투판을 챙겨가서 방 안에는 태석과 대준만 있었다.

"예. 이번에 새로 강력팀에 발령받은 하태석 경사입니다."

"새로 왔어요? 못 보던 직원인데, 신분증 좀 봅시다."

"오늘 신고하면서 반납했어요."

"없어요?"

"없는 게 아니라 오늘 발령을 받아서 아직 새로 받지 못했어요."

"확인을 해보면 알겠죠. 파출소로 좀 같이 가야 할 것 같은데. 그런데 도박은 어디서 한다는 거예요? 그 친구는 왜 그렇게 두들겨 팬 거고?"

"여동생 남편 되는 놈인데 도박을 해서……."

"도박 안 했어요!"

태석이 제대로 말을 하지 못하자 대준은 기회라는 듯 발뺌을 하고 나섰다. 태석이 자기가 알아서 한다고 했지만 파출소 직원들이 그대로 돌아갈 리 없었다. 조용히 있다가 돌아가라고 했던 서장과 과장의 목소리가 그제야 태석의 귀에 맴돌았다. 파출소 직원들은 현장 사진을 몇 장 찍고는 여관 주인의 진술을 들은 후 태석과 대준을 순찰차에 싣고 갔다. 파출소 안으로 들어가자 대준은 조금 전의 상황과 전혀 딴판으로 바뀌었다.

"사건 해줘요. 빨리 진술하고 병원에 가야 하니까. 나 병원 가서 입원할 거니까 그렇게 알고."

대준은 '폭행사건'으로 처리해달라고 고함을 질렀고 태석은 말이 없었다. 바쁜 건 파출소 직원들이었다. 대준이 노름을 한다는 것은 직원들도 이미 알고 있었다. 여러 번 파출소에 신고가 되어 얼굴을 익히 알고 있던 차였다. 그런데 '폭행사건'으로 처리해야 하는지 직원들은 망설였다. 도박현장을 붙잡으러 갔다는 태석의 말과 엇갈렸기 때문이다.

"상황실이죠? 하태석이라고 새로 온 직원 있어요? 강력팀에? 오늘? 아니, 일이 좀 있어서. 알았어요."

경찰서 상황실로 전화를 건 직원은 태석의 신원을 확인하고 더 난감해했다. 강력팀 직원이 도박현장 확인 중에 이를 방해하는 피의자를 제압하려다 발생한 사건이라면 정당했다. 문제는 현장에서 도박꾼들이 다 빠져나간 후여서 도박을 했다는 증거가 없었다. 단지 대준이 도박 전과가 많아 유명하달 뿐이었다. 그런데 대준이 도박을 하지 않았다고 오리발을 내밀며 폭행으로 '사건을 해달라'고 하니 참 난감했다.

"하 형사님, 형사님이 해결을 하시죠. 저희는 뭐라고 하기가 그러네. 폭행으로 하기도 그렇고 도박으로 하기도 그렇고. 어떻게 해보세요. 직접 도박으로 처리하시든가 아니면 그냥 여기서 저놈을 데리고 나가시든가요. 우리가 볼 때는 여동생 남편이고 하니까 잘 다독여서 데리고 가세요. 이대로 돌아가기만 하면 아무 일 없을 것 같은데."

직원들에게 미안해 대답도 나오지 않았다. 밖으로 나와 담배를 문 태석은 파출소 안에서 들려오는 고함 소리에 한숨을 쉬었다. 놈을 어떻게 해야 할지 도저히 답이 나오지 않았다.

"같은 경찰이라고 사건 안 해주는 거야, 뭐야! 빨리 사건 해달라고! 저 새끼 잡아 처넣으라고, 시발!"

한숨만 나왔다. 파출소에서는 이미 과장과 서장에게 보고를 올렸다. 발령받은 지 하루도 지나지 않아 일어난 일이었다. 보지 않아도 그들이 펄쩍 뛸 모습이 눈에 선했다. 어떤 식으로든 빨리 끝을 내야 했다. 저 녀석이 원래 저렇게 센 녀석은 아닌데 술기운에 허세를 부리고 있었다. 설득하려고 하다간 외려 더 기고만장해져 날뛸 게 분명했다. 저런 녀석은 오히려 더 세게 나가야 한다.

"이리 와, 개새끼야."

파출소 안으로 들어간 태석은 소리를 지르고 있는 대준의 머리채를 다짜고짜 잡아끌었다. 순식간에 일어난 일이라 직원들이 말릴 틈도 없었다. 대준은 끌려나오지 않으려고 뒷걸음을 쳤지만 태석의 힘에 얼마 버티지 못하고 질질 끌려나왔다.

"그래, 어디 한번 해보자. 나 독직폭행으로 들어갈 테니까, 너 어디 도박으로 콩밥 한번 먹어봐. 아까 있던 놈들 죄다 깡그리 잡아다가 유치장에 처넣을 테니까. 너는 유치장 가고, 나는 옷 벗고 편하게 살아보자. 시발, 사는 게 지긋지긋했는데 잘됐다. 니 녀석 덕분에 좀 쉬어보자. 이혼하고 나도 세상 좆 같았는데 잘됐다, 시발럼아! 여동생 고생시키는 녀석을 그대로 봐줬던 내가 멍청한 놈이지. 그래 해봐, 해봐 인마!"

"왜 그래, 왜 그래요?"

"같이 죽자고, 새끼야. 도망간 놈들이 너 이쁘다고 하겠다. 열 놈은 되던데, 죄다 상습 도박으로 처넣고, 여관은 도박 개장으로 영업정지 시키고. 그래 그놈들하고 너하고 전부 다 처넣고 나도 들어가자. 그래서 좀 쉬자고!"

단단히 화가 난 태석이 신세 한탄을 쏟아냈다. 같이 들어가자는 말에 대준이 그제야 기가 죽어 고개를 숙였다.

"형님, 왜 그러세요."

"왜 그러기는, 새끼야. 너 때문이지."

안 되겠다 싶었는지 대준이 형님이라고 부르며 꼬리를 내렸다.

"오빠, 그러지 마!"

잠들어 있어야 할 미숙이 갑자기 나타났다. 잠결에 파출소 전화를 받고 술이 한꺼번에 깨어 외투 하나만 대충 걸치고 달려온 참이었다.

"오빠, 왜 그래? 당신 괜찮아? 꼴이 왜 이래?"

태석은 미숙의 태도에 눈이 휘둥그레졌다. 미숙은 태석은 뒷전이고 대준의 얼굴을 안타까운 듯이 살피고 있었던 것이다.

"놔, 됐어, 놓으라니까."

미숙이 얼굴에 난 상처를 쓰다듬으려고 하자 대준이 소리를 질렀다.

"놓으라고! 누가 죽었어, 그만 좀 징징거려. 에이, 시발!"

미숙의 손을 밀쳐내고 대준이 투덜거리며 길로 가버렸다. 미숙이 울면서 뒤를 쫓아갔고, 그럴수록 대준은 더 달아났다. 그들은 곧 골목으로 사라졌고, 가로등만이 홀로 남아 텅 빈 길을 비추었다. 파출소 직원들은 일이 해결되어 안심이었다.

태석은 터덜터덜 집으로 향했다. 벌써 자정을 넘어선 거리는 한산했다. 서울 같으면 한참 불야성을 이룰 시간이지만 시골은 달랐다. 야간 통금이라도 있는 듯 사람들은 코빼기도 보이지 않았다. 거리에 태석만 혼자 떠다니고 있는 것 같았다. 새벽안개가 내려와 거리를 무겁게 누르고 있었다. 이제 여름이 오려나보다. 바람에 더위가 있었다. 가로등이 혼자 걷는 태석을 비웃으며 내려다보았다.

이사한 집에 들어가려니 마치 객지의 여관방에 혼자 들어가는 것만 같았다. 불을 켜자 텅 빈 방 안이 태석을 맞았다. 시곗바늘만 유일하게 소리를 내고 있었다. 이불을 산다는 것을 깜박했다. 겨울옷으로 대충 베개를 만들어 베고 누웠다. 불은 그대로 켜두었다. 남편 욕을 하면서도 대준을 생각하는 미숙의 모습이 대견하면서도 서운했다.

'가시내, 지 서방만 챙기고.'

 잠을 잔 것 같지 않은데 깜박 잠이 든 모양이었다. 눈을 뜨니 천장의 전등이 말없이 태석을 내려다보고 있었다. 어젯밤 일이 먼 옛날 이야기인 것만 같았다. 대준도 미숙도 태석과는 아무런 관계가 없는 타인처럼 느껴졌다. 간단히 샤워를 하고 옷을 갈아입었다. 어젯밤에 옷도 갈아입지 않은 채로 그대로 잠이 들었다. 아침 먹을 곳이 마땅치 않았다. 미숙에게 갈까도 생각했지만 그냥 굶기로 했다. 식당에서 혼자 먹는 것도 청승맞아 보일까봐 싫었다.
 조금 이르게 사무실로 가자 직원들이 벌써 나와 있었다. 어제 당직이었던 김근호 형사는 샤워를 마치고 머리를 말리고 있었고, 막내인 김승오 형사는 사무실을 청소하고 있었다.
 "그냥 두셔요. 다 끝났으니까."
 태석이 도우려 하자 승오가 말렸다. 그건 태석을 위한 배려라기보다 '여긴 우리 사무실이고 당신은 아직 우리 사무실 사람이 아닙니다'라고 선을 긋는 것 같았다. 아직 태석을 받아들일 준비가 되어 있지 않았다. 경찰서에서는 태석을 교양강의의 자료로 쓴 적도 있었다. 주제는 수사 진행 상황을 상급자에게 정확히 보고할 것과 피의자의 인권을 무시하고 폭행하거나 협박하지 말 것 등이었다. 그때 태석의 경우를 예로 들며 혀를 찼었다. 그런 그와 한 사무실에서 일을 한다는 것이 직원들에게 썩

내키는 일은 아니었다. 형식적인 아침 인사가 오간 뒤 더 이상 할 말이 궁했다. 어색한 분위기에 태석은 커피를 타가지고 밖으로 나갔다. 직원들은 그에게 거리를 두며 접근하지 않았다.

"하태석이 내 사무실로 오라고 해!"

참모회의를 마치고 돌아온 수사과장이 태석을 호출했다. 그의 목소리는 격앙되어 떨리고 있었다. 어젯밤에 있었던 일을 보고받은 서장이 아침부터 그를 닦아세운 탓이다.

서장은 태석이 간밤에 사람을 두들겨 패서 파출소에 갔다는 보고에 식겁했다. 다행히 가족 일이라 무사히 마무리가 되었다고 하지만 시한폭탄을 껴안고 있는 것만 같았다. 고기도 먹어본 놈이 먹고, 사고도 치는 놈이 또 친다는 게 그의 생각이었다. 언제 터질지 모르는 시한폭탄에 서장은 대비를 해놓아야 한다고 생각했다. 청문감사관에게 어제 일에 대해 조사를 하라고 지시하고, 수사과장에게는 감시를 붙여서라도 책임지고 단속하라고 잡도리를 했다.

태석은 죄인인 듯 고개를 숙이고 수사과장실 안으로 들어갔다. 발령 첫날 사고를 쳤으니 할 말이 없었다.

"자네, 내가 어제 뭐라고 했지? 조용히 있다가 올라가라고 했을 텐데."

"예."

"그런데!"

어제 일을 모두 설명하라는 말일까. 아니면 그냥 죄송하다는 말을 들으려 하는 것일까. 태석은 잠시 망설였다.

"사람을 그렇게 패놓고 아무 일 없기를 바라는 거야? 원칙대로 하자면 자네는 형사 피의자 신분이라는 거 몰라? 서울에서도 같은 일을 겪었으면서 아직도 정신 못 차린 거야? 유치원생이야. 말을 못 알아듣게!"
"면목 없습니다."
"면목 없다는 말이 지금 입에서 나와! 죽으려면 혼자 죽어. 너 상사 킬러야, 뭐야? 이미 바닥까지 봐서 더 이상 떨어질 데도 없다는 거야?"
"죄송합니다."
"다시 한 번 경고야. 또 한 번만 이런 일 있으면 감찰에 즉시 통보해서 징계 들어갈 거야. 서운하다 어쩐다 그런 말 하지 마. 실적 내라 마라 하지 않으니까 그냥 조용히만 있다 가. 그게 어려워? 팀장에게도 다시 말할 거니까 그렇게 알고, 나가봐."

그저 고개를 숙이고 죄송하다는 말뿐 달리 대꾸할 말이 없었다. 서울에 다시 올라갈 맘이 없다고 해야 하는데 차마 그 말까지는 하지 못했다.

"정신을 못 차리고선!"

문이 닫히는 순간 뒤통수에서 수사과장이 중얼거리는 소리가 들려왔다. 저절로 한숨이 나왔다. 강력팀 사무실로 가야 했지만 들어가기가 민망했다. 강력팀장 역시 한 소리 할 게 뻔했다. 과장이나 서장은 그래도 자기들 체면 생각해서 격한 말은 삼갔지만 팀장은 선배이니 훨씬 노골적일 게 분명했다.

"얌마, 미쳤어? 너 고향이라고 너무 만만히 보는 거 아니여? 내가 보이기는 허냐? 아무리 요즘 시대는 각자 책임, 각자 책임 한다지만 이건 아니제. 서울서 사고 친 거맹키 여기서도 똑같이 칠라고 그려? 몇 사람이 나가떨어진 걸 우리가 다 아는디, 여기서는 몇 명 모가지를 날릴라고 그려. 어?"

사무실에 들어서자마자 쏟아진 한주석 팀장의 말이다. 아침부터 사람들이 돌아가며 창피를 주고 있었다. 직원들은 앉은 채로 고개만 돌려 눈치를 살폈다. 어젯밤 그냥 여관방에서 데리고 나와 이야기나 하는 게 나았으려나. 하도 입방아에 오르내리니 그런 생각이 슬며시 고개를 들었지만 미숙의 울던 모습이 떠오르자 더 패주었어야 했는데 그러지 못한 게 후회되기도 했다. 어찌 되었든 어제 일에 대해선 직원들에게 미안했다. 팀장은 계속해서 잔소리를 해댔지만 태석은 더 이상 아무 말도 귀에 들어오지 않았다. 팀장이 회의에 참석하려 나가자 침묵이 흘렀다.

"미안합니다."

"……."

직원들에게 사과를 했지만 아무도 태석의 말에 대답하지 않았다. 형식적으로라도 괜찮다는 대답을 해주면 어색함이 조금은 풀어질 텐데, 침묵은 계속되었다. 태석은 사무실에서 외딴섬이 되어버린 기분이었다.

"아직 서로 인사도 제대로 못 했는데 저녁에 술이나 한잔하지. 어때, 하 형사?"

"예? 예. 좋시요."

과학수사팀의 황 형사가 말을 꺼냈다. 그는 고참으로서 어색한 상황을 무마해야 할 책임을 느끼고 있었다. 미우나 고우나 어떻게든 다음 인사 때까지는 같이 붙어 있어야 하니 냉랭한 분위기가 계속되는 건 좋지 않을 터였다.

"근호, 어때? 저녁에 같이하지. 승오하고 성국이도 모두 그렇게 하자."

"……."

"근호, 어떠냐니까?"

"일 있어요. 급한 것도 아닌데 조금 천천히 하죠. 오늘 일도 있는데 회식한다면 과장이랑 좋아하겠어요?"

"하긴 그래. 과장도 같이 가자고 해야 하는데 간다고 하겠어. 그려, 회식은 조금 있다가 허자. 하 형사, 그렇게 하지."

"저야 뭐……."

태석은 직원들과 가까워질 기회라고 생각했다가 다음에 하자는 말에 힘이 빠졌다.

회의를 마치고 돌아온 팀장의 얼굴은 예상했던 대로 일그러져 있었다. 팀장은 온 지 하루밖에 되지 않은 직원을 어떻게 일일이 감시하냐고 과장에게 따져 묻고 싶었지만 입안에서만 우물거릴 뿐 말을 하지 못했다.

"앞으로 퇴근 후에 민간인들과 만날 때 각별히 신경 써. 술 한 잔씩은 할 수 있겠지만 다툼이나 말싸움 같은 거에 절대로 엮이면 안 돼. 어제 일은 감찰에서 확인을 한다니까 태석은 답변서 준비하고. 이상 나가들 봐."

너 때문에 이런 거야, 라고 팀장의 지시내용은 말하고 있었다.

직원들이 모두 나가자 팀장은 서류 하나를 태석의 앞에 던졌다. 고소장이나 몇 개 처리하고 가라던 서장의 말이 생각났다. 이거나 하면서 시간 보내라고 말하는 것 같았다. 피해자에겐 모든 사건이 힘들겠지만 사건의 경중에 대한 경찰의 인식 정도는 분명 차이가 있었다. 피의자가 이미 정해져 있는 고소장을 받아 일을 해본 지가 언제였던가. 고소장이라는 문구조차 생소했다. 태석은 오랫동안 고소장을 내려다보았다. 그것도 부부싸움이었다. 수많은 사건을 담당했었지만 가정폭력사건은 10년도 더 전에 파출소에 있었을 때 맡았던 후로 처음이었다. 그냥 쉬었다 가라는 배려인지, 아니면 무시인지 분간하기 힘들었다.

고소인이 남편과 이혼을 하기 위한 서류를 만들려고 고소장을 제출한 것인지도 모르지만, 이렇게 싸우면서도 같이 사는 게 부부인데 자신은 왜 이혼을 했는지 긴 한숨이 절로 나왔다. 아내가 이혼하자고 했을 때 어떻게든 버텼어야 했던 게 아닌지 후회가 되기도 했다.

아내는 징계를 받고 서울로 올라가 만난 여자였다. 그때의 아내는 예쁘다기보다 매력적이었다. 경찰생활을 하면서 가장 행복했던 순간이 그녀와의 만남이었다고 태석은 믿었다. 그러나 아내의 집안에서 태석을 반대했다. 귀하게 키운 딸을 시골에서 올라온 가난한 형사에게 주기 마뜩찮았을 것이다. 그러나 반대를 무릅쓰고 결혼했고, 그 절실함만큼 사랑이 영원할 것이라 믿었다. 딸 지영의 탄생은 그 믿음을 더욱 단단히 만들어주었다. 하지만 아내는 그렇지 않았다. 그녀의 사랑은 확인받지 못하면 금방이라도 깨질 유리 같았다. 불안정한 가정생활에 점점 불만이 차고 변덕스러워지더니 어느 순간부터 태석을 밀어내기 시작했다. 미순과 선미의 사건이 발생하고 나서 아내의 행동은 더 노골적으로 변했다. 대기발령과 징직 그리고 소송은 태석에겐 시련이었고, 아내에게는 그에게서 벗어날 기회였다. 그녀는 일에 미친 듯 매달리는 태석을 이해하려 들지 않았고 허우적거리는 그를 모른 척했다. 그런 아내에게 태석도 미련을 버렸다. 대신 아내를 잡기보다는 놈에게 집착했다. 이혼서류에 서명을 하던 그 순간에도 태석의 머릿속엔 김동수가 있을 정도였다. 월급이 가압류되고 태석의 재산은 모두 아내와 김동수에게 넘어갔다. 사건 하나로 가족마저 잃고 빈털터리가 되어서야 태석은 자신이 외롭다는 것을 깨달았다.

고개를 저어 옛 생각에서 빠져나온 태석은 소장에 적힌 인적사항과 내용을 살피다 나이를 보고 깜짝 놀랐다. 고소인 아내는 환갑을 얼마 남겨 놓지 않았고 상대인 남편은 이미 환갑을 넘어 칠순에 가까운 나이였다. 황혼 이혼이 늘고 있다던데 이런 것인가. 태석은 고개를 갸웃거리며 전화기를 잡았다. 민원인에게 전화를 걸어본 지도 오랜만이라 어색했다.

"김배자 씨 되시죠? 은평경찰서 아니 영광경찰서 강력팀 하태석 형사입니다."

서울에서의 직함이 아직 입에 붙어 있었다.

"예."

"고소장 제출하셨죠? 남편 노양수 씨 상대로요."

"예. 맞는디요."

"지금 출석 가능하세요?"

"내일 오전에 나가면 안 될랑가요? 몸이 좋지 않아서 내일 읍내 병원에 들렀다 가야 할 것 같은디."

나이 든 여자의 목소리는 힘없이 가냘팠다. 목에서 간신히 바람을 일으켜 소리를 내는 신음 같았다. 목소리를 듣고 나자 오늘 바로 나오시라고 말을 하기 힘들었다. 전화를 하고 나자 더 이상 오늘 할 일이 없어져 버렸다.

서류를 접어 서랍에 밀어 넣었다. 빈 서랍에 들어간 고소장 한 장이 마치 사무실에 혼자 있는 태석의 모습 같았다. 직원들은 아까 모두 밖으로 나갔다. 나가서 사건을 물어오라는 팀장의 지시에 태석 혼자만 남았다. 아무도 같이 나가자고 한 사람이 없었다.

"성주냐? 서울은 어떠냐? 그래. 시골은 뭐, 일이나 있겠어. 그냥 자리만 지키고 있는 거지. 여기가 고향 아니냐. 좋다. 사고 치고 온 놈이라고 일도 안 줘. 고소장 하나 주더라. 그냥 그래. 왜? 바빠? 알았다. 그래."

"지훈이? 오랜만이다. 어떻게 지내냐? 왜 그렇게 바쁘냐? 그래 알았다."

"선배님, 예? 예. 다음에 전화 드릴게요."

서울에 안부나 물을 겸 몇 군데 전화를 넣었다. 대화는 짧았고 오래 붙잡는 사람도 없었다. 태석과의 통화가 금기사항이라도 되는 듯 그들은 서둘러 전화를 끊으려 했다. 미움까지는 아니어도 서운한 마음을 감추기 힘들었다. 서울에 전화 거는 것도 이제는 자제해야 할 것 같다는 생각과 함께 김동수가 손에서 점점 빠져나가는 것 같아 힘겨웠다. 어떻게든 다시 올라가 놈이 범인이라는 증거를 찾고 지금의 비참함을 모두 보상받고 싶었다. 하지만 지금은 할 수 있는 일이 아무것도 없었다.

태석은 사무실을 나가 미숙에게 갔다. 대준이 어떻게 되었는지도 궁금하고 미숙이 걱정되기도 했다. 다행히 가게 문이 열려 있고 미숙은 손님 머리를 손질하고 있었다. 일하는 데 지장을 줄까봐 건너편에 차를 대고 그냥 바라보기만 했다. 대준이 녀석은 아직도 일어나지 않은 걸까. 가게 안을 여기서 살펴보아도 너식은 보이지 않았다. 집으로 돌아간 후 녀석이 또 얼마나 미숙을 닦달했을까. 미숙이 더 힘들어할까봐 걱정되었다. 보지 않는 게 나을 것 같아 차를 출발하려 할 때 대준이 가게를 나왔다. 녀석이 습관처럼 손을 벌리자 미숙이 만 원짜리 몇 장을 손에 쥐어주었다. 얼굴에 난 상처에 반창고를 붙이고 머리를 빗어올렸다. 오늘도 하릴없이 놀다가 집에 돌아와 미숙을 괴롭힐 것을 생각하니 태석의 마음이 답답했다. 또다시 두들겨 팼다가는 일이 커질 것 같고 달래보기로 했다. 그래도 어릴 적에는 제법 태석의 말을 들었었다. 그때는 세상에서 태석을 제일 무섭다고 생각했을 텐데 이제는 무서워하기보다는 피한다는 게 맞을 것이다.

"대준아!"

대준이 도망치려는 것을 뒷덜미를 잡아 차 쪽으로 끌고 갔다. 대준은 신경질적으로 반응했다.

"형님이 부르는데 도망을 가려고 그래!"

"아니에요. 형님 목소리를 못 들었어요."

"못 듣기는, 인마!"

뻔히 보이는 거짓말을 했다.

"어디 가려고?"

"친구 만나려고요. 근데 왜요?"

"술은 좀 깼냐?"

"얼마 안 먹었어요."

"해장시켜줄 테니까 가자."

"아, 친구 만나야 하는데……."

"형님이 내려왔으면 안부를 먼저 물어보는 게 예의 아니냐?"

태석은 억지로 대준을 차에 태워 외곽으로 나갔다. 간혹 고개를 돌려 대준을 보았다. 녀석은 창밖으로 고개를 돌리고는 말이 없었다. 태석과 같이 있는 것이 싫다는 반항 같았다. 차를 외곽의 한 식당 앞에 멈추어 세웠다. 이른 점심시간이라 사람은 많지 않았다. 조기찌개를 시켜놓고 태석은 심각한 듯 말을 꺼냈다.

"너 미숙이 사랑하기는 하냐?"

"……."

"대답해, 인마!"

"아, 몰라요!"
대준이 신경질적으로 대답했다.
"이혼해라."
"예? 이혼요?"
"그래, 인마. 이혼하라고. 그렇게 미숙이 힘들게 할 거면 차라리 이혼해. 너 없이 애들 키우는 게 미숙이한테는 더 나으니까. 너 내가 고향으로 완전히 내려온 거 알지?"
"네? 진짜요?"
"미숙이가 말 안 하디? 나 완전히 내려왔다. 다시 서울 안 가. 이제 더 이상 니가 그런 꼬라지로 미숙이 옆에 있는 거 못 보니까 이혼해, 인마!"
태석은 진심인 양 대준을 몰아붙였다.
"아니, 형님! 잠깐. 잠깐만요. 형님, 대체 왜 그러신데요."
"뭘 왜 그래, 인마. 노름쟁이 데리고 사느라 고생허는 동생을 더는 못 보겠어서 그러는 거지. 너 같으면 너 같은 놈한테 동생 맡겨놓고 있겠냐?"
"형님, 그러지 마셔요. 제가 앞으로 잘허께요."
"개새끼, 웃긴 새끼네! 어제는 나를 죽일라고 하더니 오늘은 왜 그러냐. 어제 술도 별로 안 먹었다면서?"
"술도 안 먹고 어떻게 날을 샌데요. 제가 잘못했구만요. 형님, 봐주셔요."
"한두 번 봐줬냐? 이 밥 먹고 나면 너하고 나는 남이다. 그렇게 알어."
"아이고, 형님. 한 번만!"
태석의 작전이 들어맞았는지 이혼하라는 말에 대준은 안절부절못했다.

"제발 이혼은 안 돼요. 제가 잘허께요, 형님!"

"밥 먹어. 찌개 끓는다."

"형님!"

대준이 갑자기 일어나 무릎을 꿇더니 심각한 표정으로 태석을 바라보았다.

"형님, 저 진짜 지웅이랑 재웅이 앞에서 아빠 노릇 잘하고 싶은디요. 그게 잘 안 돼요. 지웅이 엄마만 보면 미안허구요. 볼 면목도 없고 마음만 아프구만요. 제가 학교 댕길 때는 말썽깨나 피운 거 잘 아시잖아요. 개망나니 같아서 형님이 결혼도 반대했잖아요. 그래서 더 잘하려고 하는데 손대는 것마다 망해버리고……. 되는 일이 하나도 없고……. 지웅이 엄마가 힘들게 벌어놓은 돈 다 써불고 면목이 없구만요. 저는 진짜 잘 살아볼라고 그려요. 근디 일이 계속 안 된 게 그러제요. 저는 잘헐라고 허는디, 지웅이 엄마는 속도 모르고 다그치고, 그러면 또 제가 옛날 성질을 못 버리고… 그러구만요. 죄송해요, 형님. 진심이여요. 저 진심이라니까요. 다음에 또 그러면 그때, 그때 다시 이야기허셔요. 그러면 되죠?"

"진작 잘하지. 새끼야!"

대준은 사정을 하면서 태석의 눈치를 살폈다. 화가 나 있는 태석에게서 어떻게든 빠져나가야 했다. 그런 속을 모르는 태석은 측은한 눈길이 되어 있었다.

6

석회 시간이 되자 직원들이 모두 사무실로 들어왔다. 태석은 대준을 만나고 먼저 들어와 있었다. 혼자 지키던 사무실이 다시 북적거렸다. 그러나 태석의 곁에는 오지 않고 다들 저희들끼리 이야기를 하고 있었다.

팀장이 과장을 만나고 들어와 자리에 앉았다. 오간 말이 뻔해 보였다. 아침때와 마찬가지로 태석의 일을 에둘러 얘기하며 조심하라고 지시했다.

"오늘 저녁이나 먹으면서 간단히 소주 한잔하자고. 근호, 알았지?"

분위기를 살리려 황 반장이 다시 나섰다.

"일 있다고 했잖아요."

"뭐, 사람 불러놓았어? 조사하게?"

"그건 아닌데요."

"그럼 함께해. 할 때 해야지 날 잡아서 하려면 못 해. 어때요? 팀장님."

"그러지 뭐. 근호, 가자."

"……예."

근호에게서 쉽게 대답이 나오지 않았다. 팀의 선배로서 자격 미달인 직원이 자리를 차고 들어온 모습을 곱게 봐줄 수 없었다. 처음 강력팀으로 태석이 온다는 말이 나왔을 때 가장 반대했던 사람이 바로 그였다. 그러나 이미 서장의 결정이 났고, 그것도 서장의 의사와 무관하게 서울에서 부서 발령을 하듯 전화가 와 어쩔 수 없었다고 하자 반감은 더 심해졌다. 태석의 발령은 서장부터 과장, 팀장, 팀원들까지 모두가 원치 않는 발령이었다.

작은 횟집이었다. 천장이 낮고 의자들이 붙어 있어 몇 사람만 앉아도 가게가 꽉 차 보였다. 직원들이 자주 찾는 곳인지 깍듯하게 인사한 사장이 자리를 만들어놓았다며 방으로 안내했다. 주인이 각별히 신경 쓴 모양인 듯 방에는 푸짐한 상이 차려져 있었다.

팀장이 가운데 앉고 직원들이 그 옆으로 자리를 잡았다. 태석은 문 옆 끄트머리에 앉았다. 구석에 앉아도 안으로 오라고 누구 하나 신경 써주는 사람이 없었다. 팀장이 술잔을 모으더니 소주와 맥주를 섞어 잔을 채웠다. 허옇게 거품이 인 잔이 각자 앞에 놓였다.

"자, 태석이가 우리 강력팀으로 왔어이. 태석이는 10년도 전에 나허고 같이 강력팀에서 일을 했었지. 그때가 그러니께 1994년부터 2000년까지지. 태석이허고 내가 한 팀으로 일을 헸는데 그때 잘나갔어. 우리가 표창도 여러 번 받었지. 환상의 콤비라고 혔지. 아뭏든 우리 강력팀에 온 것을 환영해. 잘해보자고이. 태석이가 서울에서 있었던 일은 대충 알 것이지만 이해를 허자고. 수사허는 사람들이 이해를 혀야제. 안 그려? 자, 잔들 들어봐. 다 묵어야 혀이. 우리 강력팀을 위하여!"

"위하여!"

"잘해봐."

"예. 잘 부탁드립니다."

팀장의 간단한 건배사가 있은 뒤 형식적 인사가 오갔다. 아직은 어색한지 짤막한 말만 드문드문 오갈 뿐이었다.

소주와 맥주가 섞인 잔이 몇 차례 더 부어지고 잔들이 사람을 따라 이리저리 돌아다녔다. 처음에 빠르게 돌던 잔이 술기운이 오르면서 점점 속도가 느려지고 채워지는 술의 양도 조금씩 줄어들었다. 담배연기가 자욱하게 방 안을 메우고 재떨이는 금세 꽁초로 가득 찼다. 사람들은 재떨이를 두고 술병에 재를 떨었다.

"하 형사님, 이곳이 고향이라면서요? 내가 광주에서 이곳에 온 지 5년 인데 한 번도 못 봤어요?"

술에 취한 근호가 담배를 입에 물고 잔을 든 채로 물었다.

"예. 2000년도에 여기를 떠났었거든요. 서울로 발령이 나서. 거기서 생활하다 보니까 자주 내려오지 못했고."

"왜 올라갔어요?"

몰라서 묻는 것인지, 확인하기 위해 묻는 것인지 알 수 없었다. 근호의 취한 얼굴에서 의도를 읽어내기는 힘들었지만 분명 호의적인 표정은 아니었다. 마치 피의자를 앞에 앉혀놓고 묻는 것 같았다.

"그때께 강도 사건이 있었제, 광주에서. 세 놈이었는디 그놈들을 태석이허고 내가 다 잡았제. 사건을 태석이가 다 마무리를 지었고. 그때 광주 북부서 형사들이 지들 사건을 왜 여기서 허냐고 난리를 부리고 했었어. 잡은 놈이 임자지, 안 그려? 다 옛날 일이여. 그런 얘기 뭐하러 해? 사, 마셔. 근호 산 비였네. 승오, 뭐하냐? 얼른얼른 잔을 채워야시."

근호의 눈치가 이상해 팀장이 끼어들어 둘을 떨어뜨려놓으려 했다.

"근데 왜에?"

근호는 아랑곳 않고 물었다.

"어허, 이 사람이 고만하고 술이나 묵으라니까. 봐, 나 묵었어이. 봐봐, 보라고! 다 묵었다니까."

술잔을 과도하게 꺾어 마시는 팀장에게 근호는 눈도 돌리지 않았다. 팀장은 다 마신 잔에 술을 채워 근호에게 주었다.

"왜 그랬냐니까."

"양창래라고 강도 새끼가 있었는데 내가 잘못 건드려서."

"잘못 건드렸다면?"

"뻔한데 계속 부인을 하니까……."

기억하기 싫은 과거라 태석은 대답을 얼버무렸다. 옛날 기억이 다시 서울의 기억까지 가져올까 두려웠다.

"그때께는 다 그렇게 했어. 태석이가 애먼 놈들을 잡은 것도 아니고, 나도 같이 있었다니까. 아니, 잔 안 줘! 내가 잔을 언제 주었는디. 근호, 시발럼아, 잔 주란 말이다. 너 참 술버릇 고약하다."

"그때는 그랬는데 지금은 아니지. 안 그래?"

어느새 근호는 태석에게 말을 놓고 있었다.

"잘난 체하다가 직원들 죽이는 놈 내가 광주에서 여럿 봤어. 지가 하는 게 최고라고 직원들 무시하고 혼자 지랄을 하다가 나가떨어지는 놈, 특진해보겠다고 직원들 뒤통수치는 놈, 죽으려면 혼자 죽지, 왜 옆 사람들까지 끌고 들어가 죽이냐고. 진급할라고? 특진할라고? 직원들 죽여서?"

'잘난 체하는 놈'이니 '특진'이니 모두 태석을 비꼬는 말이었다.

"그때 내가 책임지고 발령받아 떠나는 것으로 마무리가 되었는데."

"그런데 지금은?"

근호는 끝까지 물고 늘어졌다.

"아, 이놈들이 왜들 이래, 술 묵는디 와서 술을 묵어야 쌈을 할라고 그려. 자, 잔에 술들 채워. 야, 근호 너 내 말 안들을 거여. 너 벌써 술 취해부렀냐? 뭐 그래서 태석이가 잘못했다는 거야, 뭐야? 나도 같이 있었어, 인마. 뭐라고 할 거면 나한테도 히야지. 인자 아무 일 없을 테니까 그만들 둬."

"그래, 근호야. 그만해. 팀장님이 그만하자시잖아."

팀장은 어떻게든 자리를 안정시키려 했다. 누구의 편도 들어줄 수 없는 형편이었고, 그렇다고 직원들을 휘어잡을 만큼 카리스마가 있는 것도 아니었다. 팀장의 자리에 있기는 했지만 언제나 직원들 눈치를 보며 지내고 있었다. 황 형사도 옆에서 팀장을 거들었지만 근호는 그만둘 생각이 없는 것 같았다.

"사고 치지 마, 혼자 조용히 있다가 가. 어제 내려오자마자 한 건 했잖아. 그것이 마지막이야. 그것도 걸고넘어지면 얼마든지 큰 문제가 될 수 있었어. 우리까지 힘들어져. 우리 팀장인 주석이 형, 종선이 형, 승오, 성국이, 나 모두 오랫동안 함께 일한 사람들이야. 또 앞으로도 오랫동안 같이해야 할 한 식구들이고. 우린 모두 딸린 식구들도 책임져야 해. 자네는 혼자고 언제든 떠날 사람이지만."

'혼자고 언제든 떠날 사람'이라는 말에 태석의 표정이 굳어지기 시작했다. 그가 가장 치명적으로 생각하는 부분을 근호가 건드렸다.

"그게 무슨 말이야!"

태석의 목소리가 커졌다. 싸움을 걸고 있는 근호에게 져주고 싶었지만 참는 데 한계를 느꼈다.

"자네는 챙길 사람이 없지만 우리는 모두 가족이 있는 사람이라고! 잘난 체하지 말고 조용히 있다가 가라고!"

"말 다했어? 당신이 나에 대해서 뭘 알아?"

"당신! 지금 당신이라고 했냐? 씨발, 서울에서 쫓겨날 만하구만. 임마, 내가 뭐 틀린 말 했어? 특진할라고 용쓰다가 옆에 직원까지 죽이지 말라고!"

"아휴, 씨발 진짜!"

태석이 들고 있던 젓가락을 던졌다. 상에 부딪힌 젓가락이 튀어 팀장에게 날아갔다. 팀장은 둘의 기세에 눌려 어정쩡하게 눈치만 보았다.

"나, 잘난 체한 적 없고 특진 때문에 용쓴 거 아니야. 나 때문에 다친 사람들한테는 미안하지만 내가 제일 많이 다쳤어. 가족 잃고 이 시골까지 쫓겨 왔다고. 당신이 내 맘을 알아?"

"여기까지 쫓겨 올 짓을 하지 말았어야지!"

"뭐야, 새끼야!"

"그만들 못해!"

팀장이 더 이상 놔두면 안 되겠다고 생각됐는지 버럭 소리를 질렀다. 그러나 두 사람 다 팀장에게 신경 쓰지 않았다. 오히려 자리에서 일어나 서로를 노려보더니 급기야 근호가 태석의 멱살을 잡았다. 황 형사와 승오가 달려들어 말렸지만 소용이 없었다.

"이거 안 놔!"

"주먹이 운다. 주먹이 울어! 서울에서 순 양아치 새끼가 내려와서."

"그만하세요. 근호 형이 좀 참아요. 이러면 형님도 똑같은 사람이에요."

옆에서 승오가 그렇게 말하며 두 사람을 뜯어말렸다. 가재는 게 편이라더니, 태석은 자신과 똑같은 사람은 어떤 사람일까 하고 허탈한 웃음만 나왔다.

"에이, 시발."

더 이상 참지 못하고 태석은 방문을 열고 나가버렸다. 모두가 자기를 밀어내고 있음을 온몸으로 느낄 수 있었다. 성질대로라면 근호가 멱살을 잡았을 때 바로 주먹이 날아갔을 터였다. 그러나 꾹 참았다. 직원에게 주먹질까지 하게 되면 완전히 매장될 게 뻔했다.

"저 새끼, 저거 저거."

"왜 저런 놈을 받았어요? 팀장님이 끝까지 못 받는다고 했어야죠. 조언을 해주면 고맙다고 받아야지. 시비를 붙으려고 그래!"

뒤에 남은 사람들의 목소리가 식당 문을 나서는 태석의 귀에 날아들었다. 일부러 태석에게 들으라고 하는 말 같았다. 태석은 문짝을 부수듯이 닫고 식당을 나갔다. 식당에 있던 사람들이 놀라 모두 태석을 쳐다보았다.

도로로 나와 원룸으로 향했다. 술이 다 깨 정신이 말짱했다. 한잔 더 할까 생각도 들었지만 취하면 오히려 더 초라해질까 두려워 그냥 집으로 가기로 했다. 시간이 꽤 흘렀는지 달이 높이 떴고 별은 보이지 않았다. 희미하게 홀로 떠 있는 달이 마치 자기 모습 같았다. 길에 사람들은 많지 않고 평상에 나앉은 할머니들 몇이 무슨 이야기를 하는지 웃고 있었다. 그 웃음이 비웃음처럼 들렸고 가로등도 초라한 놈이라고 손가락질하는 것 같았다. 고향에 내려오면 마음이 편할 줄 알았는데 그렇지 않았다. 오히려 거리를 두며 더 구석으로 내몰고 있었다.

기다리는 이 없는 불 꺼진 방에 들어가 불을 켰다. 어둠이 쫓겨나고 밝아진 방 안은 그의 신세처럼 휑뎅그렁했다. 어제 먹다 남은 물병만이 방 한쪽에 세워져 있었다. 그러고 보니 낮 동안 내내 시간이 있었는데 이불 사는 걸 또 깜박했다. 외투를 벗어 대충 어제 빨랫감을 던져놓은 구석에 던지려는데 웬 파란색 통이 놓여 있고 메모가 있었다. 미숙이 다녀간 모양이었다.

나비 사냥 87

오빠. 이불 가져다놨어. 옷장에 넣어놨으니까 꼭 깔고 자. 새벽에는 아직 추우니까. 양복은 세탁소에 맡겼고, 빨랫감은 가져갈게. 앞으로 빨래는 통 속에 넣어놔. 구석에 아무렇게나 던져놓지 말고. 일찍 들어오면 저녁이나 같이 먹으려고 했는데 늦네. 내일 다시 올게. ―미숙

미숙의 마음씀씀이가 고마웠다. 차라리 미숙이랑 조카들 데리고 밥이나 먹으러 갈걸 그랬다. 괜히 회식 따라갔다가 일만 커지고 후회가 막급했다. 대충 얼굴을 닦고 이불을 깔았다. 어제보다는 덜 궁상맞게 잘 수 있을 것 같았다. 그냥 참아야 했을까. 아니면 끝까지 붙잡고 싸울걸 그랬나. 어떤 게 옳았을까. 새벽까지 잠들지 못하다가 아침이 거의 다 되어서야 잠시 눈을 붙였다.

7

여자의 몸뚱이가 화로 위에서 타들어갔다. 화로에는 사체를 올려놓을 수 있게 철근으로 만들어진 판이 놓여 있었고 아래쪽에는 화덕이 설치되어 있었다. 건물 내부에 환풍구를 설치해놓아 안에서 불을 지피더라도 연기가 차지 않았다. 이 모든 걸 사내가 직접 설계하고 용접해서 만들었다. 그는 화로 앞에 소파를 놓고 감상하듯 여자가 타들어가는 것을 지켜보았다. 지지직거리는 소리와 타닥거리는 소리가 마치 죄 지은 자의 속죄의 소리처럼 들렸다.

몸뚱이 전체를 올리고 불을 지피려니 시간이 너무 오래 걸렸다. 몸뚱

이는 겉만 타고 좀처럼 속까지는 타지 않았다. 연기도 많이 피어올랐고 냄새도 역하게 났다. 긴 꼬챙이로 몸뚱이를 이리저리 굴려가며 태워도 힘겨웠다. 사내는 여자의 몸뚱이를 다시 바닥으로 끌어내렸다. 그의 손에 작고 견고한 연장이 들려 있었다. 한 손에 딱 들어맞는 도끼였다. 사내는 도끼를 머리 위로 들어 올렸다가 내리쳤다. 정육사가 커다란 고깃덩이를 토막 내듯 여자의 몸뚱이를 하나하나 분리해냈다. 살과 살이 갈리고, 피가 튀고, 뼈에 부딪힌 도끼가 둔탁한 소리를 냈다. 그러나 그의 표정은 변함이 없었고 몸짓은 멈추지 않았다. 여자는 사람이 아니라 고깃덩이에 불과했으며, 사내의 손에 의해 점점 사람의 형태가 사라져갔다.

사내는 그 모습을 어린 신도에게 지켜보도록 하면서 더러운 인간의 몸뚱이가 연기로 승화되어 사라지는 모습을 놓치지 말라고 했다. 사내의 분노에 찬 눈은 불 속에서 한 번도 빠져나오지 않았고 그 눈빛에 불은 더 타오르고 있는 것 같았다. 어린 신도는 그런 그의 모습을 힘겹게 바라보고 있었다.

여자를 강간하고 죽이며 사내는 말했다. 죄의식을 가져시는 인 된다고. 여자의 수치스러워하는 몸짓에 약해지지 말라 했다. 파멸의 원죄는 사람을 잉태한 여자의 그것에 있다고 했다. 지금의 행동이 존엄한 연습이 되어 죄를 진 사악한 인간들을 모두 단죄하게 될 것이라고 했다. 더 추잡한 죄를 짓고 더 수치스런 행동을 하고도 멀쩡히 살아가는 인간들의 더러운 몸뚱이를 불사르는 것이 그의 목표라 했다. 신도는 사내의 말을 그대로 따랐고 그에게 복종하려 머리를 조아렸다.

"신에겐 감정이 없어야 해. 모두에게 평등하고 공정해야 하지. 그런데 지금의 신은 자격이 없어. 왜? 불공평하고 멍청하니까. 누구는 평생 일하지 않고도 돼지처럼 배부르고, 누구는 하루라도 일하지 않으면 배를 굶어야 하지. 신은 실패한 거야. 안 그래? 태어날 때부터 너는 가난한 놈이라고 낙인을 찍어서 내보내는 신이 옳다고 생각해? 그런 멍청한 신 따윈 필요 없어. 내가 신이야! 왜? 멍청하게 잘못 만들어놓은 세상을 바로잡을 거거든. 누가? 내가!"

사내가 어린 신도에게 그런 말을 할 때까지도 그는 경의와 찬탄의 대상이었다. 그러나 막상 여자가 화로 위에서 타들어가기 시작하자 신도는 경의보다는 공포를 느끼기 시작했다. 속이 울렁거리고 머릿속이 어지러워 더 이상 보지 못하고 밖으로 뛰쳐나갔다. 사내의 눈이 매섭게 신도의 뒤를 따라 쫓아갔다. 밖으로 나오자마자 신도는 참았던 구역질을 했다. 노란 위산을 쏟고 나서도 한참 침을 질질 흘렸다. 여자는 왜 죽어야 했을까. 신의 행동에 의문은 없어야 했다. 그러나 어린 신도는 왜라고 묻고 있었다.

처음에 사내는 더럽고 추잡한 세상을 바꾸겠다고 했다. 이런 시골 구석에서 신도를 대변해줄 사람이 바로 그였다. 눈매는 날카로웠고 주름 진 얼굴에선 힘이 느껴졌다. 얼굴에 웃음기라곤 없었으며 세상을 노려보는 듯한 눈은 분노에 차 있었다. 그 분노가 존경스러웠고 고귀해 보였다. 어릴 적 교회에 다닌 적이 있었다. 고개를 들어 올려 십자가에 박힌 예수를 바라보며 느꼈던 그때의 감정을 사내를 바라보면서 느꼈다. 감히 바라보고 있는 것만으로 어린 신도는 전류가 흐르는 듯 온몸이 흥분되었다. 그를 따른다면 힘겨웠던 지난날을 모두 복수해줄 것 같았다. 노동은 사내가 만들려는 세상의 무기를 만드는 수단이라고 했다. 노동으로 시멘트를 사고 철근을 사 지금의 건물을 지었다. 두꺼운 벽은 아무리 날카로운 비명이라도 막아내기에 충분했고 철창은 이곳에 갇힌 이상 그 누구도 탈출할 수 없을 만큼 견고했다. 인간쓰레기는 쓰레기니까 소각을 해야 한다며 소각장도 지었다. 지금은 단둘이 성전을 시작하지만 시간이 지나면 신도의 숫자는 늘어갈 것이며, 세상이 놀랄 만한 일을 할 것이라고 했다. 쓰레기를 모두 처리하고 목표가 채워지는 날, 세상에 새로운 신의 존재를 알릴 것이라고 했다. 어린 신도에게 그는 이미 신이 되어 있었다.

여자는 희생양이었다. 여자를 죽여 세상을 바꾸려 한 것은 아니었다. 여자는 세상을 바꿀 준비를 하기 위한 연습이었다. 그렇게 생각하니 편했다. 여자가 아무리 고통스러워해도 비명을 질러도 그건 사내가 말하는 또 다른 세상을 위한 최소한의 희생일 뿐이었다. 여자의 희생으로 자신들의 용기가 충만해질 것이며 지대한 꿈이 이루어질 거라고 말했다. 어린 신도는 그의 말 한마디에 사람을 죽일 용기가 생겨났다. 성전이라고 생각하니 사람을 죽이고 불에 태우는 것이 어려워 보이지 않았다.

스무 살의 청년에게 사내의 방식은 잔인하고 역겨웠지만 사내와 한 맹세를 지키기 위해 여자를 납치하고 강간했다. 강간할 때 흥분의 감정은 조금도 없었다. 발기한 성기를 여자의 짓이겨진 그곳에 밀어넣었을 뿐이었다. 여자의 고통이 성기를 타고 어린 신도에게 그대로 전달되었다. 서 있던 성기는 곧바로 힘을 잃고 쪼그라들었다. 사내가 그것을 보고 화를 냈다. 어린 신도는 수치스러운 것보다 여자에게 미안했다. 고개를 들 수 없었다. 왜 그 짓을 해야 하는지 묻는 건 금기였다. 역한 냄새와 엽기적인 살인에서 어린 신도가 본 것은 신이 아니라 악마의 추악한 얼굴이었다. 자신도 악마가 되어야 할지 모른다고 생각하자 그의 실체가 알고 싶었다.

지하로 내려왔지만 신의 방에 어린 신도는 들어갈 수 없었다. 지하 안쪽 계단 아래 사내의 방은 굳게 닫혀 있었다. 스스로를 신이라 부르는 자는 여자를 죽일 때 흘러나온 피가 바닥에서 고여 썩고 있는 그곳에서 잠을 자고 밥을 먹었다. 어린 신도에게는 단 1초조차 숨쉬기 힘든 그곳이지만 그는 아무렇지 않게 지내고 있었다. 어린 신도는 사내를 무서워하면서도 그를 떠날 수 없었다. 그러기에는 너무 많은 것을 보아버렸고, 배신은 곧 죽음이라는 걸 알았다. 어린 신도는 잠을 청했지만 눈만 감고 있을 뿐 잠들 수 없었다. 여자가 살려달라고 애원하던 모습이 계속 머릿속을 맴돌았다. 사람이 죽어가며 살려달라고 애원하는 것을 보는 건 고통이었다. 마음만 먹었다면 여자를 살려줄 수도 있었다. 그렇지만 그렇게 하기 위해서는 큰 용기가 필요했고, 그건 신에게 대항하는 짓이었다. 밤새 잠을 설치며 뒤척이는 동안 여자는 계속해서 신도를 깨웠다.

어린 신도는 대학에 진학하지 못했다. 대학에 진학할 가정형편이 되지도 못했지만 그렇다고 공부를 잘했던 것도 아니었다. 키는 작았고 덩치도 다른 아이들에 못 미쳤다. 거기다 말까지 더듬어 학교에서는 늘 왕따였다. 그는 아이들이 놀리고 때려도 항상 무대응으로 일관했다. 침묵을 지키는 게 놀림을 줄이는 방법이라고 믿었다. 학교를 졸업하자 아이들의 놀림에서 벗어날 수 있었다. 학교를 떠나니 가장 좋은 게 그거였다. 재수는 생각지도 않았지만 그래도 대학에는 한 번쯤 가보고 싶다는 생각이 들었다. 대학은 뭔가 다르지 않을까 싶었다. 그래서 막연히 돈을 벌기로 했다. 그러나 말더듬과 왜소한 체형은 어디를 가나 걸림돌이었다.

사내를 만난 건 반년 전쯤 건설현장에서였다. 말더듬이를 받아주는 곳은 일용직 건설현장밖에는 없었고, 그도 그곳이 마음이 편했다. 말을 하지 않아도 되었고 말을 거는 사람도 없었다. 인력보급소 소개로 간 현장에서 사내를 처음 보았다. 나이는 대여섯 살이 더 많아 보였고, 키는 그리 크지 않았지만 몸은 군살 없이 단단해 보였다. 적당히 마른 몸에 말이 없었다. 사내는 시멘트 타설 현장에서 레미콘 차가 들어가지 않은 곳에 시멘트를 채워 넣는 일을 하고 있었다. 사내와 자주 마주치자 그는 고개를 숙여 목례를 했다. 사내는 무시했다. 아니 무시했다기보다는 무관심해 보였다. 학교에서 인사는 그렇게 하라고 배웠던 것을 신도는 미련하게 지켰고 모르는 사람에게도 멍청할 만큼 순박했다.

"아, 이 시벌새끼. 시멘트를 여기에 묻히면 어떻게 해!"
"죄…죄,죄송합…합니다. 치…치,치워…드…릴게요."
"뭐라는 거야, 이 새끼!"

양동이를 들고 가다가 실수로 그만 건축주의 승용차에 시멘트를 쏟고 말았다. 은빛을 내며 거만하게 서 있던 외제 고급 승용차는 순식간에 시멘트를 뒤집어썼다. 눈을 치켜 뜬 라이트와 번쩍이는 본네트가 무색하게 거무죽죽한 시멘트가 끈적끈적하게 차체에 흘러내리고 있었다. 미안하다는 말이 신도의 입에서는 너무도 힘들고 어렵게 새어나왔다.

"아, 이 시벌럼! 이게 얼마짜리 찬데. 병신 같은 새끼, 너 이거 물어줄 수 있어?"
"아…아아아…니니니니…요."
"말도 못 하는 벙어리 새끼야?"

다그칠수록 말은 더 더듬거리며 나왔고, 급한 마음에 손으로 시멘트를 닦아냈다.

"야, 이 미친 새끼야, 그걸 손으로 닦아내면 시멘트에 페인트가 쓸리잖아. 거지 같은 새끼. 못난 티를 내요. 닦지 말라고, 벙어리 새끼야!"

급기야 건축주는 미안해 어쩔 줄 몰라 하는 어린 신도를 발로 밀어버렸다.

"거지 같은 새끼! 너네 집에 전화해, 개새끼야. 돈 가져오라고. 빨리 전화해. 아이, 시벌! 걸려도 어디 저런 거지같이 없는 새끼한테 걸려. 재수 없게!"

"죄,죄죄…죄…송……."

"됐어, 벙어리 새끼야. 다 큰놈이 울기는. 운다고 해결이 돼? 돈 가져오라고! 아이, 저 거지새끼. 소장 오라고 해, 소장!"

현장 소장이 소리를 듣고 달려왔다.

"저 새끼 꽉 잡고 있어. 세차하고 볼 테니까. 페인트 조금이라도 벗겨졌으면 그거 다 물어내야 해. 알았어?"

"예. 알겠습니다."

건축주의 불같은 성화에 소장도 몸을 움츠린 채 굽실거릴 뿐이었다. 건축주는 차를 몰고 가면서도 끝까지 재수 없다는 표정으로 신도를 향해 눈을 흘겼다. 신도는 어찌해야 할 바를 몰랐다. 몇만 원 벌기 위해 죽어라 중노동을 했는데, 눈물이 절로 솟아났다.

"죽여버리고 싶지?"

"뭐…뭐,뭐라…구요?"

"차를 공사장에 주차한 저 새끼 잘못이지. 안 그래?"

"......"

"저 새끼 죽여버릴까? 너를 무시하는 놈, 불에 태워서, 아주 고통스럽게."

어느새 옆에 다가선 사내가 빠져나가는 승용차를 이글거리는 눈으로 좇으며 말했다. 그는 신도가 느끼는 것보다 더 큰 증오와 혐오를 토해내고 있었다. 숨소리가 거칠어지고 상기된 얼굴이 뜨거워 데일 것만 같았다. 다행히 세차로 일은 마무리가 되었고, 신도는 일당을 받지 못한 채 현장에서 쫓겨났다.

그런데 며칠 후 사건이 터졌다. 보급소에서 사람들의 수군거림이 요란했다.

"저기 최 사장이 어제 차 속에서 불에 타 죽었대."

"그렇게 돈자랑을 하고 차자랑을 하더니만 죽어부렸구만."

"술 먹고 차에서 자다가 담뱃불로 불이 났다고 하는 것 같애. 경찰이 수사를 한다고 하니까 머잖아 밝혀지겠지."

"누군가 불을 질렀다는 말도 있던데?"

"그럴 수도 있겠지. 그놈이 좀 못되게 본시발을 했어야지. 죽이고 싶었던 사람이 한두 명이 아니었을걸."

"잘 뒈졌어, 그런 새끼는!"

그 일로 신도는 경찰서에 가서 조사를 받았다. 현장소장이 며칠 전 사소한 시비가 있었다는 말을 한 모양이었다. 경찰이 그 일로 앙심을 품은 것은 아닌지 조사하려고 불렀지만 신도를 보더니 몇 마디 묻지 않고 보내주었다. 초라해 보이는 외모와 자신감 없는 표정에서 더 이상 조사해볼 필요조차 없다고 느낀 것 같았다. 더군다나 말까지 더듬어 진술조차 알아듣기 힘들자 경찰관이 더 짜증을 냈다. 신도는 사내에 대한 이야기를 하지 않았다. 묻지도 않았지만 하고 싶지도 않았다.

"고맙지?"
"예에에?"
한 달이 지나갈 즈음 다른 건축현장에서 사내를 만났다. 신도 곁으로 다가와 의미를 알 수 없는 말을 던졌다. 신도는 고맙다는 말이 무슨 의미냐는 듯 그를 쳐다보았다.
"내가 죽여줬어, 그 새끼. 불로 태워서."
"왜에에에에…요?"
"니가 죽이고 싶어 했잖아."
"……."
"따라와. 갈 데가 있다."
어린 신도는 끌려가듯 엉거주춤 사내의 뒤를 따랐다.

8

태석 혼자 남아 있는 사무실에 나이 든 여자가 들어왔다. 남편을 고소한 김배자 씨였다. 허리가 좋지 않아 병원에 들렀다가 장을 보고 경찰서로 왔다. 여자의 얼굴은 기름기 없이 푸석거렸고, 목소리는 힘이 없어 마른 낙엽을 스치는 바람 소리 같았다. 몸이 좋지 않은지 움직일 때마다 손을 허리에 대고 고통을 참아내고 있었다. 여자를 할머니로 불러야 할지 아주머니로 불러야 할지 잠시 태석은 고민했다.

"이 고소장 할머니 본인이 제출하신 거 맞아요?"

"예."

"내용도 모두 할머니가 쓴 건가요?"

"예."

"고소 내용을 간단히 말씀해보시겠어요? 제가 알 수 있게."

그냥 친근하게 할머니라고 부르기로 했다. 할머니는 어디에서부터 말을 꺼내야 할지 생각하는 듯했다. 결혼 때부터 해야 할까, 아니면 남편이 변했을 때부터 해야 할까. 잠시 망설이다 입을 열었다.

"어디서부터 하지요?"

"그냥 생각나는 대로 하세요."

사건이 없는 태석에게는 남는 게 시간이었다. 할머니가 어떤 말을 하건 모두 들어줄 수 있을 만큼 시간은 충분했다. 할머니는 숨을 깊이 들이쉬고는 천천히 말을 꺼냈다. 시집와서부터 시부모님 모시고 살던 이야기 그리고 아이들을 키우던 이야기까지. 고소장의 내용과는 상관없는 이야기가 많았지만 끊지 않고 들었다. 말하는 것으로 봐서는 남편을 벌 주려는 의도는 없는 것 같았다.

열아홉 살에 열 살이나 많은 남편에게 시집을 와 스물세 살에 첫 아이를 가졌다. 배가 불렀을 때 남편은 세상에서 가장 소중한 것을 다루듯 부인을 보살펴주었다. 출산을 하고 나자 그의 사랑은 더 극진해졌고 아이를 위해서는 당장이라도 죽을 것처럼 유난을 떨었다. 그러나 얼마 되지 않아 불행이 찾아왔다. 4개월째 아이가 잠을 자다가 그만 죽은 것이다. 푹신하라고 깔아준 담요에 아기는 얼굴을 박고 질식해 죽어버렸다. 그것도 모르고 옆에서 잠을 자던 그녀는 나중에서야 죽은 아이를 안고

나비 사냥

울기만 했다. 그때부터 남편은 변해갔다. 술이 늘고 폭력이 시작되었다. 술에 취하면 남편은 아이를 살려내라며 아내를 끔찍하게 괴롭혔다. 그 후로 아이가 들어서지 않다가 5년이 더 지나서야 아이를 갖게 되었다. 딸과 아들을 더 낳았지만 한 번 생긴 남편의 주벽은 바뀌지 않았다. 그녀는 아이를 죽인 어미의 죄라고 생각하고, 그것으로 남편의 맘이 편해진다면 감수해야 한다고 생각했다.

할머니가 울었다. 딸아이가 한 번도 아빠의 사랑을 받아보지 못하고 자랐다며 미안해했다. 아들에게도 마찬가지였지만 유독 딸에게 더 심했다. 아들을 죽이고 태어난 아이라고 생각하는 것 같다고 했다. 30년도 훨씬 지났는데 아직도 앙금이 남았는지 남편은 요즘도 집에 술이 없다고, 말대꾸한다고, 구시렁거린다고 이유 같지 않은 이유를 대고 할머니를 때렸다. 할머니는 눈이 터지고, 멍이 들고, 뼈가 금 가도 병원에 가지 않았다. 이미 동네에 남편의 폭력에 대해 모르는 사람이 없었지만 할머니는 끝까지 아니라고 우겼다.

할머니의 긴 사연이 끝나가자 태석은 사실을 요약해야 했다. 남편의 폭력이 잦았던 것 같지만 너무 오래전부터라 확인하기는 힘들 것 같았다. 예전 것은 진술을 해도 객관적 자료가 될 수 없어 최근에 병원치료를 받은 것으로 범죄사실을 작성하기로 했다.

"처벌 원하세요?"

"예?"

할머니가 처벌이라는 말에 다시 물었다.

"형사적으로 벌을 받기를 원하느냐구요? 영감님이."

"처벌하면 어떻게 되는디요?"

"처벌하면 벌금도 내고 그러는 거죠. 이거 접수하고 이혼하실 때 첨부하시려고 하는 거 아니에요?"

이혼을 위해 가정폭력 사실을 경찰에 접수를 하는 경우가 있다. 보통 가정폭력으로 이혼할 때 준비하는 서류 중 하나다.

"그냥 혼구녕이나 나보라고, 여기 와서 형사님한테 얘기하면 좀 나아질까 히서요."

"그럼 처벌은 원치 않는다는 말이에요?"

"그러니까 그게……."

할머니는 말을 잇지 못했다. 딱히 남편을 처벌하고 싶어 여기를 찾아온 것 같지는 않았다.

"딸아이만 들어오면 처벌 같은 그런 거시기는 바래지 안히요."

"딸아이라니요? 집 나갔어요?"

"예. 보름쯤 되었구만요. 애들 아부지가 술을 묵고 나를 자꼬 때리니께 지 아부지한티 뭐라고 혔는데 듣는 둥 마는 둥이고……. 딸애까징 때릴려고 헝께, 지 아부지허고는 말이 안 통힌다면시……. 내가 불쌍했는가, 지 아부지를 경찰서에 고소하지 않으면 집을 나가겠다고 하고는 다음 날 진짜 나가부렀구만요."

"전화 안 돼요?"

"꺼져 있든디요. 계속요."

"가출신고는 했어요?"

"아니요. 곧 들어오겠죠. 예전에도 그렇게 말허고 집을 나갔다가 매칠 있다 들어오고는 혔은게요. 친구 집에 가 있다가 들어오고는 혔는디, 이번에는 좀 늦는구만요. 그래서 여기다 이거라도 내놓으면 아이가 돌아올 것 같아서……."

"이번에는 조금 늦는다라…….'

태석은 혼자서 중얼거렸다. 성인 여자가 집을 나간 지 보름이 되었는데 소식이 없다. 전화도 꺼져 있고 직장이 어디인지도 모른다. 그냥 아침에 나가 저녁에 들어오니까 일 다니나보다 생각했다고 한다. 보름이나 시간이 지났는데 할머니는 태평이었다. 곧 들어올 거라고 미련스럽게 믿고 있었다. 할머니는 남편을 벌주기보다 딸을 돌아오게 하는 데 더 관심이 있었고 그러기 위해 고소장을 낸 것이었다. 동네 이장이 경찰서에 고소장 내는 법을 알려주었다고 했다. 딸만 돌아오면 고소는 취하하면 될 거라고.

"옆 사무실에 가면 여성청소년계가 있어요. 거기 가서 우선 가출신고부터 하세요. 고소장을 들고 강력팀을 찾을 게 아니라 가출신고서부터 작성을 하셔야 했어요. 아무리 딸이 나이가 있다고 하지만 보름이 넘게 들어오지 않고 있으면 문제가 있죠. 딸 문제는 그렇게 하시고, 혹시 임시조치로라도 남편분과 거리를 두고 싶다거나 떨어져 있고 싶지는 않으세요? 접근금지라도 신청을 하시던가요."

"그런 거 필요 없구만요. 아침에 올 적에 경찰서 갔다 온다고 했어요."

"뭐래요?"

"갔다 오라고 하대요."

할머니가 남편을 무서워하고 있는 게 맞을까. 아마도 잦은 폭력에 무감각해졌나 보았다.

"형사님, 있잖여요. 혹시 우리 딸아이가 경찰서로 전화히서 물으면 지가 신고하러 여기 왔다갔었다고 꼭 그렇게 말씀해주세요. 엄마가 조사

받고 갔으니까 꼭 집에 들어가라고, 지가 걱정하더라고 말여요. 이혼도 생각하고 있으니까 일단 집에 들어가서 이야기를 허라고요. 그라고 아까 알려준 딸 전화로 전화도 한번 걸어주시믄 고맙겠구만요. 계속 꺼놓기야 허겄어요. 한 번쯤 켜겄지."

돌아가는 할머니의 어깨는 한결 가벼워 보였다. 딸이 내주고 간 숙제를 이제 모두 마쳤다는 표정이었다. 딸이 빨리 숙제 검사를 해주어야 할 텐데. 가출신고를 하고 가라는 태석의 말을 무시하고 할머니는 그대로 경찰서를 빠져나갔다.

할머니가 남겨놓고 간 딸의 전화번호로 전화를 걸어보았다. 전원이 꺼져 있어 음성메시지를 남겼다.

"노미주 씨, 경찰섭니다. 부모님이 걱정하시니까 메시지 듣는 대로 부모님께 연락하십시오. 어머님 사건은 접수가 되어 진행 중입니다. 그럼 이만. 참, 어머니께서 이혼도 생각하고 있으니까 들어와서 이야기를 하자고 하십니다. 집에 꼭 들어가세요."

혼자서 전화기에 대고 가출 여성에게 음성을 남기려니 어색하기도 하고 별짓을 다 한다는 생각이 들었다.

9

사륜기 모양의 엠블럼을 단 아우디 승용차가 빗길을 스치듯 조용히 달리고 있었다. 빗방울들이 앞 유리창에 부딪혔다가 바람에 밀려 옆으로 흘러내렸다. 차내엔 조용한 발라드가 흐르고, 에어컨이 쾌적하게 실내 온도를 유지하고 있었다. 조금 열어놓은 창문 사이로 담배 연기가 빠르게 빠져나갔다. 남자는 차 안을 이리저리 살펴보며 만족했다. 기분 때문일까. 뚱뚱한 몸에도 좌석이 넓어 보였다. 국산차는 왠지 엉덩이 쪽이 비좁게 느껴졌었다. 차를 바꾸고 나서 영업이 훨씬 잘되었다. 빚을 내서 차를 바꾸겠다고 했을 때 집에서도, 영업 동료들도 하나같이 말렸었다. 빚을 져가면서까지 무리하게 차를 구입할 필요가 있느냐는 것이었다. 하지만 영업의 세계에서는 있어 보일수록 상대가 대접을 해준다는 것을 남자는 경험으로 알고 있었다. 차를 외제차로 바꾸고 양복을 명품으로 맞추어 입자 의사들은 전과 다르게 호의를 보였다. 그를 잡상인처럼 쳐다보던 간호사들도 정중하게 인사를 했고, 건물 경비원들도 출입을 막으려 들지 않았다. 단지 껍데기를 바꾸었을 뿐인데 남자는 없던 자신감이 솟았다. 오만하게 고개를 들고 어깨에 힘을 주어도 된다고 세상이 허락해준 것 같았다. 영업사원으로 일한 지 10년이 넘어가고 있지만 지금 같은 황금기는 처음이었고, 아우디를 모는 한 그것은 지속될 것만 같았다. 그래서 차가 더없이 소중해 보였다. 뒷좌석에는 의사들에게 줄 선물이 가득했다. 외제차를 모는 만큼 선물도 전보다 더 신경을 써 준비했다. 회식이 끝나고 가져가라고 주었는데 취해서 가져가기 힘드니 다음에 가져오라고 해서 선물을 다시 차에 실었다. 의사들을 접대하는 것은 정말 힘들다. 그놈들은 웬 술을 그렇게 잘 먹고 여자도 그리 좋아하는지. 조용한 외곽까지 데리고 나가 술과 여자들까지 먹여야 간신히 약 하나를 팔아주었다. 오늘도 아가씨들을 붙여 모텔에 넣어주고, 모텔 주인에게 대리운전 비용까지 쥐어준 후 돌아오는 참이다. 그놈들 처먹이는 돈 빼면 약값이 반절은 떨어질 것이라고 혼잣말로 늘 중얼거렸다.

그나마 오늘은 술자리가 길어지지 않아 다행이었다. 술을 아무리 먹여도 취하지 않는 놈들이 있었다. 그런 놈들을 만나면 새벽을 꼬박 넘기고 말았다. 술을 좀 마시기는 했지만 정신은 멀쩡했다. 비까지 내려 음주단속도 없을 것 같았다. 다만 늦게 들어왔다고 집에서 혼날 게 걱정이었다. 빨리 장가가서 마누라한테 술국 얻어먹으라는 어머니의 잔소리가 귀에 윙윙거렸다.

그런데 아까부터 뒤에서 차 한 대가 죽 따라오고 있었다. 남자가 속도를 내면 뒤차도 속도를 내고 속도를 줄이면 뒤차도 줄이는 것 같았다. 아무도 없는 밤길에 이렇게 서행을 해도 앞지르지 않는 걸 보면 어지간히 한가한 모양이었다. 갓길로 차를 붙여 뒤차가 앞서가게 해주었다. 그런데도 뒤차는 앞으로 나가지 않았다.

"뭐야, 비켜주는데 빨리 가지. 병신 같은 게."

다시 깜빡이를 넣고 비켜줘도 마찬가지였다. 뒤차는 마치 일행이라도 되는 듯 일정한 간격을 두고 따라왔다.

"참나, 이래도 안 갈래. 개새끼야."

남자는 천천히 속도를 줄여 갓길에 멈추어 섰다. 차가 섰으니 당연히 앞질러갈 것이다. 그런데 뒤차는 그대로 있었다. 백미러로 바라보니 멈춘 차는 조금의 미동도 않고 서 있었다.

"왜 저러는 거야, 씨발. 가기 싫으면 마라."

남자가 다시 출발하려 하자 뒤차가 움직였다.

"뭐야, 저 새끼!"

다시 멈추면 또 멈출까. 남자가 차를 다시 멈추고 뒤를 돌아보자 움직이던 차는 그대로 옆을 지나 앞질러갔다. 어떻게 생긴 사람이 타고 있는지 보려 했지만 검게 선팅이 되어 있어 알아볼 수 없었다. 차는 서서히 남자의 시선에서 멀어져 갔다.

"미친놈들! 아이, 오줌 마려워. 맥주를 들이부었더니 오줌만 마렵네. 여기서 누고 가야겠다."

멈춘 김에 남자는 담배에 불을 붙이고 갓길로 나가 오줌을 누었다. 술집에서 나올 때부터 마려웠는데 비 때문에 참고 있었다. 한꺼번에 쏟아져나오는 오줌에 어깨가 떨려 왔다. 힘을 주어 누는데도 얼마나 꽉 차 있었는지 끝없이 쏟아져 나왔다. 우산을 쓰지 않아 옷이 젖어들자 빨리 들어가려 방광에 힘을 주어 오줌을 밀어냈다.

"우우우, 아구, 시원하다. 뭐야, 이거!"

앞서 갔던 탑차가 돌아와 남자의 차 앞에 거칠게 멈추어 섰다. 그리고 운전석에 있던 사내가 뛰어나와 오줌을 누던 그의 뒷덜미를 잡더니 그대로 뒤로 넘어뜨려버렸다. 뚱뚱한 몸이 뒤로 넘어가며 쿵 소리를 내었다. 아래를 잡은 채로 뒤로 넘어진 남자는 일어나려 바둥거렸지만 그럴 수 없었다. 위에서 내려보던 사내가 인정사정없이 마구잡이로 밟아 뭉갰다. 남자는 영문도 모른 채 오줌을 누다가 두들겨 맞았다.

"너 뭐야, 새끼……. 억!"

말도 몇 마디 해보지 못하고 얻어맞기만 했다. 금세 입술이 터지고 코피가 쏟아져나왔다. 남자는 얼마 못 가 더 이상 반항할 힘조차 잃고 축 늘어지고 말았다. 늘어진 다리를 향해 사내가 둔기를 들어 내리쳤다.

"윽!"

발목을 바윗덩이로 뭉개버린 것 같았다. 뼈가 으스러지는 소리가 들려왔고 이어서 뇌 속을 송곳으로 찔러대는 듯한 고통이 밀려왔다. 비명을 지를 수조차 없는 강렬한 고통이 머릿속을 뒤흔들었다.
　검은 사내가 남자의 얼굴 곁에 쪼그려 앉아 그를 내려다보았다.
"저거 니 차냐?"
"……."
"니 차 맞냐고?"
"예……."
간신히 입을 뗐다.
"돈 많나보다? 저런 차 타고 다니고?"
해묵은 감정을 가진 듯 사내는 남자를 비꼬았다.
"왜 그러는데요?"
"더러운 돼지새끼!"
　질문에 답 대신 둔기가 날아와 머리를 스쳤고 남자의 고개는 옆으로 떨어졌다. 의식을 잃은 남자를 사내는 탑차로 질질 끌어 옮겼다. 이를 지켜보던 어린 신도가 탑차 옆문을 열고 기다리다 남자를 같이 들어 올리고 엉덩이를 밀었다. 남자의 뚱뚱한 몸이 고깃덩이처럼 화물칸에 실렸다. 화물칸은 천장에 가로로 봉이 설치되어 있고, 그 봉에는 갈고리에 고깃덩이들이 매달려 있었다. 에어컨에서 차가운 냉기가 흘러나와 고기를 신선하게 유지했다. 사내는 테이프를 이용해 봉을 받치는 기둥에 남자를 묶었다. 몸을 칭칭 감고 고개도 기둥에 붙인 뒤 소리를 지르지 못하도록 입도 함께 막았다. 어두운데도 사내의 손놀림은 빠르고 정확했다.
　사냥은 성공적이었다. 먹잇감을 찾기 위해 경기도까지 올라가 몇 바퀴를 돌았는지 모른다. 사자가 살찐 먹잇감이 많은 곳을 어슬렁거리듯 사내도 돈이 많은 사람들이 찾는 경기도 카페촌을 사냥터로 잡았다. 돈이 많은 먹이를 구별하는 것은 어렵지 않았다. 화려할수록 돈이 많다는 표시였고 차는 그 기준이 되었다.

돈은 사내를 신으로 만들어줄 무기가 되어줄 것이다. 더러운 종자들과의 전쟁에서 필요한 무기를 돈은 만들어줄 수 있었다. 사내가 가지고 있는 공기총으로는 일을 하는 데 한계가 있었다. 경찰과 군인이 쳐들어오더라도 방어를 할 정도가 되어야 하는데 공기총으로는 아무래도 무리였다. 제대로 일을 하자면 돈이 있어야 했고, 돈이 있는 자를 죽이는 것은 죄가 되지 않았다. 가진 자의 돈은 없는 자의 피고름을 빨아 만든 기름덩이라서 그것을 다시 빼앗는 것은 정당했다. 살찐 돼지들을 몽땅 우리 안에 몰아넣고 기관총으로 쏘아 죽이고 휘발유를 부어 태워버리고 싶었다.

사내는 이미 한 달 전에 청계천에 가서 무기를 봐두었다. 업자는 그를 봉고차에 태워 장소를 알 수 없는 곳으로 이동한 다음 전시용 M16 소총을 보여주었다. 원하면 미군부대에서 빼돌려줄 수 있다는 업자는 돈을 건네받는 즉시 M16 소총과 실탄을 주기로 했다. 총은 한 정에 4,000만 원이 넘었다. 돈은 무조건 현금이었고 현장 전달이었다. 소총 한 정과 실탄을 준비해달라고 하고 돈을 건네는 날은 다음 달 19일로 잡았다. 그날 돈이 전달되지 않으면 무기는 곧바로 다른 사람에게 인도된다고 했다.

남자는 광주를 지날 때쯤 정신이 들었다. 어디로 가고 있을까. 곧 멈추겠지 생각했는데 차는 쉬지 않고 달렸다. 그대로 가는 것이 무서웠고,

멈추는 것은 더욱 무서웠다. 문이 열리면 무슨 일이 일어날지 전혀 알수 없었다. 발에 뭔가 묵직한 것이 걸려 신경이 쓰였다. 처음 차에 실렸을 때 바닥에 무언가 있다는 것을 느꼈지만 정신이 혼미해 보지 못했다. 매달려 있던 고깃덩이가 떨어진 게 아닐까. 그런데 발아래 덩어리도 남자처럼 피 냄새를 흘려보내고 있었다. 덩어리가 시신일지도 모른다는 생각이 들자 소름이 돋으며 막힌 입으로 비명이 새어나왔다. 건드리면 깨어날까 남자는 힘주어 발로 걷어차보았다. 그러나 조금 밀려날 뿐 그것은 움직이지 않았다. 방지턱을 지날 때 미끄러지며 그것이 더 가까이 왔다. 죽은 사람과 관 속 같은 차디찬 어둠 속에 갇혀 있다는 생각이 짙어지자 온몸이 떨려 왔다. 오히려 자신도 이미 죽어버린 것은 아닌가 하는 착각이 들었다. 살아 있다는 것이 오히려 두려움이었다. 원한관계일까? 나를 이토록 죽이고 싶어 할 만큼 미워한 사람이 있었나? 사람으로 기름을 짜거나 장기를 잘라내 판다는데 그것일까? 별별 생각이 다 들었다. 차가 오르막을 올라 비포장도로를 한참 달리더니 드디어 멈추어 섰다. 두 사람의 목소리가 점점 가까이 다가왔다. 문을 열면 기절한 척해야 할까, 아니면 일어나 몸부림이라도 쳐야 할까. 텅 소리를 내며 문이 열렸다.

"우우우우움!"

'뭐하는 놈들이야. 왜 나를 여기까지 끌고 온 거야'라고 소리를 지르려 했지만 정작 입안에서 웅얼거리고 있는 말은 '살려주세요'였다. 차량의 라이트가 사내들의 뒤를 비추었고, 한 사내의 손에는 팔뚝 길이의 기다란 칼이 불빛에 번득이고 있었다. 옆으로 고개를 돌리니 발아래 물체가 눈에 들어왔다. 온몸이 칼에 찔려 붉게 변해버린 50대 남자의 사체가 남자를 바라보고 있었다. 발을 동동 구르고 막힌 입으로 비명을 지르며 발버둥을 쳤다. 그런 남자의 모습을 보며 사내는 웃었고, 어린 신도는 표정 없이 바라보기만 했다.

사내가 차 위로 올라와 남자 옆에 쪼그려 앉았다.

"너 돈 많지? 돈 많아야 니가 더 살 수 있어. 없으면 죽어."

남자는 고개를 끄덕이며 돈이 있다는 표시를 했고, 죽겠다는 말로 오해했을까봐 다시 미친 듯이 머리를 흔들어 보였다. 지금은 없는 돈도 있어야 했다.

"미친놈! 알았어. 알았어. 고개 떨어지겠다."

사내가 마치 강아지를 쓰다듬듯 남자의 머리를 쓸었다.

"반항하면 죽어, 이것처럼."

사내가 발아래 시체를 툭 차며 말했다. 돈이 많아 보이던 50대 남자는 필사적으로 반항했고 그래서 죽여버렸다. 분이 풀리지 않아 남자가 죽은 다음에도 수없이 찔러댔다.

"그,그…그거건 어,어떠떻…게에 해,해해…요오?"

어린 신도가 말을 더듬으며 사체를 가리켰다.

사내는 살찐 돼지를 죽였을 뿐 어떻게 해야겠다고 생각해보지는 않았다.

"태워버려야지, 토막 내서. 토막을 좀 작게 내. 크니까 잘 타지 않잖아. 연기만 많이 나고."

"……."

사람을 토막 내라는 말을 생선을 잘라 요리하라는 말보다 쉽게 했다. 묵묵부답인 어린 신도를 사내가 쏘아보았다.

"알았어?"

"토토…마마악. 제에…가가…요?"

사내는 대답 대신 쳐다보기만 했다. 처음과 달리 그를 따르던 신도가 조금씩 변해가고 있음을 사내는 알았다. 끝까지 자신을 따라와줄 거라고는 생각하지 않았다. 언젠가는 자신을 떠날 것을 알지만 사내는 절대로 신도를 떠나보내지 않을 것이다. 남자를 차에서 끌어냈다. 다리가 부러져 제대로 서지 못했다. 뒤통수를 잡아 질질 끌어 건물로 들어갔다. 지하 계단에서는 아래로 밀어버렸다. 머리를 찧고 발목이 옆으로 돌아간 남자가 신음을 내뱉었다. 다시 남자의 몸을 끌어다 철창 안에 쑤셔 박은 다음 짐승을 잡아 묶듯 발목과 손목을 끈으로 묶고는 문을 잠갔다.

"여기가 지옥이야. 내가 너를 심판할 신이고. 흐흐흐."

악마가 귀를 잡고 속삭이는 것만 같았다. 사내가 올라가고 지하에 남자 혼자 남겨졌다. 바닥에 쓰러진 채 사방을 두리번거렸다. 차 안에서 나던 냄새가 이곳에서도 나고 있었다. 다만 차에서는 꿈틀거리는 비린 냄새였다면 여기서는 고여서 썩어버린 냄새였다. 바닥은 온통 핏자국으로 덮여 있고, 채 피가 마르지 않은 곳에는 구더기가 들러붙어 피를 빨아먹고 있었다. 철창 밖 철제 대야에는 형광등 불빛에 말라가는 찢긴 살점과 피 묻은 도끼가 놓여 있었다. 저것으로 사람을 죽이는 것일까. 도끼는 이미 남자의 머리를 부수고 사지를 절단하고 있는 것만 같았다. 남자는 믿기지 않는 공포 속에서 허우적댔지만 악몽 같은 현실을 벗어날 순 없었다.

어린 신도가 탑차에 있던 사체를 계단으로 끌고 내려왔다. 작은 체구의 신도가 끌고 내려오기에 사체는 너무 뚱뚱하고 무거워 보였다. 다리를 잡고 끌고 내려오다 보니 머리가 계단에 부딪혀 더 깨지고 있었다. 사체가 끌려가는 대로 붉은 자국이 그려지고 파리들이 신선한 피를 맛보려 분주히 날아들었다. 어린 신도는 사체를 철창 앞 구석에 던져두고 대야와 도끼를 챙겨 옆에 놓았다. 힘이 들었는지 깊은 숨을 몰아쉬던 어린 신도는 측은한 모습으로 겁에 질린 남자를 바라보았다. 남자는 그의 눈빛에서 동정을 보았다.

"우우우웅."(살려주세요. 살려주세요.)

"사,사살 수… 어없어…요."

"우우우웅."(왜요?)

"여,여기가 지지…옥이거,거…든…요."

"우우우웅."(도망치면 되잖아요.)

"도,도도…망… 못 가요. 혀,형이 노…놓칠 리… 어,없어요."

"우우우웅."(제발요, 제발…….)

"여,여…기서 사…살아나간 사,사…람은 어,어…없었어요."

어린 신도는 남자의 말을 받아주었다.

"뭐야!"

계단을 내려오던 사내가 버럭 소리를 질렀다.

"너, 우리 동생에게 뭐라고 말한 거야. 뭐라고 했냐고?"

"우우우웅."(아니, 아무 말도…….)

"안 하기는, 이 새끼! 너는 빨리 위로 올라가."

어린 신도를 밀어 밖으로 내보내고 사내는 남자를 두들겨 팼다. 남자는 계단을 올라가는 어린 신도를 향해 불쌍한 눈을 하고 구해주기를 간절히 바랐다. 그러나 아무것도 해줄 수 없는 어린 신도는 그 눈길을 외면한 채 그대로 문을 나섰다.

지하에서 들려오는 비명 소리에 어린 신도는 귀를 막고 두려움에 떨었다. 마치 자기가 맞고 있는 듯했다. 폭행이 멈추고 이어 도끼질 소리가 들려왔다. 공포를 주려고 일부러 산 사람 앞에서 사체를 훼손하는 것이다. 자기에게 미루지 않고 스스로 하고 있는 게 그나마 다행이었다.

'턱' 소리를 내며 사체가 갈라져 해체되었다. 남자는 차라리 두들겨 맞을 때가 덜 고통스럽다는 것을 깨달았다. 들으려 하지 않아도 소리는 귀를 뚫고 들어왔고, 보지 않으려 해도 시선은 도끼질에 고정되었다. 사람이 토막이 되어 차곡차곡 대야에 담기고 있었다. 살을 쳐낼 때는 그나마 나았다. 뼈를 쫄 때는 자신의 뼈를 쪼는 것처럼 뼛속이 얼얼했고, 내장을 뜯어낼 때는 자신의 배 속을 뜯어내는 것처럼 아렸다. 우두둑 소리를 내며 배 속에서 온전히 자리를 잡고 있던 내장이 순식간에 끌려 밖으로 쏟아져나왔다. 배 속에 고여 있던 핏덩이들도 따라나와 바닥에 쏟아져내렸다. 죽은 척 정지해 있던 구더기들이 일제히 몸을 구부렸다 펴며 신선한 핏속에 몸을 담그며 움직였다.

사내가 토막 낸 사체를 대야에 담아 화덕 위에 하나씩 던져 올렸다. 불에 잘 탈 수 있도록 겹치지 않게 빨래를 널 듯 고루 펼쳤다. 그리고 밸브를 열고 불을 지폈다. 휘이익 소리를 내며 푸른 불꽃이 솟더니 고깃덩이를 감싸며 태우기 시작했다. 검은 연기와 함께 불꽃 타는 소리가 요란했다. 잠시 후 석유 냄새는 사라지고 지하는 사람이 타들어가는 냄새로 꽉 들어찼다. 사내는 그 냄새를 깊이 들이쉬며 희열했고, 남자는 연기가 자기 안으로 들어오는 것에 진저리를 치다 정신을 잃었다.

"병신 새끼!"

사내는 졸도해버린 남자를 향해 비웃듯 내뱉고는, 위에 있던 신도를 불러 꼬챙이를 건넸다.

"다 태워."

"……."

"대답해!"

"아,아아…알…았어."

사내는 위로 올라갔다. 그런데 얼마 지나지 않아 화난 표정으로 씩씩거리며 다시 내려왔다. 차 안에서 예금통장을 찾아 손에 들고 내려오며 헛웃음을 웃었다. 통장은 마이너스였다.

"개새끼야, 일어나봐. 일어나라고!"

혼미한 정신에 남자는 간신히 눈을 떠 사내를 보았다. 무릎을 꿇고 허리는 세우지 못해 고개를 바닥에 붙인 채 옆으로 돌렸다. 양손은 뒤로 묶여 등에 얹혀 있었다. 입을 가린 테이프를 뜯어내자 입안에 가득하던 침이 줄줄 흘러나왔다.

"너 왜 통장이 마이너스야? 차도 좋은 거 타고 다니는 놈이."

"차를 사느라……."

"아까 돈 있다고 했잖아!"

"……."

"돈 내놓으라고, 돈!"

"집에……. 얘기하면 줄 거예요. 많이는 없지만……."

"지금 당장 돈 내놓으란 말이야."

사내가 분을 못 누르고 남자의 얼굴을 바닥에 계속해서 짓찧었다. 지금 화덕에서 타고 있는 사람에게서 빼앗은 100만 원과 남자를 뒤져 나온 20만 원이 오늘 수입의 전부였다. 둘 다 겉은 번지르르했는데 알고 보니 허세만 부린 것들이었다. 힘들게 경기도까지 올라가 종일 공을 들인 일이 허사가 되자 화를 제어할 수 없었다. 손에 잡혔던 소총이 불에 탄 재처럼 바람에 날려 손에서 빠져나가버렸다.

돈이 없다면 죽여버려야지. 더 이상 데리고 있을 이유가 없었다. 사내가 두리번거리며 던져놓은 도끼를 찾았다. 그의 시선이 도끼를 향하자 남자는 버둥거리며 비명을 질렀다.

"안 돼요. 안 돼, 안 돼. 살려주세요. 제발, 살려주세요! 돈 드릴게요."

그러나 사내는 들은 척도 하지 않고 성큼성큼 도끼로 향했다.

삐리리리.

남자의 주머니 속에서 전화벨이 울렸다. 도끼를 가지러 가던 사내가 남자에게 다가갔다. 주머니에 손을 넣어 피 묻은 휴대전화를 꺼냈다. 액정화면에 '울엄마'라고 떴다. 사내는 잠시 생각해보곤 비웃음을 지으며 남자의 곁에 앉았다.

"지방에 있는 술집이라고 해. 술을 많이 먹어서 근방에서 사고 산다고. 알지?"

'알지?'라는 것은 그렇게 하지 않으면 엄청난 고통이 따르거나 죽을 수도 있다는 말이었다. 말을 마친 사내는 철창 밖으로 나가 도끼를 들고 들어왔다. 끊어졌던 전화벨이 다시 울렸다. 남자의 등에 도끼를 올려놓고 전화기를 귀에 대어주었다. 어떻게 받느냐에 따라 살 수도 죽을 수도 있었다. 뭐라고 해야 할까. 납치가 되었다고 해야 할까, 아니면 시키는 대로 해야 할까. 머릿속에 수많은 생각이 요동칠 만도 한데 남자는 다른 생각을 할 수가 없었다. 그러기엔 등에 얹힌 도끼가 너무 무서웠다.

"저, 예요."

"어디야? 오늘도 안 들어올 거야?"

엄마의 걱정 섞인 목소리가 들려왔다.

"예, 먼저 주무세요. 저 많이 늦을 거예요."

"어딘데?"

"거, 거래처 사람들 접대하느라 지방에 있어요."

"지방 어디?"

"있어요."

"조금만 먹어. 그 회사는 왜 매일같이 술이라니. 꼭 대리운전 부르고. 아니면 그냥 여관에 들어가 자. 또 음주운전 하지 말고."

엄마는 남자가 음주운전을 자주한다는 것을 알기에 몇 번이고 주의를 주었다.

"근데, 목소리가 이상하다. 술 많이 마셨니?"

"예? 예."

"알았다."

전화가 끊겼다. 술을 마신다는 말에 사내는 뜻 모를 미소를 지으며, 목덜미를 향해 날을 세운 도끼를 치웠다. 그리고 어린 신도에게 소주를 가져오라고 시켰다. 신도는 고개를 갸웃거리며 탑차에서 소주 다섯 병을 꺼내 왔다. 사내가 소주병을 들어 남자의 얼굴 앞에서 흔들었다.

"술 마신다고 했으니까 술 마셔야지. 그렇지? 자, 먹어보자."

말을 마치자마자 사내는 병뚜껑을 열고는 남자의 목구멍 깊숙이 병을 꽂고 술을 붓기 시작했다. 피하려 해도 병목이 목구멍까지 들어와 소주는 식도를 타고 한꺼번에 쏟아져 들어갔다. 목이 막혀 넘어가던 술이 역

류해 바깥으로 흘러도 아랑곳하지 않고 들이부었다. 일부를 토해내기도 했지만 남자의 배 속엔 곧 소주가 넘실거렸다. 소주 다섯 병이 몸속에 들어가자 몸을 비틀어 반항하던 남자는 술에 취해 흐물거리기 시작했다.

"돈도 없는 놈이 외제차를 몰고 다녀? 속없는 병신 새끼야. 내가 제일 싫어하는 놈들이 누군지 알아? 돈 많다고 으스대는 놈들, 배웠다고 잘난 체하는 놈들, 못 배우고 못났다고 무시하는 놈들이야, 알겠냐? 그런데 그보다 더 싫은 놈이 너 같은 놈이야! 쥐뿔도 없으면서 있는 척하려는 거지 같은 새끼들. 너 같은 새끼 말이야."

"나도 싫어, 그런 놈들! 있다고 하는 놈들, 특히 의사 놈들!"

"이 새끼 취했네."

"취했다, 시발. 취했어!"

"미친놈."

"살려주세요. 제발요."

"넌 죽어. 내가 제일 싫어하는 놈이라고 했지."

"죽여봐, 새끼야. 죽여봐, 개새끼야! 지도 돈 없는 놈이 돈 없다고 사람을 죽여? 에라이, 미친놈! 못 배워서 무식하니까 저런 도끼로 사람을 죽이지. 넌 새끼야, 짐승이야, 짐승! 니가 사람이냐?"

술에 취한 남자는 분별력을 잃고 겁도 없이 소리치기 시작했다. 살려달라는 말이 소용이 없다는 것을 알자 욕을 하고 소리를 질렀다. 남자의 목소리가 커질수록 사내의 눈은 점점 더 붉어져 노려보는 눈에서 피가 쏟아질 것만 같았다.

"꺼져."

단 그 한마디였다. 도끼를 뒤집어 머리를 내리쳤다. 남자가 주정 부린

대로 '없는 놈', '못 배운 놈'이라는 게 지극히 자신의 현실이기에 더 화가 났다. 그래서 더 세게 내리쳤다.

"차 대기시켜라. 이놈 싣고 가자. 지가 좋아하는 차하고 같이 돼지라고."

"그, 그냥 여기서 하,하면 안 돼?"

"저런 놈은 태울 것도 없어, 그리고 저 차도 애물단지고."

"그, 그냥 여, 여기서 하지. 또오오 머,머머…뭐하러 나가?"

"형이 시키는 대로 해라, 좀! 말 좀 더듬지 말고, 새끼야. 짜증나게."

"아,아…알았어."

"말대꾸가 점점 늘어, 시발 새끼가! 시킨 대로 할 것이지."

어린 신도의 말대꾸가 늘어가자 자신을 무시하는 것 같아 점점 신경질적으로 대하고 있었다. 어린 신도는 사내가 '형'이라는 말을 할 때마다 온몸에 소름이 돋았다. 마치 자기가 친형이나 된 듯이 친근감을 드러냈지만 그게 더 무섭고 징그러웠다.

사내는 아우디를 몰고 갔고, 어린 신도는 탑차에 죽어버린 남자를 실어 뒤를 따랐다. 묶지 않은 채 실은 남자의 사체가 커브를 돌 때마다 바닥을 굴러다니며 벽을 때렸다. 차는 경사가 심하고 구불거리는 산비탈을 올랐다. 길옆으로 가파른 낭떠러지가 계속 이어졌다. 새벽이라 오가는 차는 없었다. 정상을 오르고 이어 내리막길이 이어졌다. 사내는 차를 멈추고 도로 이곳저곳을 살피다 절벽 아래를 내려다보았다. 어둠에 싸인 바닥은 깊이를 알 수 없었다. 장소가 적당하다고 판단한 사내는 아우디 승용차를 후진했다가 속도를 높여 절벽을 향해 치달렸다. 차는 굉음을 내며 절벽을 뚫고 나갈 듯 힘차게 엔진 소리를 높였다. 중앙선을 넘어 도로 밖으로 뛰쳐나가려는 순간 브레이크를 힘껏 밟았다. 차가 급정

거를 하며 절벽 끝에서 간신히 멈추어 섰다. 타이어와 아스팔트가 만들어낸 날카로운 마찰음이 새벽을 흔들었다. 두 줄의 검은 스키드마크가 고무 타는 냄새를 풍기며 아스팔트 위에 선명하게 그어졌다. 사내는 다시 뒤로 물러나 출발했던 곳으로 왔다. 도로에 난 스키드마크만 보아서는 차량이 절벽 아래로 떨어진 것처럼 보였다.

"운전석에 앉혀."

어린 신도는 그제야 사내가 무엇을 하려는지 알 것 같았다. 사내가 시키는 대로 남자의 사체를 끌고 가 운전석에 앉혔다. 죽은 남자의 손을 손잡이에 올리고 기어를 드라이브에 놓자 차가 서서히 앞으로 움직였다. 사내는 서둘러 문을 닫고 뒤로 돌아가 신도와 함께 차를 힘껏 밀었다.

차는 스키드마크 자국 위로 달려가 시멘트 난간을 뚫고 깊은 계곡 아래로 떨어졌다. 나무들을 모조리 부러뜨리며 수십 미터 아래로 떨어져 바위에 부딪히고서야 엔진이 멈추어 섰다. 계곡을 울리는 굉음을 내며 차는 산산이 부서져 뭉개졌다. 연기가 조금 피어오를 뿐 더 이상의 소리는 없었다. 사체는 충격으로 튕겨 나가 운선석 장문을 뚫고 몸이 만질이나 빠져나왔다. 이미 죽어버린 몸뚱이라 더 이상 피는 흘러나오지 않았고 알코올에 전 남자의 체온은 빠르게 열을 잃어갔다. 라이트도 시간이 지나자 점점 빛을 잃었고 엔진 사이를 빠져나오던 연기도 희미해졌다. 구겨진 아우디 위로 새벽비가 내려와 덮었다. 깨진 창문 사이로 빗물이 들이쳐 죽은 남자의 얼굴에 흐르는 피를 닦아주었다. 시간이 지나자 지하에서 달라붙었던 파리들의 구더기가 깨어나 꿈틀거리기 시작했다.

10

 할머니의 남편은 출석을 하라는 말에 알았다고 대답만 할 뿐 금방 나오지 않았다. 그의 폭력 때문에 부인이 고소를 했다는 말에도 별 반응이 없었다. 그만큼 대수롭지 않게 생각하고 있었다. 딸아이를 돌아오게 하려고 고소했다는 부인의 말에 남편은 잘했다고 대답했단다. 물론 취하지 않았을 때의 얘기였다. 취하면 여전히 손찌검을 했고, 다음 날에는 또 아무 일 없었다는 듯 생활해오고 있었다.
 "여보세요, 노양수 할아버지. 오늘도 안 나오실 건가요?"
 "아니여, 오늘은 장날이니까 나갈 거여. 어디로 가면 돼?"
 며칠째 여러 차례 전화를 했었다. 그때마다 빈말로 '곧' 나갈 것이라고만 하더니, 오늘은 장날이라 나온다고 하니 정말 나올 모양이다. 오늘도 '곧'이라고 어물대면 집으로 찾아갈 참이었다.
 노인은 점심이 다 되어 사무실로 나왔다. 허리가 조금 굽고 머리가 반쯤 벗어져 나이보다 늙어 보였다. 머리를 감추려고 점잖게 중절모를 쓴 모습이 생각했던 것보다 인자해 보였다. 장터에서 국밥에 소주를 한잔했는지 얼굴이 붉게 달아올라 있었다. 술 먹지 말고 오라고 했어야 하는데, 아침부터 먹을 줄은 몰랐다.
 "술을 어디서 그렇게 드셨어요?"
 "국밥집이서 간을 썰어줘서 쪼까 먹었지."
 "작게 말씀하셔도 돼요."
 취해서 그런지 목소리가 기운차게 컸다. 거기다 말을 할 때마다 술 냄새에 마늘 냄새가 진동했다. 목소리 기운만큼 냄새도 우렁찼다. 신문조서를 받기는 힘든 상황 같았다. 여기까지 또 나오기가 힘들 텐데 대충 이야기라도 들어야 할 것 같아 조서 대신 노트에 볼펜을 들었다.

"할머니를 왜 그렇게 못살게 굴어요?"

"그 할망구는 맞아야 혀. 사람을 죽여놓고도 그렇게 살아 있으니 그것을 대신헐라면 맞아야제. 암 맞아야제."

"사람을 죽이다니요?"

"내 아들을 죽였으니까 사람을 죽인 것이제. 아니여? 경찰에 잡아가라고 하지 않은 것만도 다행이구만."

"갓난아이 때 죽은 거잖아요, 사고로."

"아니여. 할멈이 그려? 사고로 죽었다고?"

"그럼요?"

사고가 아니라는 말에 태석은 귀를 세우고 할아버지에게 가까이 했다.

"일부러 두꺼운 이불을 깔고 거기다 뉜 거여. 그렇게 죽였어."

"일부러요? 왜요?"

"왜 그런지는 나도 모르제. 지금꺼정 말을 하지 않으니께."

"목을 가누지 못해 숨을 못 쉰 거지요. 할머니는 자고 있었고."

"자면 안 되제. 애를 봐야지."

"그게 몇 년 전인지는 아세요?"

"얼매 안 되었어."

"30년이 얼마 안 된 겁니까?"

더 이상 할 말이 없었다. 사고를 고의라고 믿고 있는 30년 된 오해를 말 몇 마디로 푸는 것은 거의 불가능해 보였다. 어디서부터 잘못되기 시

나비 사냥 119

작했는지 가늠하기도 힘들었다.

"계속 때릴 건가요?"

"늙어서 인자 때리지도 못혀. 옛날에는 병원에 쪼까 보냈었제. 왜 죽였냐고 말할 때꺼지 때려야 하는디. 끝까지 말하지 않을 것 같혀. 죽을 때쯤이면 말을 할라나."

"할아버지를 고소한 것은 어떻게 생각하세요?"

"잘했다고 혔지. 그건 잘혔어."

"왜요?"

고소로 수사를 받을 지경에 처했는데 잘했다니, 알 수 없는 노릇이었다.

"딸년이 집을 나갔잖여. 들어와야 허는디. 갸가 나를 아주 싫어혀. 내가 어릴 때부터 좀 미워했은게. 갸가 지 오빠 죽이고 나온 년이거든. 내가 지 엄마 때리는 것도 싫어하고. 그러더니 집을 안 들어오네. 지 오빠 죽인 것은 그렇다 쳐도 집은 들어와야제. 들어올 때가 넘었는디 안 들어오네. 전화라도 되믄 내가 후딱 들어오라고 말을 허겠구만. 전화도 통 받지를 않고. 서울로 가부렀는가. 광주로 가부렀는가. 가믄 간다고 말이라고 하고 가야제. 나쁜 년이여. 지 엄마가 나를 고소했다는 말을 들으면 들어올 것이구만. 나를 겁나게 미워라 헝게, 경찰이 혼구녕을 내주고 있다고 하면 들어올 것이여. 갸가 전화를 하면 고소가 들어왔다고 좀 해줘."

노인은 딸이 자기 때문에 들어오지 않는다고 믿고 있었다. 그것을 알면서도 술버릇을 고치지 못하는 자신을 원망했다.

"따님이 돌아왔으면 좋겠어요?"

"우리 딸 쪼까 찾아줘. 착한 앤디. 우리 딸이 나를 미워허는 것 같이도 사실은 나를 아주 좋아혀."

"그걸 어떻게 알아요?"

"사탕 한 봉지썩 지 엄마 몰래 내 옷 밑에 넣어놔, 갸가. 내가 사탕을 좋아허니까. 근데 다 묵었는디 안 들어오네. 한 번도 떨어트려본 적이 없는 앤디."

노인은 딸을 사랑하고 있었고 그건 딸도 마찬가지였다.

"할머니를 더 이상 때리지 않으면 되잖아요."

"힘이 없어 때리기도 힘들어. 나이 묵고 늙으니께 그것도 안 돼."

"이제 안 때릴 건가요?"

"죽은 아들 때문에 안 된다니까! 왜 죽였는지 말할 때까지는. 내가 몇 번을 얘기혀."

노인은 갑작스레 버럭 화를 내었다.

"처벌받아요. 계속 그러면."

"받든지 말든지 난 모르니까 알아서 혀."

막무기네다. 이야기를 하는 도중에 술이 거의 깬 것 같아 조서를 받을까 하다가 그만두었다. 노인을 그대로 가라고 하기가 뭐했다. 딸에 대해서도 알아볼 겸 태석은 노인을 차에 태웠다. 취했으니 또 부인을 때릴지도 몰랐다. 차에 타자마자 노인은 잠이 들어버렸다.

모두 도시로 떠나고 사람 사는 집이 몇 가구 남지 않아 동네는 텅 빈 것 같았다. 노란색 시골 버스가 회관 앞에 사람들을 내려주고 있었다. 가출한 딸도 저녁이 되면 저 버스에서 내려 집으로 왔을 터이다. 집에 도착했다는 말에 노인은 기지개를 켜고 일어났다.

"잘 잤네, 고마워. 어서 가소."

"집에까지 모셔다드릴게요. 따님 방도 좀 보고요."

"우리 딸 방을?"

"예. 가출이 맞는지 확인해봐야지요. 가출이 맞으면 신고를 해야 하고요. 그래야 딸을 찾으면 집으로 연락을 주지 않겠어요?"

태석은 노인의 팔을 붙잡고 걸었다. 회관 뒤로 돌아가자 오래된 흙담을 두른 마당 넓은 집이 나왔다. 담은 허물어질 듯한데, 집은 지은 지 얼마 되지 않아 보였다. 딸이 지어주었다고 노인이 은근히 자랑했다. 현관문을 열고 들어가자 할머니가 부엌에서 배추를 다듬다가 깜짝 놀라 일어났다.

"아이고, 어치게 형사 양반하고 같이 온데요?"

"태워줬구만. 어서 와 앉으쇼. 집이 누추헌디."

"아닙니다."

"당신 때문에 내가 경찰서까정 가보는구만. 인자 끝났제? 더 안 가도 되지?"

"오늘은 술에 취해서 조서를 못 받았어요. 다음에 술 안 드시고 다시 나오세요."

"안 끝난 거여? 난 끝난 줄 알았는디."

술 때문이라는 말에 노인은 언짢아했다. 곁에 있던 할머니는 술을 마셨다는 말에 긴장하는 표정을 지었다. 할머니가 우선 앉으라고 하고 가스 불에 물을 올려 커피를 준비했다.

"따님이 집을 나간 지 보름이 넘었다는데, 방이 어디죠. 한번 보았으면 좋겠는데."

할머니가 딸 방의 문을 열어주었다.

방은 어수선하지 않았다. 말끔하게 정돈된 것은 아니지만 아침에 일을 하러 나간 정도의 약간의 흐트러짐만 보였다. 화장대에는 자주 쓰는 화장품이 앞쪽에 놓여 있고, 이불은 개지 않은 채 그대로였다. 그녀가 여행 갈 때 쓰는 가방도 그대로 있었고, 속옷과 양말도 따로 챙겨가지 않았다. 집을 나가려고 맘먹었다면 가방에 간단한 옷가지와 기초화장품 정도는 챙겨갔을 텐데 그렇지가 않았다.
"딸이 청소를 자주 해요?"
"얼마나 깨끗하게 하는디요. 자기 방만 하는 게 아니고 우리 방까지 모두 해주제요."
"비녀네요?"
"우리 딸애가 머리가 길구만요. 항상 고것들로 머리를 묶고 다닌게."
화장대에는 긴 비녀가 몇 개 꽂혀 있었다. 금속으로 된 비녀에 큐빅들이 박혀 화려하게 빛을 내고 있었다. 장식은 모두 나비였다. 끝은 뾰족하고 뒤로 갈수록 두꺼워 젓가락으로 써도 될 만했다. 물이 끓는 소리에 함머니가 밖으로 나가자 태석은 그중 하나를 꺼내 유심히 들여다보았다. 늘 하고 다닌다면 가져가는 게 마땅한데, 하는 의심이 들었다. 비녀를 다시 원래 자리에 꽂자 나비 장식이 살짝 흔들렸다. 엄마와 둘이 찍은 사진액자 속에서 여자가 밝게 웃고 있었다. 다음 달 달력의 날짜에 동그라미가 쳐져 있고 '사랑하는 엄마 생일'이라고 쓰여 있었다. 가출이 아닐 수도 있다는 생각이 태석의 머리를 스쳤다. 아버지의 술버릇 때문에 집을 나갔다고 하지만 사춘기도 아니고 다 큰 여자의 가출치고는 이유가 빈약했다. 부모가 이혼을 하면 딸이 집에 들어올 거라고 믿는 것도 상식적으로 맞지 않았다. 게다가 벌써 보름째 전화기가 꺼져 있다니…….

"뭐여! 이놈의 여편네가!"

"아악!"

갑자기 밖에서 노인의 고함 소리가 들리고 주전자가 날아가 바닥에 떨어지는 소리가 들려왔다. 노인이 할머니의 머리채를 붙잡고 이리저리 흔들고 있었다. 끓던 주전자가 엎어져 뜨거운 물이 사방으로 튀며 김이 피어올랐다. 조금 전의 평온한 모습은 온데간데없이 노인은 폭력적으로 변해 있었다. 태석이 방 안에 들어온 잠깐 사이에 소주 한 병을 큰 컵에 따라 두 잔 연거푸 마셨던 것이다.

"어르신, 왜 그래요! 어서 그 손 놓으세요."

"우리 아들 왜 죽였어. 왜 죽였어? 이년아!"

"놓으시라고요. 어서요!"

태석이 호통을 치고 노인의 손을 살짝 비틀어 부인과 떨어뜨려놓았다. 이어 노인의 입에서 욕이 쏟아져나오기 시작했다.

"저런 쌍년, 쳐 죽일 년이여, 저년이. 나가 뒈져, 이년아. 내 아들 살려내든가, 잡년아!"

할머니는 아무 말도 하지 못하고 눈물만 흘릴 뿐이었다. 당황한 사람은 할머니보다 태석이었다. 한숨 돌릴 틈도 없이 노인이 갑자기 빈 소주병을 들어 할머니에게 던져버렸다. 병이 날아가 할머니의 어깨를 치고 창문을 깨뜨렸다. 와장창 소리를 내며 깨진 유리가 바닥에 떨어졌다. 순식간에 집 안이 아수라장이 되어버렸다. 딸이 집을 나갈 만했다. 단순 가출이 아닐 수도 있다는 조금 전 생각을 다시 하기에 충분했다. 노인은 전형적인 알코올중독자의 폭력성을 보여주고 있었다. 술 마시고 했던 행동을 기억하지 못하는 치매 증상까지 있었다. 노인은 조사를 받을 것이 아니라 치료를 받아야 했다.

　노인이 소주병을 집으려고 깨진 유리가 깔린 바닥을 맨발로 걸어갔다. 깨진 유리가 발바닥을 뚫고 모세혈관들을 절단시켜 순행하던 피들을 쏟게 만들었다. 바닥의 유리를 치운다며 쓸어서 손에도 상처를 내었다. 손에 잡힌 유리조각을 휘둘러 부인을 협박하기까지 했다. 태석이 달려들어 노인의 손을 잡아 유리조각을 빼앗고 거실로 데리고 갔다. 거실 바닥에 피 발자국이 생겨났다.

　"야, 이 잡년아! 대답 안 해! 내 아들 왜 죽였냐고?"
　"아이고, 내가 못 살아. 으으으."
　"그만 좀 해요. 사람을 죽이긴 누가 죽였다고 그래요. 이렇게 싸우시는데 따님이 어떻게 들어와요? 들어왔다가도 나가겠네."

　노인은 다시 소리를 쳤고 할머니는 부엌에서 울기만 했다. 오랜 세월 할머니가 겪어야 했을 폭력이 짐작되고도 남았다. 이런 상황이 매일같이 반복된나면 집을 나가지 않는 딸이 이상할지도 모른다. 태석은 구급차를 부른 뒤 노인이 더 이상 사고를 치지 못하도록 옆에 꼭 붙어 있었다. 10여 분이 지나자 멀리서 119 구급차의 사이렌 소리가 들려왔다.

　"할머니, 할아버지가 또 때렸어요?"

　잦은 출동에 구급대원이 할머니에게 알은체를 했다. 이곳에 한두 번 출동한 게 아닌 모양이었다. 거실로 올라온 구급대원이 노인의 상태를 보고 응급처치로 지혈을 하려 했다. 그 순간 할아버지가 옆에 있던 응급상자를 들어 엎었다.

"뭐여, 시방 이것이. 저 할망구를 잡아가라니까는 딴짓거리를 하고 있어!"

간신히 지혈을 시키고 응급차는 노인을 싣고 병원으로 달려갔다. 태석도 할머니를 데리고 구급차 뒤를 따랐다. 깨진 유리가 발바닥에 박혀 병원에 가서 치료를 해야 했다. 그러나 정작 문제는 몸에 박힌 유리가 아니라 마음에 박힌 할머니에 대한 불신이었다. 그것이 치료되지 않는 이상 오늘 같은 일은 반복해서 일어날 터였다. 옆자리에 앉은 할머니는 계속해서 울기만 했다. 늙은 나이에도 눈물샘은 마르지 않나보다. 자신의 삶을 서러워하고 남편의 집착을 가여워했다.

"저것을 고치려면 어떻게 해야 헌데요? 내가 못살겄네요."

"오늘은 가서서 치료를 받고 입원을 시키세요. 제가 알코올전문병원이나 다른 치료병원을 알아봐드릴게요."

"병원에는 넣기 싫은디. 돈도 없고."

"제가 보기에 할아버지는 치료를 받아야 할 것 같아요. 정상이 아닌 분하고 어떻게 같이 지내요. 치료를 하면 훨씬 좋아질 테니까 걱정 마세요. 그리고 국가에서 운영하는 병원으로 알아봐드릴 테니 돈 걱정은 안 하셔도 돼요."

"아고, 그렇게만 해주면야 정말이제 고맙것구만요."

노인의 폭력을 직접 옆에서 본 이상 태석은 그대로 넘어갈 수 없었다. 먼저 할아버지와 할머니를 분리시키고, 피의자를 상대로 한 치료감호 전문병원에 감정유치가 가능한지 알아보기로 했다. 적어도 한 달은 노인을 격리 상태에서 치료하고 조사는 그 후에 받는 것이 나을 것 같았다.

11

 절벽에 남자를 버리고 돌아와 사내는 곧바로 지하로 내려갔다. 그리고 토막 낸 50대 남자의 사체를 불에 마저 태우기 시작했다. 어린 신도는 내려가지 않고 1층 소파에 누워 잠을 잤다. 아침이 되자 지하에서 사내가 올라왔다. 그는 사람이 재가 되어가는 모습을 모두 보고 밖으로 나왔다. 죽은 남자의 연기 냄새가 사내에게서 나고 있었다.
 "다 탔으니까 재를 퍼서 산에 버려."
 어린 신도는 잠결에 겨우 눈을 떠 고개만 끄덕였다. 사내는 조금도 피곤한 기색이 아니었다. 죽은 이의 기운이 그에게 옮겨가는 것은 아닐까. 그는 어제보다 더 기운 있어 보였다.
 "나 식당에 고기 넣어야 하니까. 그거 하고 와서 같이 목욕탕이나 가자."
 "……."
 "대답하라고 했지!"
 "에에."
 사내가 짜증을 내듯 소리를 지르자 어린 신도는 반사적으로 고개를 숙여 잘못했다는 표정을 지었다. 사내는 탑차를 끌고 나갔다. 차 안에는 어제 도살장에서 받아온 고기가 실려 있었고 죽은 사람들의 피가 그대로 묻어 있었다. 고기 차인 만큼 바닥과 벽에 묻은 피를 보고 의심할 사람은 없었다. 사내가 그 차를 끄는 이유도 거기에 있었다. 아무리 피비린내가 나더라도 그건 고기를 대는 사람에게서 나는 당연한 냄새였다. 읍내 식당에 고기를 대기 시작한 건 1년이 채 되지 않았다. 전에 하던 사람 대신 사내가 그 자리를 차지했다. 식당 주인들이 하루가 늦었다고 아우성을 쳐댔지만 가격을 깎아주겠다는 말에 더 이상의 시비는 없었다. 고기에 묻은 피를 보고는 "피를 좀 덜 뺐나보네"라고 말하는 사람이 있는가 하면, "피를 보니 고기가 싱싱한 것 같다"고 말하는 사람도 있었다. 사내는 고기를 서둘러 넣고 속도를 높여 아지트로 돌아갔다. 그는 전처럼 어린 신도를 믿지 않았다.

사내가 떠나자 어린 신도는 혼자 남았다. 탑차가 보이지 않을 때까지 건물 앞에 서 있었다. 사내가 완전히 사라져 보이지 않을 때에서야 신도는 비로소 움직일 수 있었다. 시간이 지나면서 처음 사내를 보았을 때의 경이로움은 점점 사그라졌다. 밤새 사람을 태우는 소리에 저 아래가 지옥인 것이 분명해 보였고 그곳에서 하루빨리 벗어나고만 싶었다. 사내가 읍내로 나간 지금이 그에게서 빠져나갈 수 있는 유일한 기회였다. 그러나 이대로 도망칠 수는 없었다. 사내의 옆에 머물렀던 만큼 자신도 죄를 지었다고 생각했다. 죽은 자들에게 속죄하기 위해 지하의 유골을 거두고 마지막으로 살인마의 방을 불사를 것이다. 어제 밤새 타는 소리를 들으며 내린 결정이었다. 지하로 내려가는 계단에서 발을 떼기가 어려웠다. 이 아래에서 몇 사람이나 죽었을까. 그들의 혼백이 계단 아래에서 통곡을 하는 것처럼 여자와 남자의 비명 소리가 귀를 잡고 놓지 않았다.

'미안해요. 미안해요.'

속으로 그 말을 반복하며 지하로 내려갔다. 개죽음을 당한 것도 억울한 일인데 유골이 되어서까지 지옥에 갇혀 있게 내버려둬서는 안 되었다. 철창 안에 사람들이 아직도 묶여 울고 있는 것 같았다. 화덕 안을 들여다보았다. 죽은 사람이 세상에 남기고 간 유해 더미가 널브러져 있었다. 철판 위에 머리뼈와 대퇴부 같은 큰 뼈들이 백골을 드러낸 채로 있었고, 아래에는 연소된 재가 눈처럼 하얗게 깔려 있었다. 뼈들을 꺼내려 꼬챙이를 철판 위로 밀어 넣었다. 그러나 뼈는 꼬챙이에 닿자마자 부서져 조각이 되었다. 부서진 뼈는 아직도 열기가 남아 뜨거웠고, 그 열기만큼 뜨겁게 살아 있던 그들의 절규가 다시 신도의 귀를 괴롭혔다. 유골들을 모두 양동이에 넣고 바닥의 재도 긁어모아 손으로 퍼 담았다. 하나도 남기면 안 될 것 같았다. 사람들이 양동이에 들어가 누웠는데 절반밖에 차지 않았다. 사람이란 게 양동이 하나도 채우지 못할 만큼 간단한 존재였다.

쓸어 담은 재를 계단에 올려놓고 사내의 방을 바라보았다. 한 번도 그 방에 들어가보지 못했다. 사내의 방은 출입 금지 구역이었고, 잠시라도 부재중일 때는 늘 잠겨 있었다. 하지만 부수지 못할 문은 없다. 도끼를 찾아 들었다. 사람을 죽였던 그것을 손에 들자 소름이 끼쳤다.

쾅! 쾅!

문을 부수는 소리가 지하실을 울렸다. 핏덩이에 앉아 있던 파리가 놀라 날아올랐다. 몇 번을 내려치자 문고리가 부서져 바닥에 떨어졌다. 지옥이 삐거덕 소리를 내며 열렸다. 열린 문틈 사이로 지옥의 냄새가 먼저 전해져 왔다. 그 역하고 독한 냄새는 곧장 신도의 코를 물어뜯으며 폐로 들어가 뇌를 자극했다. 저 안에서 또 다른 누군가가 썩어가고 있는 게 분명했다. 문을 밀어 안을 들여다보았다. 책상이 놓여 있고 그 앞에 두꺼운 촛불이 타들어가고 있었다. 냄새를 줄이려 켜놓았는지 아니면 다른 주술적 의미가 있는지는 알 수 없었다. 초가 흔들리며 천장의 그림자도 따라 흔들렸다. 안으로 발을 들여놓으며 긴장한 탓인지 침 삼키는 소리가 엄청 크게 느껴졌다. 크지 않은 방 안엔 책상과 간이침대가 있고 냉장고가 돌아가고 있었다.

"헉!"

방을 둘러보다 책상 위에 시선이 머문 신도는 피가 거꾸로 솟는 듯했다. 두 눈으로 보고 있으면서도 믿을 수가 없었다. 거기에 여자가 있었다. 접시에 담긴 채. 책상 위의 나비 장식의 비녀가 그녀라는 것을 알려주었다. 그녀의 심장과 간이 두부처럼 네모나게 잘려 있었고 젓가락은 핏물에 잠겨 있었다. 사내가 의자에 앉아 간을 썰고 젓가락으로 집는 모습을 눈앞에서 보는 것만 같았다. 사내는 좀처럼 밥을 먹지 않았다. 그러고도 정신은 늘 말짱했고 에너지가 넘쳤다. 저것 때문이었을까. 생각이 거기까지 미치자 구역질이 나왔다. 냉장고는 왜 있는 걸까. 저 안에 또 다른 장기가 있는 게 아닐까. 손은 부들부들 떨리면서도 이미 냉장고 손잡이에 가 있었다.

"으으으"

간절히 아니기를 바랐지만 예상은 빗나가지 않았다. 누구의 것인지 모를 간과 심장이 플라스틱 용기에 담겨 피를 머금은 채 놓여 있었다. 정신이 혼미했다. 시선은 다시 냉동실로 향했다.

"아악!"

거기에는 50대 남자의 머리가 있었다. 머리숱이 없는 남자의 머리엔 하얗게 얼음조각들이 달라붙어 있었다. 그동안 그냥 불에 태우는 줄 알았는데 그게 아니었다. 사내는 악마가 분명했다. 여기를 빠져나가야 하고 더 이상의 희생을 막으려면 경찰에 신고를 해야 했다.

뒷걸음쳐 나가려 할 때 반쯤 열린 서랍에 돈 뭉치가 보였다. 모두 죽은 사람들에게서 빼앗은 돈이었다. 악마가 사람들을 죽이고 모은 저 돈을 그대로 둘 수 없었다. 돈 뭉치 아래에는 알지 못할 사람들의 명단이 적힌 노트가 있었다. 사내가 그 노트를 손에 쥐고 흔들며 "이 돼지 새끼들을 모조리 죽여야 해!"라고 했던 말이 생각났다. 저것들도 모두 없애야 하고, 책상 옆에 세워진 공기총도 없애버려야 했다. 1층으로 가 석유통을 들고 내려왔다. 책상 위와 바닥에 그리고 냉장고에 석유를 뿌렸다. 모두 사라져야 할 것들이었다. 라이터로 불을 붙이자 불이 서서히 검은 연기를 내며 타오르기 시작했다.

신도는 서둘러 유골을 수습한 양동이를 들고 계단을 올랐다. 이들을 데리고 밖으로 나가면 조금이라도 용서받을 수 있을 것 같았다.

"어!"

신도는 문을 여는 순간 숨이 막혀 기절할 뻔했다. 악마가 너무 빨리 돌아왔다.

"뭘 놀래? 나 지웠어?"

"이이이이거 버버버…리리려고."

"얼른 갖다 버려."

당황한 표정을 숨기기 어려웠다. 얼굴이 달아오르고, 놀라서 그런지 말은 더 더듬거렸다. 땀 때문에 손이 미끄러워 양동이를 떨어뜨릴 것만 같아 힘을 쥐어 꼭 잡았다. 그러한 신도의 행동거지 하나 하나를 사내는 의심스러운 눈초리로 쳐다보았다. 신도가 사내를 피해 옆으로 지나갔다.

"잠깐."

사내가 신도를 멈추어 세우자 소름과 함께 등줄기에 땀이 비 오듯 흘러내렸다. 들킨 것인가. 목이 말라붙어 침을 삼키기조차 힘들었다. 사내가 신도의 위아래를 훑어보았다.

"어디 아퍼?"

"아,아…니요."

"그래? 버리고 삽으로 묻어. 바람에 날리니까."

"에? 예."

사내가 삽을 쥐어주고 안으로 들어가자 신도는 산으로 뛰기 시작했다. 잡히면 죽음이라는 것을 알기에 있는 힘을 다해 뛰었다.

안으로 들어가면서 사내는 뭔가 심상치 않음을 느꼈다. 지하 문틈 사이로 연기가 새어나오고 있었다. 뛰어 내려가니 불길이 방 안을 태우고 있었다. 다행히 큰 불은 아니었지만 건물 안에는 소화기가 없었다. 사내는 소화기를 가지러 탑차를 향해 뛰면서 다급하게 신도를 불렀다. 하지만 대답을 할 리 없었다. 탑차를 뒤지면서도 계속해서 신도를 부르다 나무숲 사이로 달음질치고 있는 신도를 보았다. 그제야 왜 불이 났는지 알 것 같았다. 잠시 뒤를 돌아본 신도와 사내의 눈이 마주쳤다. 쫓아가도 잡지 못한다는 것을 안 사내는 소화기를 들고 우선 지하로 내려갔다. 그 사이 불길은 천장을 타고 오르려 하고 있었다. 안전핀을 빼고 손잡이를 누르자 소화가루가 쏟아져 불길을 덮었다. 거침없이 모든 것을 삼킬 듯 타오르던 불길이 소화기 앞에서 힘을 쓰지 못하고 사그라졌다. 사내는 책상 옆에 검게 그을린 공기총을 집어 들었다.

멧돼지 사냥용으로 나온 5.5밀리 공기총은 짐승이 아닌 신도를 잡기 위해 탄이 장전되었다. 장전레버를 앞으로 꺾자 탄환이 실린더로 밀려 들어갔다. 어깨에 개머리판을 잡아당겨 붙이고 대물망원경으로 신도를 찾았다. 멀리 산 중턱에 희끗한 모습이 보였다. 초점을 맞춘 후 거침없이 방아쇠를 당겼다. '텅' 소리를 내며 탄환이 강선을 따라 회전하며 총구를 빠져나가 신도를 쫓았다. 그러나 탄환은 신도를 비껴나 바위에 부딪히고 박살 나 바닥으로 떨어졌다. 총소리에 놀란 신도가 주춤하며 산 아래쪽을 내려다보았다. 신도가 총구를 바라보는 그 순간에도 탄환은 계속해서 날아갔다. 사내는 계속하여 장전레버를 꺾으며 방아쇠를 연속으로 당겼다. 6연발의 탄환을 모두 소진하고도 레버를 꺾고 방아쇠를 당겼다. 그러나 신도는 이미 사정거리에서 멀어졌고 나무숲 사이로 사라져 더 이상 보이지 않았다. 화가 난 사내가 총구를 잡고 개머리판을 바닥에 때리자 옆구리가 부러졌다. 그것으로 바닥을 계속 때리다 부러진 총을 산을 향해 던져버렸다. 멧돼지가 아닌 사람을 죽일 수 있는 살상용 소총이 필요하다는 것을 사내는 다시 한 번 절실히 느꼈다.

이런 신도는 죽을힘을 다해 뛰었다. 뒤에서 노려보는 악마의 눈빛이 산으로 쫓아 들어와 목을 붙잡고 놓아주지 않았다. 그 눈빛을 떨치려 앞만 보고 달렸다. 잡히면 죽을 것이고, 그것도 그리 간단치 않은 죽음이 될 것이다. 사체는 화로에 놓여 타들어갈 것이고 내장의 일부는 악마의 입으로 들어가 그의 에너지가 될 것이 분명했다. 가시덤불에 얼굴이 찢기고 피가 흘러도 계속 달렸다. 차오르는 숨소리조차 공포 앞에서는 들려오지 않았다.

"으으, 사사…살려줘."

입에서 저절로 비명이 쏟아져 나왔다. 이제 자신의 몸이 살인 연습의 대상이 될 생각을 하니 벌써 심장에 칼이 꽂혀 갈기갈기 찢기는 것만 같았다.

산 중턱을 벌써 한 시간이 넘게 달리고 있었다. 숨이 차올라 더 이상 뛰지 못할 정도가 되자 나무를 붙잡고 숨을 몰아쉬었다. 나무 사이로 도로가 보였다. 산으로만 달려서는 이곳을 벗어날 수 없었다. 지나는 차를 잡아타야 한다. 경찰서로 곧장 가달라고 하자. 살해된 사람들에 대해 말할 것이고 엽기적 살인자를 고발할 것이다. 그를 거든 자신도 처벌을 받게 되겠지만 그와 계속 같이 있는 고통보다는 덜할 것이다.

저 멀리서 트럭 한 대가 달려오고 있었다. 파란색 1톤 트럭은 읍내 쪽을 향해 가고 있었다. 악마의 집과는 반대 방향이라서 다행이었다. 양손을 들어 차를 향해 신호를 보냈다. 그대로 지나가버린다면 시골길에 또 언제 차가 올지 모른다. 절박한 마음에 도로 중앙선에까지 나가 손을 흔들어 차를 세웠다. 고맙게도 트럭이 속도를 줄이며 다가와 멈추었다. 신도의 거칠던 숨은 조금씩 잦아들었다.

"저저저…저기요. 저 좀 겨겨겨…경찰서까지 태태…태워주세요."

"우리 동생 어디 가?"

조수석 창문이 열리며 보인 모습에 신도는 아무 말도 못 하고 입을 벌렸다. 최면에 걸린 듯 얼음이 되어 손가락 하나 입술 하나 움직여지지 않았다. 악마의 눈빛은 날카로운 칼이 되어 신도의 눈을 찔렀고 머릿속까지 들어가 뇌 속을 후벼 파내고 있었다.

"어서 타, 빨리!"

노기 오른 악마의 고함 소리가 신도를 때렸다. 신도는 겁에 질려 울먹이며 움직이지 못했다.

"형이 미안해. 소리 질러서 놀랐지."

어느새 차에서 내린 악마가 곁으로 다가와 등을 쓰다듬었다. 그의 손이 닿는 순간 온몸에 전기가 흐르듯 소름이 돋았다.

"어서 차에 타. 형이 미안하다고 했잖아. 우리 같이 집에 가자."

조금 전 노기는 어디로 가고 친형처럼 친절하고 애틋하게 속삭였다. 그것이 더 두렵고 소름 돋는 일이었다. 차 문을 열어주고 안으로 들어가도록 밀었다.

"으으으."

차에 오르려던 신도가 다시 울먹이며 겁을 내었다. 뒷좌석에 트럭의 주인이었을 남자가 목을 부여잡고 죽어 있었다. 목의 반절이 잘린 남자는 살아보려 안간힘을 썼겠지만 너무 큰 상처에 어쩌지도 못하고 그대로 죽었다.

"너 때문에 그 아저씨가 죽었잖아. 니가 도망가지 않았으면 형이 그랬겠니. 괜찮아, 가자 어서."

"으으으."

"타!"

사내의 고함 소리에 놀라 신도는 조수석에 올라탔다. 그것이 죽음으로 가는 차라는 것을 알면서도 어쩔 수 없이 옆에 앉았다.

신도는 철창 안의 벽에 묶였다. 지난번 여자처럼 벽에 박힌 고리에 손과 다리를 단단히 묶였다. 소리를 지르고 몸을 흔들어도 아무 소용 없었다. 눈알이 사방으로 돌아가고 입은 바짝 말라 입안에 마른 모래가 돌아다니고 있는 것 같았다. 신도는 사람들의 절규를 기억했고 왜 그렇게 울부짖었는지 알 수 있었다. 올가미에 목이 조여 숨을 헐떡이는 개처럼 이빨 사이로 침을 질질 흘리며 사내를 바라보았다.

"사,사살려주…주세요. 제,제발 다,다시는 그러지 아,않을게요. 제,제제…제발."

눈물을 흘려가며 사내에게 사정했다. 하지만 사내의 표정에는 아무런 변화가 없었다. 눈빛은 어느 때보다 냉정하고 건조했다. 아까까지 보여준 친밀감은 어디에서도 찾아볼 수 없었다. 방 안에서 기다란 칼을 가지고 나왔다. 바다 속에서 헤엄치던 갈치가 햇빛에 반사되어 반짝이는 것처럼 칼이 빛났다. 저것으로 여자를 죽였었다. 여자의 심장으로 밀어 넣었듯 기다란 칼날을 금방이라도 쓱 찔러 넣을 듯했다.

"너 몇 살이야?"

"사,사사실은 스무 살…이에요. 저 자,자자…작년에 고,고등학교 졸업했어요."

"나이는 상관없어. 어차피 너는 내 동생이니까. 그런데 죽기에는 너무 어리다."

사내의 목소리는 높고 낮음이 없었다. 감정이 최대한 드러나지 않도록 목소리에 힘을 뺐다. 살갗에 존재하는 모든 통점이 반응하는지, 어린 신도는 사내의 말소리에조차 고통을 느꼈고 돋아 오른 소름이 비명을 질렀다.

"배신하면 어떻게 된다고 했지?"

"그,그게……"

"쉿쉿, 알면 됐어. 모르고 그러면 안 되지."

뾰족한 칼끝이 목 앞으로 다가왔다. 신도의 눈동자가 그곳으로 쏠려 튀어나올 것 같았다.

"제,제…제발… 너,너무 무…무서워서."

"넌 새 세상을 위한 거룩한 희생을 하는 거야. 나에게는 연습이 더 필요하다고 했잖아. 나를 위한 희생이 아니야. 세상을 위한 거지. 깨끗한……. 너처럼 순박한 사람들이 축복받는 그런 세상. 너무 슬퍼하지 말고. 쉿! 쉿! 쉿! 그래, 조용히 하는 거야. 나약해지지 말고, 당당하게 죽어줘."

겁에 질려 절규하는 신도를 사내는 어린아이 어르듯 달랬다. 인간이 죽음 앞에서 나약해짐을 서글퍼하며 죽음 앞에 의연해지기를 요구했다.

칼은 그대로 가슴을 뚫고 들어갔다 빠져나왔다. 금세 갈라진 살 사이를 뚫고 피가 뿜어져 나왔다. 흥분한 심장이 요동을 치는지 피는 더 빠르고 세차게 솟아 사내의 얼굴에 튀었다. 사내는 뜨거운 핏방울이 얼굴에 닿아 퍼져나가는 것에 희열했다. 더 많이 더 세게 튀라고 칼은 더 빠른 속도로 허공과 몸속을 달렸다.

"ㅇㅇㅇ."

심장으로 통하는 혈관이 터지며 피가 내장 속으로 흘러 들어갔다. 위벽이 터지고 피가 식도를 타고 올라와 입안을 가득 채우고 밖으로 뿜어져 나왔다.

"시시…시발, 미미미…미친 새끼."

어린 신도는 남은 힘을 쥐어짜 처음으로 사내에게 욕을 뱉었다. 사내는 가까이 다가와 그 욕이 마지막이라는 듯 힘껏 배를 갈랐다. 그리고선 갈라진 배 사이로 손을 집어넣어 근육을 벌리고 속을 후볐다. 신도는 차갑고 거친 악마의 손이 안으로 들어와 이리저리 움직이며 뭔가를 찾는 걸 그대로 느껴야 했다.

"쉿쉿, 조용히 해. 힘드니까."

배 속에서 뭔가 우두둑 뜯어내는 소리가 들려왔다. 내장의 일부가 뜯겨나가며 핏줄과 신경이 일제히 비명을 질렀다. 의식을 잃어가는 신도의 귀에 우걱우걱 씹는 소리가 들려왔다. 죽기 전 마지막 들리는 소리가 악마의 입에서 나는 소리였다. 악마는 배 속에서 꺼내든 것을 움켜쥔 채 씹어대고 있었다. 씹는 그것은 사내의 손과 입에 신선한 피의 과즙을 토해내고 있었다.

"니 간이야. 으흐흐."

12

사무실을 나온 태석은 곧장 미숙의 미용실로 향했다. 조카들도 보고 박 서방과 함께 저녁이나 같이할까 했는데 할머니를 상담해주느라 늦어버렸다. 저녁은 못 먹어도 들러서 얼굴이라도 보고 가야 할 것 같았다. 조카들 주려고 가게에 들러서 아이스크림을 사들고 갔다. 미용실에는 불은 켜졌지만 손님은 없었다. 쓰레기통에 머리카락이 가득 찬 것을 보니 오늘은 손님이 제법 있었나보았다.

"삼촌!"

아이들이 소리를 지르며 태석을 맞이했다. 아이스크림을 든 봉지를 보더니 지웅이 달려들어 빼앗다시피 방으로 가지고 달려 들어갔다.

"숙제하고 먹어."

"빨리 먹고 하면 안 돼? 금방 먹고 숙제할게요."

"먹고 하라고 해. 먹으라고 사온 건데."

"알았어. 숙제는 꼭 해야 하는 거 알지?"

아이스크림은 이미 아이들 입속에 들어가 있었다. 형제가 장난치며 아이스크림을 먹느라 삼촌은 뒷전이었다.

"저녁은? 안 먹었으면 챙기고."

"차리지 마. 근식이랑 먹기로 했어. 너는?"

"애들이랑 먹었지. 빨리 만나지 왜 이렇게 늦게 만나."

"근식이가 늦게 끝나고, 나도 사무실에서 조서 꾸며야 할 게 있어서."

"무슨 조서? 당분간은 사건 같은 거 안 맡는다면서."

"별거 아냐. 그냥 가출 사건. 할아버지가 할머니를 때린다고 고소를 한 건데, 전에 딸이 엄마가 아빠를 고소하지 않으면 집을 나간다고 했다나봐. 그래서 딸을 돌아오게 하려고 고소를 한 거야."

"폭력이 심하면 집을 나가지. 나갈 수 있지, 충분히……."

중얼거리는 미숙의 얼굴이 어두웠다. 마치 자기 일 같아 가출한 딸을 이해할 수 있다는 것 같았다.

"박 서방은?"

"아직. 친구들 모임 있다고 나갔는데 늦네. 한잔하고 있는지."

"노름하러 간 건 아니지? 돈 줘 보낸 거 아니야?"

태석은 대준이 또 노름을 하러 가지는 않았을까 걱정되었다.

"밥값만 줬어. 그렇게 난리를 쳤으니 다른 사람들이 같이 하려고나 하겠어."

"그러면 다행이고. 일자리는 근식이한테 얘기해놓을게."

"근식이 오빠가 알아봐줄 수 있겠지? 그 오빠가 사람들을 많이 아니까. 아니면 근식이 오빠 사무실에 넣어주면 될 텐데."

"운전하는 일을 알아보면 있을 텐데. 박 서방 대형면허 가지고 있지?"

"몰라. 있나? 있는 것 같은데……. 있을 거야."

"그래. 알았어. 간다."

"술 조금만 먹고! 아침밥 식당에서 혼자 먹지 말고 집으로 와. 내가 술국 끓여놓을게."

알았다고 대답하기는 했지만 건성이었다.

"아참, 오빠 빨래 줘라."

"그냥 가. 한잔하려고 가는 것 같은데 이거 들고 다니겠어. 내가 내일 원룸에다 가져다놓을게. 겨울옷 세탁소에 맡겨놓았으니까 그것도 찾아가야 되고."

"알았어. 그럼 나 그냥 간다. 지웅이 재웅이, 삼촌 간다."

아이들은 방 안에서 컴퓨터 게임을 하면서 안녕히 가시라고 소리만 질렀다.

비닐봉지에 빨래를 챙겨놓았던데 친구 만나러 간다고 주지 않는 미숙의 마음씀씀이가 기특했다. 오빠노릇 한 번 제대로 해주지 못한 것 같은데 미숙은 태석에게 너무 잘했다.

미숙은 태석이 서울에 있어 서운하기도 했지만 이렇게 고향에 혼자 내려와 생활하고 있는 게 안타까웠다. 자신감이 넘치고 거만했던 태석이 상자 몇 개만 싣고 내려온 모습에 가슴이 미어지는 것 같았다. 서울언니라고 부르던 새언니는 미숙의 전화조차 받지 않았다. 평범한 가정이라고 생각했는데 지금은 갈라서 아이의 양육권까지 모두 새언니가 가져갔다. 왜 그런 여자와 결혼을 했는지 미숙은 이해할 수 없었다.

"왜 이렇게 빨리 왔냐?"
"일이 빨리 끝나서. 50차를 주문했는디 40차에서 일이 끝나부렀다. 한 시간은 더 걸릴 줄 알았는디 생각보다 빨리 끝났네."
"니가 영광에 있는 건물은 다 짓는 것 같다."
"그러제. 시멘트 없이 집을 지을 수는 없어붕게. 전부 다 내 손을 거쳐 간다고 봐야제. 군청도 내가 새로 지었고, 교육청도 내가 지었고, 또……."
"됐다. 술이나 시켜라."

영광 건물을 자기가 다 지은 듯 근식은 큰소리를 쳤다. 레미콘 회사 부장으로 있어 영광에서 집을 지으려면 근식을 거치지 않고는 집을 짓지 못한다는 말이 있을 정도로 그의 영향력은 컸다. 레미콘 회사 사장이 광주에도 같은 업체를 가지고 있다 보니 이곳을 거의 근식에게 맡겨놓아 여기선 그가 사장이나 마찬가지였다.

"소주 먹자."
"그래. 아무거나 먹지 뭐."
"아야, 여기 생고기 한 접시허고 등심 좀 줘라. 젤로 좋은 것으로. 알겄지?"

오래된 단골집인 듯 근식은 음식을 주문했다. 접시에 붉은 생고기가 얇게 줄을 지어 담겨 나왔다. 초장에 다진 마늘과 참기름을 듬뿍 넣은 양념 종지가 각자 앞에 놓였다.

"오늘 생고기가 겁나게 싱싱혀. 오늘 아침에 받았는디 살아 있는 것거치로 피가 뚝뚝 떨어지더라니까. 그것도 시뻘겋게."

"피를 다 빼야 좋은 거 아니여?"

"그럴 새도 없이 온 것인게 싱싱허제."

나이 든 사장은 접시를 들고 와 오늘 막 잡은 소라고 자랑을 하고 돌아갔다. 그렇게 말을 들어서 그런지 고기가 싱싱해 보이기는 했다. 근식이 태석의 잔에 술을 따랐다. 공기가 병 속으로 들어가 따르륵 소리를 내었다. 오랜만에 나누어보는 잔이다. 태석은 고등학교를 졸업하고 광주로 대학을 갔다가 군대를 갔고, 근식은 대학에 가지 못하고 목포에서 일을 시작했다. 돈을 빨리 벌겠다는 게 그의 목표였다. 선착장에서 중간매매 하는 일을 배우러 들어갔다가 상인들을 상대로 일수 일을 시작했다. 그때 목포로 가지 말았어야 한다고 술만 먹으면 버릇처럼 말을 했다.

"내가 목포로 안 가고 너 따라 광주로 갔으면 재수라도 해서 대학에 갔을 것인디."

"그러지 그랬냐."

"목포 가서 아무것도 모르는디 그냥 시키는 대로 돈 받아오고 빌려주고 안 갚는다고 사람 때렸다가 내가 그 꼴이 나버린 거 아니여. 나쁜 놈들! 이제 막 고등학교 졸업한 아를 데려다가 그런 짓을 시키다니. 지금도 그러는지 모르겄다."

덩치가 좋은 데다 인상도 날카로운 근식은 싸움판에 제격이었다. 그냥 아무것도 안 하고 서 있기만 해도 상대가 쉽게 보지 못했다. 은근히 폼 난다고 생각했는지 근식은 거기에 익숙해져갔다. 시장 패거리가 둘로 나뉘어 싸움이 났을 때도 그곳에 있었다. 뭣도 모르고 시키는 대로 사람을 때렸다. 상대는 허리가 꺾여 병원에 실려갔고, 근식은 고향으로 도망을 왔다. 그때 태석이 경찰 아닌 친구로 근식을 찾아가 같이 술잔을 기울이며 자수를 권했다. 근식은 태석의 말을 따랐다. 2년 실형을 받아 복역하고 고향으로 돌아왔다. 목포에서 사람들이 찾아와 다시 가자고 했지만 근식은 끝내 손을 저었다. 그건 근식이 세상에 태어나 가장 잘한 일이라고 자랑하는 일이다.

"내가 그때께 따라 갔으면 니가 나를 잡으러 댕겼을 것인디."

"똘마니 하나 잡으러 서울에서 목포까지 미쳤다고 내려가냐."

"똘마니? 하기사 그렇지. 근디 내가 계속 목포에 있겄냐. 서울에 있제. 종로 정도는 내가 먹어부렀을 거시여. 그치?"

"그랬으면 또 모르겄다."

술병이 하나둘 쌓여가고 둘의 농담도 계속되었다. 생고기는 주인 말처럼 싱싱한 것 같지는 않았다. 입에서 질겅거렸고 씹어도 단맛이 나지 않았다. 하지만 술이 들어가자 그런 건 문제되지 않았다. 등심 한 접시를 더 들고 온 주인이 또다시 싱싱하다는 자랑을 하고 돌아갔다. 고소한 냄새를 풍기며 등심이 숯불 위에서 익어갔다.

"주식이 형이 잘해주냐? 강력팀장 되었다고 위세 부리는 건 아니겄지. 고향 동생이 10년 만에 내려왔는디 못살게 굴면 내가 힘을 보여줄 수도 있제."

"어떻게 힘을 보여주려고?"

"어떻게? 내가 거그 경찰들 술을 얼마나 많이 사주었는디. 회식을 몇 번이나 시켜주었다. 니가 서울에 있어서 모르나본디, 내가 경찰서 위원장을 몇 번이나 했는디."

"술 사주고 밥 사주는 위원장 말이냐? 그걸로 뭐 어떻게 할라고 미친놈."

"그려. 밥을 사든 술을 사든 위원장이면 위원장이지, 뭔 말이 많어? 이 새끼, 물어보는 것 보니까 주석이 형이 똑바로 안 허는구나. 기다려봐 이, 내가 전화해서 혼내줄랑께."

"무슨 전화야, 하지 마."

"기다려봐."

술이 얼큰하게 취한 근식이 휴대전화를 꺼내 번호를 눌렀다. 생각보다 술이 많이 약해진 근식이었다. 사람들을 쫄게 했던 단단한 근육은 다 빠지고 살은 늘어졌다. 신호 가는 소리가 들렸다.

"주석이 형인가? 나 근식이요. 내 가장 친헌 친구, 태석이가 왔는디 술 한잔 같이해야지. 형님, 어디요? 얼른 이리 오쇼. 못 와? 왜 못 와? 일은 무슨. 알았어. 됐고, 형님! 이놈 이혼하고 혼자 내려온 놈이여. 잘해줘요 이, 예? 잘해주라고!"

전화기에서 팀장이 뭐라고 하는데 태석은 알아들을 수 없었다. 뭐, 일이 있어 오지 못한다는 말일 터였다. 그보다 식당에 손님도 많은데 이혼이라는 말을 그렇게 크게 할 것까지는 없는데……. 취한 근식은 말릴 새도 없이 입에서 나오는 대로 소리를 질렀다.

"야가 이혼하고 얼마나 외롭겄어. 도와줘야제. 이혼! 아이, 형님 뒈지게 못 알아듣네. 태석이가 이혼을 하고……. 아, 이혼! 이혼이라고!"

"야, 그만해."

전화기를 빼앗아 끊어버렸다. 아주 동네방네 방송을 했다.

"너 취했어. 가라. 나도 갈란다. 계산은 돈 잘 버는 니가 하고."

"그려. 이혼허고 니가 무슨 돈이 있겄냐."

"아우, 이 새끼를 그냥! 나 먼저 간다."

"그래 가라. 집에 가봐야 마누라도 없는데 좆이나 잡고 딸딸이나 쳐라."

근식은 끝까지 태석의 속을 뒤집어놓았다. 이혼을 갖고 놀리는 바람에 대준의 취직 부탁은 꺼내지도 못했다.

계산을 마치고 비틀거리며 나온 근식이 태석을 찾았다. 태석은 벌써 저 앞에서 걸어가고 있었다.

"태석아, 잘 가라! 외로우면 말해. 원룸에 여자 하나 넣어줄게."

대답 대신 태석은 손을 위로 올려 가운데손가락을 들어 보였다.

"태석아! 대준이 내일 사무실로 오라고 해라. 면허증 가지고."

"고맙다."

근식이 태석의 속을 읽었던 모양이다.

술을 많이 마신 것 같은데 정신은 온전했다. 차라리 고주망태가 되어서 아무 생각도 할 수 없으면 좋을 것 같았다. 주머니 속의 휴대전화를 이리저리 만지작거렸다. 전화를 할까, 말까. 식당을 나오면서부터 계속 망설이고 있었다. 10시가 아직 안 된 시간인데, 지영은 자고 있을까. 한 번쯤 아빠가 보고 싶다고 전화를 할 만도 한데 한 번도 연락이 없었다. 아내가 못 하게 했겠지. 태석이 내린 결론이었다. 딸아이 목소리를 듣고 싶다는 생각은 간절했지만 아내 목소리는 그렇지 않았다. 그녀의 목소리는 송곳이나 갈고리처럼 태석의 속을 후벼 파는 흉기였다. 전화를 걸어 지영이 받으면 통화하고, 아내가 받으면 끊어버리자. 그냥 받지 않기를 바라며 전화번호를 눌렀다. 전화를 걸어보았는데……. 라고 위안을 삼고 싶었다. 뚜뚜 소리가 나며 전화는 서울과 영광을 연결했다. 한 번, 두 번 신호가 오래갈수록 마음은 더 불안해졌다.

"여보세요."

"응, 지영이니? 아빠야!"

"어디다 전화하셨어요? 잘못 거신 것 같은데요."
"예? 거기 하지영네 집 아니에요?"
"예."
"잠깐만요. 잠깐만요."
 간곡한 부름을 못 들었는지 전화 속의 여자는 그새 전화기를 끊어버렸다. 며칠을 참고 참아 전화를 걸었는데 다른 사람이라니. 휴대전화에 찍힌 번호를 확인하니 집 번호가 확실했다. 전화번호까지 바꾸다니 잔인한 여자다. 이제 지영과의 통화마저 자기가 통제하겠다는 것이었다. 태석은 어쩔 수 없이 아내의 휴대전화로 전화를 걸었다. 발랄한 댄스 음악이 흘러나왔다. 자신은 간신히 하루하루를 살아가고 있는데 댄스 음악이라니. 이혼이 그렇게 유쾌한 일은 아니었을 텐데……. 신호음이 몇 번 되풀이되어도 전화를 받지 않았다.
"여보세요."
 한참 뒤 전화를 받은 아내의 목소리는 건조했다. 조금의 물기도 없는 모래바람이 이는 듯했다.
"전화번호를 왜 바꿨어?"
 아내와 마찬가지로 태석도 건조하기는 마찬가지였다.
"전화 끊었어. 쓸 일도 없어서."
"나하고 미리 얘기를 했어야지."
"그걸 왜 당신하고 얘기해? 우리가 그런 걸 상의할 사이는 아닌 걸로 아는데."
"지영이하고 통화를 못하잖아. 지영이가 하게 하던가."
"그건 지영이 의사지. 지영이는 그렇게 당신하고 통화하고 싶어 하는 것 같지 않던데. 아니면 서울 올라와서 지영이하고 만나면 되잖아. 그럴 수 있는 여건이 되는지 모르겠지만."

아내의 말이 태석의 가슴에 화살이 되어 날아와 박혔다. 서울까지 올라가 지영을 만나기 힘든 상황이라는 것을 그녀는 잘 알고 있었다.

"지영이는 내가 잘 키우고 있으니까 걱정하지 말고 양육비나 밀리지 말고 입금해주면 좋겠어. 당신은 혼자 사니까 괜찮지만 지영이는 학교도 가야 하고 학원도 가야 해. 잊지 않았으면 좋겠어."

"알았어. 지영이 좀 바꿔봐."

"자고 있어. 다음에 전화해."

"진짜?"

"그럼 가짜로 자?"

"알았어. 지영이 깨면 내가 조금만 있다가 올라가서 보자고 좀 해줄래? 다음 달, 아니 다다음 달이면 올라갈 수 있을 거야."

"그러든지. 나한테 먼저 전화하는 거 잊지 말고."

10년 남게 같이 살아온 사람이 맞기는 한 걸까. 전화 거는 것도 껄끄럽고 통화하는 것도 동사무소 호적계 직원과 얘기하는 것만 같았다. 오히려 그쪽 직원이 겉치레 말일지언정 더 친절할 것이다.

전화기를 다시 만지작거렸다. 영광에 내려와서는 서울에 전화를 거는 게 어색했다. 죄를 지어 유배 온 사람처럼, 연락하면 처벌받는 규정이라도 있는 것처럼 망설여졌다. 시간이 너무 늦었는데, 그래도 번호를 눌렀다.

"정수야, 나다."

"아, 형님."

정수는 태석의 목소리를 알아보고 바로 대답했다. 끝이 가라앉는 게 반가운 목소리는 아니었다. 이 시간에 무슨 일이에요, 하고 묻는 것 같았다.

"잘 지내지?"

"매일 그렇죠, 뭐. 형님은 어때요?"

"시골이 뭐 별일 있겠냐? 그건 어떻게 잘되고 있냐?"

"뭐요, 김동수 건요? 잘되고 있겠죠. 뭐 새로운 증거를 찾는다나. 처음부터 다시 시작하는 마음으로, 그놈이 범인이 아닐 수도 있다는 생각으로 수사에 임하라고 했다더라고요. 형님이 찾아낸 자료 모두 배제하고 생각해보라고……."

"뭐야! 그 새끼가 범인인데 범인이 아닐 수도 있다니. 말이 돼? 과장이 어떤 새낀데?"

"어떤 과장이면 뭐해요? 누가 앉아도 그런 말은 할 수 있죠. 그래도 형님이 찾아놓은 자료를 벗어나기는 힘들 거예요. 모두 김동수가 범인이라고 생각하고 있으니……."

김동수가 범인이 아닐 수도 있다는 말에 태석은 열이 올랐다. 지금쯤이면 뭔가 놈을 옭아맬 확실한 증거를 찾았을 줄 알았는데 아무런 진척이 없고 오히려 다른 사람일 수도 있다는 말이 나오다니. 태석은 속이 답답했다.

"형님, 이제 우리 사건도 아니잖아. 전담반도 없어지고 그냥 5팀에서 가지고 가는 사건이야. 검찰이 기소 자체를 안 하고 있는데 우리가 뭘 더 하겠어? 재지휘만 몇 번을 받아 서류만 가지고 있는데. 어차피 기소도 못하는 거 형님도 잊어요. 미제로 끝나는 거지 뭐."

"얌마, 잊으라는 말이 나오냐? 내가 그 새끼 때문에 인생 망친 놈인데.

나같이 돈 없고 빽 없는 놈은 가진 거 다 뺏기고 이런 시골 구석에서 썩어가고 있는데, 그 새끼는 여전히 뻐까뻔쩍 살고 있을 거 아냐. 정수야, 내가 올라간다. 올라가서 반드시 내 손으로 그 새끼 잡아 처넣을 거다. 그러니까 무슨 일 있으면 나한테 전화 좀 해줘라. 알았지?"

"아이구 형님, 잊어버리라니까. 그 새끼 기소 못해. 변호사 붙은 거 보면 몰라요? 이미 한 번 그렇게 풀려났는데 무슨 수로 다시 해. 그냥 당분간 푹 쉬어요. 나 야식 먹으러 가야 해. 형님, 끊어요."

"야, 야! 정수야! 아이, 시발럼."

전화를 괜히 걸었다. 지금쯤 뭔가 결과물을 만들어내고 있을 거라고 기대했던 자신이 못나 보였다. 그런 게 있었으면 벌써 연락이 왔을 걸 알면서 무슨 기대를 했는지 생각할수록 억울했다. 아이들을 죽인 놈은 여전히 거리를 활보하는데 그놈을 잡아보겠다고 나섰던 자신은 모든 것을 잃고 고향으로 쫓겨났으니……. 오늘도 잠을 자기는 그른 것 같다. 슈퍼에 들러 소주 두 병과 마른안주를 주워들었다.

팬디민 입은 채 피길리 앉아 소주를 종이컵에 따랐다. 또르륵거리며 종이컵에 소주가 차올랐다. 반잔만 따르려다 한가득 따랐다. 오징어 다리를 하나 떼어 씹어 먹고 소주를 들이켰다. 차가운 소주가 식도를 타고 위로 흘러내렸다. 저녁을 잘 먹어서 그런지 소주가 하나도 쓰지 않았다. 혼자 먹는 술에 점점 익숙해져가는 게 서글펐다. 한 병은 먹지 않고 냉장고에 넣었다. 그것마저 먹으면 감정을 주체할 수 없을 것 같았다. 더 생각을 말자고 불을 껐다. 빛이 몰려나가고 창문이 가로등 불빛을 받아 구릿빛을 띠었다. 가로등 아래 거미가 깊은 밤 야식거리를 기다리고 있었다. 가로등 불빛을 보고 달려든 나방을 거미는 솜씨 좋게 잡아 어두운

나비 사냥

곳으로 끌고 들어갔다. 거미를 놓치지 않고 계속 쳐다보았다. 거미에 집중해 다른 잡념이 들어오지 못하게 하려 했다. 새벽이 되자 거미도 가로등 너머 어둠 속으로 들어가 잠이 들었다. 태석도 그제야 잠이 들었다. 하지만 밤새 겨우 잠들었다 싶으면 다시 깨어나길 반복해야 했다. 간밤에 먹은 고기가 잘못되었는지 설사가 멈추지 않았다.

13

"저 실종신고 좀 하려고 왔는데요."
남자 한 명이 강력팀의 철제 출입문을 밀고 들어왔다. 20대 중반의 남자는 고개를 쳐들고 어깨에 힘을 가득 준 채로 사무실에 들어와 두리번거렸다. 직원들은 아침부터 무슨 실종신고야, 하는 눈빛으로 쳐다봤다. 당직인 승오가 의자를 자기 책상 앞에 놓고 앉게 했다.
"실종요? 누군데요. 여잔가요?"
사람이 없어졌을 때도 여자인지 남자인지가 중요했다. 남자라면 대수롭지 않게 생각해도 되지만 여자라면 당연히 신경을 써야 했다. 여자는 성폭행 사건에 연루되기 쉬워 무조건 접수를 해놓아야 한다고 지침이 내려와 있었다. 단순가출로 접수하고 종결을 했다가 사건과 연관이 되면 모든 비난은 경찰이 받아야 하기 때문이다. 실제로 그런 일이 종종 있어왔기에 여자라면 신경이 곤두섰다. 승오는 제발 여자만 아니기를 바라며 남자에게 물었다.
"남동생인데요."

"남동생요? 남동생이 실종되었다는 말이죠. 몇 살인데요?"

남동생이라는 말에 승오의 얼굴이 밝아졌다.

"스무 살요."

"학생이에요?"

"아니요. 고등학교 졸업했는데요."

"승오 니가 알아서 잘해라. 우리는 나간다."

남자라는 말에 안심하고 근호는 직원들을 데리고 사무실을 빠져나갔다. 자리에 앉아 있는 태석을 그는 의도적으로 멀리하고 있었다. 같이 나가자고 할 만도 한데 태석에게는 한마디도 붙이지 않았다. 사무실을 나가며 태석과 눈이 마주쳤지만 고개를 돌려 그대로 나가버렸다. 태석 역시 그들을 따라나설 마음은 없었다. 자존심으로 치자면 근호보다 태석이 더 셀 것이고, 화가 났어도 태석이 더 났을 것이다. 그러나 점점 외톨이가 되어가는 듯한 느낌은 어쩔 수 없었다. 그렇다고 먼저 나서서 손을 내밀기는 싫었다. 조급하게 다가가려 하다가 자존심만 상하고 사내만 더 나빠질 수도 있었다. 사무실에는 승오와 태석만 남았다. 신고를 하러 온 남자가 태석을 힐끔 쳐다보고는 고개를 돌렸다.

승오는 일회용 커피를 종이컵에 타 젊은 남자에게 건넸다. 그러곤 노트와 볼펜을 꺼내 들고 적을 준비를 했다. 하지만 없어진 사람이 남자라는 말에 '며칠 더 기다리면 되겠네'라고 이미 머릿속에 결론을 내려놓고 있었다.

"실종자 분 성함이 어떻게 되시죠?"

"김동우요."

"관계가……?"

"제 동생이에요."

"마지막으로 본 게 언젠가요?"

"그러니까 마지막으로 집을 나간 것은 한 달 반 전쯤이에요. 저번 달 초쯤에 나갔으니까. 연락은 한 일주일 전쯤에 마지막으로 왔었어요."

"그럼 최근까지는 연락이 되었다는 말이네요."

"예. 그렇다고 봐야지요."

"가출신고가 아니라 실종신고를 하시게요?"

"갑자기 연락이 안 되니까요. 누구한테 잡혀 있다가 통화를 했는지도 모르고요."

"잡혀 있어요?"

승오는 다 큰 남동생이 일주일 연락이 끊겼다고 납치됐을지도 모른다는 말을 하자 어이가 없었지만 티를 내지 않으려고 노력했다.

"하던 일은 뭔가요?"

"노가다요. 기술이 없으니까 아직은……."

"어디서 일한 줄 알아요?"

"아니요. 잘 몰라요. 어디 인력공사에 들어 있는 것 같았는데……."

"같이 일하는 동료 중에 아는 사람 없고요?"

"없어요. 아, 근데 동생이 집에 올 때 가끔 데려다주던 사람이 있었는데요. 냉동차 같은 차량을 몰았는데……."

"차 번호 알아요?"

"아니요. 그냥 그런가보다 하고 말았으니까. 마지막 집 나갈 때도 그 차를 타고 갔어요."

"회사 차였어요? 옆에 뭐가 적혀 있다던가 하지 않았어요?"

"아니요. 그런 건 없었는데요. 아무것도 적혀 있지 않고 그냥 하얀색이었어요."

"알았어요. 차는 됐고, 전에도 나간 적 있어요?"

"한 며칠씩 나간 적은 있지요. 애도 아닌데. 하지만 이렇게 오래 들어오지 않은 적은 처음이구만요. 그리고 말도 하지 않고 나갈 애도 아니고. 이유도 모르고 연락이 안 되니까 답답한 거지요. 그래서 신고를 할라고……."

"뭐 집에서 가지고 나간 것은 없어요? 돈을 들고 나갔다든지, 가방을 싸가지고 갔다든지요."

"제 주민등록증을 가지고 나갔어요. 마지막 집 나가던 날 아침에 제 지갑을 뒤지더라구요. 그리고 출근하길래 돈이나 빼갔나보다 하고 보았는데 돈을 그대로 있고 주민증만 없어졌더라구요."

"왜 가져간 것 같아요?"

"동생 나이가 스무 살인데 아직도 고등학생처럼 보여요. 일을 할 때 고등학생이 아니냐고 오해를 살 때가 있다더라구요. 그리고 말을 좀 더듬거려요. 어리게 보이기도 허고 말까지 어눌허니까 많이 놀리고 애 취급을 하는가봐요. 그래서 가져가지 않았나 싶구만요."

승오는 더 이상 물어볼 것도 없다고 생각했다. 형 주민등록증을 자기 것인 양 보이고는 어디선가 일을 하고 있을 게 분명했다. 가출이라고 하기도 어려워 보였다. 정황상 취업을 위해 나갔다는 게 확실해 보이고, 최근까지도 연락이 된 것으로 보아서 범죄와는 연관이 멀어 보였다.

"어디서 취업해서 일하고 있는 게 아닐까요?"

"그럴지도 모르는데 전에는 요렇게 집을 나간 적이 없으니까 혹시 사고라도 당하지 않았나 걱정되서 그러죠."

나비 사냥 153

"휴대전화는요?"

"얼마 전부터 꺼져 있구만요, 계속."

"조금 기다려보는 게 어때요? 제가 봤을 때는 범죄에 노출됐다고 보기는 어려워 보여요. 기다리면 들어오지 않을까요. 너무 성급하게 찾는 것 같은데, 아마 돈 벌어서 들어올 거예요."

"그래도 한 달이 넘어가도록 들어오지 않고 있는데……."

"자기 발로 집을 나갔고, 취업하려고 형님 주민증을 꺼내간 것 같다면서요. 그럼 가출이죠. 납치를 당했다거나 누구에게 감금이 되었다거나 하면 당연히 경찰이 나서서 수사를 해야죠. 그렇지만 이건 아니잖아요. 돈 벌러 나간 동생까지 찾아주려면 경찰이 발이 열 개라도 모자랄 겁니다. 그런 식으로 사람을 찾아주기 시작하면 경찰들 일 못해요. 가출신고는 받아줄게요. 어디서 불심검문이라도 받으면 연락이 올 겁니다. 걱정하지 마세요."

승오는 그 정도 설명하면 남자가 알아듣고 돌아가리라 생각했다. 이런 건까지 접수해서 수사를 하는 건 아무래도 낭비였다. 그러나 젊은 남자에게 이것은 큰 문제고 다급한 사건이었다. 경찰서에 오면 바로 수사에 들어가 동생을 금방 찾을 줄 알았다. 묵묵히 듣고 있던 젊은 남자의 얼굴이 일그러지기 시작했다.

"걱정을 하지 말라니. 동생이 나가서 들어오지 않는다니까!"

"왜 소리를 질러요?"

"동생 찾아달라니까, 뭐? 걱정하지 말고 기다려?"

"정황상 별 문제가 없어 보이니 집에서 좀 더 기다려보시라는 거죠."

고분고분하게 이야기하던 젊은 남자가 핏대를 세우며 막말을 쏟아내기 시작했다. 분명히 문제가 있는데 없다고 하며 무시하는 경찰의 무신경함을 참을 수 없었던 모양이다.

"왜 문제가 없어, 이 양반아! 동생이 안 들어오는데!"

"전에도 나갔다면서요?"

"요번처럼 나가지는 않았지."

"그러니까 우선 가출로 접수를 해요. 돌아다니다 검문을 하거나 경찰서에 끌려오면 연락이 올 테니까."

"가출이 아니라니까 자꾸 그러네. 사고가 난 게 분명허구만."

"가출한 후에 난 사고는 경찰도 어쩔 수 없어요."

"그게 왜 책임이 없어! 내가 지금 신고까지 하고 있구만!"

승오는 어떻게든 달래서 보내려고 했다. 답이 빤한 사건을 앞의 남자만 알아듣지 못하고 있었다. 답답한 건 승오나 남자나 서로 마찬가지였다.

"왜 자꾸 반말이에요. 내가 지금 반말해요?"

"동생 찾아달라니까 무슨 반말 얘기를 하고 있어! 동생이 나가서 안 들어온다니까!"

"아이참, 몇 번을 설명해요. 가출로 신고 접수해줄 테니까 그렇게 알라고요."

"가출이 아니라니까. 니가 책임질 거야? 시발."

급기야 남자에게서 욕이 나왔다.

"시발? 아저씨, 지금 시발이라 했어요?"

"시발만 하겠냐, 좆 같은 경찰 새끼야. 서장 나오라 그래. 서장 나오라고 해! 왜 이게 가출이야. 사고가 난 게 분명하다니까. 동생 찾아달라고! 서장 불러와, 시발! 서장 불러!"

급기야 서장을 나오라고 소리를 지르기 시작했다. 승오가 난감한 표정으로 고개를 들어 천장을 올려다보았다. 빨리 해결해 보낼 수 있을 줄 알았는데 서장까지 나오라고 소리를 지르니 어떻게 해야 할지 대책이 안 섰다. 정말 서장실까지 찾아가 소리라도 지르면 큰일이었다.

"무슨 일이야? 서장 나오라니."

상황실장이 놀라 사무실 문을 열고 들어와 물었다. 남자의 고함 소리가 워낙 커서 집무실에 있는 서장까지 들었을지 몰랐다.

"별일 아닙니다. 신고 때문에요."

"별일이 아니기는, 시발! 동생이 집에 안 들어오는데 그게 별일 아니여?"

"돈 벌러 나갔다면서요."

"이번처럼 말없이 나가지는 않았지!"

"돈 벌면 들어오겠구만."

"돈 때문에 그런 것이 아니라니까! 시발, 사고라도 나면 책임질 거야?"

막무가내로 나오는 남자를 설득하기는 힘들 것 같았다. 태석은 그대로 모른 체하기가 뭐했다. 태석이 보기엔 남자가 굳이 가출이 아닌 실종 신고를 해야만 하는 이유가 있는 듯했다.

"이 형사, 흥분한 것 같은데 나가서 커피 한잔 하고 오지. 내가 말을 좀 해볼 테니까."

"에이!"

"어디 가? 어디가, 이 양반아!"

승오는 대답도 하지 않고 그대로 나가버렸다. 태석이 승오의 자리로 옮겨 앉아 남자에게 물었다.

"나하고 얘기해요. 동생이 몇 살이라고 했죠?"

"또 물어봐? 아까 얘기했잖아요."

"몰라서 묻는 건 아니고 동생에 대해서 좀 더 자세히 이야기해보자는 거지."

태석의 말에 남자는 의자를 당겨 앉았다. 조금 전 형사보다 나이도 있어 보이는 데다 덩치도 커서 함부로 말을 하기 어려웠다. 사내는 태석을 위아래로 살피고는 기가 꺾인 듯 멈칫거리더니 고분고분해졌다.

"차로 데려다준 사람이 있었다고 했죠? 누군지 알아요?"

"아니요. 항상 차 안에 있어서."

"동생이 면허가 있어요?"

"예. 운전일 해본다고 작년 가을에 땄어요."

"차량 특징은 더 기억나는 것 없어요?"

"탑찬데, 택배 물건도 실어 나르고 고기도 싣고 다니는 그런 차 있잖아요."

"차는 확인을 해볼게요. 돈은 누가 관리를 했죠? 일을 계속했으면 돈을 제법 보았을 것 같은데."

"제가……. 아니 동생이 관리했습니다."

"동생이에요, 형이에요? 돈과 관련이 됐을 수도 있으니까 솔직히 말해야 합니다. 계좌를 확인할 수도 있는 사안이니까요."

태석은 은근히 계좌를 확인한다는 말로 사실을 유도했다.

"계좌요?"

"납치라면 누군가 계좌에서 돈을 인출해갈 수도 있으니까 관리를 누가 했느냐가 중요하죠. 형이 했으면 했다고 이야기를 하세요."

"사실은 제가 하는데요."

"동생이 작년부터 모았다면 1년 넘게 모았을 것이고, 그러면 액수가 꽤 될 텐데?"

"예. 한 800만 원 정도를 모았습니다. 그런데 그게……."

동생의 돈을 형이 관리했던 게 문제였다. 동생은 건설현장에서 일을 했기 때문에 은행에 갈 시간이 없어 형에게 돈을 맡겼다. 형은 동생 명의의 통장을 만들고 그것을 관리한다며 마치 자기 돈처럼 사용해왔다. 그런데 동생이 한 달 반 전 집을 나가면서 통장을 가지고 나가버린 것이다. 통장을 가져오라고 해도 가져오지 않았고, 급기야 전화마저 끊겨버렸다. 나가버린 동생을 애타게 찾는 이유를 알 만했다. 남자는 동생을 찾고 싶은 게 아니라 돈을 찾고 싶은 것이었다. 처음에 동생을 찾는 형의 모습에 우애가 참 좋구나, 하고 애틋한 생각이 들었는데 막상 내막을 알고 보니 역겨웠다. 지금까지 동생을 찾아달라는 말이 다 가식이고 쇼였다고 생각하자 친절하게 대할 수가 없었다.

"은행에 가서 돈을 인출했는지 확인했어요?"

"예. 은행에서 확인을 했는데 계속 인출을 하고 있습니다. 가출을 한 다음 날부터요."

"은행 확인은 어떻게 했어요? 본인이 아니면 안 해줄 텐데."

"실은 거기 아는 동생이 있어서 물어보았죠."

"그렇다 치고 동생이 돈을 찾아 쓸 수 있잖아요."

"그렇기는 한데……. 다른 사람이 시켜서 돈을 뺏을 수도 있고."

남자의 목소리가 작아지며 말끝을 흐렸다.

"계속이라면, 얼마나 어떻게 인출했는데요?"

"5만 원도 있고 10만 원도 있고."

"5만 원, 10만 원요? 납치나 감금 상태에서 돈을 본인이 빼기도 어렵고, 뺀다고 하더라도 한꺼번에 모두 빼지 5만 원씩 뺀다는 건 생활비로 쓰는 걸로 보이는데."

"그렇기도 하지만……."

남자는 그런 것 같다면서도 완전히 수긍하진 않았다. 어떻게든 수사를 해서 동생을 빨리 찾아 남은 돈이라도 건지고 싶은 것이다.

"알겠습니다. 그만하면 되었고요. 은행에 저희가 확인을 해보아서 범죄와 연관성이 있는지 확인하고 수사를 할 것인지 결정을 하겠습니다. 우선은 가출신고로 접수할게요."

"그러면 아까 얘기했던 사람하고 달라진 게 없잖아, 시발!"

가출신고로 접수를 한다는 말에 젊은 남자는 다시 돌변했다. 그러나 이미 남자가 역겨워진 태석도 그의 억지를 받아줄 아량은 없었다.

"시발? 말을 그렇게밖에 못해? 달라진 게 뭐가 없어. 동생 돈을 니가 빼먹으려고 하는 거 아냐!"

"에? 뭐요?"

"동생이 궁금한 거야, 동생 돈이 궁금한 거야? 동생이 돈을 찾아 다 써버릴 것 같으니까 빨리 나머지 돈이라도 찾고 싶은 게 니 생각 아냐? 그게 동생 돈이지 니 돈이야? 그런 돈 찾으려면 심부름센터나 흥신소 같은 데 가봐. 경찰서 같은 데 오지 말고!"

"뭐? 뭔 소리 하는 거야, 지금!"

"말 똑바로 해라, 어린 놈의 새끼가. 어디서 형님 같은 사람한테 반말이야, 개새끼야. 나이도 스무 살은 내가 많겠구만. 너 니 동생 돈 빼먹은 거 집에서 모를 것 같은데 집으로 전화해줘? 몇 번이라고 했지. 니 아버지, 어머니 그리고 다른 식구들, 니가 경찰서까지 와서 난리 부리고 있는 거 알아? 다 알려줘? 이런 싸가지 없는 새끼, 너 동네가 어디라고 했어? 성덕리라고 했지. 근식이 알아?"

"근식이 형님요?"

"그래 인마, 근식이가 내 불알친구야. 나도 여기가 고향이여, 인마! 고향 선배한테 어디서 나이도 어린 놈의 새끼가 거짓말을 해. 서장 나오라 그래? 미친 새끼! 어디서 못된 것만 배워가지고 서장을 찾아 서장을. 서장이 니 친구야, 인마? 통장도 니가 먼저 달라고 한 거지, 관리해주겠다고? 동생 돈 빼 쓰지 말고 니가 벌어서 써, 인마. 얼른 가. 가출신고 받아주는 것만도 다행으로 알고."

"그게 아니고 저는……."

"뭐가 아니야? 빨리 안 가! 확 뒈지게 패버리기 전에. 너 근식이한테 이른다."

"아니 가요, 가! 아, 이 새끼 어디 가서 찾지."

"찾기는 어디 가서 찾아, 인마. 곧 들어올 거야. 집에서 기다려."

"저, 이거 근식이 형님한테는 말하지 말고 그냥……."

"알았으니까 가, 얼른 가라고."

"아이, 개새끼. 다 써버릴 것 같은데……."

"욕하지 말고 똑바로 안 가, 새끼야!"

젊은 남자는 동생의 행방을 찾아 돈을 찾으려던 계획이 무산되자 허탈한 모습으로 현관을 나갔다. 남자가 기가 꺾여나가는 것을 본 승오는 커피를 타 들고 태석에게 왔다.

"하 형사님, 수고하셨습니다. 저놈이 서장 나오라 그럴 때 얼마나 진

땀이 나던지."

"뭘, 별것도 아닌데. 나 좀 나갔다 와. 커피 잘 먹을게."

"저기, 하 형사님……."

"왜?"

"아니요, 그냥."

승오는 다른 날과 달리 정중하게 인사를 했다. 고맙다는 말도 하고 싶고, 김근호 형사가 태석을 멀리하는 게 별로 맘에 들지 않는다는 말도 건네고 싶었다. 하지만 목까지 나왔던 말이 끝내 나오지 않았다. 팀에서 가장 고참인 김근호를 모른 척할 수는 없었다. 태석을 불러 세우는 목소리에서 친근감이 느껴졌다. 태석도 엷은 미소를 보여 답례했다. 승오와 조금 가까워진 것 같아 기분이 좋았다.

태석은 노인이 있는 보건소를 찾았다. 응급실에 있던 노인은 베인 곳을 꿰매고 일반 병실로 옮긴 상태였다. 할머니는 옆에서 간호를 하고 있었다. 할머니를 만나기 전에 의사를 먼저 만났다.

"알코올중독이 맞습니까?"

"예. 간수치가 정상수치의 열 배가 넘습니다. 보통이 80 정도인데 이분 같은 경우, 수치가 1200을 넘을 정도니까 아주 높은 편이죠. 이미 간경변증이 심각하게 진행되고 있는 상태에다 알코올성 치매 증세도 있는 것으로 보입니다. 알코올중독 치료를 빨리 하지 않고 그대로 두면 생명에도 지장을 초래할 수 있습니다."

의사에게서 소견서를 받아 챙긴 후 할머니를 모시고 댁으로 갔다. 난장판이 된 현장을 촬영하고 할머니에게 던졌던 빈 병을 압수해 다시 찍었다. 그러고는 할머니를 모시고 경찰서로 가서 조서를 작성했다. 이는 할머니를 돕는 일이기도 했지만 할아버지를 살리는 일이기도 했다. 이대로 방치했다가는 사고가 날 것이 분명했다. 일단 응급조치가 되었으니 할아버지를 치료기관에 위탁하면 될 것이다.

"금방 끝나지요?"

"왜요?"

"영감이 혼자 있은 게 걱정된 게 그라죠."

병원에 할아버지를 혼자 두고 온 할머니는 안절부절못했다. 평생 그렇게 할머니를 못살게 굴었는데도 할아버지가 걱정되는 모양이었다.

"할머니, 할아버지가 폭행한 부분에 대해서 다시 말씀해주시면 돼요."

"그렇게 했다가 우리 영감이 감옥 가는 거 아니여?"

"아니에요. 제가 보니까 할아버지는 치료가 필요해요. 그대로 두었다가는 큰일을 당할지도 몰라요. 할아버지는 연세가 있으니까 처벌보다는 치료를 하도록 할 거예요."

여러 차례 설득을 하고 나서야 할머니는 진술을 하기 시작했다.

태석은 조서를 작성하고 검찰에 할아버지의 치료감호를 신청했다. 알코올중독 증세로 인해 물리적·정신적 폭력이 날로 증가하고 있다는 말과 함께 지금까지의 폭행 기록과 태석이 목격한 일을 종합해 처벌보다는 치료가 우선되어야 한다는 사유를 적어 넣었다.

14

 서장과 과장이 지시한 대로 팀장은 자기에게 맡겨진 사명을 꿋꿋하게 실행하고 있었다. 태석이 조용히 있다 서울로 다시 올라가게 만드는 것이 그들의 작전이었고 그것은 차질 없이 진행이 되어가고 있었다. 어차피 일은 태석이 오기 전부터 팀원들이 하고 있었고 특별히 태석이 해야 할 일은 아무것도 없었다.
 태석은 혼자 일하는 것도 나름 괜찮다고 생각했다. 다만 혼자 밥 먹는 건 궁색하게 느껴져서 여전히 싫었다. 일부러 자리를 피해 앉는 사람은 없어서 그나마 다행이었다. 이런 생활을 언제까지 해야 될까? 태석은 답답하고 막막했다. 시간이 약이겠지, 하는 생각으로 버티고 있었다. 사건이 발생하고 서로 이야기를 하다 보면 말도 트이고 뒤틀린 감정도 저절로 풀어지리라 생각했다. 그래서 차라리 이럴 땐 강력사건이라도 발생했으면 하는 생각도 들었다. 그런 방정맞은 생각 때문이었을까. 상황실장이 다급히 사무실로 들어왔다.
 "낭떠러지 아래 사람이 죽어 있다는데. 형사들이 한번 나가보지. 교통사고 조사팀에서 나갔는데 같이 나가서 판단하자고 그러네."
 상황실장이 전한 말은 교통 사망 사고였다.
 "사고조사에서 나갔으면 교통사고지 왜?"
 "며칠 된 것 같다는데……. 교통사고가 맞는 것 같기는 한데 그래도 모르니까 그러겠지."
 "모른다면 뭐 살인사건이라도 된단 말이여?"
 "그것이 아니고, 정확히 하자는 거 아니겠어."

의자에 앉아 있던 팀장이 윗옷을 챙기며 상황실장에게 말이 안 된다는 듯 농담을 던졌다. 팀원들이 모두 차로 가고 태석도 따라나섰다. 사람이 죽었다는데 교통사고 아니면 강력사건 둘 중에 하나였다. 경찰차가 산길을 따라 오르막을 오르기 시작했다. 오르막길의 한쪽은 가파른 낭떠러지인데 가드레일은 허술하게도 낮은 콘크리트로 되어 있었다. 설치된 지 20년이 넘은 콘크리트 가드레인은 한 번 들이받으면 넘어갈 듯 위태로워 보였다. 산 정상쯤에 오르니 파출소 직원들의 차량과 교통사고 조사계, 그리고 소방차가 먼저 출동해 있었다. 소방차는 운전자가 이미 사망한 것을 확인하고는 곧바로 현장을 빠져나갔다. 교통사고 신고에 출동은 했어도 이미 사망한 사람을 소방서는 접수하지 않았다. 벌써 사람이 죽었다는 소식을 들었는지 검은색 장의 차량이 서둘러 올라오고 있었다.

형광노랑으로 페인트칠이 된 콘크리트 가드레일은 두 군데가 부서지고 귀퉁이가 떨어져나갔다. 부서진 부분에는 콘크리트의 회색빛이 드러나고 안에 철골이 드러나 있었다. 차가 들이받고 타올라 넘어선 것 같았다. 차의 앞 범퍼가 박으면서 가드레일이 부서져 넘어지고, 자동차가 그것을 타넘으면서 차체의 바닥이 긁고 넘어간 것이다.

"며칠 된 듯싶은데, 사체가 부패한 것을 봐서는. 완전히 썩었어."

"얼마나?"

"옆에 가지도 못해, 냄새가 얼마나 나는지. 색깔도 장난이 아니고."

"신원은 나와?"

"응. 차량 번호 조회했더니 34세 조만석이라고, 경기도 사람인데 실종신고가 되어 있더라고."

"실종?"

"응. 아마 여기 이러고 며칠 있었으니 집에서 신고를 했겠지. 아직 가족하고는 통화를 못했어. 가족하고 통화해보면 대충 뭐가 나오겠지. 아이구, 냄새! 만지지도 않았는데 냄새가 따라붙었네."

파출소장이 팀장에게 설명을 해주면서 아직도 사체 냄새가 난다며 불쾌한 표정을 숨기지 못했다. 옷에 코를 대고 냄새를 맡으며 괜히 사체를 보았다는 표정으로 찡그렸다. 교통사고 담당자가 도로 사진을 찍고 굴림자를 이용해 거리를 재었다. 그는 이미 졸음운전이거나 음주운전이라고 결론을 내리고 있었다.

"근호야, 얼마 전에 경기도 성남경찰서에선가 협조요청 들어온 것 있었지? 실종자 휴대전화 마지막 기지국이 우리 관내에서 뜬다고."

"예. 그랬던 거 같은데요. 그다음에 다시 연락이 없어서 찾았나 싶었는데 이 사람인가봐요. 왜 이렇게 멀리까지 왔지?"

"우선 상황실에 전화해서 가족 연락처 좀 알아보고 전화 한번 해봐."

성남경찰서에 실종신고가 접수된 건 일주일 전이었다. 지방에서 술을 먹고 있다는 아들의 전화 후에 이틀이나 집에 들어오지 않고 회사에도 나오지 않았다. 당연히 가족은 실종신고를 할 수밖에 없었다. 실종신고를 하고 휴대전화 기지국을 확인했을 때 마지막 위치가 영광이었다. 그래서 성남경찰서에서는 주변에 교통사고가 발생한 사실이 없는지 차량을 수배해줄 것을 요청했었다.

"진구야! 교통사고지?"

김근호 형사가 사고조사를 하고 있는 후배를 친근하게 불렀다. 이건 교통사고니 니가 처리하라고 말하는 것 같았다.

"스키드마크가 난 것으로 봐서는 우선 졸음운전은 아닌 것 같아요. 졸음운전이었다면 브레이크 잡을 새도 없이 그냥 밀고 들어갔을 테니까요. 음주 운전이거나 운전 미숙이거나 둘 중 하난데……. 음, 그것도 아니면 자살이든지. 변사자의 행적을 보면 알겠죠. 가족한테 연락해보셨어요?"

"곧 연락할 거야. 상황실에 알아봐 달라고 했으니까."

두 줄의 검은색 타이어 자국은 여전히 도로 위에 선명했다. 타이어 자국은 경찰을 혼란스럽게 하기에 충분했다.

"야, 내가 사고조사도 좀 했잖아. 스키드마크가 왜 생겼겠냐, 정신은 남아 있었다는 거지. 음주나 운전 미숙이야, 내리막길에서 조작을 잘못해서 밖으로 튀어나간 거라니까. 뭐, 브레이크를 잡으려고 했는데 안 된 거지. 졸다가 갑자기 깨어났든가. 교통사고야. 우리가 올 필요도 없었는데."

"그런 것 같기는 해요."

"그래도 왔으니까 보고는 가야지."

팀장도 김근호 형사의 말이 맞다고 생각하는지 사체나 보고 가자는 식으로 말을 했다.

직원들은 나뭇가지를 붙잡으면서 경사지를 조심스럽게 내려갔다. 그러나 태석은 스키드마크와 가드레일을 유심히 바라보다가 길가 바위 위에 앉아 담배를 물었다. 팀장과 김근호 형사를 따라 내려가기 싫었다. 옆에 있어봤자 별 도움이 될 것 같지도 않고 자신에게 도움을 바라지도 않을 것이다.

최초 발견자는 난을 캐는 사람이었다. 광주에서 온 50대 남자는 건강을 위해 트래킹도 하고 취미생활도 할 겸 계곡으로 들어가 절벽 아래에서 난을 찾고 있었다. 처음엔 바람결에 실려오는 냄새를 맡았다. 계곡 어딘가 죽은 짐승이 있나보다고 생각하고 괜히 봐서 좋을 게 없다는 생각에 벗어나려고 돌아서다가 은빛 차량을 발견한 것이다. 차량을 보고 다가갔다가 창문을 깨고 뛰어나온 남자를 보고 깜짝 놀라 주저앉았다. 112 신고를 하고 경찰관이 올 때까지 도로로 나가 안절부절못했다. 달려온 파출소 직원이 최초 신고 경위가 어떻게 되는지를 묻고 파출소까지 동행해 진술해줄 것을 요구했다. 남자는 집에 빨리 가야 한다며 여기서 말로 하면 안 되냐고 사정했지만 경찰관은 조서를 작성해야 한다고 남자보다 더 간곡히 사정했다.

과학수사 황 반장과 김근호 형사가 인상을 찌푸리며 차량으로 다가갔다. 파리들이 사체 주변을 날아다니고 알에서 깨어난 수만 마리의 구더기들이 사체를 먹이 삼아 구물거리고 있었다. 더운 날씨에 팽창한 사체가 터질 듯 부풀어 올라 배 속에 가득한 부패액을 입과 코로 줄줄줄 내보내고 있어 일반인은 접근조차 힘들었다.

"안전벨트가 매어 있지 않은데."

과학수사 황 반장이 차량 시린을 찍으면서 말했다. 그렇다면 자살일 가능성도 있었다. 자살을 하려는 사람은 대부분 안전벨트를 매지 않기 때문이다.

"저 위에서 여기가 얼마나 될까."

"30미터쯤 되겠는데요."

"이렇게 좋은 찬데, 살 수 있지 않았을까."

"처음엔 살아 있었을지도 모르죠. 그랬는데 도와주는 사람도 없고, 그렇다고 자기가 힘써 나올 정도는 되지 않아서……."

"그래? 정신이 있었다면 전화 정도는 할 수 있었을까."

"그러게요. 전화기가 있나 찾아볼게요. 자살일지도 모르니까 유서가 있나도 보고."

근호가 조수석 문을 열어 차량 안을 확인했다. 대시보드를 열자 차량등록증과 보험증서와 지갑이 들어 있었다. 신원은 쉽게 확인이 되었다. 30대 초반의 남자, 차량등록증의 명의자와 지갑에서 나온 주민등록증이 일치했다. 사체가 부패해 팽창되어 있는 상태라 육안으로 주민등록증 사진과 대조하기는 힘들었다. 지갑에는 돈도 그대로 있고 신용카드, 명함 등도 모두 그대로 들어 있었다. 그리고 양복 안주머니에 휴대전화가 방전된 상태로 들어 있었다. 유서는 어디에도 없었다.

"배터리 남아 있어?"

"아니요. 없어요."

"그거 승오 거하고 같은 모델인데. 배터리 바꿔 끼워보라고 해."

뒤에 떨어져 있던 승오는 꼭 자기 배터리를 끼워야 하냐는 표정을 지었다. 죽은 사람의 피 묻은 휴대전화에 쓰는 게 기분 좋을 리 없었다. 사체에서 나는 부패 냄새가 휴대전화에서도 진동을 하고 있었다. 배터리를 바꿔 끼우자 삐리링 소리를 내며 휴대전화가 살아났다. 살아나자마자 걸려왔던 전화들이 일제히 들어와 소리를 내며 액정화면에 나타났다.

"마지막 통화가 누구야?"

"잠깐만요. 통화가 된 건 그러니까……. 엄만데요."

"전화해봐."

마지막 통화자는 '울엄마'였다. 승오가 잠시 망설였다. 전화를 걸면 어머니에게 아들이 죽었다는 말을 해야 했기 때문이다. 그 모습에 김근호 형사가 승오에게서 전화기를 건네받아 통화버튼을 눌렀다. 트로트

음악이 흘러나오고 나이 든 여자의 떨리는 목소리가 전해져 왔다.

"만석이니?"

벌써 일주일째 연락이 없던 아들에게서 전화가 오자 여자는 다급하게 묻고 있었다. 하지만 곧 멀리서 전해오는 음성이 아들이 아님을 알고 목소리에 기운이 빠졌다.

"조만석 씨 어머니 되시죠? 저는 영광경찰서 강력팀에 김근호 형사입니다."

"어쩐 일로?"

"죄송스런 말씀이지만 아드님이 사망한 것 같습니다."

"예?"

근호의 목소리는 건조했고 그래야만 했다. 동정 어린 목소리로 전해주게 되면 어머니는 슬픔이 복받쳐 오를 것이고, 그러면 사실 정황에 대한 어떠한 답변도 끌어내지 못할 것이다.

"침착하시구요. 조만석 씨가 외제 승용차 아우디를 모는 게 맞습니까?"

"……"

여자가 간신히 울음을 삼키고 있는 소리가 전화기 너머에서 전해져 왔다. 근호는 보채지 않고 기다려주었다.

"어머니, 대답이 곤란하시면 옆에 다른 사람을 바꿔주시죠."

"아니요. 제가 대답할게요. 아들이 타고 간 차가 맞아요."

"그래요. 마지막 통화가 언제였죠?"

"열흘 전쯤요."

"실종신고 이틀 전인가요?"

"예. 그런데 어디 경찰서라고 하셨죠?"

"영광경찰서입니다."

"영광요? 우리 아들은 경기도에서 일을 하는데 거기까지 왜?"

"그건 저희도 행적을 조사해봐야 할 것 같습니다."

경기도와 영광은 상당한 거리였다. 고속도로가 잘되어 있다 하더라도 최소한 세 시간 이상은 달려야 하는 곳이다. 의구심을 갖기에 충분했다.

"어머니, 더 정확한 조사를 해봐야 알겠지만, 우선 저희가 볼 때는 교통사고로 사망하신 것 같습니다. 그래서 아드님을 장례식장으로 옮길 거예요."

"제가 볼 수 없을까요?"

"시간이 좀 지나서 사체가 많이 상했어요. 현장에서 보시기는 좀 그렇고, 장례식장으로 가시면 볼 수 있어요. 그런데 보시더라도 알아보기 힘드실 겁니다."

"어이구……."

"마지막 통화에서 뭘 하고 있다고 하던가요?"

"지방에서 술 마시고 있다고 했어요. 많이 취한 것 같았는데……."

"그래요. 혹시 아드님이 음주운전을 자주 하나요?"

음주운전이라는 말에 여자는 잠시 망설였다. 아들이기에 대답하기 곤란했다. 조만석은 회식을 하고 나서 꼭 운전대를 잡았다. 지금까지 큰 사고는 없었지만 면허 정지 처분을 두 번이나 받았었다. 한 번만 더 운전하면 삼진아웃이라고 본인 입으로 말하면서도 술 먹고 운전하는 습관은 바뀌지 않았다.

"예. 버릇을 못 고쳐서 제가 많이 뭐라고 했어요."

"그래요. 어머니 하나만 더요. 아드님이 이쪽에 연고가 있나요?"

"군대 친구가 있는 것 같은데 잘 모르겠어요."

"그러면 아드님이 혹시 최근에 힘들다거나 안 좋은 일이 있거나 하지는 않았어요?"

김근호는 조만석이 금전이나 애인 관계를 비관하여 자살했을 가능성을 확인하고 싶었다. 그러나 최근 차를 바꾸면서 일이 잘되고 있었고 애인은 없는 상태라고 했다. 자살 가능성도 적어 보였다.

"어머니, 장례를 치르시려면 유족 조서를 빨리 작성해야 해요. 그래야 아드님을 편안히 보내드리죠. 최대한 빨리 영광경찰서로 와주세요. 자세한 것은 경찰서에 오시면 알려드리겠습니다."

"어디로 가면 되나요?"

"영광경찰서 교통사고 조사계로 가시면 돼요."

"예, 아이고……."

근호는 교통사고라고 여자와의 대화 중에 결론을 내렸다. 평소 음주운전을 자주 한다는 유족의 진술은 교통사고임을 확실하게 해주었고, 서기나 사살을 할 만한 이유도 없으니 그것도 아니었다. 범상노 근호의 논리에 의문을 갖지 않았다. 교통사고가 아니라면 자살이거나 살인사건 둘 중에 하나인데 자살을 할 만한 이유는 없고 또 유서가 발견된 것도 아니다. 그렇다면 결론은 교통사고였다.

과학수사의 황 반장은 여러 장의 사진을 찍은 후에 장례식장 직원에게 사체를 내주었다.

"이거 레커차로 위로 올린 다음에 빼면 안 될까?"

"레커차로 끌어올리면 차가 일어설 텐데, 사체가 차 안에서 굴러다니라고? 얼른 빼."

"아후, 저길 어떻게 올라가."

차에서 꺼내 다시 절벽을 올라야 한다는 생각에 나이 든 장례식장 직원은 한숨부터 쉬었다. 창문으로 튀어나온 몸을 안으로 밀어 넣고 차 문을 열었다. 사체가 바깥쪽으로 기울어지며 부패액과 구더기들이 바닥으로 쏟아져 내렸다. 시체포에 싸서 가져가기에는 부패가 너무 심했다. 손을 잡아당기자 껍질이 벗어지며 미끄러져 차 안에서 끌어내리는 것도 힘겨웠다. 나이 든 직원이 상체를 잡아당기고 다른 한 명이 엉덩이를 들어 올렸다. 시트에 고여 있던 부패액이 질척거리며 따라 올라왔다. 엉거주춤 앉은 자세의 사체를 곧게 펴고 들것 위에 뉘었다. 사체를 움직일 때마다 새어나오는 시취가 절벽 위 도로에서도 느껴질 정도로 고약했다. 인간이 죽어 남기고 간 가죽은 썩은 고깃덩이에 불과했다. 시체포에 비닐을 깔고 부패액이 밖으로 새지 않도록 묶었다. 부패가 심한 사체를 보고 젊은 장례식장 직원이 불퉁거리며 다시 절벽 위로 올라가 장의차 안에서 비닐을 더 가지고 내려왔다. 몇 번이나 야무지게 꽁꽁 싸도 흔들릴 때마다 겹친 비닐 사이로 부패액이 새어나왔다. 나이 든 장례식장 직원이 사체가 굴러떨어질 것을 염려해 들것의 벨트를 상체와 하체에 단단히 채워 움직이지 않도록 고정했다. 사체를 수습한 장례식장 직원들은 사체를 앞뒤로 들고 절벽 위를 한 번 올려다보고는 한숨을 쉬었다. 저 위까지 어떻게 올라가야 할지 막막했다. 둘이 사체를 들고 올라가자 레커차 기사가 사고 차량에 고리를 걸고 절벽 위 다른 기사에게 신호를 보냈다. 곧 기어 돌아가는 기계음이 들리며 느슨했던 와이어 줄이 조금씩 팽팽해지기 시작했다. 차량이 거꾸로 들린 채 절벽을 거슬러 끌어 올려지며 가로막고 있던 나뭇가지를 모조리 꺾었다. 황 반장은 차량이 빠지고 나서도 주위를 살피며 사진을 찍어댔다.

"들어가죠? 우리가 할 건 별로 없을 것 같은데. 교통사곤데 사고조사가 맡아야죠."

"그려. 딱히 의심할 만한 것도 없잖여. 멀리서 왔다는 것 말고는."

"그렇죠. 평소에도 음주운전을 자주 했다고 하고, 스키드마크도 선명하고, 자살할 만한 이유도 없다고 하니까요. 교통사고죠. 아니면 우리에게 넘기라고 하죠. 넘어올 리도 없겠지만."

"그려. 과장한테는 그렇게 보고해야겠다."

팀장과 근호가 교통사고라는 결론을 내리며 경사지를 힘겹게 올라가고 있었다.

"근데 형님, 왜 여기까지 왔을까요?"

"그건 저 사람한테 물어봐야지, 내가 아냐? 저기 부서진 가드레일을 피해자 겸 목격자로 조사를 해봐라."

뒤따라 올라오던 승오가 묻자 근호가 농담으로 답했다.

"상철이, 이리 와봐."

팀장이 후배인 사고조사계장을 불렀다.

"우선 우리가 보았을 때는 단순 교통사고인 것 같어. 가족하고 통화를 해보았더니 마지막 통화했을 때 술을 많이 먹은 상태였다고 하네. 전산실에 확인해보니까 음주운전 경력도 두 번이나 있구만. 우선 조사해보고 이상한 점 있으면 우리한테 넘겨."

"강력에서 먼저 해서 우리한테 넘겨야 하는 거 아닌가요?"

"뭔 소리여, 이 사람아. 딱 떨어지는 것을 가지고 그래. 그런 식으로 하면 교통사고도 다 강력팀서 허게."

"알았어요. 유족 받아보고 이상한 소리 하지 않으면 그냥 끝낼게요. 아이, 근데 사망사고 한 건 늘었다고 과장님이 노발대발하겠는데요."

사고조사계장이 봐도 딱히 교통사고가 아니라고 들이밀 게 없는 모양이었다. 작은 군에 교통사고 사망 건수만 늘어 통계수치가 올라가는 게 걱정스러운 표정이다. 대책 보고에 들어가면 서장이나 과장에게 가드레일을 모두 신형으로 교체해야 한다고 보고를 할 참이다.

형사들이 모두 차에 탈 동안에도 태석은 바위 위에 앉아 가드레일과 타이어 자국만 바라보고 있었다.

"태석아, 가자."

창문으로 머리를 내밀고 팀장이 태석을 불렀다. 태석은 필터까지 빨린 담배를 비벼 끄고 차로 다가왔다. 일에 전혀 관심이 없는 것 같은 태석의 모습에 팀장은 한심하다는 듯한 표정을 지었다.

"근호, 니가 좀 친허게 좀 해봐."

"제가 뭘요. 나이가 몇 살인데요. 지가 알아서 하겠죠."

"서로 웃으며 일하면 좋잖아. 계속 그럴래?"

"곧 가겠죠. 또 시간이 지나면 괜찮아질 거고. 아이 참, 신입직원도 아니고 짐짝 하나 데리고 다니는 것 같아서, 원."

"사체 냄새 난다고 하니까 밑에 내려와 보지도 않더구만요."

황 반장이 사체 옆에 와보지도 않는 태석이 못마땅한지 눈을 흘기며 말했다.

"짜식, 친해지려면 지가 먼저 내려와서 사체도 보고 해야지. 냄새 난다고 안 내려와. 옛날에 나랑 있을 때는 안 그랬는디 애가 못쓰게 돼부렀네. 다음 인사 때 간다니까 조금만 참어."

"나가겠어요?"

팀장은 팀원들과 융화되지 못하고 따로 떨어져 혼자 노는 태석이 안타까우면서도 오랫동안 자기와 일을 해온 다른 직원들이 불편해하는 모습이 더 맘에 걸렸다.

"태석아, 너는 아래 내려와서 시체 좀 보고 거들지 위에서 뭐하냐? 뭐가 좀 보여?"

"그냥 있었어요."

"됐다. 사고조사에서 하기로 했으니까. 신경 꺼."

"사고조사요? 왜요?"

"교통사고니까 사고조사지."

"교통사고라고 누가 그래요. 어떻게 저걸 교통사고라고 단정을 해요. 확인을 해봐야지."

태석은 갑자기 목소리를 높였다. 교통사고일 수도 있다고 생각은 했지만 이렇게 단정 지어 벌써 결론을 내렸다는 게 이해되지 않았다. 하지만 팀장과 다른 직원들은 동요하지 않았고, 태석의 말을 귓등으로 스쳐 들었다.

"태석이 니가 유족 말을 못 들어서 그려. 그러니까 아래로 내려와 있었어야지. 혼자 거기에 있으니까 그러제."

"변사자 어머니와 통화를 했는데요. 마지막 통화에서 술을 먹고 있었대요. 그리고 음주운전 경력도 있구요."

승오가 차분하게 통화했던 내용을 설명해주었다. 며칠 전 젊은 남자의 실종신고 건 때 도와준 것이 고마워 태석을 배려했다.

나비 사냥 175

"술? 술을 먹었어도 저런 스키드마크가 생겨날 순 없어요."

"이 친구 또 왜 이래? 교통사고가 아니면 지금 살인사건이라도 된단 말이야?"

옆에서 듣고 있던 근호가 끼어들었다. 태석과는 말을 섞기 싫어 참고 있다가 태석이 자꾸 꼬투리를 잡고 늘어지자 참견을 하지 않을 수 없었다.

"스키드마크가 절묘하게 가드레일 앞에서 끊어졌어요. 술을 먹고 운전을 했더라도 잡고 있던 브레이크를 가드레일 앞에서 놓을 리 없잖아요. 처음부터 잡지 않든지, 아니면 끝까지 잡고 있든지 해야지."

"술을 먹으면 그럴 수도 있지. 술을 먹었으니까! 술을 먹지 않았다면 그런 일이 없었겠지. 그 앞에서 브레이크 잡는 것을 포기했던가."

다시 근호가 태석의 말을 끊었다. 태석의 말을 도저히 이해할 수 없다는 표정이다.

"태석이 니 말대로라면, 지금 살인사건이 발생했는데 우리가 교통사고로 덮고 있단 말이냐?"

"그게 아니구요."

"아니긴 뭐가 아니여, 인마. 딱 그 말이구만."

"좀 더 신중하게 생각해야 한다는 겁니다."

팀장이 화가 나 목소리를 높이며 따지고 들었다.

"아, 그러니까 아래로 내려와서 사체를 같이 보던가. 내가 미쳤다고 땀 흘려가면서 절벽 아래에 내려갔다 온지 아냐. 그늘 밑에 앉아 쉬다가 뻥이 치는 우리를 보니까 재미있어서 한마디 해보는 거여, 뭐여? 교통사고는 교통사고야, 인마! 아무거나 살인사건 만들려고 해."

"아니, 내 말은 그게 아니고……. 누가 살인사건이래요? 사람이 죽었으니까 조사를 더 해봐야 하지 않느냐 이거지."

"그게 그거지. 그만해, 인마! 듣기 싫으니까."

더 이상 차 안에는 말이 없었다. 태석도 더 이상 따지고 들지 않았다. 더 말을 해보았자 자기 꼴만 우스워질 것 같았다.

하지만 다음 날이 되어도 태석의 집착은 사라지지 않았다. 밤새 현장의 모습이 머릿속에서 떠나지 않았다. 스키드마크가 절벽으로 곧장 이어지지 않고 바로 앞에서 멈추어 선 것이 좀처럼 이해되지 않았고, 속도에 비해 가드레일 부서진 부분이 너무 적다는 의구심 때문에 잠을 이루지 못했다. 왜 그럴까라는 의문은 눈을 감고 누워도, 창가에 거미가 나방을 잡아 돌아갈 때까지도 사라지지 않았다. 이미 죽어서 그곳에 가지 않았을까? 사고로 위장하기 위해 스키드마크를 조작한 것은 아닐까? 의문은 계속해서 머리를 쪼아대고 사실을 확인하라고 다그쳤다. 그런데 지금 이렇게 벌레처럼 누워 있는 것도 그놈의 집착 때문인데 또 이렇게 집착하고 있다니……. 스스로에게 그러지 말자고 외쳐대면서도 결국 마지막 결론은 날이 세면 확인해보자는 것이었다.

사망사고치고는 사무실이 차분하고 조용했다. 다만 사체 부검에 대해 유족 측에서 반대의 목소리가 있나보았다. 사망자의 어머니로 보이는 늙은 여인이 손수건으로 하염없이 눈물을 찍어내고 있었다.

"저기, 김 반장님. 저 좀 잠깐……."

태석은 조심스러웠다. 조사계 직원과 안면만 있지 대화를 해보는 것은 처음인 데다 서류를 작성하고 있어서 바빠 보였다.

"어제 사건 좀 알고 싶어서요."

"그거요. 음주운전이죠. 근데 부검하라네요. 교통사고라고 유족한테 인도한다고 했는데 부검 지휘가 떨어졌어요. 부검해봤잔데. 다발성 골절에 음주가 나올 게 뻔하고."

"부검하라는 이유가……?"

"뭐, 검사도 혹시 모르니까 보험 차원에서 그러는 거겠죠. 유족은 빨리 장례 치러야 무슨 부검이냐고 난리예요. 유족이 하기 싫다는데, 참!"

"예. ……저분이 어머니신가요?"

"예. 사고 난 날 마지막으로 통화를 했대요. 음주운전 하지 말라고."

"어디냐고는 안 물어봤겠죠?"

"물었대요. 지방이라고는 했는데 어디라고는 하지 않고, 그냥 술을 많이 마셨다고 그랬대요. 아들이 평소에 음주운전을 자주 해서 그날도 음주운전 하지 말라고 신신당부를 했다는데."

"그리고……."

"그런데 제가 좀 바쁜데……. 부검영장도 쳐야 하고 또 국과수에 연락을 해야 해서."

묻고 싶은 게 더 있었지만 바쁘다는 말에 더 이상 물어보지 못했다. 유족인 어머니에게 물으려 해도 하염없이 울고 있어 차마 물을 수가 없었다. 음주운전만 빼면 나무랄 데 없던 아들이었는데, 그 때문에 죽었다는 게 억울하면서도 말리지 못한 자신을 원망하고 있었다.

"부검 싫다니까. 우리 조카 빨리 데려가 장례 치르겠다는데 뭐가 이리 복잡해!"

"우리도 빨리 내드리고 싶은데 검사가 부검하라잖아요. 저희 사정도

봐주셔야죠. 저희가 뭐 일부러 잡고 있나요. 부검 끝나고 바로 모시고 가면 돼요. 오전에 끝날 거니까. 그쪽에 먼저 분향소 설치하시면 되고."

"누가 그 말입니까? 멀쩡한 몸뚱이를 왜 칼로 난도질을 하냐고. 조카 죽음에 아무런 의문점이 없으니까 부검하지 말라고! 두 번 죽이기 싫으니까."

"혹시 다른 문제가 있을지도 모르니까 그런 겁니다. 진정하시구요. 여기 차 한잔 하면서 차분하게 대화를 하시죠."

친척 되는 사람이 당장 사체를 내달라고 소리를 질렀다. 이미 유족에게도 조만석은 음주운전으로 사망한 사람이 되어 있었다. 유족의 반발의 목소리가 커지자 사고조사계장은 이를 진정시키느라 안절부절못하고 있었다.

태석은 사무실로 들어가지 못하고 현관 앞에서 담뱃불을 붙였다. 아무리 생각해도 스키드마크가 이상한데 사고조사 담당자도 그것에 대해서는 아무런 의구심을 가지지 않는 것 같았다. 교통사고로 인한 사망으로 결론을 내려놓고 있는 게 확실했다. 태석은 아무래도 자신이 쓸데없는 집착을 하고 있나보다고 생각했다.

"실종신고 했을 때 그때나 찾아주지. 개새끼들! 이제 찾아서 뭘 하겠다고 부검이야. 그때 찾았으면 살았을지도 모르지. 좆같은 새끼들! 아이구."

조금 전 사고조사계장에게 소리를 질렀던 남자가 현관으로 나와 욕을 해대더니 누군가와 전화통화를 하기 시작했다. 태석은 자리를 떠나려다 멈추었다.

"휴대전화가 실종신고 전날까지도 살아 있었다더라고. 그렇지. 그때 경찰이 수색을 좀 잘 해줬으면 아가 죽지 않았을지도 모르지. 술 먹고 운전하다가 떨어진 것 같애. 근데 부검한다고 하잖아. 검사 새끼가 하라고 했다데. 아무것도 안 나오면 내가 검사 모가지를 비틀어버릴 거여. 조카 몸뚱어리를 난도질하는 거 아니여."

 태석은 실종신고라는 말에 귀가 솔깃했다. 사고 위치가 나왔으니 그곳에 설치된 방범카메라 자료가 있을 것이다. 태석은 곧바로 상황실로 달려갔다. 이미 그곳엔 사고조사 직원과 강력팀장, 김근호 형사가 자료를 보고 있었다. 그들도 말은 교통사고라고 했지만 100% 확신은 아니었던 것이다.

 "새벽으로 돌려봐. 어머니가 마지막 통화를 자정이 훨씬 넘어서 했다고 했으니까."

 사고조사 직원의 말에 상황실 대원은 자료 시간을 입력하고 검색했다. 장비가 구형이라 번호판으로 검색되지 않았다. 어쩔 수 없이 사고 시간대에 설치된 내용을 모두 확인해야 했다. 새벽 2시가 되어갈 즈음 차량 한 대가 지나가는 모습이 보였다. 비가 온 후라 안개까지 끼어 정확히 확인할 수는 없지만 분명한 것은 변사자의 차량이 맞다는 것이다. 운전석에 앉은 사람은 검은 실루엣으로만 비쳐서 정확히 분간하기 힘들었다. 그래도 남자 혼자서 운전을 하고 가는 것은 분명해 보였다.

 "유족 오라고 해. 사고조사계에 전화해, 얼른."

 팀장이 소리를 지르자 대원은 전화를 걸어 유족을 오게 했다.

 눈물을 닦으며 남자의 부축을 받고 들어온 어머니는 아들의 차량을 보고는 큰 소리로 오열하기 시작했다.

 "아이구, 만석아! 우리 아들!"

 화면으로 다가간 어머니는 손으로 화면을 쓰다듬으며 아들의 이름을 외쳤다. 정지 화면으로 차량 전체를 보여주자 어머니는 더 큰 소리로 울었다. 어두운 실루엣만 보고는 타인은 판단하기 어렵지만 어머니가 아들의 모습을 알아보지 못할 리는 없다고 생각했다.

"차를 운전하고 있는 사람이 아들이 맞나요? 혼자서 운전해서 가고 있고 다른 사람은 없어요."

"어이구, 우리 만석이!"

"맞다는 거죠?"

"맞는 거 같아요. 정확히는 모르겠는데… 비슷한 것 같기도 하고……."

"다시 한 번 보세요. 큰아버지도 한번 보세요. 조카님이 맞다면 뭐 다른 범죄와는 관련이 없어 보여요. 혼자서 운전 중이니까."

"잘 모르겠는데……. 다른 차와 부딪히거나 그럴 확률은 없을까요?"

"차량을 확인했는데 가드레일 부딪힌 것하고 아래쪽 바위에 부딪힌 거 외에는 다른 충격의 흔적이 없어요. 다른 차와 충돌했다면 도로에도 흔적이 남았겠죠."

유족들은 정확히 맞다고 확신하지는 못했다. 하지만 경찰들이 맞을 거라고 하니 그런가 보다고 대답했다. 계속해서 맞느냐고 묻는데 아니라고 말하기가 힘들었다. 이제 사건은 결론이 나 보였다. 혼자서 운전하고 있는 변사자의 영상이 확보된 이상 다른 범죄와 관련이 있다고 보기는 어려웠다. 팀장과 근호는 태석을 '이제 됐냐?'라는 표정으로 쳐다보고 사무실로 돌아갔다. 유족도 밖으로 나가고 사고조사 직원도 사건을 마무리할 수 있겠다는 자신에 찬 모습으로 차량을 사진촬영하고는 사무실로 돌아갔다. 태석도 돌아가야 했다.

"다 보셨으면 꺼도 될까요?"

"응, 그래."

다 돌아가고 혼자 남아 있는 태석을 기다리다 상황실 대원이 물었다.

"아니, 그냥 둬."

"예?"

"그대로 둬봐. 뒤에 좀 보게."

대원은 고개를 갸웃거리고는 녹화자료를 계속해서 플레이했다. 카메라가 구형이라 그냥 그대로 시간이 흘러가는 대로 보고 있어야 했다. 새벽이라 차량은 없었다. 카메라에 빗방울이 가늘게 지나가고 안개가 끼어 뿌옇게 흐렸다. 5분이 지났을 즈음 차량 한 대가 카메라 앞을 지나갔다. 하얀색 탑차였다. 차량 번호를 정확히 확인할 수는 없었지만 조수석 안개등이 꺼져 있는 것은 확인되었다. 운전은 남자 혼자였고 뿌예서 신원을 확인할 수는 없었다. 뒤로도 계속 더 보았지만 지나는 차량은 없었다.

"탑차라, 탑차……."

혼자서 탑차를 중얼거리며 상황실을 빠져나가다가 태석은 갑자기 뒤로 돌아섰다.

"그거 반대 차선은 안 되냐?"

"한 차선밖에 없어요."

"한 차선밖에 안 돼? 양방향은 돼야지."

뭔가 의문이 들 듯하다가 태석은 그대로 상황실을 나왔다. 혼자서 새벽에 운전하고 가는 조만석의 모습이 확인되었고, 사고 현장 도로에서 다른 차량은 보이지 않고, 교통사고의 흔적도 없다면 단독 사고가 분명했다. 거기다 술을 많이 마셨다면 누가 봐도 음주운전 사고였다. 사건은 그대로 마무리가 되었다. 부검은 예상대로 다발성 골절로 나왔고, 특히 두개골이 함몰할 정도의 큰 충격이었다는 결론이었다. 사고의 충격으로 변사체가 창문을 뚫고 나오면서 절벽 아래쪽 뾰족한 바위에 부딪혀 두개골이 깨진 거라고 결론지었다. 혈액 속에서는 알코올 농도 0.317%라는 놀라운 음주량이 나왔다. 과연 운전이 가능하기나 했을까 하는 의문이 들 정도의 양으로 소주 3병 이상을 먹고 운전을 한 것이다. 사고 나지 않으면 오히려 이상할 정도의 양이었다. 한 가지 의문이 남는다면 왜 여기까지 왔을까 하는 점이었다. 그러나 일 때문에 내려왔을 거라는 결론을 내리고 사건은 마무리가 되었다. 유족은 부검이 끝나자 곧바로 사체를 옮겨가 장례를 치렀다. 문상객들에게 음주운전으로 죽었다는 것이 소문날까 노심초사하며 그냥 교통사고로 죽었다는 말만 전했다. 아들의 죽음에 어머니는 아무런 의문이 없었다. 죽음을 막지 못한 전화 한 통에 가슴이 미어질 뿐이었다.

15

변사자의 장례가 치러지고, 사건이 교통사고로 인한 사망사고라고 종결이 되고 나서도 태석의 입에서는 '탑차, 탑차, 탑차'라는 말이 떨어지지 않았다. 운전을 할 때도, 혼자 멍하니 책상에 앉아 있을 때도 그는 무심코 계속해서 '탑차'를 중얼거렸다. 자기가 계속해서 탑차를 중얼거리고 있다는 것도 알지 못하면서 중얼거렸다. 출근하면서부터 입에 붙어 있던 그 말이 사무실에 들어와서도 여전히 계속되었다. 앞에 지나간 조만석 차량과의 연관성이 확인된 것도 없는데 이상하게 입에서 탑차라는 말이 떨어지지 않았다. 아침 조회시간이 어떻게 지나갔는지도 모르게 그는 구석에서 멍하니 입을 달싹거리고 있었고, 노트에 굵은 글씨로 '탑차'라고 적고 차 모양 그림을 끼적였다.

"너 뭐라고 혼자 중얼거리냐?"

"예?"

멍하니 혼자 중얼거리는 태석 옆으로 조회를 끝낸 팀장이 다가와 있었다.

"너, 내가 조금 전에 서장님 지시사항 전달한 거 듣기는 했냐?"

"예. 뭐, 자체사고 내지 말고 도둑놈 많이 잡으라고 했겠죠."

"듣기는 했네. 자체사고 내지 말고, 음주운전 하지 말고, 민원인 상대해서 괜한 오해 만들지 말고."

"알았어요."

태석은 늘 듣는 이야기라 대충 둘러댔고, 팀장은 자기가 한 말을 완전히 무시한 것은 아닌 듯해 그나마 만족한 듯 고개를 끄덕였다.

"탑차? 그건 뭐냐?"

"아무것도 아녜요."

태석은 노트를 덮어 책상에 넣었다. 괜한 오해를 사 잔소리 들을 게 싫었다. 팀장은 차 한잔 하자며 태석을 밖으로 불러냈다. 자판기에 동전을 넣고 커피를 눌렀다.

"태석아, 내가 너를 모르냐, 우리 10년 전에 잘했었잖아. 그때 조기를 차떼기로 훔쳐갔던 놈 잡으려고 서울까지 갔던 거 기억나냐? 서울에서 거의 한 달간 있었지? 우리 거의 노숙자처럼 지냈었는데."

"결국 잡았잖아요. 그 추운 겨울에 수산시장에서 날새기 했는데. 그때 거기 시장 안에서 먹던 생태탕이 참 맛있었어. 내가 서울 가서 먹어보니까 그 맛이 안 나데."

"그래. 그때 새벽마다 거기 가서 해장하면서 몸도 녹이고 했었지. 그때만 해도 그렇게 큰 도둑놈도 있고 강도도 있고 강력사건이 좀 있었지. 그때는 인구도 많았잖아. 근데 태석아, 지금은 없어. 이런 시골에 먹고 살기도 힘든데 무슨 일이 있겠냐. 돈 있는 놈은 다 광주로 서울로 가버렸지. 다 잡범들밖에 없어."

"그렇죠. 여기에서 강력사건 1년 가봐야 얼마나 나겠어요."

"너도 그렇게 생각하지? 그러니까 괜히 넘겨짚어서 큰 사건 만들지 말자. 살인사건이라고 하면 서장님 깜짝깜짝 놀라신다. 서장이 전에 있던 서에서 아녀자 성폭행하고 살해한 사건 있었어. 그거 지금 2년째 미제다. 그때 서장이 얼마나 곤욕을 치렀는지 모를 거다. 너는 서울에 있어 몰랐겠지만 여기 청에서는 유명했다. 초동조치를 잘못했다면서 기자들이 개떼같이 달라붙어서 지랄 같은 기사를 매일 써댔으니까. 그때 서장이 경찰서에 없고 광주에 있었거든. 그걸 기자들이 어떻게 알았는지 서장이 살인사건 났는데 관내를 벗어났다고 물고 늘어졌지. 내 말 무슨 말인지 알지? 커피 식는다, 얼른 마셔."

"예."

"니가 서울에서도 유능하고, 또 사건도 여러 건 해결했다는 거 알아. 내가 너하고 같이 몇 년을 했는데 모르겠냐. 난 다 이해해. 내가 너를 이해 안 하면 누가 해주것냐. 우리 서장 조용히 있다가 퇴직하든, 경무관으로 영전하든, 6개월만 참아라. 이 양반이 수사는 전혀 몰라. 경비만 오래한 사람이라. 그러니까 저번같이 서장이 들으면 까무러칠 말 하지 마. 알겠지? 우리 편하게 가자. 서장이 살인의 '살' 자만 들어도 치를 떤다니까. 집에 들어갈 생각도 못 혀. 100% 200% 살인이 아니라는 것을 밝혀야 돼. 그게 안 되면 청에서 광수대까지 불러 우리가 개네들 따까리 노릇 해야 돼. 죽는다니까. 그런데 그게 헛수사였다고 해봐. 너 죽는 거여. 너만 죽냐? 나도 과장도 다 죽는 거여. 확실한 거 아니면 말도 꺼내지 마. 그런 것도 없겠지만."

"누가 뭐라고 했어요? 그냥 그런 생각이 들었다는 거지."

"그러니까 그런 생각도 하지 말라고!"

팀장은 윽박지르듯 말을 쏘았다.

팀장의 잔소리를 듣고 사무실로 들어가자 직원들은 모두 밖으로 나가고 없었다. 언제까지 다른 직원들과 섞이지 못하고 지낼지 막막했다. 팀장 말대로 쓸데없는 생각은 접고 맡은 사건에 집중하기로 했다. 단 하나 가지고 있는 사건 서류를 꺼내 책상 위에 올려놓았다. 다행히 감정유치 영장을 신청하라고 검사 지휘가 떨어졌다.

'딸······. 가출······. 실종······.'

딸이 가출을 한 지 한 달이 넘었다. 그것도 연락조차 없다면 가출이 맞을까. 이 여자에 대해서도 확인해볼 필요가 있었다. 가출한 여자에 대해 생각하다가 생각은 다시 탑차로 옮겨갔다. 너무도 자연스럽게 옮겨가 더 이상 생각하지 말자고 했던 다짐이 무색했다. 책상을 손가락으로 두드리며 탑차에 골몰하다 퍼뜩 얼마 전 동생이 실종되었다고 신고하러 왔던 김정우가 생각났다. 그때 동생 김동우를 탑차가 가끔 데려다주었다고 했고, 그 차도 하얀색 탑차라고 했었다. 두 사건이 연관성이 있을 거라는 생각이 순간 스치고 지나갔다. 그놈을 잊고 있었구나! 상황실로 달려가 탑차를 프린트해서 들고 급하게 차를 몰았다.

태석의 머릿속이 복잡해졌다. 연관이 있다고 하더라도 한 명은 가출 상태이고, 또 한 명은 교통사고가 난 것이다. 농공단지 앞에서 차를 급하게 세웠다. 머리에 흰 모자를 쓰고 방수 앞치마와 장화를 신은 김정우가 귀찮다는 듯 걸어나왔다.

"아직도 안 들어왔냐?"

"아직은 무슨, 전화 한 통 없구만. 기다리라고 해서 기다려보는데 암만해도 이상해요. 이번 주까지만 기다려보고 경찰서 다시 갈라고 하는구만요. 저번처럼 단순가출이니 뭐니 하면 경찰서 박살을 내버릴 테니까. 그때 형사님이 아무리 뭐라고 하고, 근식이 형 부르고 해도, 나 안 봐줄라니까요. 내가 청와대까지 가서 항의할 거라고요."

"알았어. 그건 그내 가서 알아서 하고, 동생 실어다주던 차 있다고 했지? 그게 뭐였냐?"

"그때 얘기했잖여요. 탑차, 하얀 거. 택배 나르는 거 같은 큰 차 안 있습니까."

"특징 같은 거 기억 안 나?"

"왜 그러는데요? 그 차하고 우리 동생하고 무슨 상관이 있대요?"

"그런 건 아닌데 확인해볼 게 있어서 그래."

"흰색 탑차라는 것 말고는 생각나는 게 없는데……."

"잘 한번 생각해봐. 번호 한 개라도."

"그건 모르겠고……. 안개등이 나갔던 것 같은데. 한쪽만 켜져서 애꾸라고 생각했거덩요."

"안개등이 한쪽만 들어왔다고? 왼쪽, 오른쪽?"

"그러니까 조수석이었던 것 같은데요. 운전석인가? 아니, 조수석이 맞을 거예요."

태석은 프린트해 온 사진을 내밀었다. 사진 속의 차량도 조수석 안개등이 꺼져 있었다. 김정우는 고개를 좌우로 갸웃거리며 고민하는 표정을 지었다.

"탑차도 맞고, 안개등이 나간 것도 맞는데, 확실히 동생이 타고 왔던 차인지는 모르겠는데요. 안개등 나간 차가 어디 한두 갠가요. 근데 맞나? 아닌가?"

"자세히 좀 더 봐봐. 운전석에 사람이 혹시 그때 운전하던 사람하고 비슷하지 않은지, 뭐 그런 거."

"글쎄요……. 옆에서 찍은 건 없어요?"

"없어, 인마. 그냥 정면만 있지."

확신을 하지 못하고 말만 늘어지자 태석은 짜증을 냈다.

"근데 이 차가 그 차면 무슨 상관인데요. 이 차가 우리 동생을 납치라도 했다는 말예요?"

"그건 아니고 아무튼 시간 내줘서 고맙다. 동생 들어오면 바로 전화 주고."

"찾아줘야 한다니까, 들어오기는! 분명 문제가 있다니까요. 형사님도 여기까지 온 걸 보면 이상한 게 있죠? 그래서 온 거 아니에요?"

"아니야, 인마. 다시 연락할게. 들어가."

사진 속의 탑차도 조수석의 안개등이 들어오지 않았다. 몇 달 전에 나간 안개등을 지금도 갈지 않고 있을까? 가능성은 희박하지만 공통점은 있었다. 두 사람 모두 실종 상태이고, 주변에 하얀색 탑차가 있었다. 모두 탑차 운전자에 의해 납치가 되어 한 명은 교통사고로 위장되어 죽고, 다른 한 명은 아직 생사를 알 수 없지만 죽었다고 추론을 해보았다. 그런데 왜? 생각이 거기까지 미치자 너무 많이 앞서가고 있다는 생각이 들었다. 머리를 흔들었다. 아무것도 아닌 것을 살인사건으로 몰아가고 있는 자신의 모습이 한심해 보였다.

'내가 미쳤어. 잊어라. 잊어!'

고개를 흔들어 머릿속에 들러붙은 헛생각을 떨쳐냈다. 교통사고라고 이미 결론이 났고 가출도 맞는데 두 사건을 모두 이상한 쪽으로 생각하고 있었다. 의심도 이 정도면 심각한 직업병인지 몰랐다.

탑차를 머리에서 지우고 병원으로 향했다. 서류는 완성해 팀장과 과장의 결재까지 받았다. 감정유치영장에 검사와 판사가 도장만 찍어주면 되었다. 긴 시간은 아니지만 한 달 정도 치료를 받고 나오면 전과 같은 폭틱은 사라질 것이다. 그리고 그사이 밑이 들어오면 사건은 원건히게 마무리가 될 것이다.

"이거 고마워서 어떻게 헌데요."

"고마워하실 거 하나도 없어요. 처음부터 할아버지는 병원에 가셔야 할 분이셔서 그렇게 해드린 것뿐이에요. 치료 끝나면 다시 조사받아야 하니까 끝난 것도 아니고."

"아직 끝난 게 아니여?"

"지금 조서를 못 받으니까 조서 받을 수 있도록 상태를 호전시키는 거예요. 가서서 치료 잘 받으시고 술은 꼭 끊어서 나오라고 하세요. 이번에 못 끊으면 힘들어요. 또 그러면 알코올 전문 요양원에 보내시던가 하세요. 예전처럼 참고 살지 말고."

"무슨 소린지는 모르겠지만 치료를 받게 히준게 고맙지."

"돌아오시면 그때 조사받을 겁니다. 할머니가 이렇게 걱정하는 거 모두 조서에 넣었고, 또 연세도 있으셔서 검찰에서도 처벌은 하지 않을 거예요."

"뭐 그렇게만 된다면야 좋지요. 인제 우리 딸만 돌아오면 되구만요. 전화 오면 형사님께 인사라도 가라고 해야겠구만."

"곧 연락이 오겠죠. 그럼 치료 잘 받으세요."

노인은 고맙다는 인사를 병원 출입문까지 따라와 하고 돌아갔다. 고향으로 내려와 가장 잘한 일이었다.

16

초여름 장마가 우중충하게 제법 많은 비를 뿌렸다. 과수원의 열매들은 햇빛을 보지 못해 푸석거리고 빛깔이 희뿌옜다.

"비가 와서 그런가, 손님이 없네."

"그렇구만. 오전에 아직 한 명도 없네. 비가 오니까 나오들 안 허는가벼."

"오빠 머리 좀 잘라주라. 이발소에서 깎았는데 영 맘에 안 드네."

가게에 들어온 태석은 곧장 의자로 가서 앉아 미숙에게 머리를 맡겼다. 수건으로 목을 두르고 커트보로 몸과 의자를 덮었다. 머리가 맘에 안 들어서라기보다 그저 동생 미숙이랑 이야기하고 맘을 달래주려는 심산이다.

"머리를 좀 길러보는 건 어뗘?"

"됐고, 그냥 잘라. 홀아비를 누가 봐주기나 하겠냐."

"오빠 선 볼랑가? 농협 다니는 언니가 있는데 나이는 좀 있지만 아직 시집 안 갔어. 오빠가 맘 있으면 내가 나서볼 건디."

"오빠 정신없다. 고맙기는 한데 그냥 둬."

"언니가 괜찮다니까."

"나 그냥 간다."

"알았어, 알았어. 파마하까? 웨이브를 좀 줘서?"

"그냥 잘라. 짧게."

미숙은 어떻게든 젊고 멋지게 만들어주려 해도 태석은 답답할 만큼 짧은 머리를 고수했다. 가운데 머리를 다듬을 즈음 태석이 잠이 들었다. 미숙은 태석의 고개가 앞으로 떨어지는 것을 잡아가며 머리를 깎았다. 졸고 있는 태석을 깨우고 싶지 않았다. 머리를 다 깎고 나서도 그대로 두었다.

"언제 다 깎았냐?"

"진작 다 깎았구만. 일이 많이 피곤헌가?"

"일은 무슨. 나이 드니까 그러제."

태석은 미숙이 감겨준다 해도 굳이 혼자서 허리를 숙이고 머리를 감았다. 깎인 머리가 꺼칫거렸다. 대충 세수까지 하고 수건으로 머리를 털어 말렸다. 머리를 말려준다고 해도 그냥 됐다고 했다.

"박 서방은 일 잘 다니냐?"

"응. 근식이 오빠가 기를 꽉 잡아놔서 그런지 집에도 일찍 들어오고 그러네."

"나보다 근식이가 더 무서운가보네."

"그러기야 허겄어. 오빠가 더 무섭제."

"알았다. 간다."

"오빠, 겉옷 좀 갈아입어. 벌써 며칠째 입는 거여? 내가 세탁소에서 찾아다 놨는디."

"그래, 알았어. 잔소리 꽤나 하네."

"잔소리가 아니여."

"그려. 동생이 챙겨주니까 좋다. 고맙다."

태석은 자기를 돌봐주는 동생에게 고마움을 느꼈다. 가게를 나서는 태석을 미숙이 따라나와 인사를 했다.

"오빠, 박 서방……. 일 구해준 거 고마워."

"뭘……. 니가 얼굴이 좋아져서 좋다. 얼른 들어가. 손님 온다."

태석은 지금까지 해준 게 하나도 없는데 조그만 도움에도 고마워하는 미숙에게 오히려 미안함을 느꼈다. 박 서방이 속을 덜 썩인다니 다행이었다.

우산을 쓰고 걸어서 식당으로 갔다. 점심시간인데 손님이 그리 많지 않았다. 홀에 몇이 앉아 있고 대부분의 손님은 방에 들어가 있었다. 방 안으로 고개를 들이밀자 구석에서 근식과 대준이 함께 기다리고 있었다.

"야, 대준이 얼굴 좋다. 인제 좀 사람같이 보이는데."

"형님은 뭘, 제 얼굴이 어떻다고."

"노름쟁이에서 회사원이 되니까 얼굴이 좋아진 거지."

"아이 형님, 사람들 듣는데 노름쟁이가 뭐여요."

"그런 말 듣기 싫으면 노름을 하지 말았어야지, 인마. 밤새 노름하고 다음 날 12시까지 퍼질러 자는 게 일이었는데, 이렇게 낮에 일하고 밤에 집에 들어가니까 사람이 달라 보이지."

태석은 자리에 앉자마자 대준을 놀렸지만 속으로는 고맙고 대견했다. 며칠 되지는 않았지만 근식에게 들은 말로는 술도 자제하고, 지각도 안 하고, 퇴근하면 곧장 집으로 간다고 했다. 시골로 내려오길 잘했다고 생각하게 만드는 유일한 일이었다.

"얘 일은 잘하냐?"

"좀 허접스럽긴 한데 너 봐서 그냥 데리고 있다."

"아이 형님, 제가 허접스럽다니요. 내가 보니까 회사에서 나만큼 일하는 사람 없더구만."

"일 못 하면 사정없이 뭐라고 해버려. 정신 쏙 빠지게."

"안 그래도 그러고 있다. 근디, 니는 좀 어뗘? 주석이 형님이 잘해주지?"

근식이 태석의 안색을 살피며 물었다.

"그냥 그래. 집 나간 여자가 하나 있는데 걔가 어딜 갔나 모르겠네."

"누군데요. 몇 살짜리?"

대준이 끼어들었다. 영광 바닥이라면 하나 건너 모두 아는 사람이었다.

"노미주라고. 스물아홉 살 먹은 아가씬데, 아버지가 어머니를 자꾸 때리니까 집을 나갔나봐. 내가 맡은 유일한 사건이 그건데, 집 나간 지 한참인데 안 들어온다네. 할 일이 없으니까 신경이 쓰이네."

"미주요? 저기 우창리에 살지 않아요? 거기 사는 애면 내가 아는

앤데."

"맞아. 너 어떻게 알아?"

"동생 놈 애인인데요. 걔도 못 만난 지 두 달쯤 된다고 하던데. 연락도 안 되고."

"그래? 걔 좀 불러봐, 빨리."

"지금요?"

"그럼 지금 부르지 언제 불러. 밥 먹으러 오라고 그래. 아직 밥도 안 나왔잖아. 근식아, 1인분 더 시켜라."

"지가 살 것도 아니면서……. 아줌마, 여기 4인분."

근식이 떨떠름한 표정으로 태석을 바라보았다. 밑반찬이 나오고 주문한 갈비찜이 냄비에 푸짐하게 담겨 가스불 위에 올려졌다.

갈비가 노릇하게 익어갈 즈음 노미주의 남자친구가 왔다. 키가 작고 왜소한 체구였다. 나이는 서른쯤 되어 보이고, 머리숱이 많지 않아 대준의 후배가 아니라 선배처럼 보였다. 자리로 다가오더니 근식과 태석에게 꾸뻑 허리를 숙였다.

"말했지? 우리 형님. 형사."

"안녕하세요."

"니가 노미주 남자친구냐?"

"깊이 사귀던 사이는 아닌데요. 좀 만나고 있었어요."

"걔 어디 갔어?"

태석은 너에게는 관심 없으니까 노미주에 대해서만 대답하라는 듯이 본론부터 곧장 물었다. 태석의 갑작스런 질문에 남자는 당황한 듯 잘 모른다고 대답했다.

"남자친구가 그걸 왜 몰라, 인마."

"그렇게 깊은 사이는 아니라고 조금 전에 말씀드렸는데……."

"그래도 인마, 여자친구가 없어졌으면 찾아봐야 하는 거 아니야."

"그냥 연락하기 싫은가보다, 생각했죠."

"언제 마지막으로 보았는데?"

"한 달 반 전쯤인가……. 저도 갑작스럽게 애가 연락이 끊어져서 이상하다고 생각하고 있었는데, 어떻게 되었어요? 무슨 일 있죠?"

"왜 그렇게 생각하는데?"

"한 달 반이 넘도록 보이지 않았는데 형사님이 찾으시니까 혹시나 해서요. 경찰이 괜히 찾을 리는 없고."

"니가 보기에는 가출이냐? 실종이냐?"

태석은 답변하기 쉽게 나누어 물었다. 남자친구로서 직감적으로 느끼는 생각이 궁금했다.

"근데 그게 좀 이상한 게요. 전에도 집을 나온 적이 있거든요. 그때 광주에 있는 친구 집에 가서 한 달 정도인가 보내다 들어왔어요. 그래도 그때는 연락이 되었었는데 이번에는 아무 연락이 없으니까요. 그래서 가출이 아닌 것 같기도 하고 또 가출이 맞는 것 같기도 하고……."

"왜?"

"밥 좀 묵고 물어보자."

갈비는 끓고 모두 숟가락을 들었지만 태석의 계속되는 질문에 아무도 밥을 먹지 못하고 있었다. 근식은 먹자는 말과 함께 갈비를 들어 뜯으며 식사를 시작했지만 노미주의 남자친구는 그러지 못하고 죄지은 듯 태석의 말에 답변하고 있었다.

"그게 자기 아버지 때문에 집을 나간다고 했었거든요. 그 말 하고 난 다음 날부터 안 보이니까 집을 나간 것 같기는 한데, 연락이 안 되는 것을 보면 아닌 것 같기도 하고."

"얌마, 여자친구가 연락이 안 되는데 걱정도 안 돼!"

"여자친구 아니라니까요. 그냥 좀 만나기만 했지."

"그게 그거 아냐! 먹어, 인마."

태석은 눈을 부라리고 노미주의 남자친구는 잘못한 듯 고개를 숙이며 어쩔 줄 몰라 했다. 밥을 뜨면서도 태석의 눈치를 보며 조심스럽게 먹었다.

"걔 회사는 어디 다녀?"

"청문기획이라고, 교육청 사거리 가면 보이는데요. 2층에. 저도 가보기는 했는데 거기도 연락이 안 된다면서……."

태석은 노미주가 다니던 사무실을 확인해봐야겠다는 생각에 점심을 어떻게 먹었는지도 모르게 후딱 먹어치우고 식당을 나왔다. 근식에게 다음에 또 보자는 말만 남기고 태석은 서둘러 교육청 사거리로 향했다.

교육청 맞은편 골목 안쪽에 있는 건물 2층에 사무실은 자리하고 있었다. 계단을 뛰어올라 사무실로 들어가자 여자 직원 두 명과 남자 직원 한 명이 일을 하고 있었다.

"무슨 일로 오셨어요?"

여직원이 말을 걸었다.

"여기 노미주 씨라고 일한 적 있습니까?"

"미주 언니요? 언니 그만둔 지 꽤 됐는데. 그런데 누구세요?"

"경찰서에서 왔는데, 그만뒀어요?"

"예. 안 나와요."

여직원은 노미주가 회사를 나오지 않는 것이 조금도 이상하지 않다는 듯이 대답했다. 태석도 그런 대답에 회사를 그만둔 것이 아무런 이상이 없는 것처럼 느껴졌다.

"정식으로 그만둔 거예요?"

"예. 그만둔다는 말을 꺼내고 다음 날부터 오지 않았으니까 그만둔 거죠."

"무슨 일 있습니까? 제가 여기 과장인데요."

남자 직원이 나서며 물었다.

"노미주 씨가 집에 들어오지 않고 있어서요. 이유에 대해서 뭐 알고 있는 게 있나 해서. 아는 것이 있으면 말씀을 좀 해주시죠."

"미주가 집을 나가요? 잘 이해되지 않는데요. 착한 아이인데. 회사를 그만둘 거라고 했지만 정말 그만둘 줄은 몰랐네요. 다음 날 와서 정식으로 인사를 할 줄 알았는데 나오지 않길래 그만둔 걸로 안 거죠."

"집을 나갈 거라는 이야기는 했었어요."

소금 선 아가씨가 씨어들며 말했다.

"아버지 때문에 집을 나가야겠다고……."

"집에 연락해봤어요? 왜 안 나오냐고?"

"나올 줄 알고 기다렸죠. 일주일인가 지나고도 오지 않아서 저렇게 짐을 한쪽으로 빼놓고 다른 직원을 구했어요."

노미주가 쓰던 책상에서는 다른 여직원이 일을 하고 있었고, 구석에 그녀가 쓰던 물건이 라면박스에 담겨 있었다.

"그만둔다고 하던 날 이상한 점 없었어요?"

"이상한 점요?"

"예. 친구 집에 간다고 하거나, 여행을 간다고 하거나."

"남자친구가 있는데, 얼마 전에 사무실로 전화가 왔었어요. 미주 언니 못 봤냐고."

"그놈은 제가 알아요. 사귄 건 맞아요?"

"예. 만나기는 했는데 별로 그렇게 깊은 사이는 아닌 것 같았어요. 언니가 별로라고……."

"마지막 날 정말로 회사를 그만두겠다고 했나요?"

"예. 뭐, 정식으로 말한 것은 아니지만. 그런데 그날 언니가 화장품 파우치를 놓고 갔어요."

"화장품 파우치요?"

"예. 가끔 잊고 가는데 마스카라랑 콤팩트 같은 걸 항상 들고 다녀서 그게 없으면 아침에 화장도 못 하고 나온다고 그랬거든요. 그래서 제가 가져다주려고 쫓아갔는데 놓쳐버렸어요. 요 2층 창에서 보고 골목으로 쫓아갔는데 벌써 가버리고 없더라구요. 귀신같이."

"귀신같이요?"

"멀리 가지 않았을 것 같아 근방에 있던 사람한테도 물었는데 못 봤다고 해서요. 탑차 운전사였는데."

"탑차? 방금 탑차라고 했어요?"

탑차라는 말에 태석은 정신이 번쩍 들고, 순간 소름이 발끝부터 타고 올라왔다.

"예. 정육점 같은 데 고기를 나르는 차일 거예요. 비가 오는 날이라 그런지 고기 비린내가 많이 났거든요.."

"혹시 이 차 맞아요?"

태석은 주머니에 접혀 있던 프린트 사진을 꺼내 보여주었다.

"맞아요. 이렇게 생긴 차예요. 같은 차인지는 모르겠지만. 그런데 이 차가 왜요?"

여자는 고개를 갸웃거리며 사진을 이리저리 살폈다.

"그보다 그 남자 기억해요?"

"예? 왜요? 그 사람하고 연관이 있어요?"

"그런 건 아닌데 참고하려고요."

"언뜻 봐서 기억이 잘 나지는 않는데……. 아마 서른 살은 안 된 것 같고, 평범한 얼굴인데 얼굴색이 좀 검고 눈이 좀 무서웠어요. 화가 난 것처럼요."

사무실을 나오는 태석의 얼굴은 무겁고 어두웠다. 간단히 생각하고 갔다가 커다란 숙제만 안고 나온 꼴이 되고 말았다. 또다시 등장한 탑차로 인해 태석은 확인을 해봐야 할지 우연일지 판단을 해야 했다. 그날 퇴근 시간에 탑차는 왜 거기에 있었을까? 태석은 차가 서 있던 위치에 서서 사방을 돌아보았다. 고기를 나르는 자였다면 근처에 정육점이나 식당이 있어야 한다. 그러나 골목에는 그와 관련된 것이 아무것도 없었다. 일과 연관해 그곳에 서 있었다는 것은 아니다. 그렇다면 왜 서 있었을까? 화장실이 급해서, 담배를 사기 위해……? 주위엔 편의점도, 화장실을 이용할 공공건물도 없었다. 여직원은 창문을 통해 노미주가 탑차 근방을 지나는 것을 보고 화장품 파우치를 들고 쫓아 내려갔는데 놓쳐버렸다고 했다. 거리는 불과 50미터도 되지 않았다. 건물 2층에서 나와 계단을 통해 내려오는 데 약 40초, 이곳까지 오는 데 30초, 모두 해야 1분이 조금 넘는데 그동안 여자를 차에 실을 수 있었을까. 여자가 스스로 타지 않았다면 큰 충격으로 실신을 시켰어야 가능한 시간이었다. 하지만 만약 탑차에 여자가 실렸더라도 왜? 왜 그랬을까. 사무실 직원이 말한 고기 비린내는 정육 고기 냄새였을까, 아니면 여자의 냄새였을까. 확인해봐야 했다. 남자친구 놈도 확인을 해봐야겠지만 그보다는 탑차가 우선이었다. 흰색 탑차에서 무슨 일이 벌어지고 있다! 태석이 내린 결론이었다.

코란도 차량이 굉음을 내며 경찰서 주차장으로 들어갔다. 곧장 전산실로 찾아가 직원에게 영광군을 등록지로 한 탑차에 대해 검색을 요청했다. 색상은 물론 흰색이었다. 전산조회 요구서를 받아든 직원은 능숙한 솜씨로 자판을 두드려 차량을 찾아 프린트를 했다. 윙 소리를 내며 프린터는 열심히 검색된 차량을 인쇄하기 시작했다.
"흰색으로만 해서 스물두 대. 그리 많지는 않네요. 그런데 이게 고소 사건하고 무슨 상관이에요?"
태석은 아무런 대답도 하지 않았다. 어차피 차량 조회를 한 것에 대해 팀장과 과장에게 보고가 될 터였다. 이상한 차량을 조사한다고 핀잔을 줄 것이 뻔하지만 탑차를 모두 확인해야 직성이 풀릴 것 같았다. 주소지로 적혀 있는 곳을 향해 태석의 차는 달리기 시작했다. 태석이 생각하는 일이 벌어지고 있지 않기를 바라며, 그것이 틀렸다는 것을 증명하기 위해서라도 반드시 확인이 필요했다.
"화물 운전요? 고기 같은 거 나르지는 않아요?"
탑차는 거의 화물이나 냉동식품, 택배 운송 차량 등으로 사용되고 있었다. 사람이 없는 집은 이웃에 확인했고, 이웃조차 없는 곳은 수소문하거나 기다렸다가 확인했다. 스무 대를 확인하는 데 꼬박 사흘이 걸렸다.

이제 남은 차량은 두 대뿐이었다. 그중 한 대는 두 번이나 찾아갔었지만 허탕을 쳤었다. 갈 때마다 사람도 차도 보이지 않았고, 이웃집에도 사람이 없기는 마찬가지였다. 계속 대문이 잠겨 있는 걸 보면 사람이 왕래한 지 오래된 것으로 보였다. 주소만 이곳으로 되어 있고 사람이 살지 않는 것 같았다. 그렇다고 확인 안 하고 넘어갈 수는 없었다. 담이 낮고 작은 마당에 텃밭이 있는 오래된 가옥이었다. 아주 오래전부터 그 자리에 있었던 듯 먼지 쌓인 구두 한 켤레가 뒤꿈치가 구겨진 채 놓여 있었다. 태석은 담을 넘어 안으로 들어가 보기로 했다.

"누구요?"

담을 타넘으려고 손을 담장 위에 짚고 발에 힘을 주려 할 때 나이 든 아주머니가 옆을 지나다 물었다.

"아, 경찰입니다. 여기 사는 사람 어디 갔나요? 김두섭 씨라고 탑차 운전할 텐데."

"머리 벗어진 그 사람 말이구만. 이름은 잘 모르겄고."

"예? 네."

모르면서 아는 척했다.

"그 사람 반년도 넘은 것 같은데, 안 보인 지. 누구한테 차 넘기고 서울 갔다고 하던가, 부산에 갔다고 하던가? 원래 여기가 고향도 아니여. 고기를 날랐으니까 정육점 같은 데 가서 물어보면 알 거여. 읍내에 고기를 계속 대었으니까. 머리 벗어진 나이 든 총각이라고 하면 알 거요."

"여기는 안 살아요?"

"몰라. 사는지 안 사는지. 안 보이니까 어디 간 거 아니겠어?"

반년이 넘도록 사람이 보이지 않는다. 확인해볼 필요가 분명해졌다.

집 안을 보고 싶었지만 시내 정육점과 식당에 먼저 확인해보는 게 나을 것 같았다. 그길로 읍내 정육점을 찾아가 김두섭에 대해 물었다.

"아, 그 머리 벗어진 아저씨요? 고기일 그만두고 서울 갔을걸요. 원래 서울이 고향인 사람이라. 한 1년 했나? 아줌마, 뒷다리 몇 근?"

냉장고에서 돼지 뒷다리를 꺼내며 정육점 주인이 대답했다.

"어떤 사람이었어요?"

"말을 잘 안 해서 그렇지 사람은 좋아 보였는데. 고기 가져다주는 시간도 잘 지킨 편이고. 근데 왜요? 그 사람이 무슨 잘못 저질렀어요?"

커다란 칼로 고기를 내려치며 정육점 주인이 말했다. 경찰이 와서 찾는 것을 보니 문제가 있었던 사람이었나 하고 되짚어보는 것 같았다.

"이상한 점 없었어요?"

"글쎄, 딱히 기억나는 게 없는데."

"사소한 거라도."

태석은 사소한 것이라도 사건과 연관된 말이 나올까 해서 정육점 주인의 입을 주시했다.

"사소한 거라……. 다른 건 모르겠고, 사람이 바뀌었는데 말도 없이 가버려서 어이없긴 했어요. 보통 사람이 바뀌면 하루 정도는 인사도 시키고 하는데 그런 것도 없이 가버렸어요. 다음에 온 총각이 그러는데 갑자기 일이 생겨서 서울 갔다고 그러더라구요."

일을 다른 사람에게 넘겼다는 말도 없이, 그만둔다는 말도 없이 그냥 사라져버렸다? 태석은 새로 왔다는 사람에 대해 물었다.

"새로 온 총각요? 잘은 모르지만 성실해요. 머리 벗어진 사람보다 더. 오늘 아침에 왔다갔으니까 내일 올 건데, 궁금하면 우산리에 가보세요.

거기 산다고 했으니까. 차를 인수했는지 옛날 차를 그대로 몰던데. 이름이 창기라고 하던가. 성은 박씨라고 한 것 같네요. 아마 그런 것 같은데, 박창기."

"박창기요?"

새로 온 총각. 김두섭이 갑자기 사라지고 나타난 사람이다. 김두섭은 왜 인사도 없이 갑자기 사라졌을까? 태석에게는 이제 김두섭보다 새로 온 총각이 더 궁금해지기 시작했다. 그 사람을 확인하면 뭔가 실마리가 풀릴 것 같았다. 코란도는 서둘러 정육점 주인이 알려준 곳으로 향했다. 읍내를 빠져나가 차는 산길을 오르다 해안가 길을 타고 계속 달렸다.

17

검은색 바위에 우산리라고 쓰인 표시석이 길가에 세워져 있었다. 마을은 스무 가구가 될락 말락 했다. 회관 앞에 차를 세워두고 마을길을 걸으며 사람을 찾았지만 한 사람도 눈에 띄지 않았다. 사람이 없는 마을. 마치 누군가 찾아와 숨겨진 사람들을 찾아달라고 하는 것처럼 골목에도 공터에도 사람들은 보이지 않았다. 골목에는 낙엽들과 흙이 쌓여 사람들의 발길이 거의 없어 보였고 드문드문 있는 집들도 비어 있는 집들이 많았다. 다행히 골목 끝에 머리가 희끗한 노파가 숨어 있듯 앉아 있는 것을 보았다. 표정 없이 멍하니 앉아 있던 할머니는 태석의 인기척을 느끼자 안으로 피하려 들었다.

"할머니, 잠깐만!"

"……."

"할머니, 박창기라고 이 동네 살아요?"

"……."

할머니는 계속 대답 없이 빤히 태석을 쳐다보았다. 듣지를 못하는 것인가?

"창기요. 정육점에 고기 대는!"

조금 더 큰 소리로 노파에게 물었다.

순간 노파의 표정이 바뀌었다. 겁에 질린 듯 동공이 커지고 입술은 한기를 느끼듯 떨었다. 대답 대신 손을 들어 골목 안을 가리켰다. 노파의 떨리는 손끝이 골목 끝 파란 대문을 향하고 있었다. 골목 안으로 들어가 파란 대문을 손으로 가리키며 그 집이 맞는지를 물었다. 노파는 고개를 끄덕이고는 도망치듯 사라져버렸다. 노인이 어딘지 안면이 있었다. 머리에 흉터가 있는 노파. 분명 어디서 보았는데. 태석은 고개를 갸웃거리다 미숙의 가게에서 본 것을 기억해냈다.

'아! 여기 사는 할머니였구나. 그런데 왜 저러시지?'

녹이 슨 철제 대문은 잠겨 있지 않았다. 아래 부분은 심한 녹에 떨어져나가 너덜거렸고, 경첩도 기름기가 없어 조금만 밀어도 쇳소리를 내었다. 안으로 밀자 삐거덕 소리를 내며 부서진 녹이 바닥으로 떨어졌다. 마당에 돌들이 징검다리처럼 놓여 있고, 한쪽에 텃밭이 있었지만 관리를 안 했는지 풀만 무성했다. 김두섭의 집에서 느꼈던 것처럼 오래도록 비워둔 집 같았다. 대문 옆 우편함을 열자 두 달 전 세금명세서가 그대로 있었다. 두 달은 비웠다는 얘긴데……. 우편물을 손에 들고 징검돌을 밟으며 안으로 들어갔다. 지은 지 50년도 넘을 것 같았다. 흙으로 된 벽은 너덜너덜 떨어져 있고, 그나마 지붕은 면사무소에서 손을 봐주었는지 플라스틱 기와가 얹혀 있었다. 가운데로 본채가 있고 대문 옆으로 별채가 있었다. 신발을 신은 채로 별채 마루 위로 올라섰다. 삐거덕 소리를 내며 마룻바닥이 낯선 손님에게 반응했다. 발을 짚는 곳마다 비명을 지르듯 바닥은 소리를 냈다. 방문 가까이 다가가 쇠로 된 문고리를 잡으려는데 왠지 불길한 느낌이 몰려왔다. 혹시 방 안에 실종된 사람들이 모두 들어 있는 것 아닐까? 마른침을 집어삼키고 천천히 문고리를 잡아당겼다.

삐거덕.

쇠가 밀리는 소리가 들려왔다. 그것은 실종자들의 아우성도, 손끝에서 들려오는 문고리의 소리도 아니었다. 소리는 마당 건너 대문에서 들려왔다. 고개를 돌려 바라본 그곳에 젊은 사내가 서 있었다. 사내는 안으로 들어오려다 태석을 보곤 멈추어 선 채 움직이지 않고 있었다. 눈이 마주친 짧은 순간 둘은 서로를 탐색했다. 태식은 노려보았고 사내는 누구인지 살피려 들었다. '너는 누구냐?'라고 태석의 눈이 묻고 있다면 '그런 걸 왜 묻느냐?'는 게 사내의 대답이었다. 사내가 문 안으로 들여놓은 발을 뒤로 뺐다.

"박창기?"

"……."

"얌마, 거기 서! 박창기!"

자신의 이름이 불리자마자 박창기는 대문을 쾅 닫고 도망치기 시작했다. 빠르게 달려가는 발소리가 골목 안을 울렸다. 태석도 마루에서 내려와 쫓기 시작했다. 대문이 녹이 슬어 손잡이를 밀어도 열리지 않자 발로 차 고리를 부수어버렸다. 대문이 떨어져나갈 듯 발에 밀려 열렸다. 박창기는 벌써 골목 끝을 돌아나가고 있었다.

회관 앞에서 탑차가 굉음을 울리며 출발하는 소리가 들렸다. 태석이 찾고 있던 하얀 탑차였다. 저놈만 잡으면 모든 사건이 해결될 것이다. 힘껏 달려가 차를 세우려 했다. 차가 후진을 하더니 다시 앞으로 전진했다. 후진하던 차에 태석이 치일 뻔했다. 회관 앞을 빠져나가는 탑차의 옆구리를 주먹으로 두들겨도 놈은 멈추지 않았다.

"박창기! 이 새꺄, 멈춰!"

태석도 서둘러 코란도에 올라타 따라붙었다. 도로로 나간 두 차량은 100여 미터 차이를 두고 달려가고 있었다. 태석의 고물차는 속도가 나지 않아 좀처럼 앞의 탑차를 쫓아가기 힘들었다. 간격을 두고 따라가는 것만도 다행이었다.

'시발럼, 저 새끼네. 저 새끼가 납치하고 죽인 거 맞구만. 잡히면 죽었어, 개새끼!'

박창기가 살인범임을 확신했다. 차가 점점 멀어지자 지원을 요청해야 했다. 전화기를 꺼내 112를 눌렀다. 휴대폰 전화번호가 잘 눌러지지 않자 신경질적으로 꾹꾹 눌렀다.

"여보세요. 상황실이죠? 강력팀에 하태석 형삽니다. 지금 살인용의자를 추적 중인데 순찰차 좀 지원해주세요."

"어? 뭐요? 살인용의자?"

상황실장이 살인용의자라는 말에 깜짝 놀라 자리에서 벌떡 일어나 되물었다.

"예. 차량은 흰색 탑차, 차번호는 79라6258, 칠십구 라디오 라에 육이 오팔. 지금 우산리에서 읍내 쪽으로 도주 중이니까 도로를 막아서라도 잡아야 합니다. 빨리 서둘러줘요!"

"사람을 죽인 용의자라는 거여?"

"예."

"무기도 가지고 있는가?"

"그건 잘 모르겠는데 가지고 있을지도 모릅니다."

"근디 누구를 죽인 거여?"

"그게 중요한 게 아니고 지금 도망 중인데 잡을 겁니까, 말 겁니까."

살인용의자를 추적 중이라는 전화에 상황실장은 당황했다가 조금 시간이 지나자 황당하다는 생각이 들었다. 살인사건이 발생을 했어야 살인용의자인데 지금까지 계속 아무 일 없이 평온하던 동네에 갑자기 살인이라니, 뭔가 이상했다.

"부실장, 저기 직원 전화번호에 하태석 형사라고 새로 온 직원 전화번호 한빈 불러봐."

"하태석 형사요?"

"그래 요번에 새로 온 직원 있잖아."

"019-2534-7544번인데요."

"맞네. 장난 전화는 아닌 것 같은데."

상황실로 걸려온 전화의 번호와 직원 연락처에 있는 전화번호가 일치하는 걸 보면 상황이 거짓은 아닌 듯했다. 그래도 이상하다는 생각을 떨칠 수 없었다.

"하 형사가 좀 그렇다고 그랬지?"

"예. 강력팀에서 아직 적응을 못 하는 것 같다고 하던데요. 서울에서 징계를 먹은 게 아직도 그대로 있어서 그런지 좀 이상하데요. 김근호 형사가 미치겠다고 하더라고요. 저번 교통사고 사망건도 살인이 아니냐고 그랬다고……."

"아, 이거 무전을 쳐, 말어?"

"그냥 쳐놓고 보죠. 잡아보면 진짜 살인인지 아닌지 알 거 아니에요."

"거 사무실 CCTV 좀 봐봐. 강력팀에 사람 있나?"

부실장이 일어나 경찰서 내 CCTV를 보고 강력팀 사무실을 확인했다.

"아무도 없어요. 다 나갔나본데요."

강력팀에 사람이 있으면 상의해보려다가 아무도 없자 그냥 무전을 쳐서 긴급배치를 해주기로 했다.

"관내 112 순찰차량에게 일제 전달합니다. 관내 112 순찰차량에게 일제 전달합니다. 현재 살인 용의차량이 우산리에서 읍내 방향으로 도주 중, 우산리에서 읍내 방향으로 도주 중. 신속히 길목을 차단하고 차량 발견 시 즉시 검거키 바랍니다. 차량은 하얀색 탑차 차량번호 칠십구 라에 육이오팔. 무기를 소지하고 있는지 여부는 확인되지 않았으므로 검거 시 안전에 유의하여 검거키 바랍니다."

"훈련상황인가요?"

곧바로 순찰차에서 무전이 날아왔다. 살인용의자라는 말에 순찰차를 타고 있던 직원들이 깜짝 놀라 물은 것이다. 시골에서 살인사건이 자주 있는 것도 아니고, 거기다 용의자를 추적 중이라는 무전이 온 것은 훈련 때를 제외하고는 처음이었기 때문이다.

"훈련상황 아닙니다. 훈련상황 아니고 실제상황, 실제상황이니까 검거에 만전을 기해주시기 바랍니다."

상황실장은 실제상황이라고 무전을 해놓고 나자 일이 심상치 않다는 것을 느꼈다. 직원들이 살인사건이라는 말에 모두 깜짝 놀라고 있을 게 뻔했고, 더구나 무전을 순찰차들만 들은 것이 아니라 과장과 서장까지 모두 들었을 터였다. 누구보다 놀란 것은 강력팀 직원들일 것이다. 아니나다를까 즉각 사방에서 전화가 빗발쳤다. 강력팀장이 무전을 듣고 가장 먼저 전화했다.

"뭔 소리여, 살인용의자라니?"

"하태석 형사가 지원해달라고 무전을 요청해서요. 살인용의자라고……."

"뭐여?"

강력팀장은 자신도 알지 못하는 살인사건이 있느냐고 따져 묻기 시작했다. 태석의 말에 무전을 치고 난 상황실장은 어안이 벙벙했다. 뭐라고 대답을 해야 할지 막막했다.

"무슨 일이야. 살인용의자라니?"

상황실 문을 박차고 들어온 것은 수사과장이었다. 사무실에서 무전을 듣고 얼굴이 붉어져 쫓아 들어왔다. 수사과장도 알지 못하는 살인사건이 있을 수 없었다. 당장 위에서 노발대발할 텐데 내용을 알아야 보고를 할 것이었다. 과장의 다급한 등장에 상황실장은 수화기를 내려놓았다.

"하태석 형사가 살인용의자라고 지원을 요청한다는 무전을 해달라고 해서요."

"뭐? 하태석이? 살인이래? 이런, 미친 새끼! 정확히 확인을 해봐야지. 지금 살인사건이 접수된 게 없는데 어떻게 용의자가 있어? 죽은 사람은 또 어디 있고, 서장님도 무전을 들어 아실 텐데. 빨리 전화해서 확인해 봐. 살인용의자가 있으면 죽은 놈이 있을 거 아니야!"

수사과장은 화가 머리끝까지 치밀어 말을 제대로 잇지도 못했다. 말이 끝나자마자 상황실 전화가 울렸다. 부실장이 일어나 누구에게서 온 것인지 전화기 액정을 확인했다.

"서장님인데요."

부실장이 수사과장을 보고 말했다. 수사과장은 눈짓으로 상황실장에게 전화를 받으라는 시늉을 했다. 상황실장은 초조한 표정으로 전화기를 들어 올렸다.

"예, 서장님. 상황실장입니다. 살인사건이 발생했다는 강력팀 하태석 형사의 무전 요청을 받고 무전을 날렸습니다. 예, 예, 바로 보고드리겠습니다."

상황실장은 서장에게 어떻게 대답해야 좋을지 몰라 난감해하며 무조건 '예'만 거듭했다. 서장도 수사과장과 마찬가지로 살인용의자가 있다면 죽은 사람이 누구고 언제 어디서 죽었는지 그리고 어떻게 죽였는지를 즉시 보고하라는 것이었다. 전화가 끊기자마자 곧바로 태석에게 전화를 넣었지만 전화는 신호만 울릴 뿐 받지 않았다.

무전을 받은 순찰차들은 일제히 읍내로 집결하기 시작했다. 우산리에서 읍내로 이동하고 있다는 것을 알기에 교통순찰차부터 파출소 차량들까지 길목으로 가 탑차가 나타나기를 기다렸다. 읍내를 돌아다니던 강력팀 직원들도 차량을 돌려 무전에서 나온 이동 방향으로 전력으로 달려갔다. 도주로로 달려가던 교통계 순찰차량 두 대가 탑차를 발견하고 사이렌을 울리며 따라붙었고 다리 위 교차로에는 파출소에서 나온 순찰차가 대기하고 있었다. 탑차는 전속력으로 달리며 커브를 돌 때 뒷바퀴까지 뒤뚱거리며 넘어질 듯 위험천만하게 질주했다. 분명 혐의가 있지 않고서야 이 정도로 위태롭게 도주를 할 리 없었다. 탑차가 다리를 건너 달려오자 순찰차가 다리를 막았다. 경찰차를 밀고 지나가지 않는 이상 차량은 멈출 수밖에 없었다. 직원들은 차에서 내려 차 뒤로 멀찍이 물러나 차량이 멈추기를 기다렸다. 그대로 밀고 들어올 상황에 대비해 허리에 차고 있던 권총을 꺼내 탑차를 향해 겨누었다.

"이게 무슨 일이여? 살인사건이라니."

"운전하고 있는 놈이 살인용의자여?"

"그러겄지."

"누구를 죽였대?"

"몰라, 그냥 잡기나 혀."

"총을 쏴도 되어? 잘못 쏘았다가는 징계받을 것인디."

"그냥 겨누기만 혀. 쏠 일이야 있었어."

차는 속도를 높여 다리를 건너오고 있었고, 그대로라면 막고 있는 순찰차를 뛰어넘을 기세였다. 뒤쫓던 순찰차들도 놈의 속도에 너무 몰아붙인 것 아닌가 걱정하기 시작했다. 추격을 하다가 용의자가 사고라도 나면 과잉진압을 이유로 감찰조사를 받고 징계도 받아야 한다. 경찰차량은 더 이상 바짝 쫓는 것을 멈추고 거리를 두었다. 사고가 난다면 그 책임에 누구도 자유로울 수 없기에 저절로 브레이크를 밟는 발에 힘이 들어갔다. 그러나 태석은 조금도 속도를 늦추지 않았고 곧 탑차를 들이받을 기세였다. 박창기도 다리 끝에 세워진 경찰차들을 바라보며 차의 속도를 높였다. 뒤를 돌아보자 따라오던 순찰차는 멀어지고 처음부터 쫓아오던 검은색 코란도만 바짝 쫓아오고 있었다. 지금 브레이크에 발을 올리지 않으면 경찰차량들과의 충돌은 불가피했다. 뒤쪽의 코란도를 바라보며 박창기는 쓴웃음을 지었다.

끼이익!

브레이크에 중량을 주자 바퀴의 마찰 패드가 디스크를 압착하며 타이어가 아스팔트 바닥에 고정된 채 미끄러져갔다. 흰 연기가 차 바닥에서부터 피어오르며 검은색의 스키드마크가 두 갈래로 차를 따라 그려지기 시작했다. 관성의 법칙을 거스르며 차는 멈추려 안간힘을 썼다. 힘을 이겨내지 못해 운전대가 덜덜거리며 좌우로 흔들렸고 차량 꽁무니는 물고기의 꼬리지느러미처럼 좌우로 마구 흔들거렸다. 갑자기 줄어든 속도에 박창기의 중심은 앞으로 쏠려 창문에 머리를 부딪치고 튕겨나와 좌석에 다시 뒤통수를 부딪혔다. 다행히 차는 경찰차 바로 앞에서 겨우 멈추어 섰다. 경찰관들은 탑차가 순찰차와 부딪칠지도 모른다는 생각에 도망치듯 더 뒤로 물러나 떨어져 있었다. 차가 멈추자 살피려 다가가다 혼비백산해서 다시 뒤로 물러섰다. 바로 뒤에 태석의 차량이 경찰관들을 향해 질주하듯 달려오고 있었기 때문이다. 맹렬히 달려오던 코란도는 다리 중간쯤에서 앞차가 멈춘 것을 알고 제동을 걸었다. 바퀴에 제동이 걸리며 귀를 찢는 마찰음과 연기가 피어올랐다. 중심을 잃고 왼쪽으로 기울며 돌더니 다리 난간을 박고서야 겨우 멈추어 섰다. 철제 난간 기둥이 부서져 다리 아래로 떨어졌다. 모두 어떻게 해야 할지 몰라 멍하니 서 있을 때 코란도 차량의 문이 부서질 듯 열리며 태석이 튀어나왔다. 태석은 바로 탑차로 달려가 문을 뜯어낼 듯 잡아당겼지만 열리지 않았다.

"문 열어! 박창기, 얼른 열어! 빨리!"

태석은 창문을 주먹으로 두드리며 소리를 질렀다. 안에 있던 박창기는 무표정한 얼굴로 창문 너머 태석을 바라보았다. 차에 시동은 그대로 살아 있었다. 후진 기어를 넣고 뒤로 물러나 이곳을 빠져나갈까, 아니면 문을 열어 태석을 대면해야 할까. 짧은 순간 박창기는 고민했다.

"태석아, 인마! 너 왜 그러는 거야. 이놈이 살인용의자라는 거야? 지금 사람이 죽었어?"

달려온 강력팀장이 태석에게 따지듯 물었지만 태석은 시선도 주지 않고 차 안의 박창기만 노려보고 있었다.

"야! 이런 또라이 새끼 같은 놈. 지금 무슨 일이냐고?"

"이 새끼가 죽인 거라니까요!"

"누구를? 왜?"

"물어봐야죠."

태석은 계속해서 창문을 주먹으로 때리며 대답했다. 팀장과 근호는 태석의 대답에 어이가 없다는 표정이었다.

"왜 그러세요?"

드디어 문이 열렸다. 태석은 차 문을 떨어져나갈 듯 잡아당겨 젖히고 운전석에 앉아 있는 박창기의 멱살을 잡아 차에서 끌어냈다. 박창기는 태석의 손목을 잡고 반항하려 했지만 그 몸짓은 초라한 몸부림에 불과했다.

"너 왜 도망가? 왜 도망갔어?"

"쫓아오니까."

"쫓아온다고 도망가? 넌 내가 경찰인지도 몰랐잖아?"

"경찰인 줄 알았어요. 벌금을 안 낸 게 있어서, 그것 때문에 잡으러 온 줄 알고……."

"그게 말이 되는 소리야, 새끼야! 그렇게 죽을 듯 도망간 게 겨우 벌금 때문이야? 이놈 수배 걸려 있나 조회 좀 해봐요. 아니, 너 이 새끼 살인 혐의로 긴급체포하는 거야. 너는……."

태석이 박창기의 팔목을 잡아당기며 수갑을 찾았다. 두 사람을 대화를 들은 강력팀장과 김근호 형사가 나서며 가로막았다.

"뭔 긴급체포여, 인마. 혐의가 확실해? 지금 살인사건이 발생한 게 없는데 무슨 살인혐의로 긴급체포야? 굳이 끌고 가려면 임의동행으로 해. 야, 너 경찰서 갈 수 있지? 몇 가지만 확인하면 되니까, 가자."

"이 새끼 맞다니까요."

"맞긴 뭘 맞아. 흥분하지 말고, 인마! 내 말대로 해. 그리고 근호 잠깐 이놈이랑 있어봐. 태석이 이리 와."

박창기를 김근호 형사에게 맡기고 팀장은 태석을 끌고 차 뒤로 갔다. 무슨 일인지 정확히 알아야 했다. 태석이 이렇게 흥분해 있다면 분명 그만한 근거나 이유가 있을 것이었다.

"태석아, 쟤 누구야? 살인은 또 뭐고? 우리도 알아야지, 인마. 사건을 너 혼자 처리해?"

"박창기라고 제가 알고 있는 두 건의 실종사건하고 연관이 있고, 저번 교통사고와도 관련이 있어요."

"증거 있어?"

"데려가 확인해야죠."

"증거 있냐고? 살인이면 시체가 있든 할 거 아니야."

"저 새끼가 나를 보고 왜 도망갔겠어요. 죄 없는 놈이면 그러지 않죠. 형님도 저놈 도망가는 거 쫓았잖아요. 저놈 확실해요. 확실하다고!"

"그래 확실하다고 하자. 근데 저놈이 왜? 왜 사람을 죽이냐고? 이유가 있어야 할 거 아냐."

"확인해야 된다고요. 그건 나도 아직 몰라요."

"너 수사 하루 이틀 해! 확인도 안 되고 이유도 모르는 사건을 그냥 막무가내로 긴급체포한다는 게 말이 돼! 여기가 서울이야!"

"여기서 서울이 또 왜 나와! 시발, 사람 죽인 놈 잡겠다는데!"

팀장이 다시 서울 일을 꺼내자 불같이 소리를 질렀다. 한동안 팀장은 망설였다. 이미 서장도 무전을 들었을 것이다. 살인에 '살' 자만 들어도 노이로제 걸린 사람처럼 과민반응을 보이는 사람이다. 만약 데리고 갔다가 아무것도 아니면 그 뒷감당을 어떻게 해야 할지 고민스러웠다. 우선 긴급체포하려는 태석을 말려 임의동행으로 하자고 해놓은 게 다행이었다. 긴급체포하면 당장 피의자 신분으로 조사를 하고 체포에 대한 검사의 승인을 받아야 한다. 팀장으로서는 강세 구금에 대한 부담이 컸다.

"그럼 우선 임의동행으로 데려가, 데려가서 혐의가 확실하면 그때 긴급체포해."

"왜 그때 해? 지금 해서 끌고 가요."

"내 말 들어. 아직 너도 증거가 확실하지 않구만. 들어가서 확인해보고 따져보자고, 인마!"

태석이 계속 우길 것 같아 팀장은 소리를 질러 이를 무마했다. 태석의 자신에 찬 얼굴에 비해 팀장의 얼굴은 걱정으로 일그러져 있었다. 데려가서 확인한다는 태석의 말에 확신이 서지 않았고, 이미 서장에게 보고

나비 사냥 215

가 된 것에 대한 부담이 이만저만이 아니었다. 태석의 행동에 어쨌든 팀장으로서 책임이 있었다. 다리를 막고 있던 경찰차가 뒤로 물러서 길을 터주었다. 박창기는 형사 차량에 태워져 이송됐다. 탑차는 승오가 몰고 뒤를 따랐다. 태석은 옆구리가 구겨져 버린 코란도를 후진해 끌고 경찰서로 따라 들어갔다.

경찰서에 들어서자 수사과장과 상황실장이 현관에 나와 기다리고 있었다. 서장에게 불려가 아무런 대꾸도 하지 못한 채 벌서듯 있다 나온 수사과장은 얼굴이 붉으락푸르락하며 이제나저제나 팀장이 오기만을 벼르고 있는 참이었다. 경찰서 정문으로 형사 차가 들어오고 이어 검은색 코란도가 따라 들어왔다. 태석은 서둘러 차에서 내려 박창기를 끌고 사무실로 들어갔다. 수사과장은 그 모습을 그냥 지켜보기만 했다. 일종의 무관심으로 태석의 존재를 무시하고 있었다. 옆을 지나던 태석은 불러 세우지 않는 것만으로 다행이라 생각했다. 이어 팀장이 들어오자 수사과장은 따라오라는 손짓을 했고 단단히 따져 묻겠다는 표정이었다. 상황실장도 김근호 형사를 붙잡고 상황을 물었지만 남의 일인 듯 고개를 저었다.

"몰라요. 하 형사에게 직접 물어보세요. 우리들은 아무것도 모르니까."
"형사들이 모르면 어떻게 해?"
"암튼 몰라요. 지 혼자 벌인 일이니까 알아서 하겠죠. 뭐, 사람을 두 명이나 납치하고, 얼마 전 교통사고도 이놈 짓이라는데, 우리는 모르니까 그 친구한테 물어보세요."

모른다는 대답만 남기고 형사들은 사무실로 들어갔다.

수사과장에게 불려간 팀장도 딱히 해줄 말이 없기는 마찬가지였다.

"하태석을 데려왔으니까 이제 확인해봐야 할 것 같습니다. 저도 아직 정확히 모르고 있어서."

"뭐? 몰라! 지금 살인사건이라고 무전에 대고 방송을 하고는 담당 팀장이 모른다니 말이 돼? 지금 팀장은 사태를 아는 거야, 모르는 거야!"

"태석이도 아무것도 아닌 걸 끌고 오지는 않았을 겁니다. 확인을 해보면……."

"확인은 무슨! 하태석 데려와. 지금 서장님이 노발대발인데."

수사과장은 팀장의 말을 중간에서 잘랐다. 팀장은 조금이라도 조사를 하고 사태를 확인하려 했으나 마음 급한 수사과장은 막무가내였다.

조사실에서 태석은 박창기를 앞에 앉혀놓고 그동안 모은 자료를 가지고 조사할 준비를 하고 있었다.

"태석아, 나 좀 보자."

팀장은 조사실에서 태석을 끌고 복도 끝으로 데려갔다. 경찰서까지는 태석의 의도대로 끌고 왔지만 조사실에 들어가서는 팀장과 수사과장의 지시를 따라야 한다는 것을 태석도 모를 리 없었다. 하지만 태석이 지시를 따르지 않을 것에 대비를 해야 했다. 태석이 서울에서 했던 대로 상급자의 지시를 따르지 않고 고집을 부린다면 큰일이었다.

"너 저놈 어떻게 할 거야. 진짜 저놈이 사람 죽인 거 맞아?"

"몇 번을 말해요. 맞다니까."

"사체는 어디 있어? 죽었다는 거 확인했어?"

"좀 기다려봐요. 아직 조사도 하지 않았잖아."

"과장한테도 기다려달라고 할래! 정확히 누구를, 언제, 어떻게, 왜 죽였다 말을 해야 할 거 아냐. 수사를 너 혼자 하는 거야? 내가 서장님 얘기했지. 민감한 분이라고. 이런 일 있으면 나하고 상의를 해서 정식으로 접수하고, 과장님과 서장님께 보고하고 난 다음에 해도 되잖아. 그렇게 급한 거였어!"

"……."

태석은 팀장에게 미안한 마음이 들어 대꾸를 하지 못했다.

"과장한테는 조사하면 바로 확인이 될 거라고 말씀드려. 오늘 안으로 확인이 가능하다고 하고."

"알았어요."

태석은 알았다고 대답을 하기는 했지만 완벽하게 확신하지는 못했다. 수사과장과 서장에게도 모두 보고되어 알고 있다는 말에 서울에서의 일이 문득 생각났다. 이번은 그때보다도 상황이 더 열악했다. 경찰 직원들조차 태석을 신뢰하지 않는 데다 범행 증거도 미약했다. 박창기에 대해 혐의를 입증하지 못한다면 결과는 보지 않아도 뻔했다. 수사과장실로 들어가는 태석의 어깨가 무거웠다. 박창기에 대한 확실한 심증을 갖고 있기는 하지만 조사를 하기도 전에 힘이 빠질 것만 같았다.

"하태석! 살인사건 맞아?"

들어가자마자 수사과장은 기다리고 있었다는 듯 목소리를 높이며 태석을 다그쳤다.

"예. 맞습니다."

"누가 죽었어?"

"노미주라고 스물아홉 살 여자가 실종된 지 한 달 반이 넘었고, 스무 살 남자 김동우도 두 달 전부터 실종 상태입니다. 그리고 얼마 전에 상주고개에서 났던 교통사고도 사고가 아니라 살인사건일 가능성이 있습니다."

"뭐야! 교통사고로 종결한 것이 살인사건이고, 실종된 두 명이 죽었다는 말이야?"

"교통사고는 다시 조사를 해봐야 하고 실종사건과의 연관성도 확인을 해야 합니다."

"죽었다고 치고, 왜 죽인 거야?"

"그것도 조사를 해봐야 알 것 같습니다."

"그럼 사체는 어디 있어? 죽였으면 사체가 있어야 할 거 아니야!"

태석은 실종사건과 교통사고가 박창기와 연관이 되어 있다는 말을 하고 있으나 수사과장의 생각은 오직 살인용의자라는 무전에 집중되어 있었다.

"사체는 박창기에게 확인을 해보아야 합니다."

"확인? 지금? 살인사건 용의자라고 무전에 대고 떠들어대고는 지금 확인을 해? 너 미쳤이! 돈 기 아니야? 살인이라고 하고 지금 확인해보겠다는 거야. 사체도 없이! 동기도 없이?"

사체가 없다는 말에 태석은 아무런 대꾸도 할 수 없었다.

"너 서울에서 사체 못 찾아 기소 못 시켰지? 그래서 지랄을 하다가 여기까지 쫓겨온 거 아냐. 그런 걸 아는 놈이 지금 사체도 없이, 거기다 살해 동기도 알지 못하는 놈을 살인용의자라고 끌고 와? 와, 나 미쳐버리겠네! 이런 새끼가 어떻게 형사를 하고 있어. 너 형사 맞아? 대답해, 인마!"

"……."

"할 말 없지? 서울에서 유능하다고 하더니, 유능이 아니라 완전히

나비 사냥

똘아이구만. 서울에 있을 때 니 상사들 고생깨나 했겠다. 너! 니가 저놈 끌고 왔으니까 저 새끼 살리든 죽이든 마음대로 해. 단, 범죄사실에 살인이라고 반드시 적어서 보고해. 그렇지 못할 때는 내가 너를 불법감금으로 처리할 테니까 알았어?"

수사과장은 사건처리에 대한 불만을 노골적으로 드러냈다. 만약 데리고 온 박창기에 대해 범죄사실을 입증하지 못한다면 그에 대한 책임은 전적으로 태석이 져야 한다는 것을 따끔히 경고했다. 서장에게 단단히 깨진 것에 대한 분풀이를 여지없이 하고 있었다. 서울 이야기가 나오자 태석의 속에 있던 울분이 목 밑까지 차고 올라왔다. 태석에게 있어 가장 민감하고 가슴 아픈 일을 수사과장은 일부러 건들고 있었다. 이 모든 불신을 만회할 길은 오직 박창기의 혐의를 입증하는 것뿐이었다.

조서를 받기 전에 먼저 박창기에 대한 수사를 진행할 수 있도록 사건을 접수하는 것이 먼저였다. 죄명을 살인으로 하여 태석에게 배당해줄 것을 요청했다. 사건접수창에 죄명이 살인이라고 뜨고, 사건 담당자는 하태석이 되었다. 사건을 접수했으니 어떻게든 처리해야 했다. 박창기가 세 건의 사건에 연관된 것으로 수사가 진행될지, 아니면 혐의를 입증하지 못한 채 그대로 내보내게 될지는 오로지 태석에게 달려 있었다.

팀장과 수사과장, 서장의 따가운 시선을 지고 태석은 조사실로 들어갔다. 조사실 밖에는 태석의 수사를 구경하려고 팀장과 형사들이 우르르 몰려들었다.

"내가 모르는 살인사건도 있나?"

과학수사 황 반장이 눈을 흘기며 거울 너머 조사실을 쳐다보며 말했다. 사람이 죽어 변사가 발생하면 가장 먼저 현장으로 달려가는 게 과학

수사팀이기 때문에 그가 모르는 사망사건은 있을 수 없었다. 때문에 살인사건의 용의자라고 잡아와 조사하는 것을 이해할 수 없었다.

"형님, 퇴근하지 말고 기다려요. 하태석 저 자식이 시체 찾으러 가자고 형님 찾을지도 모르니까. 한 10구 나올지도 몰라요."

"그것도 전부 다 토막 나서."

"혼자 하기 힘드니까 지방청 과수팀에 먼저 연락해놔요. 하태석이 여기서 한 건 했다고."

형사들이 놀리듯 우스개를 했다.

"무슨 헛소리 하고 있어. 살인이 쉬운 줄 알아? 쥐새끼 한 마리 찾으러 가자고 할지 모르겠구만. 저 새끼 헛수고하는 거야. 박창기 저놈 읍내에 고기 대주는 놈이잖아. 저놈이 무슨 살인이야, 살인은. 내가 조사 끝나면 박창기 저놈 보고 하태석을 인권위에 재소하라고 할 거야. 뭐하는 짓이야, 저 자식."

"아, 어디서 많이 봤더라 했더니 거기서 봤구나. 식당에 고기 대는 놈!"

과학수사 황 반장도 하태식의 독단적인 사건처리에 반감을 드러냈다. 팀원들하고 조금이라도 상의했으면 지금 같은 어처구니없는 사태는 발생하지 않았을 것이기 때문이다. 김근호도 그제야 박창기의 얼굴을 기억하고 맞장구를 쳤다.

"황 반장이 저놈 알아?"

"예. 하태석 저거 헛다리 짚었어요. 내가 박창기 저놈을 아는데 살인할 만한 놈이 못 돼요."

황 반장의 말에 팀장은 절로 한숨이 나왔다. 그래도 태석을 조금은 믿었건만 황 반장의 말에 그 약간의 신뢰마저 무너지고 말았다. 그의 머릿속은 다시 복잡해졌다. 이제 이 일을 어떻게 수습하지?

태석은 밖에서 지켜보는 시선들을 의식하며 책상을 사이에 두고 박창기와 대면했다. 실종사건 두 건에 대해 수집했던 내용과 교통사고 수사 복사본이 책상 위에 놓여 있었다. 책상 위에 놓인 조사용 컴퓨터를 켜고 수사창을 열었다. 박창기는 아무 말 없이 하태석을 바라보고만 있었다. 불안해하고 초조해하는 빛이 약간 비쳤지만 그렇다고 왜 자기를 끌고 왔는지 묻지 않았다. 그냥 태석이 하는 것을 관망하듯 지켜만 보고 있었다. 사건 서류를 한 번 쳐다보더니 다시 태석의 얼굴을 빤히 쳐다보았다. 서류에는 더 이상 관심이 없는 듯했다.

"박창기, 여기 왜 와 있는지 알아?"

"몰라요. 아! 아까 가자고 할 때 뭐 사람을 죽였다고 하던데. 제가 사람을 죽였다고 하는 겁니까?"

박창기의 질문에 태석은 대답하지 않고 대신 그를 물끄러미 바라보기만 했다. 박창기는 아주 담담하게 물었다. 목소리에 어떠한 감정도 실려 있지 않았다. 건조한 목소리에 태석은 속으로 흠칫 놀랐다. 혐의가 있는 사람의 목소리라고 하기에는 긴장감도 조급함도 없는 평온한 목소리였다. 자신이 실수를 한 것은 아닌가 하는 의심이 들 정도였다.

"집이 어디지?"

"제 질문에 대답하지 않았는데요. 제가 사람을 죽여 여기에 왔다는 게 맞느냐구요?"

"그 대답은 니가 잘 알고 있잖아. 알고 있는 대답을 왜 물어?"

"훗."

박창기가 황당하다는 듯 헛웃음을 날렸다.

"비웃는 거냐, 당황한 거냐?"

"어떤 것 같아요?"

"비웃었다면 위장이겠고, 당황했다면 이제 들켰다는 뜻이겠지?"

"둘 다 틀렸어요. 전 그냥 황당해서 웃었어요. 벌금 때문에 경찰이 쫓아와 도망간 것뿐인데, 그게 살인으로 변하니 황당할 수밖에요."

박창기는 지지 않았다. 눈을 똑바로 뜨고 태석의 말에 꼬투리를 잡고 늘어졌다. 묻는 말에 기를 쓰고 덤벼들었고 조금도 밀려나지 않았다. 기싸움에서 박창기가 지지 않고 치고 들어 왔지만 그대로 맞고 있을 태석이 아니었다. 태석은 박창기의 앉은 자세에서 불안한 모습을 찾으려 했다. 출입문 쪽으로 몸을 기울여 앉고 태석과 멀찍이 떨어져 팔짱을 끼고 있는 모습이 박창기의 속마음을 보여주고 있었다. 그건 불안한 피의자들이 주로 보이는 무의식적 반응이었다. 겉으론 당당한 척 굴어도 속으로는 불안해하고 있는 게 분명했다.

"이름?"

"박창기."

"최종학력?"

"고등학교 중퇴."

"왜?"

"……."

대답이 없자 그냥 넘어갔다.

"가족관계?"

"……."

"재산? 동산 부동산 모두."

"……."

모두 대답이 없었다.

"왜 도망쳤어?"

"벌금 내지 않은 게 있다고 했잖아요."

전과조회서에 음주운전으로 벌금 100만 원이 있었다. 작년 초가 기한이었지만 내지 않아 검찰로부터 수배가 되어 있었다.

"왜 안 낸 거야?"

"못 사니까, 돈 없으니까 안 내지. 돈 많으면 그걸 왜 안 내요?"

"벌금 낼 수 있어? 못 내면 너 여기서 못 나가. 유치장으로 가야 돼."

"오늘 수금한 거 있으니까 낼 수 있어요."

창기는 전대에서 돈을 꺼내 책상에 놓았다.

"돈이 있으면서 왜 지금까지 안 낸 거야?"

"못 사는 놈이 다 그런 거 아닌가요? 거지같이 사는 게 죄는 아닐 텐데요. 형사님은 부잣집에서 태어났나보죠. 저는 지지리 가난한 집에 태어나서 제가 벌지 않으면 벌금도 내지 못해요. 이런 좆 같은 세상이 다 있어요!"

"박창기, 나하고 말장난해? 장난치지 말고 도망간 진짜 이유를 대! 불쌍한 척 신세 한탄 같은 거 하지 말고!"

"진짜예요. 제가 왜 장난을 치고 거짓말을 해요."

"도망간 다른 이유가 있잖아!"

"뭔데요. 제가 도망간 이유가?"

조사가 길어질 것 같았다. 도망간 이유에 대해서는 여러 차례 물어도 똑같은 대답이었다. 계속하여 가난하다는 말만 반복했다.

"상주고개에서 난 아우디 차량 교통사고 알고 있지?"

"그걸 제가 어떻게 알아요?"

"그걸 왜 몰라? 니가 그 차량 뒤를 따라갔는데!"

"제가 그 차를 왜 따라가요?"

"그곳 고개 오르막에 방범카메라가 설치되어 있다는 것을 알고 있을 텐데!"

"……."

태석은 서류를 뒤지며 방범카메라가 설치되어 있다는 말로 박창기를 압박했다. 카메라에 차량이 찍혀 있다는 말에 그는 약간 놀란 듯 말을 멈추었다. 태석은 방범카메라에 찍힌 탑차를 보여주어야 할지 망설였다. 찍혀 있기는 하지만 번호가 뚜렷하지 않아 박창기의 탑차라고 명확히 말할 수 없는 상태였다. 섣불리 보여주었다가 자신의 차량이 아니라고 우기면 더 이상 수사를 진행하기 어려웠다. 태석은 보여주지 않고 찍혀 있다는 말만 하고 박창기의 눈치를 살폈다. 촬영되어 있다는 말에 예상대로 박창기는 반응을 보였다.

"어떻게 사고로 위장한 거야?"

"미치겠네! 무슨 말을 하는 거예요?"

"사고로 위장을 해야 했던 이유가 뭐야!"

"몰라요!"

"먼저 죽여서 떨어뜨린 거지? 고개 위에서 니가 운전해 스키드마크를 만들고 거기에 죽은 조만석을 실어서 아래로 떨어뜨린 거잖아!"

"……."

"대답해!

"미치겠네."

"왜 죽였어?"

"……나 참!"

박창기는 짐짓 놀랐다. 마치 당시 현장을 옆에서 본 것은 아닌가 생각이 들 정도였다. 그러나 방범카메라 운운한 것은 함정인 것 같았다. 탑차를 운전하고 뒤따른 것은 자신이 아니었기 때문이다. 부인한다면 더 이상 따지고 들 수 없으리라는 것을 알았다.

"저 새끼 뭐라고 하는 거야. 저놈이 스키드마크도 만들고, 사람을 죽여서 떨어뜨렸다는 거야? 검사도 종결하라고 한 사건을 지가 왜 다시 파!"

조사실 밖에서 바라보던 김근호가 하태석의 말에 황당하다는 반응을 보였다. 갑자기 사람 하나를 끌고 와서는 교통사고로 종결된 사건의 망자를 왜 죽였냐고 묻고 있으니 같은 형사로서 기가 막힐 수밖에 없었다. 조사실 안을 바라보던 다른 직원들도 마찬가지였다.

"박창기 저 새끼가 사람을 죽이고서 위장을 했다는 말인데……"

"하태석, 헛다리야. 서울에 있다 왔다길래 수사 좀 하는 줄 알았더니만. 박창기 저놈이 얼마나 어수룩하고 어벙한 놈인데. 사람을 죽여서 교통사고로 위장을 해? 저놈이 그렇게 똑똑해! 창기 저놈 하태석이한테 고맙다고 해야겠네."

"글고 저놈이 멀리 경기도에 사는 놈을 죽일 이유가 없잖아요. 원한이 있을 리도 없고, 차 안에 돈도 그대로 있던 것을 봐서는 강도도 아니고. 조만석하고 박창기하고 연관을 지으려고 해도 아무것도 없는데. 뭐, 쇼당이 붙는 게 있어야지. 약 파는 놈하고 고기 나르는 놈이 무슨 연관이 있다고. 참나!"
 근호의 말에 모두 하태석의 행동을 비웃었다. 수사과장부터 모두 큰 소리로 웃기 시작했다. 수사과장은 중간에 들어왔다가 직원들의 말에 더 이상 쳐다볼 것도 없다는 듯 자리를 떴다.
 "김동우 알고 있지?"
 "모르는데요."
 "같이 데리고 다니면서 일도 했으면서 모른다고 하면 안 되지! 지금 어디 있어?"
 "제가 그 사람하고 뭔 일을 했다고 그래요? 저는 모르는 사람이에요."
 "같이 일한 것을 본 사람 데려와?"
 "데려와요. 데려와!"
 박창기는 김동우에 대해 모르쇠로 일관했다. 일을 할 때 집에 데려다 준 사실에 대해서도 마찬가지였고, 김동우의 집으로 가는 길목에 설치된 방범카메라에 수차례 찍혔다고도 했지만 여전히 시치미를 뗐다. 박창기는 이것 역시 자료가 없을 거라고 생각하고 있나.
 "봐봐, 여기 올봄부터 6월까지 약 석 달 동안 너는 자주 동우의 집으로 차를 운행했었어. 물론 김동우를 태우고 말이야. 여기 사진 찍힌 거 안 보여? 이래도 어디에 갔는지 몰라?"
 "……."
 "왜 갑자기 벙어리야?"
 "그 새끼가 내 돈을 가지고 도망갔어요."
 태석이 녹화된 내용을 정리한 자료를 보여주자 박창기는 서둘러 말을 바꾸었다.

"조금 전에는 모른다고 했잖아. 그런데 도망을 가다니?"
"제 돈 300만 원을 가지고 도망을 갔다니까요. 제발 찾아주세요. 제가 안다고 하면 찾아주지 않을 거 아니에요. 모른다고 해야 데려올 거 아닌가요. 그래서 모른다고 한 거죠. 데려오세요. 저 돈 좀 받게."
"김동우가 도망을 왜 가?"
"몰라요. 집에 간다고 하고는 그 후로 오지 않았으니까."
박창기는 김동우 건에 대해서도 미꾸라지처럼 빠져나가려 하고 있었다. 같이 무슨 일을 했냐는 질문에 잠깐 고기를 나르는 일을 했을 뿐이라고 했다. 전 차량의 주인은 현재 어디 있냐는 질문에는 차와 일거리를 넘기고 서울로 갔다고 대답했다. 갑자기 올라가야 한다면서 서둘러 올라가 버려서 연락처는 모른다고 했다.
"노미주는?"
"그게 누군데요?"
"교육청 앞 골목길에도 니가 고기를 대는 곳이 있어?"
"없어요."
"니가 고기차를 끌고 거기에 갈 이유가 있어?"
"살다 보면 무슨 이유로든 갈 순 있겠죠. 담배를 사러 가거나……"
"거기는 담배 파는 곳 없어!"
"거기에 주차를 하고 갈 수도 있겠죠."
"큰길에 주차할 곳이 널렸는데 골목까지 들어가? 말도 안 되는 소리 하지 마. 4월 12일 비가 오던 날이었어. 노미주가 퇴근을 하기 위해 나오고 있었지. 박창기 니 차 옆을 지나가고 있을 때 넌 여자를 붙잡아 차에 실어 넣었어. 노미주를 뒤쫓아나온 동료 직원이 이상해서 여자를 못 봤는지 물었어. 바로 너에게! 79라6258, 바로 니 탑차 옆에서!"

"형사님, 소설 좋아하세요? 아니면 영화를 많이 봐서 상상력이 뛰어나신 건가요? 제가 여자를 왜 차에 실어요? 그 여자가 그래요? 내가 실었다고? 그 여자 데려와요! 웬 미친 여자가!"

박창기는 실종사건과 관련한 모든 질문에 모르거나 관계가 없다며 부정했다. 태석에게 결정적 증거가 없다는 것이 박창기를 몰아붙일 수 없는 이유였다. 그러나 조사 받을 때 보인 박창기의 눈빛과 심리 상태를 봐서 분명 연관이 있었다. 박창기를 어떤 식으로든 묶어둬야 했다. 우선 노미주의 직장동료에게 그때 본 사람이 박창기가 맞는지를 확인하고, 다음으로 휴대전화 통화목록과 위치정보를 뽑아 사건들과의 연관성을 확인하는 것이다. 다음으로 차량과 주거지를 수색해보면 분명 증거가 나올 것이라 생각했다. 우선 차량을 확인해야 했다.

"니 차를 보겠다. 확인해도 되겠지?"

"제 차는 왜요? 싫어요."

"니가 떳떳한데 왜 차를 보지 못하게 해?"

"떳떳한 것하고 차를 보는 것하고 무슨 상관인데요?"

"정말 차를 보여줄 수 없어? 없으면 강제로 하겠어!"

"안 보여준다니까요. 이렇게 끌려온 것도 억울한데 차까지 맘대로 한다구요. 안 돼요. 못 해."

태석은 박창기를 끌고 밖으로 나왔다. 직원들이 길을 터주며 구경거리를 보듯 뒤를 따랐다. 탑차가 세워진 주차장에 박창기를 데리고 나와 문을 열게 했다. 그러나 박창기는 열지 않았다.

"문 열라고, 인마!"

"못 열어요."

"열어!"

"못 열어!"

탑차 안을 보여주지 않는 것은 분명 이유가 있을 것이다. 태석은 끊임없이 박창기의 눈빛을 살폈고 조금씩 초조해하는 것을 느끼고 있었다. 차 안에서 실종된 사람들의 사체의 일부라도, 한 방울의 혈흔이라도 확인이 된다면 박창기의 혐의는 확실해지는 것이었다. 태석은 강제로라도 차를 확인할 기세였다. 성질대로라면 박창기가 가지고 있는 키를 빼앗아 당장 열어보고 싶었지만 절차를 무시할 수 없어 꾹 참아야 했다.

태석은 곧장 팀장과 수사과장의 협조를 얻기 위해 달려갔다. 수사과장실에서는 팀장과 수사과장이 나란히 앉아 이번 사태를 어떻게 할 건지 이야기하고 있었다. 그들은 박창기를 어떻게 할 것인가를 논의하는 게 아니라, 하태석을 어떻게 할 것인가를 논의했다. 이들에게 박창기는 하태석의 망상이 만들어낸 선량한 시민일 뿐이었고, 하태석은 서울에서의 실수를 만회하려고 무모하게 덤벼드는 불량 형사였다. 서울에서부터 여기까지 밀려온 이유가 있다는 말까지 맞장구를 쳐가며 하고 있었다. 과장실 안에서 하는 말이 밖에 서 있는 태석에게 모두 들려왔다. 자신을 비난하는 소리였지만 지금은 그런 데 신경 쓸 짬도 없었다. 태석은 노크를 한 뒤 헛기침을 하며 문을 열고 들어갔다.

"조사는 잘되고 있어? 저놈이 세 명이나 죽인 연쇄살인범이 맞던가?"

수사과장이 비웃듯 태석에게 물었다.

"박창기를 긴급체포하겠습니다."

"뭐? 긴급체포!"

지금쯤 기가 죽었을 거라고 생각했는데 긴급체포하겠다는 말에 수사과장이 놀랐다.

"얌마, 태석아! 그놈이 무슨 혐의가 있다고 긴급체포냐, 긴급체포가! 신중해야지. 아직 밝혀진 게 하나도 없는데. 니가 말하는 실종자들이 저놈하고 연관이 있어 보이지도 않고, 무엇보다 죽었다는 증거도 없잖어. 너 그 사람들이 살아 있으면 어떻게 헐래? 그때는 어떻게 헐 거냐고? 실종인지 미귀간지 가출인지 확실히 하고 일을 해야지!"

"저놈이 사는 데를 수색하면 분명히 증거가 나와요. 제가 저놈 차를 수색한다고 하니까 하지 못하게 하고 있잖아요. 왜 그러겠어요? 차에 뭔가 있으니까 그러지."

태석은 확신에 찬 목소리로 말했다.

"어이, 하태석. 자네가 서울에서 그렇게 고생했던 사건을 기소하지 못했던 이유가 뭐지?"

수사과장의 말투가 전에 없이 차분했다. 차분하다 못해 차갑고 건조했다.

"사체가 없었지? 그때도 긴급체포했던 것으로 아는데."

"……"

"검사 승인 떨어졌던가?"

"……"

"대답해봐!"

"서울 일은……"

태석은 대답을 할 수 없었다. 수사과장이 묻는 질문 하나하나가 화살이 되어 태석의 가슴에 박혔다. 수사과장은 태석의 가장 아픈 곳을 마구 찔러대고 있었다.

"그때 그 사건도 범인이 맞다고 경찰 내부에서는 모두 인정했다고 하지만 결국 기소하지 못했잖아. 그런데 오늘 하 형사의 행동을 봐서는 과연 정말 내부에서 인정한 게 맞나 싶은 생각이 드는데."

"그래. 태석아, 인마. 니 의도는 다 알아. 니가 정의감 있고, 사건을 해결하려고 노력하는 것은 아는데, 이렇게 아무런 보고도 없이 수사 내용도 명확하지 않은 것을 가지고 긴급체포하겠다고 하면 상사로서 어떻게 그것을 받아줄 수 있었어? 우리 조금만 여유를 가지고 생각을 혀보자."

팀장은 수사과장과 생각이 같으면서도 태석을 달래듯 말을 조심스럽게 했다. 그러나 과장이 없었다면 그보다 더 심한 말로 나무랐을 것이다.

"지금 이대로 내보내면 증거를 모두 없애버릴 가능성도 있고 도망을 가버릴 수도 있습니다. 바로 잡아들여야 한단 말입니다."

"긴급체포를 해야 할 정도로 저놈이 긴박한가? 가장 큰 이유가 뭐야?"

"한 명은 교통사고로 사망했고, 두 명은 실종 상태입니다. 모두 저놈과 관련이 있습니다."

"교통사고 서류하고 실종신고 서류 가져와봐."

수사과장은 태석이 왜 그렇게 뜻을 굽히지 않고 매달리는지 확인을 해줄 필요가 있다고 생각했다. 그러나 머릿속에는 이미 태석의 생각이 잘못되었다는 결론이 서 있었다.

"실종신고는 되어 있지 않습니다."

"두 건 모두?"

"예."

"하태석! 니 입으로 살인사건이라고 말하면서 신고가 돼 있지 않단 말이야. 니 말대로 살인사건이면 실종을 두 달이 넘도록 접수도 않고 수사를 했다는 이야기 아니야? 너는 수사를 할 게 아니라 감찰부터 받아야 할 놈이야! 저놈 당장 내보내. 긴급체포는 무슨 놈의 긴급체포. 미친 새끼!"

수사과장은 태석이 실종이라고 계속 말해왔으면서도 사건 접수조차 하지 않았다는 말에 격분했다.

"내보낼 수 없습니다."

"미친놈, 감찰계장 전화해!"

"과장님, 그건 좀."

팀장은 감찰까지 찾는 수사과장을 말리려 노력했다.

"박창기를 황 반장이 잘 알고 있다고 하니까 불러다가 태석이에게 설명을 한번 해보라고 하면 어떨까요? 태석이 이놈이 여기 온 지 얼마 안 돼서 박창기에 대해 잘 모르니까 그런 것 같습니다."

사무실 밖에 있던 직원이 달려가 황 반장을 데려왔다.

"황 반장, 저 새끼 안다고 그랬지? 어떤 놈인지 서울에서 오신 위대한 허태석 형사님에게 설명 좀 해주지."

수사과장은 과장된 호칭을 써가며 태석을 놀렸다.

"박창기라고 우산리 사는 놈입니다. 읍내 식당 몇 곳에 고기를 대주고 있습니다. 전에는 음식점 배달 일을 했는데, 탑차는 정확히 언제부터 몰았는지는 잘 모르겠습니다."

"그놈 성향이 어때?"

팀장이 물었다.

"뭐, 순박한 놈이죠. 제가 교통계에 있을 때 헬멧을 쓰지 않아서 딱지를 몇 번 뗀 적이 있고 음주운전으로 단속한 적이 있는데, 그때 벌금을 내지 않은 것 같은데요. 아마 그게 수배가 걸려 있었던 것 같습니다. 제가 음주운전 조사를 직접 했었는데 사람을 죽일 만한 놈은 못 됩니다. 뭐 가진 게 없어서 벌금도 못 내고 그렇겠지만 겁도 많고 순박한 촌놈이라니까요. 음주운전으로 벌금 못 내면 어떻게 되냐고 죽는소리를 했을 정도예요. 할머니를 모시고 살고 있을걸요. 가진 거 하나 없는 완전 거지예요. 그래서 경찰이 쫓아오니까 도망간 것 같아요. 뭐, 촌놈이라 좀 어수룩한 면이 있기는 하지만 인사성도 좋고……."

"아까는 좀 대들기도 하던데?"

"죄도 없는데 끌려오면 저라도 화나죠."

"그렇지. 아무리 어수룩한 놈이라도 그러기 마련이지."

"사람을 죽일 정도야, 그것도 세 명을?"

팀장이 수사과장이 묻고 싶은 질문을 대신했다.

"박창기 저놈이요? 복날에 개나 몇 마리 잡아 죽여보았을지 모르지만 사람을 죽일 정도의 배짱은 없는 놈입니다. 더구나 사람을 죽여야 할 이유가 없지 않습니까. 이유가 있어야 사람을 죽이는데 저놈이 여자를 노렸다면 남자 둘이 이상하고, 돈을 노렸다면 교통사고 현장에 지갑이 그대로 있을 리 없잖아요. 그보다 저놈은 겁이 많아서 사람을 죽일 만한 놈이 못 됩니다. 좀도둑질이라면 몰라도……. 워낙 거지같이 없이 사는 놈이라."

"들었어?"

"……예."

태석의 대답은 깊은 우물에 빠져 죽어가는 사람처럼 깊이 꺼지고 있었다. 경찰서의 누구 하나 태석의 무모한 수사에 동정도 이해도 하려 하지 않았다.

"그래도 차는 확인을 하고 내보내겠습니다. 박창기가 차를 보지 못하게 하는 이유가 있을 겁니다. 저는 탑차 안을 봐야겠습니다. 그 안에 분명 뭔가 있습니다."

"저놈이 거부한다면서 지금 상황에서 어떻게 하려고?"

"긴급체포를 해서 먼저 확인을 하고 다음에 영장을……."

"혐의도 없는 놈 끌고 와서, 그것도 지 발로 따라 들어온 놈을 체포한다고 해? 영장 없이 수색을 한다고 해? 수사권 때문에 검찰이 날을 세워 우리를 노려보고 있는데, 이런 어수룩한 수사로 긴급체포하면, 그러세요, 참 수고하시네요, 승인해줄 테니 잘 수사해서 사후에 영장 신청하세요, 그럴 것 같애? 어떻게든 꼬투리 잡으려고 하지."

수사과장은 태석의 태도가 못마땅할 뿐만 아니라 답답했다. 이 정도 이야기를 하면 대충 알아들어야 하는데 태석은 목소리만 작아졌을 뿐 태도에는 변함이 없었다.

"제가 박창기를 조금 아니까요, 설득해서 차량을 수색할 수 있도록 해보겠습니다. 하 형사, 그러면 되지? 차 문 열어서 수색하고 인을 감식해보면 되잖아. 그렇지?"

황 반장이 끼어들어 중재안을 내놓았다. 박창기와 안면이 있는 자신이 나선다면 수색 정도는 할 수 있을 것이다. 수사과장은 좋은 생각이라며 허락했고, 태석도 수색만 할 수 있다면 그렇게 하자고 동의했다.

황 반장과 박창기는 서로 인사를 건네고 웃음까지 주고받았다. 긴장해 있던 박창기의 표정이 풀리고 안심이 된다는 듯 황 반장에게 의지했다. 황 반장도 그런 박창기의 어깨를 두드리며 담배를 건넸다. 그러면서 이 모든 게 경찰의 의도가 아니고 하태석 형사 혼자의 판단이라고 설명했다. 서운하더라도 하태석 형사의 실수를 이해해달라며 미안하다는 말까지 곁들였다. 그러자 박창기는 황 반장 때문에 이해하겠다고 맞장구를 쳤다. 황 반장은 자기 때문에 일이 쉽게 해결될 것이라는 듯 거만한 얼굴로 거울 너머 팀장을 바라보았다.

"그럼 차를 한번 보기만 하자."

"황 반장님이 그렇게 말씀하시니까 이해가 가네요. 아까는 억울하고 기분 나빠서 절대 보여주지 않으려고 했거든요. 황 반장님 때문에 제가 허락하는 거예요. 여기 키요."

차 키를 건네받은 황 반장은 다시 한 번 목에 힘을 주었다. 자기가 아니었으면 절대로 풀 수 없는 난제를 해결했다는 표정에, 만족스런 미소를 보이는 팀장과 수사과장이었다.

주차장에 수사과장과 팀장 그리고 팀원에 당직자들까지 몰려나와 구경을 했다. 이미 날이 저물었기 때문에 주차장의 전등을 모두 켜고 형기 차 위에 있는 서치라이트와 과학수사 장비인 대형 서치까지 동원해 불을 밝혔다. 경찰서를 떠들썩하게 했던 오늘의 일이 황 반장의 감식으로 종결이 될지, 아니면 하태석의 말이 맞아 커다란 파장을 몰고 올지에 모두의 시각이 집중됐다.

가장 우선 순서는 탑차의 화물칸이었다. 열쇠를 넣어 잠금장치를 풀자 압축되어 있던 공기가 텅 소리를 내며 문틈 사이를 비집고 새어나왔다. 안에 있던 냉기가 스멀스멀 기어나오다 온기에 놀라 사라졌다. 안에는 고깃덩이가 고리에 걸린 채 늘어져 있고 바닥에는 선지와 내장을 담은 고무 다라가 있었다. 추격을 당하면서 고무 다라가 뒤집어져 바닥과 벽이 온통 핏자국이었다. 선지와 내장이 굴러다니며 사방에 피를 발라

놓아 피가 묻지 않은 곳을 찾기가 더 쉬웠다. 하얀색의 감식복에 장화로 갈아 신은 황 반장이 카메라를 들고 차량 앞에 섰다. 멀리서 먼저 전체 모습을 촬영하고 고깃덩이가 든 화물칸 안으로 들어갔다. 위생장갑을 낀 손으로 고깃덩이를 밀어가며 구석구석을 살피고 사진을 찍어댔다. 고기에 이상한 점이 없는지 확인하고 미심쩍은 부분은 사진을 찍었다. 바닥에 떨어진 내장을 고무 다라에 주워 담아 밖으로 가지고 나와 비닐 위에 넓게 펼쳐 확인했다. 모두 소와 돼지의 내장으로 보였다.

"내장 크기가 이건 좀 작네?"

"뭐, 잡다 보면 큰 놈도 있고 작은 놈도 있죠."

황 반장의 말에 뒤에 있던 박창기가 앞으로 나와 대답했다. 고개를 끄덕인 황 반장은 다시 차로 올라가 바닥 여기저기를 살피며 머리카락이나 헝겊 조각 같은 사람의 흔적으로 의심될 만한 것이 있는지 세밀히 살폈다. 그러나 핏빛으로 얼룩진 화물칸은 그냥 고기차일 뿐 의심할 만한 건더기가 전혀 없었다. 그럼 그렇지. 황 반장은 듯 마스크를 쓴 얼굴에 미소를 지었다.

박창기는 담배를 피우며 그 모습을 지켜보고 있었다. 태석은 그의 눈빛을 놓치지 않으려 황 반장과 그를 번갈아 보며 살폈다. 박창기의 표정은 느긋하고 편안해 보였다. 억지로 차량을 보여주지 않으려 했을 때의 초조한 모습은 어디에서도 찾아볼 수 없었다. 거기다 태석과 눈이 마주치자 알 수 없는 미소까지 보였다.

"아무것도 없는데요."

"루미놀 그런 거 못 쓰나?"

"소용없을 것 같은데요. 여기가 뭐 다 돼지 핀데요."

황 반장이 탑차 위에서 아래를 내려다보며 수사과장에게 말했다. 혈흔 감식에 쓰는 루미놀 시약이 동물 혈흔에도 모두 반응하니까 소용없다는 거였다. 수사과장은 '알아들었지?' 하는 표정으로 하태석을 힐끔 쳐다보고는, 황 반장에게 그만 됐으니 운전석을 보라고 지시했다. 황 반장이 다시 라이트를 들고 운전석과 조수석을 뒤졌지만 특별한 것은 아무것도 없었다. 영수증 몇 개하고 은행 카드명세서 몇 개가 다였다.

"여기도 별거 없는데요."

"하태석! 자네가 한 번 더 보던가."

"예? 예."

태석은 두 명의 실종과 한 명의 사고사가 박창기와 관련이 있다는 생각에 변함이 없었다. 그러나 그와 생각을 같이하는 사람은 아무도 없었다. 태석을 옹호해주어야 할 사람들이 모두 박창기의 편에 서 있었다. 태석은 선량한 사람을 끌어다 연쇄살인범으로 몰고 있는 자격 미달의 형사가 되어 있었다. 태석이 차에 올라 실종자들의 흔적을 찾으려 했지만 역시 아무것도 찾지 못했다.

"더 볼 거 있어?"

"……"

"이제 이 사람 보내도 돼?"

"……예."

"대답 똑바로 해!"

"가도 됩니다. ……아니, 잠깐만!"

갑자기 말을 멈춘 태석이 운전석으로 달려가 라이트를 켰다. 그리고는 차 앞으로 가 안개등이 들어오는지 확인했다. 등이 양쪽 다 들어왔다.

"왜 또?"
"아닙니다."
"뭐해, 사과해! 생사람 잡다가 이 정도 했으면 사과는 해야지."
"……."
"박창기 씨, 우리 직원이 오해를 해서 일어난 일이니까 너그러이 이해를 해주십시오."

태석이 머뭇거리자 수사과장이 대신 사과를 했다.

"괜찮습니다. 황 반장님이 알아듣게 설명을 해주셔서 다 풀렸습니다."

태석은 끝내 사과를 하지 않은 채 고개를 숙이고 있었고, 박창기는 그런 태석을 말없이 바라보기만 했다. 누구보다 선량하고 온순해 보이는 얼굴이었다. 정문을 나가는 박창기의 모습은 억울한 일을 당하고도 반박조차 못하는 영락없이 어수룩한 시골 젊은이였다.

"과장님이 직접 사과를 할 것까지는 없었는데요."

태석을 현관에 세워둔 채 팀장은 사무실로 들어가는 수사과장을 뒤따라가 화를 틸궜다.

"팀장, 내가 나서서 사과한 이유를 몰라? 박창기에게 기자라도 붙어봐. 개념 없는 경찰이 애먼 사람 끌고 가 다섯 시간 넘게 가두고 조사를 했다는 둥, 선량한 시민을 살인범으로 몰았다는 둥 말이 많을 거 아냐. 아니면 인권위에 넣기라도 해봐. 대번에 난리 나지. 서장님이 또 얼마나 펄쩍 뛰시겠어. 과장 정도 되는 사람이 먼저 사과하고 두드려줘야 보상을 받았다고 생각하고 뒤탈이 없는 거지. 이제 보니 서장님에게 보고를 해야겠구만. 저녁이라도 같이 드시자고 해야겠어. 자네도 같이 가지."

"그러실까요."

18

　유유히 경찰서를 빠져나가는 박창기를 바라보며 태석의 자존심은 상처를 받고 찢어져버렸다. 찢어진 구멍으로 바람이 솔솔 들어오며 처음에 가졌던 박창기에 대한 의심은 희박해지고 시린 상처만 커지고 있었다. 사람들은 모두 돌아가고 혼자 남았다. 누군가 위로해줄 만도 한데 아무도 없었다. 담뱃갑을 구석까지 뒤져 한 개비를 찾았다. 담배도 태석처럼 담뱃갑에 홀로 남아 있었다. 깊숙이 빨아들인 담배연기가 몸속 깊숙이 퍼지며 태석을 달랬다.
　"아이 시발, 미친 짓 했네."
　한숨과 함께 절로 혼잣말이 튀어나왔다. 스스로 객관적이지 못했다고 실토했다. 박창기와의 연관성이 의심되는 상황이긴 했지만 직접적인 증거는 아무것도 없었다. 있다면 오직 감뿐이었고 거기에 의존해 수사를 했던 게 잘못이었다. 어쩌면 서울에서의 일을 만회해보고 싶은 욕심도 없지 않았던 것 같다. 비록 시골로 좌천되었지만 능력을 발휘해서 가려질 뻔한 살인사건을 해결했다고 동료들로부터 인정받을 수 있기를 내심 바랐다. 생각이 거기까지 미치자 박창기의 모든 게 자기가 만들어낸 허상이었다. 놈이 태석을 보자마자 내빼지만 않았어도 일이 이렇게까지는 되지 않았을 텐데, 내빼는 바람에 의심은 믿음이 되고 확신이 되어버렸다. 담배를 비벼 끄고 사무실로 가 서류를 묶어 책상 맨 아래 서랍 깊숙이 밀어 넣었다. 쓰레기통에 버려버리거나 밀봉을 시켜버리고 싶은 맘이 굴뚝같았지만 수사서류라서 맘대로 할 수 없기에 대신 가장 손 닿기 어려운 서랍 안쪽에 처박아버린 것이다. 적어도 10년 넘게 꺼내보지 않을 맘이다.

 직원들은 모두 퇴근을 하고 당직자인 승오만 남아 일을 보고 있었다. 태석에게 말을 걸기가 미안한지 힐끔힐끔 쳐다보다가 태석이 고개를 들자 다른 곳으로 시선을 돌렸다. 띠리링 전화가 울렸다.

"예. 예, 예? 내일요?"

승오는 전화에 대고 대답만 하다가 끊었다.

"하 형사님, 감찰에서 연락 왔는데 내일 아침까지 오늘 일에 대한 경위서 작성해서 제출하시라는데요. 서장님이 보고하라고 했다고……."

 태석은 대답하지 않고 그대로 사무실을 빠져나갔다. 어느새 비가 부슬부슬 내리고 있었다. 여름 장마가 시작되는 모양이었다.

"근식아, 술 한잔 하자."

 태석은 비를 맞으며 거리를 걸었다. 식당에 근식은 아직 와 있지 않았다. 저녁 시간이 지나서인지 손님들은 대부분 빠져나가고 몇몇 취한 사람들만 있었다. 고기 굽는 연기와 담배연기가 섞여 홀 안에 부옇게 연기가 싸여 있었다. 구석방을 달라고 해 자리를 잡았다. 소주를 가져오자 안주도 없이 연거푸 서너 잔을 넘겼다. 소주가 몸 안으로 들어가 머릿속을 마비시켜버리면 좋을 것 같았다. 빈속에 들어간 소주가 뱃속을 할퀴어 아릿했다. 곧 알코올에 하루 종일 긴장했던 몸뚱이가 늘어지며 풀어졌다. 깍두기에 몇 잔을 더 들이부었다.

"벌써 묵고 있냐? 아따, 벌써 지 혼자 두 병을 묵어부렀네. 무슨 일 있냐? 술을 이렇게 많이 묵고."

"그냥, 뭐 그렇지."

말을 하면서도 태석은 입안에 술을 털어 넣었다. 자리에 앉은 근식이 소리를 질러 고기 빨리 가져오고 반찬도 더 내오라고 다그쳤다.
 "오늘 경찰서에서 쇼 한번 기막히게 했다면서!"
 "니가 그걸 어떻게 아냐?"
 "암마, 영광 읍내가 서울만 헌지 아냐, 소문 금방이여. 순찰차들로 화탄다리를 막아놓고 살인범 차를 그쪽으로 쫓아 몰아서 잡았다고 하던디. 근디 잡고 본게 살인범이 아닌디 막 끌고 가버렸다고, 몇 시간을 잡아놨다가 풀어줬다든디, 맞냐?"
 "소문 한번 빠르네."
 "끌고 간 사람이 너냐?"
 벌써 내막을 다 알고 있는 근식의 말에 태석은 깜짝 놀랐다. 조금 전에 있었던 일을 벌써 일반인이 알고 있다니 동네가 좁아도 너무 좁았다.
 "기자들이 찾아갔을 것인디. 지역 기자들 발이 얼마나 빠르다고. 너네 잘못한 거 찾을라고 혈안이 되어 있을 건데, 잘 걸렸네."
 "불난 데 부채질 하냐?"
 태석은 연거푸 더 술을 부었다.
 "진짠가 보네, 이 새끼. 조금 전 오다가 전남일보 양 기자를 만났는데, 경찰서에서 순진한 젊은 놈을 살인범이라고 끌고 가서 이제 풀어주었다고 하더라고."
 "그래서 넌 뭐라고 했어?"
 "뭐라고 하기는. 이리 조용한 영광에 무슨 살인사건이냐고 그랬지. 어떤 정신 나간 경찰이 병신 짓거리 했다고 했지."
 "그 병신이 나다! 술이나 더 시켜라. 돈은 니가 내고. 많이 먹을라니까."

"오마, 진짜네. 얌마, 안주도 좀 묵으면서 묵어. 속 베려."

태석이 안주도 없이 계속해서 생소주만 먹어대자 근식이 팔을 붙잡았다. 불판에 고기를 올려놓고 젓가락으로 뒤집어가며 태석이 더 이상 술을 먹지 못하도록 막았다.

"근식아! 내가 왜 이렇게 되었냐? 작년 아니 재작년까지만 해도 나 아무 문제 없었다. 헤어진 집사람하고 사소한 다툼은 있었지만 이혼까지 할 정도는 아니었는데……. 지금 내가 왜 여기 이 꼴로 있냐고, 시발!"

"이 새끼 벌써 취해부렀네."

"취하기는, 인마. 아직 시작도 안 했구만. 서울에서 쫓겨나 가지고 고향에 왔는데. 내 편은 하나도 없다. 나만 병신같이 이러고 있다, 시발."

태석의 혀는 조금씩 꼬여가고 말투는 어눌해지기 시작했다. 근식은 아직 시작도 하지 않았는데 태석 혼자 벌써 취해버리자 근식도 템포를 맞추려 맥주잔에 소주를 따라 연거푸 두 잔을 마셨다. 그래도 취한 태석을 따라가지 못했다.

"사무실에 기면 니를 무슨 전염병 환자처럼 쳐다본다. 내가 징계 믹고 털려왔지, 지들이 징계 먹었냐고! 먹어도 내가 먹고 힘든 것도 난데 왜 지들이 난리야. 나하고 있으면 저절로 징계를 먹는데? 그런 거냐? 고향이라고 내려왔는데 나를 반기는 사람은 너 하나하고 동생 미숙이밖에 없다. 모두 나를 무슨 불량한 병신 취급하는데……. 근식아 나 어떻게 해야 하냐?"

"오늘 사고는 왜 그런 거여? 아까 만난 양 기자가 기사를 쓸 것 같던디."

"쓰라 그래. 신문기사에 내가 한두 번 났냐? 지방지 쪼가리 신문! 하나도 안 무서워. 나는 조중동에 모두 이름 올린 사람이야. 텔레비전에도 났었어. 여기 기자! 하나도 안 무섭다니까. 열 개, 천 개라도 쓰라 그래.”

태석은 기사라면 신물이 난다는 듯 넌더리를 쳤다.

“그래, 내가 실수를 했다. 나는 그놈이 살인범이라고 생각했거든. 그래서 그놈을 쫓아서 우산리에서부터 화탄다리까지 몰았지. 그리고 거기서 잡아서 확 모가지를 비틀어서 경찰서로 데려왔는데, 경찰서가 난리가 났더라고. 아직 조서도 받지 않았는데 풀어주라는 거야. 난 그놈이라고 확신했거덩. 근데 팀장이랑 과장이랑은 아니라는 거야. 난 긴데. 그놈이 맞는데. 뭐 결론은 그 사람들 말대로 끝이 나버렸지만 말이다. 내가 실수했지. 인정! 근식아, 나 인정할 건 인정한다. 깨끗이 인정!”

술에 취한 태석이 손을 들어 선서를 하듯 ‘인정’을 외쳤다.

“아, 시발! 나 그냥 파출소로 갈걸 그랬다. 괜히 강력팀 간다고 해가지고. 내가 미쳤다고 그놈의 수사를 또 한다고. 그렇게 병신 취급을 당했으면서도 내가 미쳤지. 미친놈이야. 맞아, 그러니까 그리 또 갔지. 이제 그만해야지. 그래 그만하자, 근식아! 그만하자고, 인마!”

근식은 술을 넘기면서 태석의 어깨를 토닥여주었다. 한 번도 이렇게 패배감을 보인 적이 없는 태석이었다. 직원들과 어울리지 못하고 혼자 동떨어져 지냈을 모습이 눈에 선했다. 태석은 말을 마치더니 다시 먹기 시작했다. 불판에 구워진 쇠고기를 상추에 싸서 술과 함께 쉬지 않고 입으로 집어넣었다. 그사이 근식은 팀장에게 전화를 넣었다. 인상을 구긴 채 누르는 손에 힘이 잔뜩 들어가 있었다.

“형님! 나요. 어디요? 직원들이랑? 형님 참 못 쓰겠소. 태석인 지금 여그서 혼자서 술을 먹고 있는디 팀장인 형님이 태석이만 빼놓고 다른 직원들허고 술을 먹어요? 참나, 형님 그렇게 안 봤는디. 지금 여기로 좀 오쇼. 왜기는, 내가 형님한테 둘도 없는 내 친구 태석이 잘해주라고 했소, 안 했소? 태석이는 형님하고 신참일 때부터 여기서 같이 형사밥 묵던 사이 아니요. 그것을 내가 다 알고 있는디, 그런데 야를 왜 이렇게 힘들게 허요. 서울서 가정까지 잃어불고 힘들게 쫓기난 애를 이렇게 둘라요? 당장 이리 안 오면 형님하고 나는 절교요. 내가 형님 편이겠소, 태석이 편이겠소? 나랑 안 볼라면 오지 않아도 좋고 계속 볼라면 당장 이리 오고!"

근식은 팀장에게 전화를 넣어 쏘아 붙였다. 오늘 같은 날 누구보다 나서서 태석을 감싸주어야 했고 직원들과 함께 태석을 위로해주었어야 했다. 그런데 믿었던 팀장이 태석은 나 몰라라 버려두고 다른 팀원들만 챙기고 있으니 화가 나지 않을 수 없었다. 전화를 끊고 맥주잔에 소주를 따랐다.

"미숙이 잘 있냐?"

"잘 있지. 그보다는 대준이 그 새끼 일 잘하냐? 그놈만 속 차리고 살면 미숙이가 행복힐 덴데. 니가 이솅 데리고 있으니까 잘 좀 봐줘라. 헛짓거리하면 뒤지게 패버리고, 안 되면 나한테 알려주고."

"그놈 내가 사람 만들고 있으니까 걱정허지 마라."

"그려. 미숙이가 혼자 있으면서 많이 힘들었을 거다. 오빠라고 서울에 있으면서 1년에 고작 두세 번 내려오고, 어머니 돌아가시고는 기일 때만 오고 그랬으니까."

"아는 놈이 그러냐? 서울에서 주구장창 살지, 시골까지는 미쳤다고 다시 기어 내려와."

"미숙이 돌봐주라고 그랬나보지. 돌아가신 우리 어머니가 화가 단단히 나서서 나를 그렇게 했는지도 모르고."

태석은 동생 미숙에 대해서는 취하지 않은 듯 똑바로 앉아 이야기를 했다. 언제나 미안한 동생이기에 이런 상태에서도 진정이 취기를 이기는 모양이었다.

"근식이 어디 있소?"

밖에서 근식의 위치를 묻는 팀장의 목소리가 들려왔다. 곧 이어 방문이 열리며 팀장이 황 반장과 함께 안으로 들어왔다. 나머지 직원들은 따라오지 않았다. 팀장이 같이 가자고 했지만 끝내 따르지 않았다. 다만 황 반장만 오늘 일도 있고 해서 같이 따라왔다.

"나 왔다잉. 절교? 근식이 니 무서워서 서장님이 주는 잔 놓고 여그까지 왔다."

"형님이 올 줄 알았제. 나한티 많이 혼나야 허는디."

"형님……. 왔어요?"

취한 태석도 자리에 앉은 채 고개만 들어 인사를 건넸다. 눈은 이미 풀려 있었고, 혀는 제자리를 찾지 못한 채 입안을 굴러다니고 있었다. 혀 사이로 다시 술이 부어지고, 술은 혀를 잡고 늘어지다 목을 타넘어 들어갔다.

"형님, 오늘 태석이가 얼마나 힘든지 아요? 나하고 만나기로 해서 왔는데 이미 혼자서 술을 얼마나 묵어부렀는지 벌써 취해 있습디다. 이런 날 형님이 챙겼어야 허는 거 아니요? 모르는 척허는 거요. 아예 태석이를 버릴라고?"

"버리기는 누구를 버려, 인마. 우리도 사안이 크다 본게 서장하고 과장을 달래야 허는디 한잔 허자고 혀서 그런 거지."

"그러면 태석이도 같이 히야지. 태석이는 왜 빼요?"
"그게 아니라니까 계속 그러네, 새끼가."
자리에 앉아 술을 주고받으며 근식과 팀장은 말다툼을 이어갔다.
"사실은 서장님하고 한잔 하고 보내드리고 과장님하고 직원들이 같이 있었지. 태석을 어떻게 할 것인가 이야기도 하고. 특히 내일 태석이 관련해서 기사가 나갈지도 모른다고 해서 그것에 대한 대책도 세우고 하다 보니까 그런 거여."
"아니, 태석이를 어떻게 한다는 말이 무슨 말이에요, 그게?"
황 반장이 팀장을 대신해서 말을 해주었다. 태석을 강력팀에서 빼서 파출소로 보내자는 말부터 지원팀 내근 업무를 시키자는 말도 있었고, 기사가 나가면 청에서도 알게 되니까 징계는 불가피할 것이라는 의견이 중론이었다. 기사가 어느 정도로 경찰을 부정적으로 까느냐에 따라 징계 수위도 달라질 것이었다. 과장이 기사를 막아보려 기자들에게 전화를 넣었지만 받지 않았다. 받지 않는다는 것은 기사를 내보내겠다는 뜻이었다. 이미 청에는 보도 예상 보고까지 올린 상태였다.
"기사만 안 나면 되는 거 아니오? 안 그려요?"
"기사가 안 나면 괜찮겠지만 서장님이 단단히 화가 나서……. 근데 인마, 태석아! 형이다. 정신 차려봐!"
태석의 고개는 아래로 처박혀 탁자를 이마로 찍을 듯한 자세였다. 부르는 소리에 고개를 들고 눈을 부스스 뜨며 팀장을 바라보았다.
"형님! 우리 형님 왔네. 내 옛날 파트너, 마이 올드 파트너."
"그래, 인마. 형이 미안하다. 너를 챙겼어야 하는데. 오늘 일도 그러니까 인마, 나한테 귀띔이라도 해주었으면 더 신중하게 하고, 박창기 그

새끼에 대해서는 황 반장이 잘 아니까 미리 알았을 거 아니여. 그러면 아무 일도 아니었잖여. 괜히 애먼 놈 데려다가 실수해불고."

"미안해요, 형님. 내가 다 잘못했소. 내가 못나서 그러지. 자, 우리 옛 날처럼 러브샷!"

"러브샷은 무슨……."

"러브샷이라니까 얼른!"

"그래, 알았다."

"살랑해요. 형님."

"니가 전적으로 잘못했다는 것은 아니여. 나도 잘못헌 것이 있지. 그려, 우리 러브샷!"

"알았어, 내가 잘못! 실수 인정! 인정! 이제 그 얘기는 그만!"

태석이 취기에서 깨어나지 못한 채 계속 미안하다는 말을 하자 팀장도 못 이기는 척 받아들였다. 팔을 엇갈리며 꽉 찬 잔을 태석이 한 번에 들이키려 하자 팀장이 말려 반절만 마시게 했다. 더 마셨다가는 완전히 쓰러질 듯 보였다.

"마지막으로 한마디만……."

"그만! 그만해요! 내가 다 인정한다잖아요. 내가 잘못했고, 징계 받으라면 받을 테니까 오늘은 그만하자구요. 그만!"

팀장은 오늘 일에 대해 마무리를 지으려고 했지만 태석이 받아주지 않았다. 탁자까지 때려가며 그만이라고 외쳤다. 팀장도 술에 취한 태석에게 더 이상 말을 하는 것이 무의미하다는 것을 알았다.

"여기 고기요."

"이모, 우리 안 시켰어. 고기는 여기 많이 남았어. 되었고 술이나 몇 병 더 줘.”

근식은 시키지도 않은 고기를 들고 온 아줌마를 돌려보내려 했다.

"시켜서 가져온 것이 아니라 저그 고기 나르는 총각 있제? 갸가 황 반장님하고 하 형사님인가 드시라면서 가져온 것이여. 특수 부위로 맛난 데만 가져왔데. 안 묵으면 내가 묵어불고.”

"아! 이리 줘, 이리. 갸는 갔는가?”

황 반장이 손을 내밀어 접시를 잡아끌었다.

"무슨 말인지는 모르겄는디, 오늘 일은 자기도 잊었다고 신경 쓰지 말라고 하믄서, 대신 고기나 맛있게 자시라고 허고 갔는디. 그렇게 말하면 알 것이라고.”

"아직 안 갔으면 오라고 좀 해봐. 술 한잔 주게.”

"바로 갔어. 직접 갖다주랑께는 경찰들은 무섭다고 그냥 가둥만.”

"그려이. 내가 여그 있는 것은 어떻게 알았으까이. 고기는 우리가 사줘야 허는디 그놈이 가져왔네. 참 고맙기는 헌디, 좀 미안시럽네.”

"그 총사이 가셔온 고긴세, 아마 좋은 데로민 가져왔을 깃이요. 남으면 내가 묵어불랑게 다 자시쇼이.”

박창기는 스티로폼 용기에 고기를 가져와 아줌마에게 대신 전해달라고 하고 돌아갔다. 아줌마는 고기를 접시에 옮겨 담다 한 번도 보지 못한 먹음직스러운 부위가 있자 슬그머니 다른 용기에 조금 덜어놓고 나머지를 들고 방으로 들어왔다. 고기 장사를 오래했지만 이렇게 싱싱하고 좋은 고기는 오랜만이었다.

"태석아, 술 깨봐라. 여기 좋은 고기 있으니까 먹고 정신 좀 차려. 그래도 그놈이 어수룩해서 다행이야. 똑똑한 놈 같았으면 벌써 난리를 쳐도 몇 번을 쳤을 텐데.”

“제가 그놈한테 조금 전에도 전화했어요. 나를 봐서라도 좀 이해해달라구요.”

“그랬더니?”

“알았다고 하면서 자기가 오해받을 짓을 했는지는 모르겠는데 우리 일을 이해한다고, 뭐 말 잘 되었으니까 걱정하지 않아도 될 겁니다. 어디 가서 떠들고 다니고 소문 낼 놈은 아니니까. 근데 이 자식이 고기를 가져왔네요.”

“그놈 괜찮네. 인간성이 되었어.”

“자, 가져왔은게 먹자고. 그냥 날걸로 먹어도 되겠네. 신선헌 것 같애.”

황 반장은 박창기와 이야기가 잘 되었다며 너스레를 떨었고, 팀장도 덩달아 잘됐다며 흐뭇한 표정을 지었다. 선홍빛의 신선한 고기를 보자 배가 부른데도 입맛이 다시 돌았다. 불판을 새로 갈고 고기를 위에 얹었다. 치직 소리를 내며 불판 위에서 고기가 익어갔다. 구수한 냄새와 함께 고기 타는 연기가 방 안을 채웠다.

“입에서 살살 녹네. 이게 어느 부위지? 맛이 완전히 다른디.”

“그놈이 고기를 허니까 좋은 데로만 가져왔구만요.”

“근식이 너도 어서 먹어봐라. 기가 막히다.”

황 반장과 팀장은 고기에 대해 극찬을 하며 술과 함께 게걸스럽게 먹어치웠다. 태석을 걱정하기보다는 고기 먹는 데 열중하는 두 사람의 모습에 마음이 상한 근식은 서둘러 태석을 데리고 나가고 싶어졌다.

“태석아! 태석아! 이 새끼 완전히 맛탱이가 갔구만. 내일 출근이나 헐랑가 모르겠네.”

"제가 떠메서라도 보낼게요. 그리고 기사는 신경 쓰지 마세요. 제가 조금 전 화장실 가면서 전화했어요. 기자협회 중식이 형 알죠? 그 형님한테 말해놨어요. 기사 나가면 나허고 인연 끊자고 했으니까 그렇게는 안 될 거예요. 다른 기자들도 단도리헌다고 했으니까 걱정하지 마셔요. 대신 태석이 이놈 잘해줘야 해요이. 천천히 드시고 오셔요. 이놈 데려다 주고 들어갈라니까."

근식은 두 사람을 남겨둔 채 태석을 데리고 나왔다.

19

"집이 저쪽인데 어디로 가?"
"미숙이 좀 보고, 조카들 아이스크림이라도 하나 사주고 갈라고 그런다."
"야, 술 취해서 잘 걷지도 못하면서 괜찮겠어?"
"안 취했어. 너부터 얼른 가. 오늘 잘 먹었나. 잘 사고 고맙다."
"그려. 그럼 조심히 가고. 사무실로 놀러 와라."

태석은 밖으로 나와 맑은 공기를 들이마시자 정신이 조금 돌아왔다. 경찰서를 나올 때보다 비가 가늘어져 얼굴에 닿는 빗방울이 시원하고 좋았다. 연거푸 깊은 숨을 들이마셔 찌들어 있던 담배 냄새와 고기 냄새를 뱉어냈다. 비틀거리며 미숙의 집으로 가다가 슈퍼에 들러 아이스크림과 과자를 몇 봉지 샀다. 주머니에서 구겨진 지폐와 동전을 느린 속도로 꺼내 바닥에 내려놓으니 주인이 술 취한 태석을 한심하다는 듯 바라보았다. 검정 비닐봉지를 손에 들고 다시 비틀거리며 걸었다. 바닥에 웅덩이를 밟지 않으려 더 비틀거렸고 그런 태석을 피하려고 지나는 사람들은 옆으로 비켜 걸었다. 간혹 지나는 차량이 빗길에 미끄러지는 소리를 내며 가까이 왔다 멀어졌다.

"지웅이, 재웅이!"

"삼촌이다!"

"이거 먹고 공부 한 시간씩 더하고 자라이. 알겠지?"

"피~이."

가게 문을 벌컥 열며 이름을 부르자 방 안에 있던 조카들이 뛰쳐나오며 반가워라 했다. 물론 관심은 삼촌이 아니라 손에 들린 검은 봉지에 더 있었다. 둘은 넙죽 인사를 하고는 봉지를 낚아채 방 안으로 뛰어 들어갔다. 미숙은 바닥에 떨어진 머리카락을 쓸며 가게 문 닫을 채비를 하고 있었다.

"우산 안 쓰고 왔어? 비 맞고 돌아댕기다 감기 들면 어쩔라고. 근디 술도 한잔 하고, 기분이 좋은가보네?"

"그렇게 보이냐?"

"응. 오빠 취한 모습 오랜만에 보는 것 같은디. 기분 좋은 술 아니야?"

"그냥 먹었어. 손님은 좀 있었냐?"

"응. 낮에는 비가 안 와서 꽤 있었제. 꿀물 한잔 줄까?"

미숙이 수건을 건네주고 따뜻한 물에 꿀을 듬뿍 넣어 태석에게 건넸다. 태석은 의자에 앉아 잔을 받아들다가 그만 손에 힘이 풀려 놓치고 말았다. 컵이 바닥에 떨어져 깨지고 꿀물은 사방으로 튀었다.

"엄마야! 오빠 술 많이 먹었구나. 얼마나 먹은 거여? 조금 먹은 줄 알았는디 아닌갑네."

"음, 오빠가 조금, 아주 조금 먹었는데 좀 취했네."

태석이 싱겁게 웃으며 대답했다. 미숙이 생각했던 것 이상으로 취해 있었다.

"웃는 거 보니까 서울 언니한테 전화 온 건 아니고 지영이한테 전화 왔어?"

"우리 지영이? 걔 전화 안 해. 이제 완전히 지 엄마 편 되어버렸어."

"근데 우리 오빠가 왜 이렇게 기분이 좋을까."

태석은 그저 씁쓸한 미소만 지었다. 미숙은 다시 꿀물을 타 태석의 손에 꼭 쥐어주었다. 꿀물을 들이키며 태석은 지그시 미숙을 바라보았다.

"미숙아! 오빠가 미안하다. 진즉에 내려와 너를 돌봐주었어야 하는데."

"뭐야, 우리 오빠 진짜 취했네."

"박 서방은 아직 안 왔냐?"

"들어와서 저녁 먹고 나갔어. 친구 만난다고."

"일 잘 나가시?"

"응. 잘 나가. 오늘도 일 다녀와서 피곤하다고 안 나가려다가 친구 생일이라고 나간 거야."

"그래, 알았다. 간다."

태석은 꿀물을 반절이나 남기고 자리에서 일어났다. 일어나려다가 중심을 못 잡고 넘어지려 하자 미숙이 붙잡아 부축했다. 미숙이 애들 방에서 자고 가라고 몇 번이라 만류했지만 태석은 한사코 가겠다고 일어섰다.

"그럼 내가 같이 갈게. 그대로 가다가는 길바닥에서 자게 생겼구만."

나비 사냥 253

"되었다니까. 지웅이 재웅이, 숙제 빨리하고 자라."

"나도 바람 좀 쐬고 싶어서 그래. 삼촌 간다! 인사하고. 숙제 다 해놓고 씻고 양치하는 거 잊지 말고. 아이스크림 먹었으니까."

아이들은 방문을 열고 목만 내밀고 인사를 했다. 방 안에 남아 있는 과자와 아이스크림에 더 정신이 나가 있었다. 미숙은 태석의 속옷과 양말이 든 종이가방을 들고 나와 태석의 팔짱을 끼었다.

"엄마, 엄마!"

"왜?"

"내일 학교에 찰흙 가져가야 되는데……."

"찰흙? 알았어."

막 나서려는데 재웅이 찰흙을 주문했다. 비가 그쳐서 우산은 챙기지 않아도 되었다. 오랜만에 끼어보는 오빠의 팔이다. 술 냄새가 많이 나고 비틀거리는 몸을 주체하지 못해 따라오길 잘했다는 생각이 들었다.

"뭐하러 따라와."

"그냥 오빠하고 데이트 좀 할라고 그러제. 왜, 안 돼?"

"늦었으니까 그렇지. 밤에 무섭도 안 하나?"

"이 작은 동네에 무슨 일이 있다고 무서워. 그보다는 걱정되면 오빠가 술을 안 먹고 왔어야지. 술을 먹고 비틀거리고 오니까 그러제. 아니면 우리 집서 잠을 자든가."

"알았다. 다음부터는 술 안 먹고 갈게."

"먹지 말라는 게 아니라 이렇게 비틀거리면서 오니까 그러제. 나이를 묵은게 술을 더 못 이기는가보구만."

동생과 오빠는 어느새 중년의 나이가 되어 있었다. 미숙은 태석의 나이 듦에 서글픔이 밀려왔다. 서울에서 내려와 혼자 원룸에서 생활하는 태석의 모습이 처량해 보이기만 했다. 아마 오늘도 그런 자신의 모습이 한심스러워 술을 마셨을 것이라는 생각이 들자 더욱 안쓰러운 생각이 들었다. 미숙은 태석에게 더 바짝 달라붙어 끌고 가듯 팔짱을 끼었다.

"조심혀, 넘어지겄네."

"히히히."

태석은 뭐가 좋은지 마냥 웃었다.

"근디 사무실에 무슨 일이 있는 건 아니제? 오빠한테 뭐라고 허는 사람 있으면 말혀. 내가 가서 패줄라니까. 우리 오빠 건드리면 죽는다고 말여. 내가 학교 다닐 때 잘나갔던 거 알제?"

"알지."

"내가 우리 오빠 힘들게 하는 놈들 다 죽여불라니까."

"그래, 우리 미숙이가 있어서 내가 든든하다. 오랜만에 우리 미숙이랑 걸으니까 참 좋은데."

"나도 좋구만. 저녁마다 우리 집으로 와. 내가 데려다줄라니까."

"그래. 그런데 오빠가 미안하다, 미숙아."

"또 그 소리네. 내가 미안허제. 오빠가 옆에 있는디도 신경도 잘 써주도 못 헌게."

취하긴 했지만 오랜만에 미숙과 팔짱을 끼고 밤길을 걷는 게 태석은 기분 좋았다. 오늘 있었던 일이 미숙으로 인해 모두 풀어지는 것 같았다.

미숙을 다시 집까지 데려다주겠다는 태석을 간신히 끌고 원룸 안으

나비 사냥

로 들어갔다. 방문을 열자 어제 덮던 이불이 빠져 나온 그대로 바닥에 널브러져 있었다. 데려다주겠다던 말이 무색하게 태석은 방 안에 들어가자마자 이불 위로 쓰러져 코를 골기 시작했다. 옷을 갈아입히기는 힘들어 양말만 벗겨냈다.

"양말이 빵구 났네. 오빠는 이렇게 빵구가 났으면 편의점에서라도 빨리 사서 갈아 신어야제. 홀아비 티 내는 것도 아니고. 내가 신경을 안 쓸 수가 없어, 정말. 내일 양말 새 걸로 다 바꿔놓을게. 혼자 살수록 이런 거 더 신경 써야 돼. 동생밖에 없제? 그럼 나 간다, 오빠."

구멍 난 양말에 속이 상한 미숙은 잠든 태석에게 말을 걸었다.

서랍장에 속옷과 양말을 정리하고, 새벽에 갈증이 날까봐 머리맡에 물병과 컵을 갖다놓았다. 불을 끄려다 다시 한 번 돌아보고 혹시 빠진 게 있는지 살폈다. 배 밑으로 내려가 있는 이불을 당겨 올려주고서야 불을 끄고 밖으로 나왔다. 빨래를 챙긴 비닐봉지를 손목에 끼고 길을 걸었다. 보슬비가 다시 내리기 시작했다. 문구점에 들러 찰흙을 사야 해서 서둘러 걸었다.

20

방 안으로 들어온 아침 햇볕에 감긴 눈이 따가웠다. 눈을 감은 채 바라본 세상은 온통 붉은색이었다. 마치 눈앞에 붉은 피를 뿌려놓은 듯했다. 눈을 뜨자 창문 밖 비 개인 거리가 투명한 빛으로 아우성치고 있었다. 빗속에서 먹이를 찾지 못했던 새들이 부지런히 날갯짓을 하며 아침

거리를 찾아 날아다녔다. 전봇대 가로등의 거미도 거미줄을 새로 치고 있었다. 속이 쓰리고 머리가 아파왔다. 몸을 일으켜 앉아 물병을 집어 들었다. 플라스틱 물병이 쭈그러지며 입안으로 물이 쏟아져 들어갔다. 어떻게 왔을까? 어제 기억이 가물거렸다. 근식과 함께 술을 먹었고, 그러다 팀장이 들어왔던 게 어렴풋이 기억났다. 무슨 말을 했었는지는 좀처럼 생각나지 않았다. 몇 시에 나왔지? 혼자 나왔던가? 물을 다시 들이켜고 눈을 비비자 동생 미숙을 찾아갔던 것이 희미하게 기억이 났다. 그런데 그 후로는 기억이 나질 않았다. 미숙이 집에 가서 실수는 하지 않았을까? 걸어온 걸까? 생각이 날까 물을 더 마셔봤지만 기억은 거기까지가 전부였다. 머리가 띵하고 속도 쓰렸다. 입이 찢어질 듯 하품을 하고 화장실로 갔다. 화장실 거울이 어제보다 10년은 더 늙어버린 홀아비를 비추었다. 머리는 한쪽으로 떡이 지고 눈은 충혈 되어 실핏줄이 흰자위를 가르듯 붉게 퍼져 있었다. 칫솔질이 목젖을 건드리자 술로 채워져 있던 위가 성질을 부리듯 남아 있는 알코올을 토해내려 식도를 밀어 올렸다. 배 속에서 밀려오는 압력에 눈알이 빠질 듯 혈관이 팽창해 머리를 눌렀다. 헛구역질을 몇 번 하며 입에 있던 치약을 뱉어냈다.

'아이, 시발! 술도 못 먹겠네.'

짜증이 나 칫솔을 던지고 머리를 감았다. 양말을 갈아 신었지만 어젯밤 미숙이 정리를 하고 갔다는 것을 알아채지 못하고 그대로 방을 나갔다.

경찰서로 가는 발걸음이 무거웠다. 어제 팀장과 무슨 이야기가 오갔는지 기억이 나면 좋으련만 아무리 해도 기억이 나지 않았다. 슬금슬금 걱정이 몰려왔다. 신문기사가 날 거라는데 서장과 과장은 지방청에서 걸려오는 전화에 몸살을 앓고 있겠지. 또 피의자의 인권이 어쩌고저쩌고 할 것이고, 박창기를 상대로 한 수사가 공정했는지 무리한 수사는 아니었는지 따지고 들 것이고……. 에라 모르겠다. 그냥 가자. 뭐, 서울에서 당한 것보다 더 하겠어. 그렇게 생각하니 맘이 조금 편해졌다.

정문을 지나 현관으로 들어갔다. 복도에는 아무도 없었다. 텅 빈 복도를 걸어 사무실 앞에 서자 안에서 직원들의 떠들썩한 소리가 들려왔다. 내용은 듣지 않아도 알 것 같았다.

"무슨 증거가 있다고 긴급체포를 하느냐고? 정말로 했어봐. 검찰에서 승인을 해주겠냐고!"

"차에서 아무것도 안 나오니까 하태석이 표정 보았어? 입에 똥을 한 사발 넣고 우걱우걱 씹는 것 같더만."

"그래도 기자들이 가만히 있었어요. 좋은 기사거린데."

"안 나간 게 다행이지. 나갔어봐. 또 대책보고 하라고 난리일 텐데."

"교양자료깨나 내려왔을 거야."

모두 태석을 비난하는 소리뿐이었다. 그대로 사무실로 들어가기가 힘겨웠다. 잡았던 손잡이를 놓고 복도 밖 흡연구역으로 갔다. 다행히 아무도 없었다. 담배를 꺼내 물고 불을 붙였다. 쓰린 속에 담배연기가 들어가 속을 더 울렁거리게 만들었다. 그래도 담배는 습관적으로 필터 끝까지 다 태운 후 꽁초가 되어서야 재떨이로 들어갔다. 의자에 앉아 다시 한 개비를 더 꺼내 들어올렸다. 또다시 담배연기가 폐 속을 헤집으며 속을 울렁거리게 할 것을 알면서도 입에 물었다.

"태석이 뭐허냐? 그거 필 거면 빨리 피고 들어오고."

수사과장실에서 회의를 마치고 사무실로 들어가던 팀장이 태석을 불렀다. 태석이 사무실로 들어가자 직원들은 아무 일도 없었다는 듯 자리에 앉아 있었다.

"어제 일은 뭐 말하지 않아도 다 알고 있제? 태석이가 조금 착오가 있어서 그런 것인게 너무들 예민허게 받아들이지 말고. 태석이도 기죽지 말고. 이번 일로 가장 신경을 쓰신 분이 서장님인디 다행히도 서장님이 별 말씀 없으셨어. 다음부터는 절차를 준수허고, 무엇보담도 보고를 철저히 해달라는 과장님 말씀이여. 사소한 것이라도 보고헐까 말까 망설이지 말고 보고를 하라는 거시여. 이번 태석이 일 때문이기도 허지만 평상시에도 그렇잖어. 사건이 발생했을 때 과장님이 대충이라도 알면 서장님이 물을 때 대답을 하는데, 모르고 있으면 그냥 벙어리 되는 거여. 서장님 앞에서 과장이 고개만 숙이고 확인하겠다고 하면 안 되잖여. 그러고 과장님이 이 사건의 시작이 가출건으로부터 시작된 것이니까 여청계 직원하고 상의를 해서 가출건을 마무리를 하라고 하셔. 확실히 단순가출인지 아닌지. 이왕이면 소재를 확인해서 가족들한테 알려주고 마무리를 지으라고 하시니까 태석이가 마무리를 잘해. 알겠지?"

"예."

태석은 힘겹게 대답을 했다.

회의가 끝나고 태석은 멍하니 앉아 있다가 밖으로 나왔다. 가출건을 마무리할 생각으로 할머니를 찾았다. 딸은 여전히 연락이 없다고 했다.

"이렇게 오랫동안 연락을 하지 않은 적은 없는디."

"경찰서로 오시면 가출신고를 받아 주는 데가 있어요. 거기에서 접수를 하세요."

"형사님이 좀 찾아주시면…….."

"가출을 처리하는 부서가 따로 있어요. 거기 가서서 설명을 하면 처리

해줄 겁니다."

 태석은 지극히 사무적으로 건조하게 말했다. 할머니는 더 말을 하려다가 태석이 전과 다르게 무뚝뚝하게 느껴져 말을 잇지 못했다.

 다시 김동우의 형을 찾아갔다. 그에게도 할머니에게 하듯 똑같은 말을 했다. 그도 뭐라고 말을 하려고 했지만 태석의 지친 모습에 아무것도 묻지 못했다. 그들이 하고 싶은 말이 무엇인지 알면서도 태석은 뒤로 돌아 차에 올랐다.

 차는 근식의 사무실로 향했다. 공장 앞에 먼지를 제거하는 물웅덩이를 지나 차는 안으로 들어갔다. 사무실은 모래를 쌓아놓은 모래더미 사이에 있었다. 모래더미 아래로 레미콘 차들이 줄을 서 대형 시멘트 믹서기에서 나오는 시멘트를 받아 공사현장으로 나갈 순서를 기다리고 있었다.

 "태석이 니가 사무실까지 어쩐 일이냐?"

 태석의 차를 보고 근식이 사무실 문을 열고 마중을 나왔다.

 "니가 신문기사 막았냐?"

 "그냥 내주라고 할 걸 그랬냐? 너네 팀장이 기사 나가면 니가 딴 데로 털릴지도 모른다고 허던데. 어디 섬으로나 갈 거라고. 그래도 친구 놈 옆에 두고 있는 것이 안 낫겠냐? 술도 한 잔씩 허고."

 "고맙다. 커피나 한잔 줘라."

 태석은 피곤하다는 듯 소파에 털썩 주저앉았다. 고맙다는 인사를 건성으로 하기는 했지만 속은 진정으로 고마워하고 있다는 것을 근식은 알고 있었다.

 "왜 그려, 얼굴이? 신문에 안 나면 되는 거 아니여. 그 새끼도 어제 와서 좋게 하고 갔잖아. 너한테 미안헌가 고기도 들고 왔더만. 맛있게는 생겼든데 배가 불러서 한 점도 못 묵었다. 니네 팀장허고 황 반장이 다 묵드만."

태석은 박창기가 왔었다는 말에 깜짝 놀랐다. 전혀 기억에 없는 일이었다. 얼굴을 봤냐고 물으니, 고기만 주고 가서 못 봤다고 했다. 혹시 근식이라면 알지도 몰라서 박창기라고 모르냐고 물었다. 근식은 얼굴이나 보면 알까, 모른다고 했다.

"됐다. 끝났는데 뭐. 근데 내가 어제 집에 어떻게 갔냐?"

"기억도 안 나지?"

근식은 니가 술이 정말 많이 취했었구나, 하는 표정이다.

"허벌나게 취해서는 내가 데려다준다는 것도 마다하고 미숙이네 갔잖여. 비틀비틀하면서 끝까지 가데. 택시 태워 보낼라고 했는데 기어이 걸어가더라."

"그건 조금 기억이 나려고도 한다. 거기 들렀다 들어갔구나."

태석은 이제야 어제 일이 좀 기억이 난다는 듯 혼자 중얼거렸다.

"대준이는 어디 갔냐?"

"그놈, 지금 나갔을 것이다. 일은 잘하는데……."

근식이 뒷말을 흐렸다.

"뭐냐? 또 노름하냐?"

"아침에 늦게 왔더라고. 알아보니까 또 밤새 그랬더만. 또 그러면 너한테 말하고 쫓아낸다고 하니까 다시는 안 한다고 혔다. 그러니까 오늘은 못 들은 걸로 혀. 같이 허던 놈들한테도 말했으니까 안 할 거여. 또 하면 내가 다 죽여버린다고 했으니까."

"아이, 그 새끼를 진짜! 또 집에도 안 들어가고? 미숙이가 또 잠 못 잤겠는데."

태석이 일어나 당장 쫓아갈 것처럼 굴자 근식이 말렸다.

"그 새끼, 내 손으로 집어넣어야지 안 되겠다. 참는 데도 한계가 있지. 유치장에 들어가서 고생을 해봐야 노름이 무서운지 알지. 시발럼!"

"야, 대준이 온다. 이번 한 번은 모른 척해라."

태석이 말하는 사이 일을 갔다가 돌아온 대준이 사무실로 들어왔다. 대준은 사무실에 앉아 있는 태석을 보고는 깜짝 놀랐다. 근식이 태석에게 말하지 않았을까 하는 생각에 눈치를 살폈지만 다행히 모르는 듯했다.

"일은 할 만하냐?"

"형님 와 계셨어요? 그냥 그렇죠. 근식이 형이 잘 봐주니까 뭐……."

"내가 잘 봐주기는, 인마. 니가 열심히 할라고 하니까 그러제. 미숙이한테 돈 많이 갖다 줘야 미숙이가 나도 좋아해주지. 내가 인마, 미숙이를 얼마나 좋아했는데."

"커피 한 잔 빼갈게요."

대준은 커피를 빼서 서둘러 나갔다. 태석에게 어제 일이 탄로 날까 얼굴을 제대로 바라보지 못했다.

"대준아, 같이 저녁이나 먹게 미숙이보고 밥하지 말라고 해라."

커피를 들고 레미콘차로 걸어가는 대준에게 태석이 소리쳤다. 속이 찔리는지 대준은 얌전히 알았다고 대답하고 사라졌다.

"야, 미숙이 좋아했다는 말 진짜냐?"

"진짜지, 인마."

"근데 왜 가만있었어?"

"저 새끼가 먼저 사고를 쳤잖여. 나이도 어린 놈이."

"하하, 그랬던가."

태석은 사무실로 들어가 일을 마무리 지었다. 자동차 사고는 말 그대로 교통사고로 인정했고, 두 건의 실종건도 모두 가출로 간주해서 여성청소년계로 넘겼다. 담당 직원에게 모두 가출로 접수를 해달라고 하고 끝을 냈다. 찜찜한 감이 없지 않았지만 미련을 남기고 싶지 않았다. 모두 자기가 잘못 판단했다고 깨끗이 인정하고 완전히 손을 떼었다. 박창기 조서를 받기 전에 접수시킨 살인건에 대해서도 '범죄혐의 없음'으로 보고서를 작성했다. 팀장에게 보고서를 올리자 즉시 과장까지 결재가 나 사건은 종결되었다. 팀장과 수사과장을 찾아가 이번 사태에 대해 사과까지 했다. 얼굴에 독을 품고 바라보던 수사과장이 "수사를 하다 보면 그럴 수도 있지" 하며 누그러진 모습을 보였다.

21

점심을 한참 지나 주머니의 휴대전화가 울렸다. 미숙의 가게에서 걸려온 전화였다.

"응, 미숙아."

습관처럼 태석은 미숙이 이름을 부르며 전화를 받았다. 그러나 상대는 재웅이였고 겁에 질려 울먹이고 있었다.

"삼촌! 엄마가 없어요. 아침에도 없었는데 지금까지 없어요."

"엄마가 왜? 밖에 나간 거 아니야?"

"몰라요. 내가 찾아보았는데 없어요. 어젯밤에 삼촌 데려다 준다고 나가서 그 후부터 없는 것 같아요."

"뭐? 나를 데려다줬다고?"

어제 미숙이가 데려다주었던가? 술 속에 잠겨버린 기억을 어제의 시간으로 돌려 더듬어보았지만 기억은 나지 않았다. 가게로 가면 기억이 날지도 모른다. 미숙의 가게로 거칠게 차를 몰아 달려갔다. 가는 도중 미숙의 휴대폰으로 전화를 넣었지만 전화기는 꺼져 있다는 음성만 들려왔다. 가게에 도착하니 전화를 건 재웅은 울고 있고, 형인 지웅은 동생을 달래고 있었다. 종일 가게를 비워둔 탓에 손님의 흔적은 없고 어제 일을 마친 그대로였다.

"아침에 밥은 먹고 학교에 갔어?"

"아니요."

"여태 굶었겠네. 엄마는 찾아봤어?"

"그냥 또……."

지웅은 말끝을 흐리며 하고 싶은 말이 있지만 하지 않겠다는 투였다. 동생 재웅이에 비해 지웅은 미숙이 없어진 것에 덤덤한 편이었다.

"그냥 또…… 뭐?"

"엄마 가끔 이렇게 집 나가요. 어제 아빠가 안 들어오니까 화나서 그랬을 거예요. 아마 삼촌 데려다 주고 아빠 찾으러 갔다가 거기서 또 싸워서 그럴 수도 있고……."

"가끔 나가다니, 무슨 말이야! 거기서 싸운다는 것은 뭐고?"

"엄마가요, 전에도 집을 나갔었다구요. 기다리면 올 텐데, 재웅이가 못 기다리고 전화한 거예요. 삼촌한테. 싸운 건 뭐, 또 아빠가 엄마한테 뭐라고 했겠죠. 걱정하지 않으셔도 돼요."

지웅의 말에 태석은 아직도 영문을 모르겠다는 듯 고개를 갸웃거렸다.

"아빠는?"

"전화했는데 그냥 끊었어요."

"엄마가 아직 집에 안 들어온 거는 알아?"

"알걸요."

지웅은 별일 아니라는 듯 퉁명스럽게 대답했다. 지웅이 그렇게 말을 하는 데는 다 이유가 있을 것이고, 그것을 종합해본 태석은 대충 짐작을 할 수 있었다.

"미숙이가 없어졌다니까. 어제 미숙이가 그 새끼 노름방에 찾아갔던 것 같애. 그러다가 싸움이 나고 집에 안 들어온 거지. 그 새끼 지금 어디 있어? 죽여버릴라니까. 시발럼!"

"여기 있기는 한데……"

근식의 대답이 끝나기도 전에 전화는 끊어졌다. 태식의 차가 나시 서칠게 근식의 레미콘 공장으로 들어갔다. 대준은 차고지에서 담배를 피우며 동료들과 농담을 하며 웃고 있었다. 미숙이 집을 나가 들어오지 않고 있다는 것을 알면서도 웃고 있다니! 차에서 내리자마자 뛰어 달려갔다. 태석의 코란도가 들어오는 것을 본 근식이 태석을 말리려 뛰었지만 이미 늦었다.

"대준이, 개새끼야!"

태석은 달려가 그대로 양발을 하늘로 들어 날아차기를 했고, 대준은 날아가 모랫더미에 처박혔다. 같이 넘어진 태석이 다시 일어나 발로 대준을 밟기 시작했다.

"야이, 시벌럼아! 어제 미숙이한테 어떻게 했어. 때렸어? 그렇지? 노름하는 새끼 말리러 온 마누라 두들겨 패니까 좋디? 니가 사람이냐? 내가 그렇게 노름하지 말라고 했는데 밤새 하고 마누라 집까지 나가게 해! 애들은 하루 종일 밥도 못 먹고 굶고 있는데, 새끼들 밥 챙겨줄 생각은 나지도 않지?"

"미숙이를 제가 왜 때려요? 그리고 어제 미숙이 못 봤어요. 저한테 오지도 않았어요."

"거짓말허고 있네, 개새끼. 너는 내가 내 손으로 끌고 가 집어 처넣어 버릴 거야. 얌마, 가자. 너 어제 같이 노름한 새끼들 다 불러서 경찰서로 오라고 해. 싹 처넣어버릴라니까!"

"아니라니까요."

"아니긴 뭐가 아니야!"

태석은 대준을 끌고 차로 가려 했고, 대준은 가지 않으려 발을 뒤로 뺐다. 사람들은 둘을 갈라놓으려 했고, 근식은 전화를 걸면서 어서 태석을 말리라는 손짓을 했다. 근식은 어제 같이 노름을 했던 친구들에게 전화를 걸었다. 간밤에 미숙이 찾아왔었는지, 대준과 다툰 적이 있는지를 확인했다.

"태석아! 아니라는데. 미숙이 안 왔대, 거기."

전화를 끊은 후 근식이 끼어들어 태석을 말렸다. 대준은 새벽까지 같이 도박을 하다 구석에서 잠을 자고 아침 늦게 일을 나갔다는 것이다. 그러나 쉽게 믿을 태석이 아니었다. 머릿속엔 노름방에 찾아온 미숙을 다그치는 대준의 모습만 보일 뿐이었다.

"노름쟁이들 말을 어떻게 믿어! 그 새끼들 싹 처넣어버려야 돼. 새끼고 마누라고 다 팽개치고 화투짝만 들고 있는 놈들 다 손모가지를 잘라버려야 된다니까, 개새끼들. 빨리 가, 새끼야. 너는 내가 미숙이 때문에 지금까지 참았는데, 더 이상 안 돼."

"아, 시발! 그만해요. 미숙이가 한두 번 집 나간 줄 알아요? 몇 번 나갔어요. 큰놈이 얘기 안 해요? 그놈 걱정도 안 하죠? 그리고 어제는 진짜 나하고 안 만났다니까요."

"마누라 집 나간 게 자랑이다, 새끼야. 니가 잘했어봐. 나가는가!"

"아이 몰라요. 몰라. 맘대로 해요."

태석은 이번만은 그대로 넘기지 못하겠다는 듯 대준을 끌고 차에 오르려 했고, 대준도 태석의 오기에 포기를 했다는 듯 순순히 끌려갔다. 그때 차들이 공장 주차장 안으로 밀려 들어왔다. 차들에서 사내 대여섯이 내려 태석 앞으로 달려와 머리를 조아렸다.

"형님, 죄송합니다. 어제 대준이하고 같이 화투를 치기는 했는데요. 미숙이 누니는 정말 오지 않았습니다. 진찝니다, 이긴."

친구들로 보이는 녀석들이 머리를 긁적이며 어제 상황을 설명했다. 친구들끼리 만나서 소주 한잔 하다가 그만 길어져 새벽까지 했고, 대준은 잠이 들어버려 집에 가지 못했다는 것이다. 거기다 여관이 아니라 아는 형님의 빈 사무실에서 했기 때문에 미숙이 장소를 알 리도 없다고 했다.

"아이 시벌! 노름쟁이 새끼들이 떼거지로 와가지고 무슨 헛소리를 하는 거야!"

"형님 헛소리가 아니고 사실입니다. 만약 사실이 아니면요 저희가 모두 경찰서로 갈게요."

"아이 개새끼들이! 근식아, 맞아?"

친구들의 간곡한 토로에 태석이 근식을 바라보며 물었고, 근식은 대답 대신 고개를 끄덕여 보였다.

"그면 인마, 미숙이 어디 갔어?"

"광주 아니면 나주에 갔을 거예요. 거기 찜질방 몇 군데 가면 있어요. 친구도 하나 있고."

태석의 화가 좀 누그러진 듯하자 대준이 대답했다.

"어제 너를 안 만났으면 집을 나갈 이유가 없잖아."

"형님이 서울에 계셔서 몰라서 그렇지, 미숙이가 가끔 그렇게 나가요. 몇 번 나갔었어요."

"그러니까 왜 나가냐고, 인마!"

이유에 대해서는 말을 피해가자 태석이 다시 화를 냈다.

"그야……. 제가 잘못해서 그렇지요. 속을 썩이니까. 어제는 진짜 빨리 들어가려고 했는데……."

"가서 당장 찾아와. 애들 저녁 먹을 때까지, 알았어? 찾으면 나한테 전화부터 하고."

대준은 금방 찾아서 데려오겠다고 하며 친구들과 함께 사라졌다. 미숙이 집을 나가 이런 꼴을 당한다는 원망만 할 뿐 미숙을 걱정하는 것 같지는 않았다. 태석은 다시 어제 기억을 되살려보려 했지만 가게에서 꿀물을 먹었던 것 외에는 좀처럼 생각나는 게 없었다. 조카들에게 물어보는 게 제일 나을 것 같아 태석은 다시 차를 몰아 가게로 갔다. 재웅은 가게 앞에 나와 안절부절못하고 엄마를 기다리고 있는데, 지웅은 방 안에 앉아 TV를 보고 있었다.

"지웅아, 엄마 걱정 안 돼?"

"곧 들어올 텐데요, 뭐?"

"엄마가 삼촌 따라간 거는 맞아? 내가 어제 술을 많이 먹어서 잘 기억이 안 나는데. 그리고 아빠는 엄마 만나지 않았다고 하는데, 그럼 싸우지도 않았을 거고 나갈 리가 없잖아."

태석은 어제 일에 대해 조카들이 알고 있는 것을 이야기해주기를 바랐다.

"어제 삼촌이 10시 넘어서 집으로 왔어요. 아이스크림이랑 과자랑 사가지고요. 술이 많이 취하신 것 같았어요. 엄마가 타준 꿀물을 바닥에 떨어뜨렸으니까요. 그러다가 삼촌이 간다고 하니까 엄마가 걱정돼서 데려다 주겠다고 따라갔는데."

"너희는?"

"숙제하고 양치하고 누워서 기다리다가 졸려서 먼저 잤어요. 근데 아침에 일어나니까 엄마가 없었구요."

지웅이 계속 대답을 하다가 마지막은 재웅이 울먹이며 대답했다. 대준의 말대로 어제 미숙이 대준을 만나지 않았다면 싸우지도 않았을 것이고, 싸우지 않았다면 집을 나갈 이유도 없었다. 대준이 늦게까지 들어오지 않으니까 화가 났을까. 전화로 싸운 건가? 다시 대준에게 전화를 걸었다.

"어제 전화 통화도 안 했어? 전화로 싸운 거 아니야?"

"전화가 오기는 했는데 싸우진 않았어요. 친구 집에서 자고 간다고 11시가 넘어서 한 번 통화했어요. 그것도 간단히요. 그것 말고는 진짜 없었다니까요."

"믿는다. 내가 니 핸드폰은 확인 안 했는데. 아무튼 빨리 찾아서 데려와. 찾는 대로 전화하고."

태석은 아이들에게 저녁밥을 시켜주고 가게를 나왔다. 재웅은 엄마가 오면 먹는다고 했지만 그게 언제가 될지 몰랐다. 5시가 다 되어 출발을 했으니 찾는다 해도 자정은 되어야 집으로 돌아올 게 뻔했다. 그동안 미숙이 가끔 집까지 나갔었다는 것을 몰랐다니 너무 무신경했던 듯해 미안했다. 대준이 녀석 때문에 속을 끓이는 건 알았지만 집을 나갈 정도라는 것은 처음 알았다. 아무리 그래도 아이들도 있는데 말도 없이 집을 나간다는 것은 이해하기 힘들었다. 찾아오면 대준도 대준이지만 미숙도 혼쭐을 내야겠다.

미용실에서 원룸까지 걸어서 가보기로 했다. 골목을 지나 큰길가로 나와 학교 앞을 지나갔다. 학교 앞에는 아이들 보호를 위해 CCTV가 설치되어 있다. 대준이 미숙을 찾지 못하면 그때 저것을 보기로 하고 그대로 지나쳤다. 원룸까지 자기를 데려다 주고 미숙은 돌아갔을 것이다. 그런데 돌아오지 않았다. 정말 미숙은 집을 나간 것일까. 팀장에게 전화를 넣었다.

"형님, 읍내에서 성폭력 사건 같은 거 일어난 적 있어요, 최근에?"

"그건 왜?"

"뭐 좀 누가 묻는 사람이 있어서요."

"없어. 3년 전엔가 학습지 교사가 강간당한 적은 있는디 그것도 미수에 그쳤제. 발발이 같은 놈들은 대도시나 있제 이런 시골엔 없어. 간통은 있을까 몰라도."

"진짜 없어요?

"그려, 인마. 여기가 서울인지 알아?"

팀장과 통화를 하고 우선은 안심이 되었다. 태석은 다시 경찰서 상황실에 전화를 넣었다. 어젯밤 10시 넘어서 폭행이나 음주시비 같은 신고가 들어온 적이 있는지, 있다면 인적사항에 여자가 들어 있는지 물었지만 미숙이 관련되었을 것으로 보이는 사건은 없었다. 다시 미용실로 가 아이들을 안심시키고 잠자리에 들게 했다. 재웅은 이불 안에서 눈물을 흘렸고, 지웅은 그런 재웅을 놀렸다. 형에 비해 아직 마음이 여린 동생이다. 기다리던 전화벨이 울렸다. 대준이었다.

"찾았냐?"

"아니요."

"안다면서, 인마!"

"전에 여기 오면 꼭 있었는데……. 제가 몇 군데 더 찾아보고 들어갈게요."

"들어오기는 뭘 들어와! 찾을 때까지 오지 마, 알았어? 못 찾으면 죽을 줄 알어."

"……예."

대준은 전화기에 대고 뭐라고 대꾸를 하려다가 괜히 그래봤자 혼만 날 것 같아 입모양으로만 대꾸를 하고 전화를 끊었다. 시간은 자정을 넘어가고 있었고, 아이들은 모두 잠이 들었다.

22

　이곳이 어디일까, 아무리 생각해봐도 알 수 없었다. 사방이 콘크리트 벽으로 둘러싸여 있고 영화에서나 보았던 철창이 있는 게 영락없는 감옥이었다. 천장에 매달려 있는 형광등에는 핏자국이 점점이 박혀 마치 밤새 미숙을 지키다 핏줄이 드러난 눈알 같았다. 철창 밖으로는 피가 마른 대야가 나뒹굴고 그 안에 도끼와 망치가 들어 있었다. 바닥에는 핏물이 흐르다 오랜 시간에 걸쳐 마른 자국이 있고, 벽에도 붉은 잉크를 뿌려놓은 듯 핏자국이 가득했다. 군데군데 떨어져나간 살점이 썩어가다 말라 육포처럼 딱딱하게 굳어 있고, 거기에 달라붙어 알을 낳고 배를 불리던 파리들이 주위를 날아다녔다. 이제 미숙이 쓰러져 붉은 선혈을 흘려주기를 바라며 굶주린 독수리처럼 미숙의 몸뚱이 위에 앉았다 날았다를 반복했다.

　오빠를 데려다주고 집으로 돌아가던 길이었다. 그쳤던 비가 다시 내려 옷을 적실 정도가 되자 서둘러 걸었다. 우산을 가지고 나올 걸 그랬다는 생각이 그제야 들었다. 재웅이가 사다달라고 한 찰흙이 든 검은 봉지가 손을 흔들 때마다 비닐 소리를 내었다. 가로등이 있기는 했지만 거리를 모두 비춰주는 것은 아니었다. 집을 얼마 남겨두지 않은 도로 갓길에 하얀색 탑차가 시동을 켠 채 서 있었다. 라이트는 켜 있지 않았고 엔진 소음만 빗속에서 울리고 있었다. 가로등 불빛이 미치지 않아 탑차는 회색으로 보일 만큼 어둠에 가려 있었다. 차량의 조수석을 지날 즈음 묵직한 둔기를 든 그림자가 앞을 막아섰다. 개미지옥이 개미를 순식간에 낚아채듯 둔기가 미숙의 머리를 가차 없이 때렸다. 비명조차 목을 넘어가지 못한 채 몸이 바닥에 쓰러졌다. 축 늘어진 몸이 검은 그림자에게 끌려가고 있다는 것을 알았지만, 눈은 뜨이지 않았고 손발은 오그라들어 부르르 떨렸다. 그 모습을 본 것은 멀리서 비추는 가로등이 전부였다.

정신이 들었지만 몸은 움직일 수 없었다. 손은 뒤로 묶여 있고 입은 테이프로 막혀 있었다. 새어나간 신음 소리도 두꺼운 벽에 막혀 멀리 가지 못했다. 둔기에 맞은 머리가 깨질 듯 쑤시고, 오줌을 누지 못해 방광은 터질 듯 팽창해 있었다. 그 상태로 한나절은 있었던 것 같은데 사람은 나타나지 않았다. 왜 여기에 와 있는 것일까? 수백 번 질문을 던져보지만 답은 찾을 수 없었다. 소리를 질러 사람을 불러보려 해도 막힌 입에서 나는 소리는 말이 되지 못하고 응응거리기만 했다. 그때 천장 위에서 소리가 들려왔다. 사람의 발소리가 천장의 이곳저곳으로 왔다 갔다 했다. 누굴까? 어제 나를 끌고 온 사람이 맞을 텐데. 그를 만나는 게 두려울까, 만나지 않고 그대로 있는 게 두려울까? 반복해서 질문해봐도 결론은 어느 쪽이든 모두 죽을 만큼 겁이 난다는 것이었다. 삐거덕하고 철문이 열리는 소리가 났다. 계단을 내려오는 발자국 소리가 짐승이 먹이를 찾아 내딛는 것만 같았다. 눈을 떠 똑바로 바라볼 용기가 나지 않아 실눈을 떠 간신히 짐승을 보았다. 키가 작고 얼굴이 검었다. 나이는 서른이 돼 보이지 않고 인상은 날카로워 보였다. 짐승은 점점 가까이 다가왔다. 미숙의 심장이 터질 듯 요동쳤다. 깨어나지 않는 척하려 해도 몸에 드러난 공포는 어찌할 도리가 없었다. 온몸에 소름이 돋고 손과 발이 바르르 떨려왔다. 숨소리를 아무리 작게 하려 해도 숨겨지지 않았고 오히려 더 커져 목구멍을 거칠고 빠르게 들락거렸다.

"무서워?"

"으으으……."

"떨고 있잖아. 다 그렇게 떨었어. 너만 그런 거 아니야. 두려움은 숨겨지는 게 아니거든."

박창기의 음성은 너무도 차분했다. 오랫동안 알고 지내던 사람에게 그러듯 편안하고 느긋하게 말을 던졌고 대답도 해주기를 바라는 것 같았다. 박창기는 철창 안으로 바로 들어가지 않고 화로로 가 안에 들어 있던 긴 꼬챙이를 들쑤시며 중얼거렸다.

"머리가 다 안 탔네. 머리는 잘 안 탄단 말이야. 반으로 쪼개야 하나. 다음부터는 네 조각 정도는 내야 되겠군. 그래야 다른 거 탈 때 같이 다 탈 것 같아. 엉덩이가 제일 오래 걸릴 줄 알았는데 의외로 거기는 잘 타네. 너는 빨리 태워줄게. 오래 안 걸리게. 그러려면 머리도 부셔야겠다."

그의 말에 미숙의 숨소리가 더 거칠어졌고 떨림도 더 커졌다. 살아야 한다는 본능에 묶인 손과 발을 연신 비비적거렸고, 피부가 벗어지고 근육이 드러나도 멈추지 않았다.

"그런다고 빠져나올 수 있을 것 같아? 그냥 있어. 껍질만 벗어져."

미숙의 버둥거리는 모습을 보며 박창기는 중얼거렸다. 그러곤 대야를 가져다 화로 속의 타고 남은 재와 해골을 삽으로 퍼서 꺼내 담았다. 마지막으로 두 개의 두개골을 끄집어내 들러붙어 있는 재를 털어냈다. 트럭 기사와 동우의 두개골이다. 그중에 두개골에 흠이 없는 것을 들어올렸다. 동우였다. 트럭 기사의 두개골은 도끼로 찍어 금이 가 있었다.

"나를 따르던 놈인데 이렇게 하얗게 변해버렸네. 동우야, 너는 그대로 계속 있자. 형하고 오래 오래!"

박창기가 하얗게 변한 해골을 들어 미숙에게 보이자 실눈으로 바라보던 미숙의 눈이 번쩍 뜨이며 공포에 막힌 비명을 지르기 시작했다. 테이프가 붙어 있어도 날카로운 비명이 새어나와 지하실을 채웠다. 박창기는 두개골에 아직도 묻어 있는 재를 입으로 후 불어 날리더니 화덕 옆 선반 위에 얹었다. 그러곤 살아 있는 동우를 보듯 친근한 눈으로 바라보았다. 잠시 후 이번에는 트럭 기사의 두개골을 들더니, 도끼로 반절로 쪼개 하나씩 화로 안으로 던져 넣었다. 불을 지피니 화르르 소리를 내며 쪼개진 두개골이 타기 시작했다.

 해골들을 처리한 박창기는 천천히 미숙에게로 향했다. 철창문을 도끼로 두들기자 미숙은 자지러질 듯 비명을 질렀다. 비명이 잦아들 쯤 다시 철문을 때리자 비명이 다시 높아졌다. 그 모습이 재미있는지 창기는 이를 반복하며 미소를 지었다. 철창 안으로 발을 들여놓자 미숙이 새우처럼 몸을 구부렸다 펴며 뒤로 물러나기 시작했다. 멀리 가지 못한다는 것을 알지만 그래도 박창기에게서 멀어져야 했다. 바닥을 밀어 뒤로 물러나다 벽에 부딪혀 더 이상 물러나지 못하는데도 발은 계속해서 바닥을 밀었고 몸뚱이도 시멘트 바닥을 계속해서 쓸었다. 공포로 인해 동공은 실핏줄이 터질 듯 초점을 잃고 흔들렸다. 흔들리는 사이로 눈물이 끊임없이 쏟아져 내렸고, 아랫도리에 힘이 빠지며 오줌이 새어나와 옷과 바닥을 적셨다.

 "에고, 오줌 쌌네. 다 큰 여자가 옷에다 오줌을 싸면 어떻게 해. 옷 다 버렸네."

 "으으응……?"

 왜 나에게 이러는 것이냐고 묻고 있었지만 목소리는 언어가 되지 못했다. 대신 찢어질 듯 힘이 들어간 눈이 간절히 묻고 있었다.

"왜냐고?"

미숙의 눈을 보고 알 수 있었다. 전에 죽은 사람들도 모두 그렇게 물어보았었다.

"이유를 묻고 있는 거지, 지금? 왜 나를 죽이려 하냐고. 이유는 내가 사람을 더 많이 죽여봐야 하거든. 더 쉽게 죽이려면 많이 죽여보는 수밖에 없잖아. 그래서 죽이는 거야. 그리고 너!"

갑자기 박창기의 얼굴색이 바뀌고 목소리가 높아졌다.

"하태석 형사하고 어떻게 되는 사이야? 애인이냐? 너 그 사람 좋아하지? 팔짱끼고 걸어가는 거 봤어. 보기 좋던데. 애들까지 있는 여자가. 더럽게!"

"어어어……."

"왜? 뭐라고 하려고?"

"어어어……."

"더러운 년! 할 말 있어?"

미숙이 머리까지 저어가며 뭔가 할 말이 있는 듯 소리를 지르자 박창기가 가까이 다가가 입에 붙은 테이프를 뜯었다.

"제발 살려주세요. 제발. 저에게 왜……. 왜 이러시는 거예요? 살려주세요."

"살려달라는 말은 이미 다 했어, 다른 말을 해야지."

"살려주세요. 제발요."

"그거 말고 다른 말을 하라고!"

"오빠예요. 친오빠! 오빠니까 그랬어요. 제발, 제발 살려주세요."

"오빠야? 그놈이? 시발년, 거짓말도 잘해요. 내가 다 보았는데. 그래, 그렇다고 치자. 오빠라고 해. 그렇다고 해도 니가 죽는 거에는 변함이 없어. 알겠지? 아니 오히려 더 잘됐다. 동생이 죽으면 놈이 더 괴로울 거 아냐. 그럼 나를 잘못 건든 걸 더 후회하겠지?"

박창기는 미숙의 얼굴 바로 앞까지 얼굴을 가져가 속삭였다.

"그놈은 내가 사람들을 죽인 걸 다 알아. 지금은 모르지만 조금 있으면 그놈이 내가 너를 죽인 것도 알게 될 거야. 어떻게? 내가 알려줄 거거든. 화가 많이 나겠지, 성질이 좆같으니까. 그러면 나를 찾으려고 할 거야. 그럼 내가 알려줘야지. 니가 여기 있다고. 어떻게? 니 손을 잘라서 보낼 거거든. 상자에 넣어서 주소와 함께. 그러면 여기로 올 거야. 그때 니 오빠를 죽이는 거지. 어때, 내 생각이 괜찮지? 히히히."

말을 마치고 미숙의 손목을 잡고 도끼를 머리 위로 올리자 미숙이 자지러질 듯 소리를 질렀다. 손을 빼려 안간힘을 쓰는 미숙의 모습을 즐기듯 바라보며 박창기는 비실비실 웃었다. 몇 번 더 손을 잡아당기는 장난을 치려 할 때 삐리리릭 전화벨이 울렸다.

"전화 받아야 하니까 소리 지르지 마, 도끼 보이지?"

미숙에게 경고를 하고 전화를 받았다. 전화는 소총을 주문했던 서울이었다. 총이 준비가 된 지가 언젠데 돈을 가져오지 않느냐며 전화기 너머 남자는 따지고 들었다. 이틀의 말미를 줄 테니 그때까지 준비하지 못하면 다른 사람에게 넘기겠다고 했다. 총은 박창기에게 반드시 필요한 것이었다. 지난번 도망치는 동우를 쏘았지만 소용이 없었던 것을 생각하자 이번에 기필코 장만해야겠다는 생각이 들었다. 그러나 애써 모아둔 돈이 동우가 불을 지르는 바람에 모두 재가 되어버렸다. 전화 통화를 마치고 창기는 다시 미숙에게 갔다.

"너 목숨이 길다. 그 새끼하고."

말을 마치고 미숙의 입에 테이프를 돌려 재갈을 물렸다. 철창에 자물쇠를 채우고 화로에 불을 껐다. 계단을 올라 나가며 형광등까지 끄자 지하는 한 치 앞도 보이지 않는 어둠으로 변했다.

창기는 탑차에 올라 시동을 걸고 기어를 넣었다가 멈추었다. 미숙이 없어졌다고 경찰들이 불심검문을 하고 있지 않을까? 길목마다 경찰들이 깔려 있을지도 모른다는 생각이 들자 차를 끌고 나가는 게 조심스러웠다. 시동을 끄고 차에 내렸다. 그리고 걸어서 버스승강장으로 나갔다.

23

아침이 되어도 대준은 미숙을 데리고 돌아오지 않았다. 다만 새벽에 전화를 걸어 찜질방을 다 뒤졌지만 없다는 말만 간단히 하고 끊었다. 아이들은 학교에 가려고 일어났지만 아침을 차려줘야 할 엄마는 없었다.

"엄마, 엄마!"

"엄마 없어. 집 나가 안 들어왔어."

지웅이 짜증난다는 듯 쏘아붙였다. 애들을 씻게 하고 태석은 차로 가 시동을 걸었다. 한숨도 자지 못한 탓에 얼굴이 푸석거렸다. 오전에 실종신고를 하고 연가를 내서 대준과 함께 미숙을 찾아봐야 할 것 같았다. 아이들을 차에 태워 해장국집으로 데려가 아침을 먹이고 학교에 보냈다.

"삼촌, 엄마 꼭 데려와야 돼."

"그래, 삼촌이 꼭 데려올게."

태석은 학교 끝나고 집에 오면 엄마가 와 있을 거라는 말로 아이들을 달랬다. 그러나 대준이 밤새 찾았는데도 없는 것을 보면 이번에는 아주 멀리 간 게 분명했다. 화가 난 일이 있으면 상의를 할 것이지, 서운한 맘에 혼자 중얼거렸다.

차를 서둘러 사무실로 몰았다. 곧바로 여성청소년계 직원을 찾아가 가출신고를 접수했다. 가출신고를 접수해놔야 싸움을 하거나 혹시 술에 취해 길거리에 쓰러진 채 발견이 되더라도 가족에게 연락이 오기 때문이다. 단순가출이 아니라 실종이라고 우기고 수사를 진행해달라고도 할 수 있지만 그러기에는 미숙의 가출 경력이 너무 많았다.

"하미숙 씨가 형사님 동생이에요. 친동생?"

여청계 직원은 놀랐다는 듯 태석을 바라보았고, 태석은 왜 그러냐는 듯 쳐다보았다. 직원은 미숙을 아주 잘 알고 있다는 표정이었다.

"가출신고만 다섯 번이 넘어요. 상습인데. 처음에는 수사도 했는데 모두 단순가출이라……. 지금은 그냥 저희가 접수만 하고 찾지는 않는 실정이거든요. 며칠 지나면 다시 들어오고. 아시잖아요. 가출인지 실종인지 대충 보면. 하미숙 씨는 좀……."

직원은 이번도 단순가출일 거라는 말을 흘려 태석이 알아주기를 기대했다. 태석도 그 말을 쉽게 알아들었다. 그도 답이 뻔히 보이는 사건 접수를 많이 받아보았기 때문이다. 태석은 전에 접수되었던 서류를 모두 달라고 하여 읽어보았다. 태석이 없던 10년이 넘는 세월 동안 가출신고로 접수된 것만 다섯 번이고 접수되지 않은 것도 여러 번이었다. 처음 두 건까지는 수사진행 상황이 소상히 기록이 되어 있었지만, 그 후로는 단순가출이라는 발생보고만 있고 수사 내용은 붙어 있지도 않았다.

가출 이유는 대개 부부갈등과 우울증이었고 최근에는 알코올중독이 추가되어 있었다. 서류에는 미숙을 단순가출로 몰아 서둘러 종결하려는 직원의 꼼수가 보이기도 했지만, 결과적으로 모두 집에 귀가를 했었다. 이게 모두 대준 때문인 것 같아 화가 치밀어 올랐다.

"개새끼 죽여버려."

"예?"

"아니, 아닙니다."

놈을 혼내는 것보다 우선 미숙을 찾는 게 급선무였다. 들어온 날짜를 보니 집을 나간 지 길면 5일 짧으면 3일이었다. 다섯 번 중에 두 번은 스스로 들어왔고, 세 번은 대준이 찾아 돌아왔다. 모두 광주와 나주, 담양에 있다가 돌아온 걸로 되어 있었고, 대부분 찜질방이나 친구 집에 있었다. 그 친구 집에는 대준이 이미 연락해봤지만 오지 않았다고 했다.

그런데 서류와 대준의 말대로라면 어제는 미숙이 나갈 이유가 없었다. 아무리 생각해도 '왜?'라는 의문의 답을 찾기 힘들었다. 술에 취해 미숙을 찾아가는 게 아니었는데……. 자신을 데려다주고 일이 생긴 것 같은데 왠지 모르게 기분이 싸늘했다. 사무실에 연가를 내고 나왔다. 박창기 문제로 아직 그에 대해 신경을 곤두세우고 있고 감찰까지 태석을 주시하고 있어 근무시간에 동생을 찾으러 다니는 것은 안 될 일이었다. 연가를 내고 나오는데 팀장이 따라나왔다.

"박창기 일 땜에 그러냐? 잊어버려. 서장과 과장도 더 이상 문제 삼지 않기로 했은게. 감찰도 그냥 형식적이여. 스트레스를 받아서 그러나 본데, 그려, 며칠 쉬면서 정리해라. 너무 신경 쓰지 말고."

"그놈 때문에 그런 거 아니에요."

"뭐가 아니여, 인마. 숨길 필요 없어. 며칠 쉬었다 나와. 서울 올라갈 거냐? 마누라 보러?"

"그거 아니라니까. 미숙이 찾으러 가요."

"미숙이? 니 동생?"

팀장이 고개를 갸웃거리며 물었고, 태석은 아무것도 아니라고 얼버무렸다.

미숙의 가게로 가자 대준이 돌아와 있었다. 찾겠다던 놈이 가게에 와 있자 낯짝 보는 것만으로도 화가 났다. 차에 내리자마자 대준을 때릴 듯 머리 위로 손이 올라갔다가 멈추었다.

"넌 미숙이 찾고 나서 죽었어. 알았어?"

"예. 근데 이번은 진짜 저 때매 그런 거 아니라니까요."

"아니기는, 너 때문에 몇 번을 집을 나갔더만. 경찰서에서 얼굴이 화끈거려 미치는 줄 알았네. 너는 암튼 찾고 봐. 너를 죽여버리던지 아니면 이혼을 시키던지 힐 테니까."

태석의 화는 금방이라도 터질 것만 같았다.

"너 119에 전화해. 전화해서 집사람이 집을 나갔는데 자살을 할지도 모른다고 말해."

"그게 무슨 말이에요?"

"휴대폰이 꺼져 있잖아. 마지막이 어디인지 알아야 할 거 아니야. 나주인지 광주인지 그래야 찾기가 수월하지. 그냥 집 나갔다고 하면 거기도 안 해주니까 자살한다는 문자를 남겨놓고 갔다고 해. 그러면 해줘. 경찰 바꿔달라고 하면 나 바꿔주고."

"그럼 형님이 하시면……?"

"경찰이라고 해도 안 해줘. 저번에는 이런 거 안 해봤어?"

"그때는 기다리라니까 그냥 기다렸죠. 찾아보니까 찾아졌고."

경찰이라고 휴대폰 위치를 쉽게 확인해주는 것은 아니었다. 휴대전화 위치를 알기 위해서는 통신사를 상대로 압수영장을 집행해야만 하는데 그것도 범죄와 연관이 없다면 영장을 내주지 않는다. 내준다 해도 검사, 판사까지 거쳐야 하니 시간이 너무 오래 걸렸다. 그러나 119는 응급상황 시에 가족에 한해 위치를 확인해주는 시스템을 오래전부터 운영하고 있기 때문에 태석은 이를 이용하려는 것이다. 그러나 그것도 '기지국 내 반경 3킬로미터 이내' 같은 아주 광범위한 위치만 대략 알 수 있을 뿐이다. 누구네 집 앞마당이라고 콕 짚어서 알려주면 좋지만 그렇게 하기에는 아직 기술적 한계가 있었다.

번호를 누르자 잠시 후 119센터 직원이 전화를 받았다. 대준은 태석이 시킨 대로 심각한 목소리로 아내의 마지막 위치를 알려달라고 요청했다. 가족을 잃고 힘들어하는 목소리로 빨리 찾지 않으면 자살할지도 모르며, 그러면 그 책임은 모두 119가 져야 한다는 말투였다. 경찰에 신고가 되었냐는 말에 당연한 것을 묻는다는 듯 화까지 냈다. 전화를 받은 119센터 직원은 금세 대준의 연기에 넘어갔다. 너무 태연스럽게 거짓말을 하는 대준의 모습에 태석은 헛웃음이 나왔다. 얼마 안 되어 읍내 우체국 주변 기지국이라는 것과 함께 자정이 다 되어 전원이 꺼졌다는 문자가 왔다.

"그 시간에 전화기를 끄고 어디를 간 거야?"

"전에도 이렇게 휴대폰 끄고 나갔어?"

"몇 번은 그랬고 몇 번은 안 그랬던 것 같은데요. 읍내에는 없어요. 광주 아니면 나주, 담양 이 정도라니까요. 형님, 다시 가볼까요?"

"잠시만 기다려봐, 인마. 생각 좀 하게. 왜 그랬을까 생각을 해봐야 할 거 아니야."

태석은 곰곰이 생각에 잠겼다. 미숙이 실종인지 가출인지를 구분해야 했다. 가출이라고 하기에는 집을 나간 이유가 설명이 안 되고, 실종이라고 하기에는 가출 경력이 너무 많았다.

"가자. 방에 가서 미숙이 사진 좀 가지고 와."

생각에 잠겨 있던 태석은 일단은 가출이라고 결론을 내렸다. 그게 아니라면 사고인 건데 거기까지는 생각하고 싶지 않았다. 미숙의 사진을 챙겨 대준과 함께 서둘러 광주로 출발했다.

24

버스터미널에서 박창기는 광주행 시외버스에 올랐다. 사람들의 시선을 피해 뒷자리 맨 구석으로 가 자리를 잡았다. 버스 안에 승객은 거의 없었다. 50대가 넘어 보이는 중년 여자 둘이 탔을 뿐 버스는 텅 빈 상태로 출발했다. 창가에 앉은 여자는 키가 작고 뚱뚱했고, 안쪽에 앉은 여자는 키가 크지만 마른 편이었다. 둘은 버스기사 뒤쪽에 앉아 수다를 떨기 시작하더니 광주로 가는 내내 시끄러운 소리를 냈다. 맨 뒤에 있던 박창기는 잠이 들려 하다가도 수다 소리에 깨어 앞자리를 쳐다보고는 다시 눈을 붙이려 노력했다.

"옴마, 아자씨가 우리 남편보다 크겄는디!"
"머시가 커요? 거시기 말이여?"
"하이고, 키가 크다는 말을 뭘로 듣고 그런데. 히히히."
"키만 크겄어?"
"키보다 더 큰 것이 그것인디. 뭔 말이요?"
"하이고, 키보다 더 큰 것도 있다요? 저그 뒷자리 총각이 더 크겄는디."
 술에 취해 버스에 오른 여자들은 기사와 야한 농담을 주고받으며 낄낄거리고 웃었다. 얼굴이 벌건 것이 낮술로 소주를 두세 병은 먹은 듯 보였다.
"총각이 크간디. 내가 보기에는 아자씨가 최고겄는디."
"아짐씨가 알아보는구만."
"그러지요? 내가 딱 보면 얼마나 한지 안다니까. 저그 총각은 딱 탈 때부터 안 되겄다, 허는 생각이 들더라고."
"히히히! 자네도 그랬는가, 나도 그랬는디."
"그려. 우리 둘이 다 글면 그런갑네. 히히히."
"아따, 저그 총각 화나겄네. 보도 안 허고 어치게 안다고."
 여자들의 목소리는 버스 안을 쉴 새 없이 울려댔고 버스기사도 소음에 한몫을 했다. 버스가 한참을 달리고도 그들의 농담은 계속되었고 그 농도와 목소리는 점점 더 커져가고 있었다. 두 여자는 박창기를 무시하고 말을 쏟아내고 있었으나 기사는 조금씩 눈치를 보기 시작했다. 시끄러운 소리에 신경질이 났을 수도 있을 것 같아 거울로 뒷자리를 살피다 승객과 눈이 마주쳤다. 뒷자리 승객이 거울이 깨질 듯 노려보고 있었다. 기사는 섬뜩한 느낌이 들었지만 지지 않고 마주 노려보다가 운전 때문에 어쩔 수 없이 먼저 시선을 놓았다. 그러다 직선도로에서 다시 거울을 쳐다보자 뒷자리 승객이 여전히 노려보고 있었다. 시간이 지나도 노려보는 것을 멈추지 않자 기사는 움찔했다.

"아, 인자 운전에 집중할라니까 말 좀 걸지 마쇼. 저기 승객이 시끄러운가 자꾸 앞을 치다보는구만."

기사는 아줌마들과의 대화를 끊었다. 눈치를 챈 뚱뚱한 여자가 뒤를 돌아보았다.

"어이, 총각! 앞으로 와가꼬 같이 이야기를 허든가. 심심헐 거인디, 여그 누나들이 놀아줄 테니까. 히히히."

"자네가 누난가? 할매가 다 되겠구만."

"할매는 무신! 그려, 젊은 할매가 놀아줄랑게. 아따 그렇게 치다보기는……."

뚱뚱한 여자가 소리 높여 말을 걸고 다른 여자는 이를 거들었다. 그러나 박창기는 노려보기만 할 뿐 말이 없었다. 그런 그의 눈빛과 마주친 뚱뚱한 여자는 주눅이 들어 고개를 돌렸고, 같이 있던 마른 여자가 뒤를 보려 하자 말을 걸지 말라고 잡아당겼다. 찌를 듯한 시선에 저절로 눈길이 피해지고 고개가 숙여졌다. 그러나 마른 여자는 말리는 것을 무시하고 뒤를 돌아보았다.

"총각이 아직 장개를 안 가서 모르는간만. 알리줄 탱게 앞으로 오랑게. 아자씨보다 작은게 그런가. 가까이 봐야 알제, 먼 데서는 모르겄는디. 누나들이 알려준다니까."

여자의 말에 뒷자리 승객은 변함없이 노려보기만 했다. 노려보는 시선에 살기가 보였고 그것을 이제야 느꼈는지 여자는 말을 멈추었다.

"총각이 말이 없구만. 그냥 가야겠네."

온몸에 소름을 느끼며 말을 흐리고 제자리에 앉았다.

"뭐 저런 놈이 다 있어. 우리를 죽일 듯이 치다보는디. 남자 구실도 못 허고 병신 같은 놈들이 자존심만 있어가지고 저렇당께. 꼴값을 허네."

"원래 없는 것들이 더 그러는 것이여."

여자들의 비아냥거림이 작은 소리로 이어졌다. 버스를 달리다 기사가 조심스럽게 거울을 들여다보자 그때까지도 뒷자리 승객은 여전히 노려보고 있었다. 기사는 젊은 사람 심기를 잘못 건드렸다간 무슨 변을 당할지 모르겠다는 생각이 들었다. 그렇게 살벌한 공기 속에서 한 시간 남짓 달려 버스는 광주에 도착했다.

여자 둘이 내리고 이어서 박창기도 내렸다. 운전석 옆을 지날 때 기사는 눈이 마주칠까봐 아래만 쳐다보았다. 차에서 내린 박창기는 두 여자의 뒤를 따랐다. 자신을 무시하는 여자들을 가만히 둘 수 없었다. 머리를 도끼로 내리치는 상상을 하며 뒤를 따랐다. 여자들은 그것도 모른 채 취한 소리로 떠들며 정류장 밖으로 빠져나가고 있었다. 택시 승강장에 둘이 서 있다가 뚱뚱한 여자가 화장실에 가려고 자리를 옮기자 박창기에게 기회가 왔다. 화단에 놓인 벽돌을 하나 들고 여자를 뒤따랐다. 두개골을 부숴버려야 화가 풀릴 것 같았다. 그에게 여자를 죽이는 것쯤 가벼운 일이 되어 있었고 감정에도 아무런 기복이 없었다. 다만 주위 사람들의 시선이 신경 쓰일 뿐이었다. 화장실 앞에 사람들은 별로 있지 않았다. 뚱뚱한 여자가 안으로 들어가자 곧바로 따라 들어가려다가 나오는 사람이 있어 멈추어 섰다. 물 내리는 소리가 들리고 뚱뚱한 여자가 세면대 앞에 서는 모습이 보였다. 사람도 없다. 기회다! 벽돌을 든 손에 힘이 들어갔다.
삐리릭.

주머니에서 휴대전화가 울려댔다. 소리를 무시하고 화장실 안으로 들어가려 했다. 한 발, 한 발 그가 가는 동안 여자는 입을 헹구고 손에 비누를 묻혔다. 벽돌을 쥔 그의 손이 서서히 올라갔다. 그때 청소아줌마가 밀걸레를 밀며 박창기를 불러세웠다. 남자 화장실은 저쪽이라며, 전화나 빨리 받으라고 눈치를 주었다. 그사이 여자들 몇이 더 화장실로 들어왔다. 기회를 놓친 창기는 어쩔 수 없이 돌아서 전화기를 빼들었다.

"여보세요."

"다시 한 번 확인하는데 모레까지. 그때까지 준비되지 않으면 다른 사람에게 넘긴다는 거 알아야 해. 아저씨 말고도 찾는 사람이 있어서 그래. 우리도 장사하는 사람이니까 정확히 하자고요."

"기다려요. 내가 분명히 돈 가지고 가니까."

그사이 뚱뚱한 여자는 화장실에서 빠져나가 일행과 함께 택시를 타고 사라졌다.

'너는 전화가 살렸다.'

죽을 목숨이 전화 한 통에 살았다는 듯 창기는 중얼거렸다. 자비를 베푼 것을 여자가 알기나 할까. 택시를 타러 정류장으로 갔다. 대기 중인 택시에 올라탔다.

"어디로 모실까요?"

"광주에서 돈 많은 사장들이 주로 접대하는 곳이 어딘가요?"

"치평동이죠. 상무지구라고. 첨단지구도 있는데 거기는 젊은 사람들이 가는 데고 돈 많은 사장들이 접대하는 데는 그래도 상무지구지. 거기로 가요?"

"예, 거기. 돈 많은 돼지새끼들이 많은 데로."

"아따, 손님. 돈 많은 사람 진짜 싫어하는갑네! 돼지새끼라고 그러게. 나도 싫소, 그놈들!"

돼지를 그럼 돼지라고 그러지, 하고 박창기는 중얼거렸다. 마음속으로는 '돈 많은 놈, 내 총을 사줄 놈을 만나러 간다'는 말이 맴돌았다. 20여 분을 달려 차는 유흥가 주변에 도착했다. 아직 이른 시간이라 저녁이 될 때까지는 시간이 남아 있었다. 돈 많은 사람을 납치해 몸값을 받아내는 것, 그가 여기에 온 이유다. 무작정 주변을 돌아다녔다. 지형을 우선 알아둬야 하고 도로 상태도 체크해둬야 한다. 주차된 차들도 유심히 봤다. 지난번 아우디처럼 실패할 수도 있지만 차는 부를 판가름하는 중요한 잣대다. 차를 보고 나서는 나이를 보아야 한다. 자신에게 대항을 할 수 없는 사람, 취한 사람이어야 하고, 젊은 사람이면 힘에 버거울 수 있으니 50대 아니면 60대 정도가 좋을 것이다.

빌딩들 사이로 어둠이 스멀스멀 기어들자 네온들이 하나둘 불을 밝혀 어둠을 밀어냈다. 빛에 놀란 어둠이 빠져나가며 거리는 다시 밝아졌고 불빛은 금세 술에 취해 흔들거리기 시작했다. 비틀거리는 사람이 늘어가고 그들을 붙잡고 다시 술을 부으려는 사람들이 거리를 메워가고 있었다. 시간이 지날수록 거리는 만취해 몸을 가누지 못하거나 주정을 하는 양복 입은 사람들이 많아졌다. 돈 많고 술에 취한 50대 이상의 남자. 박창기는 사냥감을 찾아 어슬렁거렸다.

25

 "키는 아줌마보다 작고……. 그러니까 160 정도 되구요. 뚱뚱하지는 않고, 머리를 약간 갈색으로 염색한 여잔데 혹시 어제나 오늘 오지 않았어요? 사진을 좀 보면 알 수 있을 텐데. 여기 사진."
 "몰라요."
 "아, 잘 좀 봐봐요, 좀! 건성으로 보지 말고!"
 "이 아저씨가 왜 화를 내고 그래."
 "아, 대충 보니까 그러지. 진짜 몰라요?"
 "그래요!"
 "그럼 안을 좀 찾아봐도 돼요?"
 "그러시든가."
 벌써 스무 곳 넘는 곳에서 모두 없다는 말만 들었다. 동마다 몇 개씩 있는 찜질방을 돌아다니느라 시간은 빨리만 가는데 나타나야 할 미숙은 어디에도 보이지 않았다. 대준의 밀대로라면 찾고도 이미 남았어야 할 시간이었다. 처음에 친절하게 물어보던 태석의 말투는 사나워지기 시작했고 대준을 대하는 모습도 점점 짜증의 도수가 높아지고 있었다. 시간이 흐를수록 미숙이 단순가출이 아닐 수도 있다는 생각이 들다가도 범죄와 연관이 되었을 리 없다는 생각에 부딪혀 어느 방향으로 찾아야 할지 확신이 서지 않았다.
 상무지구에 도착을 한 건 저녁시간이 다 되어서였다. 이런 유흥가에 왔을 리는 없지만 그래도 혹시 몰라 빠뜨릴 순 없었다. 광주에 있는 골목 구석 목욕탕 하나까지 모조리 뒤져 찾아낼 심산이다.

"여기까지 왔겠어요?"

"그럼 어디 있단 말이야? 잔소리 말고 찾기나 해! 니 마누라 찾으러 온 거야. 내 마누라 찾으러 온 거 아니고."

"형님 여동생이죠."

"말대꾸는……."

대준은 투덜거리며 차에서 내렸다. 나이만 들었지 아직도 철이 덜 든 어린애였다. 미숙이 저런 철없는 어린 남편을 데리고 사는 게 얼마나 힘이 들까 이해가 되었다.

"거기 찾아보고 있어. 나는 저쪽에 가서 찾아보고 올라니까."

"빨리 와요!"

"잘 찾아보기나 해. 대충 둘러보지 말고. 빨리 가 빨리!"

시간을 아끼기 위해 갈라져서 미숙을 찾아보기로 했다. 태석은 귀찮다는 듯 손을 흔들며 대준에게 빨리 가라는 시늉을 했다. 대준은 입이 댓 발이 튀어나온 채 뒤돌아 건물의 찜질방으로 들어갔다.

밤의 네온이 늘 듯 거리에 사람들도 늘어가고 있었다. 인파에 막혀 차가 제대로 앞으로 나아가지 못한 채 가다 서다를 반복했다. 경적을 울려도 소용이 없었다. 유흥의 거리에서 취한 사람들은 무질서와 소음에 둔감해져 있었다. 도로는 술에 취한 사람이 점령했고 이곳에 들어온 차가 잘못이라고 곱지 않은 시선으로 쳐다보았다. 마음만 바빠 달려갈 뿐 차는 그 자리에서 거북이걸음이자 짜증이 확 밀려왔다.

'저 새끼, 창기 아니야. 여기 뭐하러 왔지?'

태석의 차 옆으로 박창기가 사람들에 밀려 지나고 있었다. 촌놈이 도시 구경을 나와 어리둥절해 서성이고 있는 것처럼 보였다. 그는 주위를 두리번거리며 인파 속으로 섞여 들어갔다. 여기 무슨 일이냐고 말을 붙이려고 창문을 내렸지만 박창기는 이미 멀어진 후였다. 저번 일이 미안하기도 하고 고기를 가져다준 것이 고맙기도 해서 인사라도 하려고 했건만.

"운전 똑바로 안 해, 시벌럼아! 뒈질 뻔했잖아!"

박창기를 눈으로 뒤쫓느라 고개를 돌렸다가 앞을 지나는 술 취한 남자를 칠 뻔했다. 다행히 급히 브레이크를 밟아 멈추기는 했으나 놀란 남자는 소리를 고래고래 질렀다. 그보다 박창기를 찾으려 다시 시선을 옆으로 돌리자 남자는 그것에 더 화가 나 삿대질을 하며 마구 쌍욕을 해댔다. 태석이 취한 남자에게 미안하다는 표시를 몇 번 했지만 그의 욕은 멈추지 않았다. 비켜서라고 손짓을 해도 차 앞에 버텨 선 채 떠나지 않았다. 태석도 포기하고 될 대로 되라는 듯 운전대에서 손을 놓아버렸다. 뒤에서 따르던 차가 밖으로 머리를 빼내 소리를 질렀다.

"차 좀 가라고!"

태석은 뒤차에게 손가락으로 앞을 가리켰다. 그러는 사이에도 남자의 욕은 멈추지 않았고 미숙을 찾으러 가야 하는 태석의 맘만 바빴다. 이미 머릿속에서는 남자를 쓰러뜨려 놓고도 남았다. 그러나 괜히 화를 내보았자 자기만 손해 본다는 것을 태석은 너무도 잘 알고 있었다. 취한 남자가 차를 발로 걷어차도 그대로 두었다.

'그래 차라, 시발럼아! 어차피 똥차다.'

쫓아나가 한가득 욕을 하고 싶었지만 미숙을 생각해서 참았다. 그러나 시간이 지나도 욕은 끝날 줄 몰랐고 발길질은 더 세지기만 했다.

"개새끼야! 내 말 안 들려? 귓구멍이 막혔냐! 얌마, 내려! 미안하다고 사과를 해야지!"

드디어 태석이 한계에 다다랐다. 문이 부서질 듯 거칠게 내려 남자에게 다가갔다.

"시발럼아! 그렇게 해서 차가 부서지겠냐. 이 정도는 해야 부서지지, 개새끼야!"

비상등을 켜고 차에서 내린 태석은 도로 옆에 세워진 화분을 들어 차에 던져버렸다. 화분은 박살이 나며 부서졌고 차는 찌그러졌다. 찌그러진 부분을 다시 발로 걷어차기를 반복했다.

"이래야 부서지지, 안 그래?"

태석의 행동에 깜짝 놀란 남자가 뒤로 넘어지며 손사래를 쳤지만 태석은 화분을 하나 더 들어 박살을 내었다. 남자에게 던져버리고 싶은 것을 차에 던지며 대신 화를 달랬다.

"그만해라이! 내가 바쁘니까. 확 그냥!"

눈이 휘둥그레진 남자는 아무 말도 하지 못하고 멍하니 태석만 바라보았다.

남자와의 시비가 겨우 끝나고 주변의 찜질방 몇 군데를 뒤져보았다. 사람들 때문에 차를 끌고 다니는 게 힘들어지자 차를 주차하고 걸어서 주변을 뒤져갔다. 대여섯 군데 목욕탕과 찜질방을 모두 뒤졌지만 허사였다. 쉽게 찾으리라 믿었던 대준도 뒤통수만 긁적일 뿐이었다.

편의점 앞 파라솔에 앉은 태석은 속이 타 생수 한 병을 단번에 마셔버렸다.

"너 집에 가, 인마."

"예? 더 안 찾구요?"

"애들 밥 먹이고 재워야 할 거 아니야. 애들 굶길래?"
"지들이 알아서 먹었을 건데요 뭐. 그래도 미숙이를 찾아서 데려가야……."
"전에 좀 그렇게 생각하지, 시발럼아. 너 미숙이를 좋아하기는 했냐? 마누라로 생각은 하고 살았어?"
"그럼요. 사실 누나가 없었으면 제가 사람구실이나 하면서 살았겠어요. 저 같은 망나니를……."
"알긴 아네."
나오는 건 한숨뿐이었다.
"빨리 가, 인마. 내가 찾아서 데리고 갈 테니까."
"어떻게요? 차도 없는데."
"버스 타고 가. 나는 담양까지 가볼 테니까."
"차비는요?"
"개새끼!"
태석은 한심하다는 듯 수머니를 뒤져 만 원짜리 두 장을 넘겨주었다.

26

창기는 쉬지 않고 주위를 살피며 먹이를 찾아다녔지만 하루를 허탕치고 말았다. 술에 취해 허우적거리는 늙고 돈 많은 돼지를 단번에 찾기는 어려웠다.
'시발년들!'

그게 모두 낮에 버스에서 만난 여자들 때문이다. 하나쯤은 죽여줬어야 했는데! 밤을 거리에서 보내고 새벽이 되자 목욕탕에 들어가 잠을 잤다. 그리고 다시 어두운 저녁을 기다려 거리로 나왔다.

거리는 여전히 사람들로 붐볐고 어제와 똑같이 술에 취해 흔들리고 있었다. 여자와 남자들의 술 취한 모습이 모두 돼지처럼 보여 거리는 온통 돼지우리 같았다. 그 역겨운 돼지우리 속에 은빛의 중형 세단이 폼을 잡고 있었다. 그 옆으로 연신 인사를 하는 사람들이 서 있고 거기에 답례를 하는 사람이 있었다. 나이는 60 정도 되어 보이고 취해서 눈빛은 흐려져 있었다. 몸은 약간 비틀거렸지만 가누지 못할 정도는 아니었다. 거래처 사람들인지 양복과 점퍼를 입은 남자들이 허리를 숙여 인사했고, 남자는 대리기사를 기다리는지 차에 오르지 않고 계속해 인사만 받고 있었다.

"사장님, 이제 우리와는 죽을 때까지 거래해야 합니다. 아니면 제가 대전까지 쫓아갑니다."

"그래요, 그래. 대전이 아니라 우리 집까지라도 쫓아오세요. 제가 다 책임질 테니까."

"호텔 가서 주무시고 가시라니까. 꼭 올라가셔야 합니까?"

"저도 그러고 싶지만 딸이 내일 유학을 가서 공항에 나가봐야 합니다. 양해해주세요."

"내일 아침에 일찍 보내드릴 수 있는데……."

"말씀만이라도 고맙습니다."

"저희 직원이 모셔다드린다니까요. 대리비를 저희 직원에게 주시면 되지요."

"어떻게 그렇게 할 수 있어요. 괜찮습니다. 딸아이만 아니면 저도 한 잔 더 하고 자고 가면 좋은데 어쩔 수 없네요."

최성만 사장은 거래처 직원들에게 고맙다는 인사를 연거푸 하고 차에 오르려 했지만 대리 기사가 오지 않아 타지 못하고 기다리고 있었다. 운전기사가 전속으로 따로 있는 것은 아니었다. 보통 때는 더러 직원이 운전을 해주기도 했지만 지방으로 멀리 출장을 갈 때는 혼자 내려왔다. 직원들의 오붓한 저녁시간을 지켜줘야 한다는 배려에서였다. 그래서 타지에서 저녁과 함께 술을 먹고 나서는 근처 호텔에서 자거나 대리기사를 불러 돌아가고는 했다. 내일은 유학을 가는 딸을 배웅하러 아침 일찍 공항에 가야 하기에 집으로 돌아가야 했다. 이를 멀리서 바라보던 창기는 그가 찾던 먹잇감이라는 듯 미소를 지었다.

사람들에게 다가가 얼굴에 미소를 보이며 굽실거리듯 말을 건넸다.

"대리운전 부르셨어요?"

"왜 인제 와? 언제 불렀는데. 대전까지 얼마지? 이 정도면 되지? 사장님 댁까지 아부 이상 없이 살 모시고, 가나가 휴게소에서 음료수도 내접 해드려."

거래처 사장은 박창기에게 수표를 꺼내 건넸다. 최성만 사장이 말렸지만 기어이 박창기 손에 쥐어주었다. 박창기가 운전석으로 가 차를 출발시킬 준비를 하자 최성만 사장은 마지막 인사를 건네고 차에 올라탔다. 차에 올라타기 전만 해도 멀쩡해 보이던 최성만 사장은 뒷자리에 앉자마자 피곤한 듯 허물어졌다. 취해서 몸을 가누기 힘들면서도 거래처 직원들에게 예의를 갖추기 위해 그는 있는 힘을 다해 술을 이겨내고 있었다.

차가 출발하고 얼마 안 있어 남자 하나가 주점 앞으로 뛰어왔다. 그는 자신이 대리기사라며 멀어지는 차의 뒤꽁무니를 허망하게 바라보았다. 모두들 누군가 또 대리기사를 불렀겠지, 하고 아무 의심도 하지 않았다.

"내비게이션에 집주소 치고 그리 가줘요. 휴게소나 이런 데 쉬지 말고 곧장 가요. 집에서 기다리니까."

"예. 편히 주무시고 계시면 도착해서 깨워드리겠습니다."

"고마워요. 젊은 친구가 밤늦게 고생하는구만. 젊을 때는 이렇게 고생도 하면서 일하는 거지. 시간이 지나면 모두 경험이 될 거요."

눈을 감은 채 고맙다는 말까지 하고는 곧바로 잠이 들었다. 차는 내비게이션이 집주소로 안내하는 길로 가다가 최성만 사장이 완전히 잠에 빠지자 목적지가 영광으로 바뀌었다. 차는 대전으로 올라가는 것이 아니라 아래로 내려갔고 점점 최성만 사장의 집과 멀어졌다.

미숙은 정신을 찾으려 애썼다. 이렇게 묶여 있는 게 벌써 며칠은 지난 것 같았다. 창문이 없어 날이 지고 새는 것을 알 수 없었고, 들리는 소리라곤 파리의 날갯짓 소리뿐이었다. 울기도 하고 소리를 지르기도 했지만 돌아오는 것은 꽉 막힌 벽에 부딪혀 돌아오는 메아리뿐이었다. 얼마가 지났을까. 이제 이틀이 넘어가고 있었지만 미숙에게는 수개월이 흐른 듯했다. 손과 발을 묶고 있는 밧줄을 빠져나오려 수없이 비틀고 흔들어보았지만 살갗이 벗어지고 근육이 드러나 피가 날 뿐 벗어나는 것은 불가능했다. 콘크리트로 만들어진 사막 속에서 입술이 타고 입안이 말라갔다.

천장에서 뭔가 소리가 들렸다. 뭔가를 끄는 한 사람의 발소리, 잠시 후 발걸음이 멈추더니 뭔가 묵직한 물건이 바닥으로 쿵 쓰러지는 소리가 났다. 그가 돌아왔다! 미숙은 다시 필사적으로 몸을 버둥거렸고 공포에 동공은 커졌다 작아졌다 했다.

대리기사라고 생각했던 사람에게 끌려온 최성만 사장은 무슨 영문인지를 몰랐다. 집으로 가고 있으리라 생각했던 차량이 아무도 없는 야산에 와 있었고 주위에 건물이라고는 지금 끌려온 곳이 전부였다. 차가 멈추었던 게 기억났다. 어디쯤 왔을까 하고 눈을 떴을 때 머리에 큰 충격이 왔다. 정신을 차렸을 때 그곳은 차 안이 아니었고, 손과 발이 묶인 채 바닥에 널브러져 있었다. 머리에 받았던 충격으로 고개를 움직이기조차 힘들었다. 이렇게 얼마를 있었을까. 술이 깨고 정신이 드는 것을 보니 하루는 지난 것 같았다. 소변으로 가득 찬 방광이 터질 듯했지만 공포에 밀려 오래 기억되지 못했다. 조심스럽게 눈을 떴을 때 가장 먼저 보인 것은 천장이었다. 머리에 가해진 충격이 꿈이 아닌가 했지만 주위를 살펴보고는 현실이라는 것을 알았다. 천장은 콘크리트에 형광등만 덩그러니 붙어 있고 사방 벽에는 벽지도 페인트도 발려 있지 않았다. 형광등엔 파리늘이 누어놓은 검은 똥늘이 섬섬이 박혀 있고 그 주위를 파리들이 무수히 날아다니고 있었다.

"일어났네. 지금이 몇 신데 지금까지 자."

"으으으……."

"영감, 머리 아프지. 내가 너무 세게 때렸나봐. 죽지 않은 게 다행이지. 많이 아퍼?"

플라스틱 간이의자에 앉은 박창기가 최성만 사장을 내려다보며 말했다. 손에는 망치를 들고 흔들고 있었다. 망치는 살아 있는 것처럼 검은 이빨에 붉은 잇몸을 드러내고 으르렁거렸다.

"내가 영감을 몇 번이나 깨웠는데 일어나지도 않고."

박창기가 최성만 사장 머리 옆으로 꽝 하고 망치를 내리쳤다. 이렇게 머리를 내리쳐 박살을 낼 수도 있다는 경고였다.

"이제 일어났으니까 일을 해야지. 사무실에 전화하는 거야. 2억을 준비하라고 해. 모두 현찰로. 내가 받으러 갈 테니까. 물론 납치가 되었다든지, 경찰에 신고를 하라고 하든지 그러면 안 되겠지? 그렇게 하면 이렇게 되는 거야."

말을 마치자마자 망설임 없이 망치로 사장의 정강이를 사정없이 내리쳤다. 빡 소리를 내며 쇳덩이는 살을 파고들어 뼈를 짓뭉개버렸다. 뼈가 부서지는 고통이 신경을 타고 최성만 사장의 머리를 파고들었다.

"악!"

입안에 두꺼운 끈으로 재갈이 물려 비명 소리는 퍼져나가지 못한 채 멈추었다. 박창기는 계속되는 비명과 버둥거리는 모습을 차가운 눈으로 바라보았다.

"엄살 부리지 말고 잘 들어. 2억을 준비하라고, 오늘 내로! 경찰에 신고하면 안 되겠지? 그렇게 된다면 영감은 영원히 여기서 못 나가. 준비됐어?"

최성만 사장은 고통에 고개가 저절로 끄덕여졌다. 달리 선택할 수 있는 길이 없었다. 목숨을 부지하려면 2억이 아니라 10억이라도 가져다줘야 했다.

"뭐라고 말할 거야. 한번 해봐."

박창기가 재갈을 풀어주며 말했다.

"살려주십쇼. 제발, 제발 살려주세요. 뭐든 해드릴 테니까. 제발……."

"그래, 돈만 준비하면 돼. 돈 많은 돼지들은 돈이 너무 많아 쓰지도 못하잖아. 나같이 못난 놈들 등쳐서 돈 버는 게 너 같은 돼지새끼들 아니야? 이제 배 속에 든 기름을 좀 빼야지. 빼서 나를 좀 줘. 나쁜 데 쓰는 거 아니야. 세상을 청소하는 데 쓸 거니까."

"예, 그렇게 하겠습니다."

최성만 사장은 앞뒤 가릴 처지가 아니었고, 자기는 그런 돼지가 아니라고 반문할 수도 없었다.

그의 휴대폰에 전원을 켰다. 그러자 곧바로 전화가 들어왔다. 밤새 전화 통화가 안 되었으니 집에서 걱정이 이만저만이 아니었을 것이다. 발신번호에 '집'이라고 적혀 있었다.

"뭐야, 집이라는데 말 잘해야 될 거야."

박창기는 휴대폰을 최성만 사장의 귀에 가져다 대며 동시에 망치를 머리 위에 올렸다. 혹시 다른 말을 했다가는 그 즉시 머리통이 날아갈 것이었다. 정강이에서 전해오는 고통을 간신히 참아가며 전화를 받았다.

"여보세요."

"뭐예요. 딸이 새벽에 유학을 가는데 오지도 않고, 집에서 얼마나 걱정하고 있는데. 전화는 왜 꺼져 있어요? 거래처 확인해보니까 올라갔다고 하더구만. 조금만 더 늦게 받았으면 경찰에 신고하려고 했어요."

부인은 전화를 받자마자 걱정보다 화부터 내었다.

"그럴 거 없어. 술을 좀 과하게 먹어서 호텔에서 쉬고 있으니까. 걱정하지 마. 조금 더 쉬어야 할 것 같으니까. 이제 그만 끊지."

"여보, 괜찮아요? 목소리가 안 좋은데……."

"아니라니까. 일을 좀 더 보고 들어갈 테니까 그리 알고. 경미는 잘 갔지?"

"예. 당신 오지 않았다고 서운해했지요. 전화라도 해줘요."
"그래, 알았어. 그럼 끊어."
간신히 고통을 참으며 통화를 했다. 겁에 질린 눈은 비스듬히 머리를 노리고 있는 망치를 계속해서 쳐다보았고 입술은 공포에 질려 부르르 떨었다. 저것이 그대로 머리통으로 날아올지도 모른다는 생각에 말은 어눌했지만 그래도 끝까지 해냈고 정신을 차려 딸의 안부까지 물었다.
"잘하는데. 이제 전화해야지. 돈 준비하라고."
"2억은……. 너무 많은데요. 당장 준비하기에는……. 악!"
이번에는 어깨를 내리쳤다. 어깨가 부서져 조각난 뼈들이 살 속을 파고드는 것 같았다.
"아니, 갑자기 2억을 준비하라고 하면 직원들이 의심할 거 아니오. 그러니 1억을 먼저 하고 나중에 다시 1억을 하면 되지 않소."
최성만 사장은 어려운 회사 사정을 잘 알고 있었다. 마흔이 넘어 자리를 잡은 회사는 한때 흑자도 내었지만 최근에는 급격히 적자가 늘었다. 직원도 어쩔 수 없이 세 명이나 감축해야 했고 월급도 제때 지급하지 못했다. 당장 은행에 현금이 있는 것도 아니었다. 있는 현금을 모두 빼내온다 해도 오륙 천이 전부였고 나머지는 대출을 받아야 할 판이다. 그것도 회사에 부채가 많아 해줄지도 미지수였다. 은행장과 친분이 있기는 하지만 2억을 가져간다고 하면 이상하게 생각할 게 분명했다. 그보다 대출은 고사하고 시간이 너무 오래 지체되다 보면 자신을 죽일지도 모른다는 생각이 들었다. 그러기 위해서는 최대한 빨리 돈을 해주고 어떻게든 시간을 지연시켜야 했다.
"1억! 어이 돼지 영감, 머리 쓰는 거 아니야?"

"아닙니다. 저희 업체는 직원이 열 명밖에 되지 않는 영세업체예요. 젊은이가 생각하는 것만큼 돈이 많지가 않아요."

"어제 보니까 직원들이 굽실거리더구만. 돈 앞에서 굽실대는 찌질이들 하고는."

"어제는 원료 납품하는 회사 사람들하고 만났던 것이구요. 제가 못나 직원들 월급도 제때 못 주고 있는 회사입니다. 공장장에게 전화를 하면 알 겁니다. 2억이라고 하면 놀랄 거예요. 1억이면 몰라도."

1억이라……. 박창기는 생각에 잠겼다. 영감이 지금 상황에서 거짓말을 할 것 같지는 않았다. 직원들이 의심을 할지도 모른다는 말에 공감이 가기도 했다. 생각했던 것만큼 살찐 돼지가 아니라는 것을 알자 제대로 골랐어야 했다는 아쉬움이 들었지만 어쩔 수 없었다. 무엇보다 총을 구해주기로 한 업자와의 약속 시간이 촉박했다. 박창기는 그렇게 하라는 듯 턱짓으로 전화를 가리켰다.

"오 부장인가? 내가 급히 계약을 해야 할 것 같은데 현금으로 1억을 빨리 준비 좀 해줘. 그건 내기 올라기서 설명할게. 오늘 안으로. 힘들겠지만 해봐. 내가 사람을 보낼 테니까 그 사람에게 줘. 시간이 없어서 그래. 응 그래. 공장은 잘 돌아가지? 다 자네들 덕분이네. 내가 없더라도 자네가 애 좀 써줘. 부탁하네."

최성만 사장은 자신의 부재로 공장이 멈추지는 않았을까 노심초사했다. 공장이 잘 돌아가는지 묻는 말에서는 눈물이 날 뻔했다. 그는 여기서 빠져나가지 못할 것을 직감하고 있었다. 돈이 쥐어질 때까지만이 그가 살 수 있는 시간일지도 모른다. 1억에 상응하는 시간이 얼마일까? 아내가 보고 싶고 유학을 떠난 딸도 보고 싶었다. 힘들게 일구어낸 회사가 없어져서는 안 되는데……. 공장 직원 일곱 명의 얼굴이 하나씩 지나갔다. 자신을 바라보며 열심히 일해준 직원들인데 자기가 죽는다면 공장 문은 닫힐 것이다. 모두 떠나야 한다는 생각에 그들의 가족이 걱정되었다.

"여보세요? 사장님이 심부름을 보낸 사람입니다. 예. 사장님 바로 옆에 계시는데요. 여기요? 사우나요. 그것보다 대전역 앞에서 만나시면 어떨까요? 5시요? 너무 늦는데. 4시로 하죠. 그리고 사장님은 친구 분하고 골프 치고 사우나 하신다고 전화를 못 받으실 것 같답니다. 그러니까 전화하지 마세요. 참고로 전화기는 제가 가지고 있습니다. 잠시만요."

박창기는 전화기를 최성만 사장에게 건넸다. 의심하지 않도록 안심시키라는 거였다.

"응, 난데. 내가 오랜만에 친구를 만나서 골프 좀 하고 온천으로 사우나를 하러 가니까 전화를 받지 못할 거야. 혹 문제 있으면 전화해. 이 사람에게 전화기 맡겨놓을 거니까 그렇게 알고. 집사람에게는 말하지 마. 괜히 번거로우니까."

경찰에 낌새를 차리게 하면 머리가 깨질 것이라는 경고는 들고 있는 망치를 보여주는 것으로 충분했다. 공장 직원의 전화번호를 휴대전화에 입력하고 최성만 사장의 입에 재갈을 물려 지하로 끌고 내려갔다. 부서진 정강이와 어깨에 비명을 지르는 최성만 사장을 박창기는 인정사정없이 잡아끌었다. 철창을 열고 안으로 던지듯 밀어 넣었다. 미숙은 겁에 질려 벽으로 몸을 끌었고, 그런 미숙을 본 최성만 사장은 놀라 눈이 휘둥그레졌다.

"놀라기는, 내가 잠시 다녀올 테니까 잘들 있어. 아줌마는 영감한테 꼬리치지 말고. 히히히. 아! 꼬리쳐도 되겠다. 쳐봐. 어차피 살날도 얼마 남지 않았으니까. 내가 니 오빠를 쏘아 죽일 총을 가지고 돌아올 테니까. 총으로 대갈통을 날려줄 거야. 그리고 니들도. 도끼보다는 낫겠지. 히히히. 그때까지 잘 있어."

27

밤새 광주를 뒤지고 늦은 시간 담양으로 넘어왔다. 그곳도 모두 뒤져보았지만 미숙은 어디에도 없었다. 24시간 찜질방을 하는 곳이 담양에는 몇 군데 되지 않아 찾아볼 곳도 이제 없었다. 새벽 먼동이 터올 즈음 편의점에 들러 캔 맥주 두 개를 사서 차 안으로 가져와 들이켰다. 서늘해진 공기에 맥주는 차가웠다. 담배를 빼어 물고 불을 붙였다. 답답한 속으로 담배 연기를 깊이 빨아 넣고 멀리 뱉어냈다.

'미숙아, 어디 갔냐? 오빠에게 전화 한 통 하면 안 되냐! 나쁜 가시나! 힘든 일이 있으면 오빠한테 얘기를 해야지. 이렇게 집을 나가버리면 어떻게 하냐.'

오징어를 찢으며 속으로 중얼거렸다. 캔 맥주 두 개를 다 비우고서 태석은 잠시 잠이 들었다. 이틀 동안 꼬박 미숙 걱정에 잠을 자지 못했다. 배 속에 들어간 맥주가 속을 뜨겁게 하더니 스르르 잠이 들도록 만들었다.

얼마를 잔 것일까? 한참을 잔 것 같았다. 눈을 뜨려 해도 피곤해서 그런지 좀처럼 눈이 뜨이지 않았다. 누군가 창문을 두들겼다. 손바닥으로 부서질 듯 창문을 때리는데도 태석은 눈을 뜰 수 없었다.

'오빠! 오빠, 살려줘! 문 좀 열어봐. 문 좀!'

목소리는 여자였고 여자는 미숙이었다. 미숙은 피가 흥건한 손바닥으로 창문을 때리고 있었다. 순식간에 창문이 빨갛게 피로 물들었다. 깜짝 놀란 태석이 차 문을 열려고 했지만 아무리 해도 열리지 않았다. 창문을 열려고 했지만 역시 꿈쩍도 하지 않았고, 키를 돌려도 엔진은 움직이지 않았다.

'미숙아! 미숙아! 왜 그래, 너 왜 그러니?'

고함쳐 부르기만 할 뿐, 태석이 할 수 있는 일은 아무것도 없었다. 그런 태석을 원망하며 미숙은 계속해서 살려달라고 울부짖었다. 그때 붉은 그림자가 나타났다. 붉은 도끼를 든 사내가 미숙의 머리채를 쥐어 잡고는 마구잡이로 끌고 가려 했다. 미숙이 끌려가지 않으려 손을 뻗었다.

'야이 새끼야, 그만둬! 미숙아! 미숙아!'

눈물과 콧물이 범벅이 되어 동생을 불렀지만 어둠 속으로 끌려가는 미숙을 구하지 못했다. 태석은 마구 차를 두들기다 경적 소리에 놀라 잠에서 깨어났다. 꿈결에 차를 두드리다 경적을 울린 모양이었다. 출근길의 지나는 사람들이 이상한 눈으로 쳐다보았다. 차 안은 후텁지근했고 온몸은 땀으로 젖어 있었다. 가로수 나무 사이를 뚫고 들어온 햇볕이 태석을 따갑게 비추었다. 너무도 꿈이 생생해서 차에서 내려 주위를 살폈다. 주변에 마치 미숙이 있을 것만 같았고, 차는 피로 범벅이 되어 있을 것 같았다. 미숙이 끌려가는 모습이 머릿속에 떠오르자 소름이 돋았다.

'왜 이렇게 꿈자리가 사납지.'

뒤숭숭한 꿈에 갈증이 몰려와 편의점으로 갔다. 출근길에 사람들이 간단히 요기를 하거나 담배를 사고 계산을 하고 있었다. 아침 생각은 없어 생수만 한 병 들고 계산대로 갔다.

"죄송합니다. 먼저 계산하면 안 될까요? 제가 좀 늦어서요."

"먼저 하세요."

"여기 양말요. 구멍이 난 줄도 모르고……."

태석은 출근길에 바쁘다며 끼어드는 뒷손님에게 순서를 양보했다. 뒷손님은 급하게 계산을 하더니 의자로 가 구멍 난 양말을 벗고 새 양말로 갈아 신고는 부리나케 뛰어나갔다. 그 모습을 보며 물을 삼키던 태석은 뒤통수를 얻어맞은 듯한 충격에 마시던 것을 멈추었다. 잠들어 있던 태석에게 건네던 미숙의 음성이 또렷하게 귀에서 울렸다.

'양말이 빵구 났네. 오빠는 이렇게 빵구가 났으면 편의점에서라도 빨리 사서 갈아 신어야제. 홀아비 티 내는 것도 아니고. 내가 신경을 안 쓸 수가 없어, 정말. 내일 양말 새 걸로 다 바꿔놓을게. 혼자 살수록 이런 거 더 신경 써야 돼. 동생밖에 없제? 그럼 나 간다, 오빠.'

술에 만취했던 그날, 집에 데려다준 미숙의 음성이 점점 생생하게 반복되었다. 내일 양말을 새 걸로 바꿔놓겠다고 한 미숙이 집을 나갈 리 없었다. 또 가출을 하더라도 옷가지는 챙기러 집에 들렀어야 했다. 그러나 미숙은 그러지 않았다. 단순한 가출이 아니라 범죄와 연관이 되었다는 생각을 왜 하지 못했을까. 아무것도 모르는 태석이 답답해 꿈에 미숙이 나타나 애원하고 사라진 것 같았다.

미친 듯이 편의점에서 차로 달려가 시동을 켜고 굉음을 내며 질주하기 시작했다. 너무 늦어버린 것은 아니겠지? 꿈의 충격이었을까. 미숙의 기억이 흐린 영상이 되어 앞을 지나갔다. 미숙이 타주었던 꿀물부터 태석의 팔짱을 끼고 같이 걸었던 그때의 모든 게 생각나기 시작했다. 그날 밤 기억이 떠오르고 나서는, 이제 대준이 정색을 하고 미숙을 만나지 않았다고 한 말도, 근식이 패거리들에게 확인해 미숙이 대준을 찾아가지 않았다고 했던 말도 확실히 이해가 되었다. 단순가출이라는 서류뭉치들도 한꺼번에 태석의 얼굴을 덮쳐왔다. 가출이 많다고는 하지만 이번하고는 완전히 다르다는 것을 왜 몰랐을까.

"미숙아!"

저절로 미숙의 이름이 불러졌다. 조금만 더 빨리 기억났어도 이렇게 시간 허비를 하지 않았을 텐데. 태석의 차는 신호등도, 제한속도도 없이 영광으로 질주했다. 지금 미숙은 어디에 있을까? 경적을 요란하게 울리며 비상등까지 켜고 차는 경찰서를 뚫듯 들어가 현관 앞에 멈추어 섰다. 요란한 급브레이크 소리에 상황실장이 밖을 내다보았다.

'뭔 일이지? 휴가 중이라고 안 혔나?'

상황실장이 현관의 태석을 바라보며 중얼거렸다. 저번 일로 감정이 쌓여 있었다. 살인용의자라고 무전을 했다고 수사과장하고 서장에게 혼이 난 일을 생각하면 짜증이 나는데, 거기에 대해 팀장과 수사과장한테만 사과하고 자기한테는 하지 않은 게 괘씸했다.

현관으로 뛰어 들어오는 태석이 어디를 가나 쳐다보고 있던 상황실장은 강력팀으로 들어갈 줄 알았는데 곧바로 상황실로 뛰어 들어오자 놀란 듯 바라보았다.

"뭔 일이여?"

"CCTV 좀 봐요. 그저께 17일 날 밤 10시부터 12시까지 빨리 좀 봐요. 저기 연기초등학교 앞에 있는 거 있죠?"

"공문 있어야 혀. 그것을 막 보는 것이간디."

"우선 봐요. 공문은 나중에 줄 테니까."
"원칙이 그건디 뭐를 우선 본다는 것이여. 공문 가져오라니까."
"급하니까 먼저 좀 봐요!"
"안 된다니까. 몇 번을 말혀, 공문 가져와."

상황실장은 보여줄 수도 있음에도 저번 일에 대한 앙금으로 거절했다. 더구나 태석에게 잘못 보여주었다가 나중에 불이익을 당할지도 모른다고 생각했다. CCTV는 생활안전계 직원 일이기에 그쪽에 알아보라고 할 수도 있었지만 태석에게는 그것조차 알려주고 싶지 않았다. 그러나 그것을 태석이 모를 리 없었다.

"이거 실장님이 관리하는 것도 아니잖아요. 에이, 시발 진짜!"
"자네 욕했는가, 시방!"

태석은 목까지 튀어나온 욕을 간신히 참아내고 곧바로 생활안전계 담당직원을 찾아갔다. 어차피 싸워보았자 시간만 갈 뿐이었다. 가출인을 관리하던 직원이 CCTV도 같이 관리하고 있었다. 그 직원도 공문이 먼저라고 했지만, 태석의 다급한 표정을 보고는 카메라부터 보기로 했다. 미숙의 가출 때문이라는 것을 아는 직원은 고개를 갸웃거렸다. 어차피 단순가출이고 곧 들어올 텐데 뭐 이런 것까지 볼 필요가 있냐는 표정이었다. 반면에 태석은 화면을 찾는 시간이 지체되는 것조차 초조해했다.

화면에 아이디와 비밀번호를 넣고 시간을 조절했다. 그러곤 검색을 누르자 화면에 그날 학교 앞의 정경이 나타났다. 시간대를 정확히 알 수 없어 무작정 지켜봐야 했다.

"이거 빨리 볼 수 없어? 너무 느리잖아."

"이거 구형 모델이라 빨리감기가 잘 안 돼요. 빨리 보려고 하면 화면이 끊겨서 그냥 보는 것하고 똑같아요. 저번에도 사건 때문에 김 형사님이 보신다고 하다가 속 탄다고 안 본다고 하시고는 그냥 가버리더라구요."

어쩔 수 없이 그대로 지켜볼 수밖에 없었다. 상황실장은 의심스러운 눈으로 화면을 힐끔힐끔 쳐다보며 태석의 눈치를 살폈고, 태석은 화면에 미숙이 지나가는 것을 놓칠까봐 뚫어지게 바라보았다. 비가 내려 물방울이 맺힌 화면이 깨끗하지 않았다. 지나는 사람은 거의 없고, 간혹 지나가는 차량이 있었다. 30분이 넘어갈 즈음 태석과 팔짱을 끼고 걸어가는 미숙의 모습이 화면에 나타났다. 화면의 미숙은 태석을 바라보며 웃고 있는 것 같았다. 15초 정도의 모습을 보여주고 사라진 시간은 22:53이었다. 술이 취한 태석은 비틀거렸고 미숙은 부축을 하고 있었다. 그게 전부였다.

시간이 중요했다. 119에서 알려준 미숙의 휴대전화가 끊긴 시간은 23시 42분. 약 50분의 시간 간격이 있었다. 화면에서 태석의 집까지 약 5분, 집에서 태석을 눕히고 약간 방정리를 했다면 10분이다. 가는 시간과 합해 15분의 시간을 보냈다면 35분의 시간이 남는다. 그 시간 동안 무슨 일이 있었던 것일까? 대준이 도박을 했던 곳은 태석의 집에서 걸어서 약 30분의 거리다. 빠른 걸음으로 간다면 25분. 거기에서 대준과 다투고 말싸움을 했다면 짧게 잡아 10분이다. 싸웠다면 싸우는 도중에 휴대폰을 꺼야 맞고, 그렇지 않다면 헤어지자마자 바로 꺼야 한다. 그런데 그럴 이유가 있을까? 그 시간에 광주나 나주, 담양을 가려면 택시뿐이다. 택시는 대준이 확인해보았지만 그 시간에 미숙을 태운 택시는 없었다. 남의 차를 타고 나갔다면 한밤중에 어디든 무작정 가지는 않았을 것이다. 전화를 걸었을 터이다. 미숙의 휴대전화를 확인해야 했다. 영장을 받아 확인하기에는 시간이 촉박해 보였다. 휴대전화 서비스센터에 가는 게 더 빠를 것이다.

"나 가출인 접수한 거 확인서 좀 떼어주지. 빨리!"

"예?"

"동생 휴대전화 사용내역 좀 보려고 그래. 영장은 느릴 것 같고 서비스센터 가서 확인 좀 해보게. 그게 빠를 것 같아."

"예. 그러시죠. 제가 바로 떼어드릴게요. 그럼 CCTV는 다 확인하신 거죠?"

"응, 그래, 아니! 잠깐만!"

미숙이 지나는 시간을 확인하고 자리에서 일어서려고 할 때였다. 미숙과 태석이 지나가고 얼마 되지 않아 화면에 흰색의 탑차가 나타났다. 박창기가 끌고 다니던 그 차다. 차는 마치 두 사람의 뒤를 미행하듯 거리를 두고 따라가는 것 같았다. 저속으로 가던 차는 중간에 잠시 멈추었다가 다시 천천히 속도를 내어 앞으로 나갔다. 차량번호는 확인이 되지 않았다. 단정하기 힘들었지만 태석은 그 차가 꼭 박창기의 차인 것만 같았다.

"이거 박창기 차 아닌가?"

"박창기요? 그게 누군데……?"

태석은 화면을 다시 돌려 확인했다. 다시 보아도 박창기의 차로만 보였다.

"아직도 박창기여. 참! 그것도 박창기고 다 박창기네."

상황실장이 태석의 말을 비꼬았다. 그의 말에 머리가 뜨거워지는 것

나비 사냥 309

을 느꼈지만 참았다. 괜히 시끄럽게 하지 말자고 몇 번을 되뇌었다. 번호를 확인하려 해도 비에 젖은 카메라는 좀처럼 번호를 알려주지 않았다. 국과수에 보내면 확인이 가능할까 하는 생각이 들었지만 상황실장 말대로 자신의 집착이 그렇게 보이게 하는 것 같아 거기까지는 나중에 확인하기로 했다. 우선 미숙의 동선을 확인하기 위해서라도 휴대전화 내역이 필요했다.

"대준아, 너 뭐해?"
"애들하고 점심밥 먹고 있는데요. 미숙이는요?"
"못 찾았어, 인마. 어디야?"
"중국성인디요."
"너 당장 광주 좀 갔다 와라."
"예? 광주요?"
"그래, 인마. 기다려."

대준은 학교를 마치고 돌아온 아이들을 데리고 짜장면을 먹고 있었다. 전화를 마치자마자 요란한 엔진 소리에 급하게 멈추는 차량 소리가 들리더니 태석이 가게로 들어왔다. 짜장면을 먹고 있던 지웅과 재웅은 너무 빨리 나타난 태석을 놀란 눈으로 쳐다보았다.

"너 빨리 광주 가! 여기 가출확인서하고 함께 가족관계증명서 떼어가지고 휴대전화 서비스센터 가서 미숙이 거 사용내역서 떼 와. 빨리 갔다 와, 알았어?"
"여기서 안 돼요?"
"안 되니까 그러지! 빨리 가라 좀!"

휴대전화 사용내역 조회는 광주 서비스센터에서만 되었다.

"형님은?"

힘든 일은 자기에게 시켜 불만인 듯 입이 튀어나온 대준이다.

"놀까봐 그래? 나는 밤에 미숙이가 들른 곳은 없는지 확인해볼 거야. 너 미숙이 안 만난 거 확실해이, 아니면 죽어. 지금 내가 하는 것이 헛짓이면 넌 죽는 줄 알아. 빨리 가."

"이거 경찰이 확인 못 해요?"

"개새끼야, 경찰이 다 되는지 알아? 영장 받아 확인하면 오래 걸리니까 우선 니가 떼어오란 말이야. 이상한 전화 있으면 그때 영장 받아 확인해도 되니까."

"나는 경찰이면 다 되는 줄 알았네."

대준이 경찰이 그것도 확인하지 못하냐는 듯 비아냥거리자 뒤통수를 때려 쫓았다. 대준이 나가고 그가 남긴 짜장면을 보자 허기가 졌다. 그러고 보니 밥을 제대로 먹지 못했다. 남긴 것을 젓가락으로 대충 집어 한입에 넣었다.

"지웅이 동생 잘 돌보고 있어. 삼촌은 엄마 찾으러 가볼 테니까. 혹시 그날 밤 일 생각나는 거 있으면 삼촌한테 얘기하고, 알았어?"

짜장면을 넣고 웅얼거리며 태석은 자리에서 일어났다. 주머니에서 만원짜리 두 장을 꺼내 지웅에게 주었다. 저녁을 챙겨주지 못할 수도 있다는 생각이 들었다.

"엄마보고 찰흙 사다 달라고 했는데……."

"뭐?"

"삼촌하고 엄마가 나갈 때, 제가 학교에 찰흙 가져가야 한다고 하니까 엄마가 사 온다고 했는데 안 사왔어요."

"찰흙? 그런 거 있으면 빨리 얘기해야지, 왜 인제 얘기해! 삼촌이 그러면 문방구랑 가보았을 거 아니야!"

"그냥⋯⋯. 인제 생각이 나서⋯⋯."

재웅은 태석이 소리를 지르자 울먹이며 대답했다.

"알았어. 엄마가 찰흙 사온다고 했단 거지?"

"⋯⋯예."

"알았으니까, 얼른 먹고 집으로 가. 삼촌 화난 거 아니야. 지금이라도 얘기해서 다행이다."

찰흙을 사러 갔다면 동신문구로 갔을 것이다. 코란도는 다시 튀어나가듯 도로를 달려 문방구 앞에 섰다. 학생들이 없을 시간이라 문구점은 한산했다.

"저기, 그저께 17일 밤 11시가 좀 못 되어서 찰흙 사러 온 사람 있죠? 저기 '숙 헤어' 미용사 하미숙이라고."

"어이, 여기 좀 봐봐."

남자 주인은 그날 자리에 없었다는 듯 여주인을 불렀다. 여주인이 방 안에서 밥을 먹다가 밖으로 나왔다.

"저기 미용실 미숙이 알아요?"

"알죠. 왜요?"

"엊그제 미숙이가 찰흙 사러 왔어요? 밤에?"

"밤에? 아, 왔어요! 애 미술 준비물이라고 네 개를 사갔는데. 근데 왜요?"

"그날 이후로 미숙이가 안 들어왔어요. 그날 이상한 점 같은 거 없었어요?"

"왜 그럴까? 그날 기분이 좋아 보이던데. 오빠랑 데이트를 했다면서. 오빤가요?"

"예."

"뭐라더라. 그날은 오빠만 술이 취했는데 다음에는 같이 마셔야겠다고 하면서, 오빠가 옆에 사니까 좋다고. 남편이 속 썩여도 오빠가 있어서 괜찮다고 하더라구요. 알죠? 속 썩이는 거. 그거 말고는 아주 좋아 보였어요. 근데 아직까지 집에 안 들어오면 큰일이네."

미숙은 그날을 데이트라고 생각했었구나. 술 취한 나와 함께 걸어가는 것도 즐거워하던 애인데 어디로 갔을까. 서둘러 문구점을 나와 차를 두고 걸었다. 찰흙까지 샀다면 다른 곳으로 가지 않고 곧장 집으로 갔을 것이다. 문구점에서 미용실 쪽으로 걸어가면서 주위에 CCTV나 미숙을 목격할 만한 사람이 없는지를 찾았다. 장기 주차된 차에 블랙박스가 설치된 것이 없는지도 확인했다. 세탁소를 지나고 슈퍼를 지나 주유소를 지날 때였다. 거기에 카메라가 설치되어 있었다. 곧바로 주유소로 들어갔다.

"경찰인데, CCTV 좀 확인하죠. 17일 밤을 좀 보았으면 하는데."

"못 보던 분인디……?"

"발령받은 지 얼마 안 되어서요."

나이 지긋한 주인은 경찰들을 잘 안다는 듯 태석을 위아래로 살피더니 모니터를 작동시켰다.

"우리 집 카메라가 최신식이라 화면이 얼마나 좋은가 몰라. 저번에 세탁소 창문 깨뜨린 거 있지? 그것도 우리 거 카메라 보고 잡았잖아. 우리는 못 써먹고 딴사람만 좋은 일 시키고 있다니까. 그래도 어쩌. 이왕 설치한 거 좋은 일에 쓴다는데."

주인이 카메라 자랑을 늘어놓았지만 태석의 귀에는 아무것도 들어오지 않았다. 검색창에 날짜와 시간을 넣고 검색 버튼을 누르자 화면이 떴다. 학교 앞 CCTV에 나타났던 시간대랑 문구점을 들른 시간 등을 감안해 보니 23:25쯤 그 부근을 지났을 것 같아 시간을 거기에 맞추었다. 화면이 밝아지며 거리 모습이 보였다. 사장의 말대로 화면이 깨끗해 차량 번호까지 어느 정도 식별이 가능했다. 예상한 대로 23:29가 되자 미숙이 손에 검은 봉지 두 개를 들고 부지런히 걸어가고 있었다. 찰흙과 태석의 빨랫감인 모양이었다. 그날 데려다주고 빨랫감까지 챙겨갔구나. 태석은 그제야 머리를 쳤다. 미숙이 지나간 것이 확인됐으니 대준에게 가지 않은 것은 확실해졌고, 이제 휴대폰이 꺼질 때까지는 13분이란 시간밖에 남아 있지 않았다. 그 시간 동안 무슨 일이 있었던 것일까?

태석은 서둘러 주유소를 빠져나와 집 방향으로 향했다. 깜깜한 밤이라고 생각하며 주위를 살피며 걸었다. 얼마쯤 걸으니 공터가 나왔다. 둘러보니 가로등도 없고 공원을 만들겠다던 공터에는 풀만 무성했다. 일이 있었다면 이쯤일 것이다. 휴대폰이 꺼진 시간과도 거리가 대충 맞았다. 자세히 살피려고 여기저기 기웃거리는데 공터 안 풀밭에 검정색 봉지가 구르는 게 보였다. 설마 미숙이 들고 가던 봉지가 아니기를 바라며 다가갔다. 그러나 가까이 갈수록 우려는 현실이 되었다. 바람에 비닐 소리를 내는 봉지 안에는 황갈색의 찰흙 네 개가 들어 있고, 주변으로 양말과 속옷이 널려 있었다. 모두 태석의 것이었다.

'미숙아!'

사방이 태석을 바라보며 빙빙 돌았다. 사방은 어두워졌고 미숙은 혼자 걸어가고 있었다. 비가 내리고 있었고 주위에 사람은 아무도 없었다. 홀로 걸어가던 미숙은 갑자기 나타난 검은 그림자에 둔기를 맞고 쓰러졌다. 손에 들고 있던 검은 봉지는 내동댕이쳐졌고 바닥에 떨어진 휴대전화는 검은 그림자에 의해 23:42에 꺼졌다. 쓰러진 미숙은 차 안에 실렸고 검정 봉지는 풀밭으로 날아갔다. 그리고 아무 일도 없었다는 듯 차는 어둠 속으로 사라지고 계속 비가 내렸다.

그날 밤에 벌어졌을 일이 눈앞에서 생생하게 그려졌다. 하지만 차량과 검은 그림자가 누구인지는 알 수가 없었다. 태석은 다시 뛰어 주유소로 달려갔다. 도시에서 사람을 납치하려면 차량이 있어야 한다. 한밤중이라지만 쓰러진 성인 여자를 끌고 갈 순 없다. 분명 차가 있었을 것이다! CCTV 화면을 다시 돌려 확인을 했다. 미숙을 노렸다면 차량을 주차해놓고 다가오기를 기다리고 있었을 것이다. 화면을 뚫어지듯 바라보다 태석은 놀라움에 식은땀을 흘렸다. 미숙이 지나가고 곧바로 추월하듯 달려가는 차량이 있었다. 학교 앞에서도 찍혔던 차량, 탑차였다. 정면을 바라보는 화면으로 옮겨 차량을 보았다. 번호는 확인하기 어려웠다. 그러나 차량에 타고 있는 사람의 형태를 보고는 비명을 지를 뻔했다.

"박창기 개새끼!"

28

놈이 왜 미숙을 납치했을까? 차는 다시 굉음을 내며 우산리로 달려가고 있었다. 처음 박창기와 마주쳤던 곳이다. 그곳에 가면 미숙을 찾을 수 있을까? 차를 확인해야 하고 집도 보아야 한다. 박창기의 차량으로 확신이 들기는 하지만 그렇다고 100% 확실하다고 할 수는 없었다. 무엇보다 놈을 빨리 확인해야 했다.

"대준아! 어디냐?"

"광주 가고 있잖아요."

"차 돌려, 빨리! 차 돌리라고, 인마! 광주 가지 말고 박창기부터 찾아봐. 차를 먼저 찾아."

"박창기요? 그게 누군데요? 차는요?"

"아이, 흰색 탑차. 차번호가 뭐냐면 적어봐. 79라6258. 읍내 어디에 있을지 모르니까 다 뒤져서라도 찾아내. 무슨 일이 있어도 찾아야 하니까. 니 노름쟁이 친구들 전화해서 그거 찾으라고 해. 빨리! 읍내를 찾아보고 없으면 광주 상무지구로 가. 어제 거기서 봤으니까. 위치를 찾으면 곧장 달려가서 확인하고 바로 전화해. 알았어?"

"왜요?"

"그 새끼가 미숙이 데려갔다니까. 빨리 찾아!"

"예?"

대준에게 전화를 마치고 태석은 다시 팀장에게 전화를 넣었다. 통화음이 두 번 울리고 나서 그냥 끊었다. 박창기가 미숙을 데려간 것이라고 확신하지만 더 정확히 알아낸 다음에 연락을 해야 할 것 같았다. 저번처럼 잘못되면 자신만 이상한 사람이 될 것이고, 진짜 도움을 필요할 때 받아들여지지 않을 수도 있기 때문이다.

해안도로를 돌아 산길로 들어서 마을 입구에 도착했다. 차를 대고 주위에 혹시 박창기의 탑차가 있는지 확인했지만 보이지 않았다. 서둘러 뛰어서 박창기의 집으로 갔다. 대문은 그날 열린 그대로였다. 마당으로 들어가 안을 간단히 살폈지만 여전히 사람의 흔적은 없고 빈 먼지만 뒤집어쓰고 있었다.

'이게 무슨 냄새지?'

바람에 짐승 썩은 냄새가 섞여 날아왔다. 냄새는 골목에서 나는 것 같기도 하고 마당에서 나는 것 같기도 했다. 시취가 아닐까 하는 심상치 않은 느낌에 냄새의 출처를 찾아 골목으로 나갔다. 바람에 묻어왔던 냄새를 어느 순간 놓쳐버렸다. 잘못 맡은 것일까. 더 이상 바람에 냄새는 묻어 있지 않았다. 아무래도 먼저 사람들을 찾아 박창기에 대해 물어보는 게 나을 것 같았다. 사람들을 찾아 돌아다녀보았지만 여전히 마을엔 사람이 없었다. 저번 골목 입구에서 보았던 노파를 다시 만날 수 있을까 싶었지만 역시나 없었다. 미숙의 미용실에서 만났을 때부터 뭔가 말을 하고 싶어 했었다. 그 노인을 만나면 박창기에 대해 알 수 있지 않을까. 골목을 헤매고 있을 때 회관 쪽에서 오토바이 시동 거는 소리가 들려왔다. 태식은 그곳을 향해 뛰었다.

"어르신! 잠깐만요."

노인은 태석을 보고도 그대로 출발을 하려다 손목이 잡히고서야 멈추어 섰다.

"어르신, 혹시 여기 사는 박창기라고 아세요? 스물다섯 살인데."

"창기? 몰라."

노인은 박창기라는 이름이 나오자 순간 표정이 굳더니 태석을 무시하고 오토바이를 출발하려 했다.

"잠깐만, 잠깐만 기다려보세요. 경찰인데, 그놈에 대해서 물어볼 게 있어서 그래요."

"모르는데 뭘 물어봐."

태석은 출발하려는 오토바이를 가로막고 노인의 어깨를 잡았다. 반드시 노인에게서 박창기에 대하여 들어야 했다.

"창기에 대해 좀 확인할 게 있어서요. 요즘 여기 안 와요? 며칠 전에 여기서 본 적 있는데."

"그놈 잡으러 온 거야?"

"예? 예. 잡아끌고 가려고 왔다니까요."

잡으러 왔냐는 노인의 말에 맞장구를 쳤다. 그러자 노인이 안심하듯 조금 경계를 풀었다. 그리고 누가 듣기라도 할까봐 태석의 귀에 대고 속삭이듯 말했다.

"그놈 여기 안 와. 안 온 지 서너 달 되었어. 이제 되었지?"

"아니 잠깐만요. 최근에 여기 온 적 없어요?"

자기가 하는 말을 누군가 들으면 절대로 안 된다는 듯이 노인은 다시 주위를 살폈다.

"며칠 전에 잠깐 오기는 했다고 하더만. 요 뒷집 할매가 봤다고 하던데……. 그놈 사고 쳤지?"

"왜 사고를 쳤다고 생각하세요? 그놈이 어떤데요?"

"자네 차 있는가? 혹시 볼지도 모르니까."

노인은 말을 할 작정인지 주위를 살피다 태석의 차를 쳐다보았다. 태석은 차로 노인을 데리고 들어갔다. 차에 타고 나서도 노인은 주위를 살폈다.

"경찰이 더 몰라. 신고를 안 허면 깜깜허당게. 이왕 경찰이 왔으니까 내가 얘기를 허야겠네. 내가 말을 했다고 허면 안 되네이. 큰일 난게."

노인은 이야기를 시작하기도 전에 겁에 질려 있었다.

"예. 그놈이 어떤 놈인가요?"

"그놈이 쌍놈 중에 개 쌍놈이지! 지 맘에 안 들면 어른이고 뭐고 없어."

"순하다고 하던데?"

"여그 동네 사람이 아니면 몰라. 그러니까 더 악독한 놈이지."

"부모는 없어요?"

"가 아부지는 어릴 적에 노가다를 허다가 다리가 부러져서 집에서 술만 묵다가 일찍 죽어부렀어. 근디 죽기 전까지 창기하고 마누래를 그렇게 두들겨 팼어. 가들이 뭔 잘못이 있다고. 그러다가 엄마는 가가 고등학교 때였던가, 집에서 낙상을 혔다고 허더라고. 멀쩡힜는디 죽어버리데. 근디 누가 그러더라고. 염을 하는디 창기 엄마 온몸에 멍이 들었더라고."

"멍요? 할머니가 있었을 거 아닌가요? 안 물어보았어요?"

"근디 창기 할매도 그때부터 입이 꽉 붙었깆고 말을 안 허여. 또 물어보도 못허제. 누가 창기가 지그 어매 때렸냐고 묻었어? 그놈이 어릴 적에는 공부도 잘허고 아주 똑똑힜는디 이상허게 성질이 지랄같이 변해부렀어. 고등학교 졸업을 하고는 일자리를 못 구하고 다니더니 지그 할매를 패기 시작허데. 어려서부터 그놈이 가난허게 태어났다고 할매한테 원망이 심혔어. 할매가 혼자 벌어서 키우는디 얼매나 돈이 있었겄어. 힘들었지. 근디 할매를 대놓고 두들겨 패는 거여, 그놈의 새끼가. 가난허게 태어난 것이 모두 할매 잘못이라는 거여. 싸가지 없는 놈의 새끼! 부모가 가난헌 것이 잘못이여? 죄여? 죄냐고?"

"아니죠."

태석은 얼떨결에 대답했다.

"할머니는 지금 어디 계시는데요?"

"몰라. 두 달 전인가, 석 달 전인가. 그놈이 광주 어디 요양병원에 넣었다고 허는 것 같애."

"요양병원요?"

"속을 채리서 그런가는 몰라도 요양병원에 넣었다고 혔어, 좌우지간."

"어디 병원인지는 모르구요?"

"몰라. 인자 가도 되지?"

태석이 좀 더 말씀을 해달라고 요청하자 노인은 망설이는 눈치였다. 눈치를 챈 태석이 절대 박창기가 알 리 없다며, 경찰만 알고 있을 거라고 노인을 안심시켰다. 그러자 실은 박창기에 대해 할 말이 많다는 듯이 이야기를 이어갔다.

"애가 잔인해. 동네 개들이 자기 보고 짖으면 잡아다가 죽여부렀어. 몸뚱아리를 도끼로다가 토막을 내가지고 불을 질러 태워버렸으니까. 그렇게 죽은 개가 몇 마리 되지. 그것도 산 놈을 도끼로 다 찍어서 그랬으니까. 아주 독종이야. 눈빛이 보통사람하고는 달라. 어른들이 말려도 소용없어. 오히려 말리는 어른들도 패고 그랬으니까. 지한테 싫은 소리, 안 좋은 소리 한 번만 해도 꼭 해꼬지를 했다니까. 어떤 일이 있어도 복수를 했은게. 그놈 무서워 동네 떠난 사람이 많어. 경찰 아자씨도 조심허소. 가는 꼭 그런 놈이여."

노인은 팔을 들어 올려 도끼 크기가 팔뚝만 하다고 알려주면서 진저리를 쳤다. 복수라는 말에 태석은 소름이 돋았다. 창기가 자신에게 복수를 하고 있을지도 모른다는 생각이 들었다. 노인은 계속해서 주위를 경계했다.

"신고를 하시지."

"신고? 신고 같은 소리 허네. 도끼를 들고 찾아올지도 모르는디 신고를 혀!"

"그래도 경찰에 신고를 해야 도와드리죠. 모르는데 어떻게 도와드려요."

"신고했다가 잘못되면 어떻게 헐라고? 못혀. 자네도 우리 동네서 살아봤으면 그렇게 못헐 것이여. 동네에 창기네 할매하고 친한 할머니가 있어. 그래서 창기가 즈그 할매 두들겨 팰 때 가서 말리고 혔는디, 그 할매도 창기한테 맞아가지고 병원까지 실려갔었어. 망치로 머리를 때려버렸으니까. 그때 경찰에 신고한다는 것을 창기 할매가 사정사정허서 안 힛지."

"아, 그 머리에 흉터 있으신?"

"맞어, 그 할매여. 근디 요새 이디 갔는가 통 안 보이네. 딸네 집에 갔는가. 그 할매가 며칠 전에 창기가 왔다고 알리줬는디."

노인은 자기 말이 절대로 박창기 귀에 들어가서는 안 된다는 당부를 여러 번 하고 오토바이에 올랐다. 동네에서 박창기는 공포의 대상이 분명했다. 그런데 그런 사실을 누구도 밖으로 이야기하지 못했다는 게 더 큰 비극이었다.

박창기의 집으로 가는 동안 바람에 다시 동물 썩는 냄새가 실려 불어왔다. 노인의 말을 듣고 나니 더욱 냄새가 의심스러웠다. 혹시 불어오는 냄새가 미숙의 것은 아닐까?

나비 사냥 321

조심스럽게 마당으로 들어갔다. 허리를 숙여 마루 밑을 살피고 방 안으로 들어갔다. 방은 두 개로 나뉘어 안방과 작은방이 있었다. 먼저 작은 방으로 들어가자 박창기가 썼던 것으로 보이는 책상과 책꽂이가 있었다. 책꽂이에는 불규칙하게 책이 꽂혀 있고 노트도 몇 권 보였다. 안 쓴 지 꽤 되는지 오래된 먼지가 쌓여 있었다. 놈이 있는 곳의 단서라도 있을까 노트를 꺼내어 펼쳐보았다. 이것저것 낙서가 되어 있고 그림이 그려져 있었다. 목이 잘리고 팔다리가 절단된 사람들 그림이었다. 잘려나간 부분에서는 피가 불꽃처럼 솟는 모양을 하고 있었다. 몇 장 넘기니 도끼로 사람의 머리를 내리치는 모습도 있고, 가슴에 칼을 꽂아놓은 것도 있었다. 어떤 그림은 사람을 해체해 모두 토막 내어 잘라놓았다.

"미친 새끼!"

태석은 저도 모르게 욕을 내뱉었다. 그림은 뒤쪽으로도 계속되었다. 놈이 토막을 낸 사람만도 열이 넘었다. 그러다가 뒤쪽에 설계도 같은 그림이 나왔다. 철창이 있는 건물 내부 그림이었다. 철창 안에 사람들이 갇힌 채 자물쇠가 굳게 잠겨 있었다. 철창 안의 사람들은 밧줄로 몸이 묶인 채 머리에 피를 흘리고 있었다. 여자도 있었고 남자도 있었다. 철창 밖에는 불에 타고 있는 사람들 모습이 마치 지옥도를 연상시켰다.

'나비가 모두 죽을 때까지'

한쪽에 놈이 삐뚤거리는 글씨로 써놓았고 옆에는 나비를 그려놓았다. 나비는 날지 않고 풀잎 위에 앉아 날개를 접고 있었다. 쉬는 것일까, 날려고 준비를 하는 것일까? 노트가 놈의 심리상태를 증명해줄 것 같아

겨드랑이에 끼고 안방으로 갔다.

문을 열자 냄새가 코를 찔렀다. 살인사건 현장에서 나던 사람 썩는 특유의 냄새였다. 아까 골목에서부터 나던 냄새의 진원지가 여기였다.

'왔다 갔어.'

허리를 숙여 빛을 받은 장판을 비스듬히 들여다보자 먼지 발자국이 보였다.

파리들 수십 마리가 장롱 문 사이에 붙어 있었다. 저놈들이 왜 장롱에 붙어 있지? 성체로 변태를 한 놈은 밖으로 나오려 하고 있었고 알을 밴 암놈은 안으로 들어가려 하고 있었다. 그림에서처럼 사람을 토막 내었을까? 마음을 졸이며 천천히 장롱 문을 열었다. 안에 있던 파리 수백 마리가 놀라 일제히 밖으로 날아 나왔다. 태석은 얼굴에 달라붙는 파리를 손을 저어 쫓아냈다.

이불 위에 사체는 없었다. 다만 사체에서 떨어진 찌꺼기와 부패액에 몸을 비비고 있는 구더기들이 수북했다. 구더기가 변태를 할 정도면 꽤 되있나'는 애기였나. 불행 중 나행으로 비숙은 아니었나.

놈은 장롱 앞에 비닐을 깔고 사체를 담아 가져갔을 것이다. 태석이 다시 와 발견할지도 모른다는 생각에 가져간 것이 분명했다. 불을 지를 수도 있었는데 왜 그러지 않았을까. 그렇게 된다면 소방서에서 와서 더 빨리 발견이 됐겠지. "여기 사체가 있으니 보세요"라고 떠들 만큼 박창기는 멍청이가 아니다. 생각이 거기까지 미치자 더 이상 지체할 것이 없었다. 생각했던 것보다 훨씬 잔인하고 똑똑한 놈이었다. 경찰서에 들어와서도 당당히 조사를 받고 유유히 빠져나갔고, 형사들에게도 순박하게 보일 만큼 가면을 쓸 줄도 알았다.

차로 달려가며 태석은 팀장에게 전화를 걸었다. 이 이상 더 확인할 것도 없었다. 지금 바로 지원을 받아 미숙을 찾고 놈을 검거해야 한다.

"형님, 태석입니다."

"어쩐 일이여? 동생 찾는다고 경찰서 왔다 갔다면서, 미숙이가 집을 나간 거냐?"

"나간 게 아니고 납치된 거예요. 박창기 그 새끼가 맞아요. 지금 당장 수배를 내려주세요."

"허허, 너 왜 그래 또!"

팀장은 태석이 또다시 한심한 짓을 하고 있다고 혀를 찼다.

"형님, 여기 우산리인데, 박창기가 원래 살던 데요. 거기로 황 반장하고 형사들 보내요. 거기 박창기가 죽인 사체가 있었던 흔적이 있어. 아마 그놈이 자기 할머니를 죽인 것 같애."

"휴우……. 이번에는 사체냐? 그것도 사체가 있는 것이 아니라 흔적이 있다는 거야? 너 왜 그러냐? 술 먹은 거 아니지? 그놈이 너하고 무슨 원수를 졌다고 그러냐. 이제 그만해라."

팀장은 태석의 말에 한숨부터 쉬었다.

"미치겠네. 그게 아니라니까. 엊그제 내가 온 것을 보고 사체를 발견할까봐 와서 치워버렸다니까. 지금 거기로 감식반 보내서 확인해봐. 그럼 알 거 아냐!"

태석은 믿어주지 않는 팀장에게 고함을 질렀다.

"알았어. 지금 황 반장하고 형사들 아파트 절도건 큰 게 터져서 거기 갔으니까, 거기 끝나면 가보라고 할게. 나도 지금 절도현장으로 가는 길이야. 여기 일도 바빠. 서장님 관사가 털렸는데 정신없다. 과장하고 지구대장이랑 지금 대책보고서 만드느라 정신없어."

"아이, 시발! 지금 절도가 중요해? 사람이 죽고 납치가 되었는데! 미숙이가 그놈한테 잡혀 있다고!"

"알았어. 알았다고, 인마!"

"형님, 형님! 아이, 시발!"

팀장은 태석의 말을 귀 기울여 듣지 않고 대충 알았다고 하고서 끊어버렸다. 태석은 다시 전화를 넣었다.

"왜? 황 반장 보낸다니까."

"수배! 그 새끼 차를 찾아야 할 거 아니야. 그 새끼 광주에서 어제 보았어. 아직 광주에 있을지도 모르는데, 일단 읍내로 돌아왔을지도 모르니까 순찰차로 수색 좀 해줘요."

여기에 있다면 직원들이 순찰을 돌면서 찾을 수 있지만 광주에 있다면 전국에 수배를 내려야 했다.

"태석아, 그래 내가 니 맘 다 알아. 그렇지만 일단 사무실로 들어와서 명확히 설명을 하고 과장하고 시장이 납득할 만한 이유를 대야지. 전화에 대고 무턱대고 수배를 내려달라, 수색을 해달라 하면 어떡하냐. 저번에도 그랬잖아. 너 전화로 그만하고 사무실로 들어와. 들어와서 설명하라고."

"그럴 시간이 없다니까, 지금. 단 1분이라도 빨리 그놈을 잡아야지. 미숙이가 어떻게 되었을지 몰라요. 그렇게 못 믿겠으면 지금 당장 황 반장을 보내라고, 거기로!"

"알았어. 보낼 테니까 너는 우선 들어와. 들어와서 얘기해."

"먼저 해달라고, 내가 지금 가고 있으니까."

나비 사냥 325

전화로는 절대로 설득이 될 것 같지 않았다. 저번 일로 수사과장과 서장에게 된통 당한 것이 있어 팀장은 태석을 믿으려 하지 않았다. 우선 황 반장에게는 절도건이 끝나는 대로 가서 감식을 하라고 지시했다. 그러나 서장 관사에 들어간 절도범을 잡는 데 열중해 있어 귀 기울여 듣지 않았고 태석이라는 말에 더 관심을 두지 않았다.

태석의 차는 사무실로 달려가고 있었다. 머릿속에는 팀장과 수사과장을 설득할 말을 계속해서 되뇌고 있었다.

그때 주머니에서 전화기가 울렸다.

"어, 대준아, 찾았나?"

"예, 형님. 찾았어요."

대준의 목소리는 긴장되어 있었다.

"어디?"

"독산면으로 가는 고속도로 입구 편의점 있죠? 거기에 지금 차가 주차돼 있어요. 친구 녀석들한테 찾아보라고 했더니 고속도로에서 보고 전화를 줬어요. 제가 와서 보니까 형님이 말한 그 차가 맞는데요. 그 새끼는 지금 편의점에 잠깐 들어간 것 같아요. 시동도 켜 있는데 어떻게 하죠?"

다행히 대준이 놈을 쉽게 찾아주었다. 친구들까지 불러 읍내와 주변을 모두 뒤진 덕분이었다. 고속도로 입구로 향하는 탑차를 같은 방향으로 가고 있던 친구놈이 발견해 알려주었다. 놈이 가고 있다는 말에 전속력을 다해 쫓아갔고 다행히 놈은 편의점에 멈추어 시간을 보내고 있었다. 허겁지겁 달려온 대준이 차번호를 확인하고 곧바로 태석에게 전화를 걸었다.

"거기는 고창이잖아. 그놈이 거기에는 왜 가 있는 거야?"

"그걸 제가 어떻게 알아요. 찾은 것만 해도 대단하구만. 이제 어떻게 해요?"

"내가 갈 때까지 잡고 있어, 인마."

"어떻게요?"

"그걸 어떻게 알아, 니가 알아서 해. 놓치면 죽어."

전화를 끊고 나서 대준은 어떻게 해야 할지 몰랐다. 무작정 달려가 잡았다가 놓치면 태석에게 혼이 날 것 같고, 그러면 미숙을 찾을 길도 멀어지게 될 게 분명했다. 어쩔 줄 몰라 하는 사이에 탑차 주인이 자판기 커피를 다 마시고 담배에 불을 붙여 연기를 내뿜으며 한 걸음 한 걸음 차로 다가왔다. 어떻게 해야 할까? 심장이 두근거리기 시작했다. 나가서 잡아야 할까? 그러다 놓치면, 그러다 도망가버리면? 긴장한 숨소리가 거칠어지기 시작했다. 에라, 모르겠다! 대준은 안전벨트를 확인하고 액셀러레이터를 힘껏 밟았다. 굉음을 내며 차는 앞으로 튀어나가 탑차 옆구리를 여지없이 들이박았다. 광 소리가 나며 덥자의 운전식 바퀴가 위로 들렸다가 내려왔다. 운전석 문짝은 안으로 깊숙이 찌그러졌다. 박창기는 깜짝 놀라 멈칫했다가 차로 뛰어왔다.

"저 하태석입니다. 살인용의자 박창기가 지금 독산면 고속도로 입구 편의점에 있거든요. 고속도로 들어가는 쪽에. 그쪽으로 순찰차를 좀 보내주세요. 빨리요! 저도 지금 그쪽으로 가고 있으니까."

"또 살인용의자여? 그런데 거기는 우리 관할이 아니여. 고창 관할이지. 못 보내."

"지금 관할이 문제예요? 얼마나 떨어졌다고. 고창 상황실에 연락하면 되죠."

"알았어. 알았어."

"빨리 보내줘요."

"알았다고!"

태석의 말에 대꾸하기도 싫은지 상황실장은 알았다는 말을 반복하고는 전화를 끊어버렸다. 낮에 있었던 일도 있고 해서 상황실장은 적잖이 태석에게 비위가 상해 있었다. 더구나 태석이 말한 곳은 관할도 아니었다.

'미꾸라지새끼 하나가 와가지고 경찰서를 온통 시끄럽게 만들고 있어. 이제 고창까지 그렇게 만들려고 그러네.'

태석에게 짜증이 나 상황실장은 혼자서 중얼거렸다. 그래도 전화까지 왔는데 확인은 해주어야 할 것 같아 강력팀 사무실로 갔다.

"현장에 안 나갔네."

"나가려고 했는디 태석이가 확인할 게 있다고 혀서. 곧 나가봐야 해."

"상황실로 전화가 왔는데, 또 살인용의자가 있다고 허는데 어떻게 해야 해? 강력팀에서 나가보던가. 우리 관할도 아니여. 고창경찰서에 연락하기도 그렇고."

"상황실로도 전화 왔든가? 박창기 일이제? 나한테도 오기는 했는데 왜 자꾸 그러는가 모르겄어. 지금 서장님 관사 때문에 골치 아파 죽겄는디. 서장님 신경이 예민헌디, 또 태석이라고 허면 뭐라고 허겄어. 형사들이 전부 다 거기에 가 있어서 갈 상황은 못 되고, 순찰차가 한번 가보라고 허는 건 어쩌?"

"우리 관할도 아닌데 어떻게 관내를 벗어나서 가보라고 혀. 그러다 일 생기면 누가 책임질라고."

"하긴. 태석이 그 새끼, 내가 사무실로 들어와서 정확히 설명을 좀 하라니까는, 새끼가 보고는 안 하고 자꾸 딴짓을 했쌌네. 서장님이 곧 관사에 나가보실 것 같아서 나도 나가봐야 하는디."

"그러니까. 확실하면 나도 고창서에 전화해서 순찰차를 바로 보내주라고 할 판인데 저번처럼 또 그럴까봐 그렇지. 다른 서까지 망신시킬 일 있어. 아직 팀장도 확실한 것은 모르는구만?"

"나도 몰라. 설명을 해야 알지. 그냥 살인, 살인 하니까. 저번에도 그런 꼴을 당하고도 또 그러네. 박창기에 대해서 황 반장이 그렇게 설명을 해 줬는데."

"그놈 때미 경찰서가 시끌시끌허네. 알았어. 우선 고창서에 순찰차나 한번 보내보라고 할게."

"에이, 나도 서장님 나오기 전에 거기 가 있어야지. 없으면 또 뭐라고 하시겠어. 사네가 알아서 혀. 나는 나길렁게."

상황실장은 고창서에 연락을 넣어 상황을 대충 설명했다. 그러나 살인용의자라는 말은 빼고 그냥 순찰만 해줄 것을 요청했다. 순찰 내용이 뭐냐고 재차 물었지만 그냥 가보라는 말만 했다.

29

"차 어떻게 할 거예요? 지금 당장 대전에 가야 되는데."

"죄송합니다. 제가 운전이 서툴러서."

대준은 부서진 차 앞에서 미안하다는 듯 고개를 숙였다. 그러나 고개 아래로 눈은 박창기를 살피고 있었다.

"보험처리 해드릴게요. 차를 옮기려면 보험사를 불러야 하는데. 잠시만요, 제가 보험사에 전화를 할게요."

"그럴 필요 없어요. 제가 고칠 테니까 그때 연락할게요. 제가 바빠서."

박창기의 말투는 짜증이 나 있었고 이야기를 하면서도 시계를 계속 쳐다보았다. 고속도로를 타기 전에 잠깐 편의점에 들렀다가 일이 터지자 난감했다. 시간에 맞추어 돈을 받아 서울까지 가려면 시간이 촉박했다. 차를 고치고 올라가기에는 시간이 부족했다. 차 문을 열려고 하자 문이 찌그러지면서 손잡이까지 부서져 열 수가 없었다.

"그럼 손잡이만이라도 제가 고쳐드릴게요. 문이 열려야 타고 가죠."

"조수석으로 타고 가면 돼요. 연락처나 주세요. 빨리!"

"아이, 자꾸 그러시네. 잠시만요. 제가 공업사에 빨리 연락해서 문만이라도 좀 열 수 있게 해드릴게요."

"되었다구요. 연락처나 달라니까."

"아니, 내가 미안해서 그러죠. 그럼 저기 편의점에 가서 음료수라도 드시고 연락처 적어드릴게요."

연락처는 주지 않고 딴소리만 하는 대준에게 박창기는 짜증이 났다. 그러나 대준은 어떻게든 시간을 끌어야 했다. 시계를 보는 건 두 사람 모두였다. 박창기는 대전을 올라가기 위한 것이고, 대준은 태석이 빨리 와주기를 바라는 것이었다. 괜찮다는 박창기를 끌고 대준은 편의점 안으로 들어갔다. 그리고 캔커피를 사주고 카운터에서 볼펜을 찾는 척

했다.

"볼펜이 없어요? 잘 찾아봐요. 거기, 거기, 그거 아닌가?"

대준의 모습과 시계를 번갈아 쳐다보다가 더 이상 기다리지 못하겠다는 듯 박창기는 대준에게 다가왔다.

"그냥 번호 불러줘요. 핸드폰에 입력할 테니까."

"적어드릴게요."

"그냥 불러달라고요."

"적어준다니까요."

"아이 시발, 그냥 주라는데 왜 그렇게 말이 많아."

"화내지 마시구요. 조금만 기다려보세요."

"아이 시발, 몰라."

박창기는 더 이상 기다릴 수 없다는 듯 다 먹지도 않은 커피를 그대로 쓰레기통에 집어던지고 밖으로 나가려 했다.

"썼어요. 썼어! 여기 여기."

박창기가 출입문을 잡았다가 쪽지를 전해주는 것을 빌으리 인으로 다시 들어왔다. 그때 검정색 코란도 차량이 출입문을 뚫고 들어올 듯 달려와 멈추어 섰다. 무한의 속도로 달려온 태석의 차다. 차문이 열리자마자 태석이 튀어나와 편의점 안으로 뛰어 들어왔다. 쪽지를 받으려는 박창기를 향해 태석은 무소가 돌진하듯 달려가 주먹을 얼굴에 꽂았다. 퍽 소리와 함께 박창기의 몸이 날아올라 진열대 위로 널브러졌다. 윽 소리와 함께 떨어진 박창기를 다시 쫓아 들어가는 태석이다. 멱살을 잡고 들어 올려 다시 주먹으로 얼굴을 쳐 올렸다. 또다시 박창기가 널브러졌다. 조금 후 정신을 차리고 도망가려 몸을 일으키자 태석은 뒤에서 붙잡아

가게 안쪽으로 던져버렸다. 진열대들이 모조리 넘어가고 쌓여 있던 물품들이 바닥으로 쏟아져내렸다.

"미숙이 어디 있어, 개새끼야! 빨리 말해!"

쓰러진 진열대 위로 박창기가 넘어지자 달려가 위에서 몸을 탔다. 주먹으로 죽일 듯 얼굴을 때리자 금세 피범벅이 되었다. 태석의 주먹에 터지고 깨져 코와 입에서 피가 사방으로 튀었다.

"말해, 개새끼야. 어디 있냐고?"

"히히히."

"뭐야 이 새끼, 웃어!"

박창기는 대답 대신 알 수 없는 웃음만 지었다.

손님이 누군가에게 묵사발이 되듯 두들겨 맞는 모습을 보고 편의점 직원은 112에 신고를 하려고 전화번호를 누르고 있었다. 그때 가게 앞으로 순찰차가 멈추어 서자 전화번호 누르는 것을 멈추고 밖으로 뛰어나갔다.

"어떤 사람이 사람을 패 죽이려고 그래요. 가게도 다 부셔버리구요. 저기 저 사람요. 그대로 두면 저 사람 죽어요."

순찰차에서 내린 경찰관들은 점원의 말을 듣고 뛰어 들어가 태석을 붙잡았다. 점원의 말대로 일방적인 폭력행사로 한 사내가 거의 초주검이 되어 있었다.

"이 사람이, 사람을 아주 죽이려고 그러네, 그만둬요. 그만둬!"

"아이 시발럼. 너 이 개새끼야. 빨리 얘기 안 해! 얘기하란 말이야! 미숙이 어디 있어? 어디에 있냐고!"

"살려주세요."

태석은 박창기를 부여잡고 미숙이 어디에 있는지 다그쳤고, 창기는 대답하는 대신 경찰관들에게 매달려 살려달라고 했다. 경찰관이 태석을 붙잡고 있었기 때문에 수를 잘 쓴다면 전세를 바꿀 수 있는 상황이었다. 피를 질질 흘리며 죽는 시늉을 했다. 누가 보아도 창기는 피해자고 태석은 가해자였다. 경찰관 중 한 명이 무전에 대고 구급차를 불러 달라고 했다.

"아저씨, 폭행혐의로 현행범 체포하는 거예요. 묵비권도 있고 변호사도 선임할 수 있어요. 아시겠어요?"

"뭐, 뭐요? 나 강력팀 하태석 형사예요. 저 새끼는 사람을 죽인 놈이고! 지금 나를 잡을 게 아니라 저 새끼 잡으라고. 이거 놔봐! 놔보라고. 지금 저 새끼를 체포해야 한다니까. 수갑 있으면 저놈 좀 채워요. 빨리!"

"누구요?"

"강력팀에 하태석이라구요. 얌마, 이리 와. 이리 안 와!"

"두 사람 같구나, 따로 떼놓으라고!"

경찰관 둘이 잡고 있는데도 태석은 손을 뿌리치고 박창기에게 달려들어 주먹으로 때리고 발로 찼다. 박창기는 약자인 양 주먹에 맞아 뒤로 넘어졌고 경찰들은 태석을 박창기에게서 떼어놓으려 밀어냈다.

"그만 때리라고! 이 사람 왜 이래. 우리 서에 하태석라는 형사는 없어. 경찰 맞아? 아저씨, 진짜 경찰이에요?"

"우리 형님 영광경찰서 경찰관 맞아요. 저 새끼가 우리 마누라를 잡아갔다니까요."

"아! 맞다니까. 저 새끼 내가 조사하던 놈이라고! 얌마, 내가 경찰이야 아니야? 대답해! 빨리 말 안 해!"

　옆에서 끼어들지도 못하고 있던 대준이 나서서 태석을 변호했지만 경찰관들은 들어주지 않았다. 순한 사슴인 척 피해자 노릇을 하고 있는 박창기는 피범벅이 된 채 힘들어하는 표정만 짓고 있었다. 그러다가도 태석과 눈이 마주칠 때는 슬쩍 비웃음을 지었다.

　"저 사람 경찰 맞아요?"

　"몰라요. 무작정 주먹으로 때려서 저는 맞기만……."

　"아, 됐어요. 힘들면 말하지 마세요."

　태석은 지갑을 꺼내 신분증을 보이려다가 아직 신분증이 발급되지 않은 것을 깨닫고 찾는 것을 멈추었다.

　"아직 신분증은 나오지 않아 없는데 경찰 맞다니까. 그것보다 저 새끼 잡으라구요. 나를 잡지 말고! 아 시발, 왜 사람 말을 못 알아들어!"

　"알았어요. 알았고 갑시다. 아저씨도 가고 저 사람도 데리고 갈 테니까. 우선 파출소로 가자고요. 가서 설명하면 되지. 여기 부서진 것도 확인해야 되고. 아저씨가 부순 거 맞잖아."

　"지금 그게 문제가 아니라. 봐봐, 좀! 저 새끼부터 꽉 잡으라고요. 얌마, 아픈 척하지 말고 얼른 일어나 새꺄! 엄살 그만 부려."

　"그만해요, 좀! 알았다고 안 흐요? 몇 번을 말해. 같이 데리고 갈 테니까 걱정하지 말고. 파출소에 가서 아저씨가 경찰인지 아닌지도 확인하면 되지."

　경찰관들은 태석과 대준을 끌고 밖으로 나왔고, 편의점 점원은 가게 부서진 것을 어떻게 해야 하냐고 경찰관들을 따라오며 계속 물었다. 경찰관들은 편의점 점원도 곧바로 파출소로 오라고 하고 차에 태석을 실으려 했다. 시선에서 박창기가 사라지자 태석은 점점 더 격분하기 시작했다.

"아! 시발, 저 새끼 같이 실어. 얼른! 어디를 보내냐고 같이 가야지."

"피 좀 닦고 가게요. 누가 안 데려간대요? 응급차도 불렀어요. 피해를 확인해봐야지."

"저 새끼를 왜 응급차에 실어. 경찰서로 끌고 가야지. 응급차 필요 없다고 취소해요. 빨리!"

"알았어요. 좀 조용히 좀 해요."

또 다른 순찰차 한 대가 편의점 앞으로 들어왔다.

"이게 뭔 일이여?"

"저 사람이 영광서 강력팀 직원이라는데 맞을까요?"

차에서 내린 경찰관에게 태석을 감시하던 경찰관이 다가가 조용히 물었다.

"몰라. 거기 경찰인지, 어디 경찰인지 어떻게 알아. 신분증 한번 보지?"

"없어요. 아직 안 나왔다고."

"그 말을 어떻게 믿어. 왜 사람을 팼어?"

"몰라요. 우리가 말리지 않았으면 난리 났을 거예요."

"거 가게 안에 CCTV 있는지 잘 확인해, 진짜 경찰이면 경찰관이 또 사람 팼다고 할지 모르니까. 우리는 말리러 간 것이고. 괜히 엮이면 좋을 거 없잖아. 편도 들어주지 마. 경찰관이 서로 감싼다고 할지 모르니까. 도망 못 가게 하고. 사진 잘 찍어둬. 저런 놈이 언제 사람 때렸냐고 한다니까."

"그래서 저 사람 어디 못 가게 계속 잡고 있어요. 계속 패려고 하는데 말렸다니까요. 안 말리면 죽일 것 같더라구요."

"피해자는 어디 있어?"

"김 순경하고 같이 화장실에 좀 보냈어요. 얼굴이 피에 범벅이 되어가지고 좀 닦으라구요. 입술이 다 찢어지고 이도 몇 개 부러진 것 같애요."

"돈 벌었구만. 저 새끼 경찰 아니야. 경찰이 아니니까 사람을 저렇게 패지. 먼저 데려가. 피해자는 내가 데려가야겠네."

박창기를 찾으러 경찰관은 화장실로 향했고, 태석은 혹시라도 박창기를 놓칠까봐 편의점 안을 놓치지 않고 노려보고 있었다. 박창기에게 가려고 해도 직원이 잡고 놓아주지 않았다. 시간이 없는데 계속 시간을 지체하는 경찰관들이 한심해 보였다. 경찰관은 그런 태석을 도망갈지도 모른다는 생각으로 예의 주시하고 다른 직원은 편의점의 부서진 내부를 사진촬영하고 있었다.

"놔봐. 놔보라고. 전화해보면 될 거 아니야. 강력팀에! 아니, 내가 전화할게."

직원에게 팔짱이 끼인 채 태석은 전화를 빼어 강력팀장에게 전화를 넣었다. 현장으로 바로 나와달라고 할 참이었다. 신분증도 없고 다른 서라서 직원들이 태석을 전혀 모르기 때문에 팀장이 있어야 해결이 될 것 같았다.

"없는데? 피해자 어디 있어? 어디 간다는 말 없었어?"

"화장실에 가서 피만 닦고 온다고 했는데요. 없어요? 김 순경 안 보고 있었어?"

"문 앞에 있었는데 없네요. 어디를 갔지?"

"왜?"

"왜는 왜! 시발 도망갈 만하니까 도망가지!"

화장실로 들어갔던 직원이 양 손바닥을 들어 보이며 사람이 없다는 시늉을 했다. 전화를 걸던 태석은 경찰의 팔을 뿌리치고 부리나케 편의점 안으로 뛰어 들어갔다.

"시발, 그 새끼 잡으라고. 대준아! 빨리 찾아."

경찰들이 못 미더워 대준에게 찾으라고 소리를 지르고는 화장실로 달려갔다. 변기 위로 난 창문이 열려 있고 창문에 핏자국이 선명했다. 태석의 뒤에서 경찰관들이 무슨 일이냐는 듯 쳐다보고만 있는 것을 다시 밀어내고 밖으로 뛰었다. 지금 박창기를 놓치면 미숙이 어디에 있는지 완전히 놓치고 만다. 반드시 잡아야 한다. 건물 뒤로 돌아 골목길을 따라 뛰기 시작했다. 편의점 안에 있던 경찰관들은 어떻게 해야 할지 몰랐다.

"진짜 살인범 아닌가?"

"시골에 무슨 살인범이야. 살인범이면 그렇게 두들겨 맞고 있었겠어. 그 자리에서 도망을 갔겠지."

"도망갔잖아요."

"바로는 아니었지."

"어딘가 잘못한 게 있으니까 그런 거 아닐까요?"

"살인까지야 했겠어. 벌금이나 있겠지."

"근데 진짜 경찰 맞아?"

"몰라. 그것부터 확인해야겠는데."

편의점 밖으로 나간 직원들은 창기를 잡기보다는 대책을 세우고 있었다. 편의점 점주가 다가와 보상 문제를 물어도 기다려달라는 말만 할 뿐 아무 말도 해주지 않았다.

편의점 뒤로 돌아가자 골목이 수 갈래로 나뉘어 있었다. 어디로 갔을까? 무작정 달리는 수밖에 없었다. 여기서 놓치면 영영 놓칠지도 모른다는 생각이 들자 무거웠던 발이 더 무거워지기 시작했다.

"대준아! 저쪽으로 가!"

"예."

"보면 멀뚱히 있지 말고 새끼야. 디지게 패든가, 잡든가."

"예!"

같은 방향으로 뛰다가 길이 나뉘자 대준을 다른 방향으로 보냈다. 시골이라 그런지 동네에 사람이 별로 없었다. 100가구가 넘는 동네지만 사람이 사는 집보다 빈집이 많았다. 박창기의 흔적을 찾아 한참을 뛰었다. 무작정 갔을 거라고 짐작되는 곳으로 보이는 대로 달리고 살폈다. 동네 사람을 만나도 태석은 달리는 것을 멈추지 않고 뒤돌아보며 물었다.

"이상한 놈 못 봤어요? 옷에 피가 묻었는데."

"저기로 갔는디."

한 나이 지긋한 노인이 손을 들어 가리켰다. 노인이 가리킨 곳으로 다시 힘을 내어 뛰었다. 골목을 돌고 또 돌았다. 박창기가 숨어 있다가 공격을 할지도 모르지만 그렇다고 뛰는 것을 멈추고 걸어갈 수도 없었다. 골목을 돌며 계속해서 뛰었지만 박창기의 모습은 보이지 않았고, 그 끝은 산이었다. 야산으로 올라간 것일까? 산으로 들어가는 나무 사이를 보았지만 박창기가 지나갔을 거라고는 보이지 않았다. 태석의 예감은 박창기가 아직 마을에 있을 거라고 신호를 보냈다. 뒤돌아 다시 마을로 돌아갔다. 저기 문이 열린 집으로 들어간 것일까? 골목 끝이고 집은 폐가에 가까웠다. 걸음을 멈추고 반쯤 열린 대문으로 집 안을 살폈다. 집은 사람이 떠나고 빈 지 오래돼 보였다. 마당에는 풀이 가득하고 마루는 내려앉은 데다 방문은 찢어지고 떼어져 기울어져 있었다. 심장이 급한 달음질에 놀라 쉼 없이 뛰고 있었다. 좌우를 살피며 조심스럽게 안으로 발을 옮겼다. 빈집 어딘가에 박창기가 있다면 어디에서 어떻게 공격을 해올지도 모르는 상황이었다. 흘러내린 땀이 눈으로 들어가 따가웠다. 마당 안으로 들어가 좌우를 살피고 뒤를 돌아보려 할 때였다. 긴장한 탓에 침이 목을 넘어가는 순간 갑자기 뒤에서 나타난 검은 덩어리가 머리를 치고 지나갔다. 컥 소리를 내며 태석은 바닥으로 쓰러졌고, 쓰러진 그에게 발길질이 쏟아졌다.

"개새끼! 일어나, 일어나봐!"

태석의 머리를 때리고 지나간 것은 오래된 벽이 무너져 내린 곳에서 떼어낸 시멘트 블록이었다. 오래된 블록이 머리와 부딪히며 산산이 부서져 태석은 온통 시멘트 가루를 허옇게 둘러썼다. 가루 사이로 붉은 줄기가 흘러내렸다. 머리에 가해진 고통으로 태석은 눈조차 뜰 수 없고 대꾸 한미디 할 수 없었다. 양손으로 머리를 움켜집고 몸을 좌우로 흔들어보았지만 고통은 더 커지기만 했다.

"완전히 맛이 갔구만. 으이구, 피 나는 것 좀 봐. 아프겠다. 하태석 형사님 대단해, 나를 잡고. 나를 누가 잡을 수 있을까 궁금했는데. 내가 그렇게 멍청한가. 꼬리가 잡히고 말이야. 깊이 반성해야 되겠어. 근데……. 못 잡았잖아. 내가 널 죽이면 영원히 너는 나를 못 잡는 거야. 그렇지? 그렇다고 내가 널 죽일 것 같애? 아니야, 안 죽여. 왜? 내가 너를 싫어하거든. 내 일을 망쳐놨는데 그냥 죽여? 아니야, 고통스럽게 죽여줘야지. 그것도 아주 많이. 안 그래? 넌 나를 잘 몰라. 내가 어떤 놈인지."

나비 사냥 339

말을 마치고 박창기는 다시 일어나 태석의 머리에 발길질을 하며 편의점에서 맞았던 것에 대한 분풀이를 해댔다. 발길질이 힘이 드는지 숨을 몰아쉬다가 상처 난 입의 침을 모아 태석의 머리에 뱉었다. 붉은 피가 섞인 피가 태석의 머리에 떨어졌다. 태석은 여전히 정신을 차리지 못했고, 머리에 떨어진 피는 머리카락에 섞여 끈적거렸다. 머리를 감싸 쥐고 눈을 떠 박창기를 바라보아도 희미하게 형태만 보이고 목소리만 들려올 뿐이었다. 블록에 맞은 고통에서 빠져나오기란 너무 힘이 들었다.

"너 고기 먹었지? 내가 가져다준 거. 맛있데? 너무 늙은 년을 잡아서 질겼을 텐데. 그 할망구가 나를 얼마나 싫어하는지. 옛날에 죽여버렸어야 하는데. 우리 할망구 친구라서 봐주었지. 할망구만 아니었으면 노망나기 전에 죽었을 텐데. 맛있게 먹었으면 되었어. 다 먹었던데. 한 점도 안 남기고. 어때, 속이 울렁거리고 미치겠지?"

"미친 새끼……."

"응? 정신이 있었네. 그럼 잘 들어."

박창기는 태석의 얼굴에 바짝 다가가 속삭였다.

"다음은 니 동생이야, 사무실로 보내줄게. 손을 보내줄까, 머리를 보내줄까. 히히히. 나를 잡지 마. 나는 지금 머저리 같은 신을 대신해 처단을 하고 있을 뿐이야. 니 동생은 아니었는데 그렇게 된 거야. 왜? 너 때문에. 처음부터 나를 건드리지 말았어야지. 후회해도 소용없어. 이미 난 너에게 복수를 시작했으니까."

"으으으."

"오호호, 일어나시려고?"

태석이 힘을 내어 일어나려고 하자 박창기는 뒤로 물러났다. 정신이 깨어오는 태석을 경계해 박창기는 부서진 담벼락으로 가 블록을 집어 들었다. 그러고는 조금의 주저함도 없이 머리 위까지 들어 올려 태석의 머리를 내리쳤다. 퍽 소리를 내며 블록이 부서지고 이번엔 머리를 감싸고 있던 팔에서 피가 흘러내렸다. 태석은 완전히 정신을 잃어버렸다.
　"기다려, 내가 총으로 쏴 죽여줄 테니까."

　박창기는 골목을 빠져나오다가 키가 꽂힌 트럭을 발견하고 그대로 운전해 나왔다. 돈을 받기로 한 약속시간에 늦을 것 같았다. 전화를 하려고 주머니를 뒤졌다.
　"시발!"
　최 사장의 휴대전화를 탑차 조수석 박스에 놓고 내렸다. 곧장 편의점으로 차를 몰았다. 차에서 꺼내 가져오면 그만이었다. 그러나 탑차 주변에 파출소 직원들이 모여 기웃거리고 있었다. 조금 기다려볼까. 박창기는 편의점 건너 도로에 정차를 하고 경찰들이 빠져나가기를 기다렸다. 그러나 경찰들은 자리를 뜰 줄 몰랐다.
　띵동. 휴대전화 문자가 들어왔다.
　'7시 시간 엄수 바람. 어길 시 곧장 처분할 계획.'
　시계는 2시를 가리키고 있었다. 대전에 가서 돈을 받기로 한 시간이 4시이고 서울에서 만나기로 한 7시다. 4시에 만나면 돈을 가지고 서울로 가 돈을 건네주는 시간이 빠듯할 것 같았다. 하태석만 아니었다면 이미 출발을 해 한 시간은 빨리 돈을 받을 수 있었고, 그러면 소총을 받을 시간도 넉넉하게 맞출 수 있었을 터였다. 더 늦어지면 서울에 올라가도

러시아워라서 시간에 맞추어 가기 힘들 것이다. 3시로 했어야 했는데, 하고 후회가 되었지만 어쩔 수 없었다. 이게 모두 그 하태석 개새끼 때문이다.

이가 부서질 듯 턱에 힘을 주었다가 침을 빨아 창문을 열고 뱉었다. 아직도 붉은 피가 침에 섞여 나왔다. 신분을 드러내지 않으려면 최성만 사장의 전화를 사용해야 한다. 그러나 사장의 전화는 탑차에 있고 경찰들이 떠날 때까지 마냥 기다릴 수도 없었다. 어쩔 수 없이 차를 돌렸다. 반드시 소총을 구입해야 하는 이유가 생겼다. 박창기의 머릿속에는 소총으로 태석의 머리를 박살 내는 것 외에는 다른 생각이 없었다.

30

얼마를 잠들어 있었을까. 태석이 깨어난 장소는 병원이었다. 시간은 3시가 넘어가고 있었고 찢어진 머리는 꿰매어져 있었다.

"여기 어디냐?"

"고창의료원요. 머리를 심하게 다쳤대요. 우선 팔하고 머리를 꿰맸구요. 더 큰 병원으로 가보라는데요. 앰뷸런스를 불러준다고."

"미친 새끼야! 지금 미숙이 찾으러 가야지. 무슨 병원이야!"

태석은 자리에서 일어나 팔뚝에 꽂혀 있는 링거를 빼고 머리에 감겨진 붕대도 풀어버렸다. 손목과 팔에 감긴 붕대는 통증이 심한지 그대로 두었다. 대준은 태석이 보이지 않자 소리를 질러 그를 찾았고, 그 소리에 박창기는 자리를 빠져나갔다. 출동했던 경찰들은 책임을 물을까 현장을 어슬렁거리다 슬그머니 빠져나가 버렸고 출동했던 구급차는 박창기 대신 태석을 싣고 병원으로 갔다.

"형님이 많이 다쳤다는데……."

"이깟 다친 게 대수냐! 미숙이가 살았는지 죽었는지도 모르는데."

"그래도."

"그 새끼 차 어디 있어? 그 새끼가 몰고 가려고 했던 차 어디 있냐고?"

"아직 편의점 앞에 있을 텐데요. 제가 박아버려서."

"그리 가자, 얼른! 아!"

머리에 고통이 오는지 태석은 팔로 머리를 붙잡고 고통을 참아내었다. 잠시 후 현관 앞으로 들어온 택시를 잡아타고 두 사람은 편의점으로 달려갔다.

"아직 그대로 있는데요."

탑차는 대준의 차에 부딪힌 그대로 있었다. 태석은 머리를 한 손으로 감싸 쥔 채 운전석 문을 열려 했지만 찌그러진 문은 열리지 않았다.

"제가 박아서 안 열리는데……."

"빨리 얘기해야지, 인마. 저쪽 열어봐."

태석은 머리의 상처로 신경이 예민해져 있었다. 반대로 돌아간 대준이 문을 열고 그대로 서 있자 태석은 소리를 질러 차 안으로 들어가도록 했다. 차에 오르기도 태석은 버거웠다.

"뒤져, 이상한 거 있으면 주고."

차 안으로 들어간 대준은 차의 이곳저곳을 뒤지기 시작했다. 조수석 앞 박스를 열자 영수증과 차량등록증, 보험증서 등이 있었다. 영수증은 기름 넣었던 것인데 영광 읍내와 광주 몇 곳이 전부였다. 중앙에 있는

센터박스를 열자 전원이 꺼진 휴대전화 한 대가 놓여 있었다. 곧바로 태석에게 주자 파워를 눌러 전화기를 켰다. 다행히 잠금장치가 되어 있지 않았다. 최근 통화목록을 보자 오 부장이라고 입력된 사람과 오전 8시에 통화를 했었다. 사진목록을 보자 가족사진이 들어 있었다. 부인과 딸의 사진이다. 분명 이 전화기는 박창기의 것이 아니었다. 오 부장이라고 입력된 사람에게 통화 버튼을 눌러 전화를 걸었다.

"사장님! 어떻게 된 일이세요? 무사하세요?"

상대는 깜짝 놀라면서도 반가운 마음에 떨리는 목소리로 소리를 지르고 있었다.

"경찰입니다. 지금 사장님 휴대전화를 가지고 있는데 누구시죠?"

"경찰이라구요. 사장님은요?"

"그건 제가 물어보려고 한 말인데. 어디십니까. 회사인가요?"

"전화 잘못하셨습니다. 끊겠습니다."

"여보세요. 여보……."

전화는 일방적으로 끊어졌다. 사장의 소식에 전화를 더 붙잡고 통화를 원해야 할 상대는 전화를 잘못했다는 말만 하고 그대로 끊어버렸다. 황당하지만 뭔가 일이 잘못되어가고 있음은 분명했다. 다시 전화를 걸었지만 받지 않았다. 전화번호를 뒤져 사무실이라고 등록된 번호로 전화를 걸었다.

"대중정공입니다. 무슨 일이시죠?"

"대중정공요? 어디에 있는 건가요?"

"대전 신안동인데요. 어디시죠? 아니 잠깐만 사장님 전화번혼데……."

"경찰입니다. 사장님 계신가요?"

"잠시만요."

여직원은 전화를 가리고 옆자리에 있는 사람에게 무언가를 묻고 있었다. 남자의 다급한 목소리가 들리더니 곧장 그대로 전화가 끊겨버렸다. 다시 전화를 넣었지만 신호만 갈 뿐 받지 않았다. 휴대전화의 주인에게 무슨 일이 있는 게 분명했다. 그런데 박창기가 왜 다른 사람의 휴대전화를 가지고 있을까? 그것도 대전에 있는 사람의 전화기를……. 태석의 머릿속이 복잡했다. 훔쳤다고 보기에는 전화를 받았던 사람들의 반응이 이상했다. 그들은 사장이 어디에 있는지도 모른다. 그리고 경찰이라는 말에 극도의 경계를 나타냈다. 사장의 행방을 알지 못하고 경찰을 극도로 경계한다는 것은 납치범에게 대응하는 일반적인 사람들의 반응이었다. 경찰에게 알리면 사장을 죽인다고 하고 얼마의 돈을 요구했을 것이다. 돈을 받으면 사장을 놓아준다고 하고 그렇지 않으면 죽인다고 했겠지. 생각이 거기에 미치자 지체할 시간이 없었다.

"대전으로 가지. 놈은 지금 거기에 있다."

"예?"

"그 새끼가 대전에 있다고!"

"대전에요?"

"그래, 인마. 이 전화 주인을 납치해서 돈을 요구한 거야. 지금 돈을 받으러 간 거고. 차가 톨게이트 앞에 있잖아. 거기 가려다가 잠깐 멈춘 거라니까. 시간이 없어 전화기도 그대로 두고 간 거지. 빨리 대전으로 가자. 돈을 받기 전에 잡아야 해!"

"그러고 보니 아까 놈이 대전에 간다고 했던 것 같아요."

"그러니까 빨리 쫓아가야 돼."

"미숙이는요?"

"놈을 잡아야 미숙이가 있는 곳을 알지. 빨리 가!"

대준은 편의점 앞에 주차되어 있는 태석의 차로 달려가 시동을 걸었다. 내비게이션에 대전에 있는 대중정공을 찍자 150킬로에 소요시간은 두 시간이 걸린다고 나왔다. 시각이 3시 반을 넘었다. 최대한 달려간다 해도 5시에나 도착이 가능했다. 놈이 몇 시에 만나기로 한 것일까. 톨게이트 앞에 2시에 있었으니 4시 전후일 것 같은데……. 6시 이후이기를 바라지만 불안한 마음은 감출 수 없었다. 전화기 주소록에 등록된 전화로 계속해 전화를 걸었다. 우선 전화의 소유자가 누구인지를 알아야 했다. 가족은 전화를 받지 않아 친구 목록에 등록된 사람에게 전화를 넣자 다행히 받았다. 경찰이라는 것을 밝히고 이야기를 하자 부품회사인 대중정공 최성만 사장의 전화라는 것이 확인되었다. 혹시 회사에 무슨 일이 있는지 아느냐는 물음에는 모른다는 말만 했고 자기가 회사에 전화를 해서 알아보겠다고 했다. 그사이 회사와 오 부장이라고 등록된 번호로 다시 여러 차례 전화를 넣었지만 여전히 받지 않았다.

"좀 밟아, 새끼야! 그 새끼가 회사 사람들하고 만나기 전에 우리가 만나야 한다니까."

"차가 안 나가요."

마음과 달리 차가 달리지 못해 태석은 머리를 싸매고 한숨만 쉬었다.

"여보세요. 예, 전화가 안 돼요. 직원들 말고 가족하고는 통화해보지 않으셨나요? 했어요? 무슨 일 없다고 하던가요? 광주요? 거래 때문에 광주에 갔다고 그래요? 아, 광주!"

광주에 박창기가 있었었다. 통화를 했을 때 최 사장은 놈과 같이 있었을까. 지금 돈을 받으러 갈 정도면 납치는 어제 되었을 것이다. 그리고 고속도로 입구 편의점에 있었던 것은 대전을 가려다가 들른 게 분명하고, 혼자 있다는 것은 인질을 어딘가에 감금해놓았다는 의미이다. 놈을 발견한 게 2시가 못 되어서라면 그곳에서 대전까지 통상 속도로 두 시간이 조금 넘는다. 약속시간이 4시? 지금이 4시인데. 태석의 뺨에 땀이 줄기가 되어 떨어졌다. 이미 만나고 있는 것은 아닐까.

차가 대전 유성IC에 들어서자 밀리기 시작했다. 라이트를 상향으로 켜고 갓길을 마구 달렸다. 차들이 태석의 차가 갓길로 달리는 게 못마땅한지 앞을 가로막으려 했다. 대준이 창문을 열고 소리까지 지르며 앞으로 나아갔다. 태석은 블록에 맞은 머리를 감싸 쥐고 지끈거리는 관자놀이를 문질렀다. 거울을 올려다보고는 상처가 흉한지 차 안에 있던 모자를 눌러 썼다.

5시가 넘어 IC를 통과해 철도공사 뒤 신안동 골목으로 들어갔다. 내비게이션이 목적지에 도착했다는 말을 하자 골목 안에 대중정공이라는 간판이 보였다. 1층은 작업장이고 2층이 사무실이었다. 기계가 돌아야 할 작업장은 멈춘 상태로 몇몇 직원들이 하릴없이 구석에서 이야기를 나누고 있었다. 계단을 올라 2층 사무실로 갔다. 문을 열자 안에 직원 다섯 명이 원탁에 앉아 회의를 하고 있었다. 태석의 모습을 보자 남자가 놀라서 일어났다. 큰 덩치에 눌러쓴 모자 사이로 핏기가 보이고, 손에는 붕대를 감고 있는 모습이 경찰로 보기는 힘든 모습이었다.

"무슨 일로……?"

"경찰입니다. 저와 통화한 분 계시죠? 최성만 사장님 때문에요."
"경찰요? 사장님은 광주에 일 때문에 가셨는데요."
"말 돌리지 마시고 돈 달라는 전화 왔죠?"
"예?"
오 부장은 돈이라는 말에 놀라서 눈이 휘둥그레졌다. 잘못한 일을 들킨 아이처럼 얼굴이 붉어지더니 사색이 되어갔다.
"돈 줬어요? 그놈 벌써 만났어요?"
"다 알고 오신 것 같은데 저희 사장님 어떻게 되죠? 정말 죽일까요? 경찰이 알아버렸으니까?"
"줬구만, 언제, 얼마나 줬어요?"
"1억인데요. 한 시간 반 전쯤에 역에서 주었습니다. 주면 안 되는 건가요?"
"아이씨! 이제 어디 가 찾지……?"

오 부장은 사장의 전화에 아무런 의심을 하지 않았다. 계약건이 있으면 종종 돈을 찾아오도록 한 적이 있었기 때문이다. 다만 시간이 촉박하고 은행에 대출한 건이 많아 은행에서 추가 대출이 될까 우려되었다. 평소 사장과 은행장 사이에 친분이 없다면 안 될 일이었다. 은행장을 만나면서 사장에게 전화를 했지만 사장의 전화는 꺼져 있었다. 그동안의 신용으로 5,000 정도는 은행장의 권한으로 대출이 가능했고, 통장에 있던 5,000까지 찾아 1억을 만들었다. 서류가 접수되어 완료되기를 기다리고 있을 때 전화가 왔다. 사장의 전화가 아니라 낯선 전화번호였다. 전화에서 들려오는 목소리는 사장이 바꿔주었던 사우나 직원이었다. 사장님이 골프를 치러 가서 대신 전화를 하라고 했다면서 약속된 4시보다 30분을 더 앞당겼다. 사장의 휴대전화는 꺼져 있고 걸려온 전화의 남자 목소리는 까칠하기 짝이 없었다. 돈은 마련이 되었지만 그대로 주기가 께름칙했다. 거액의 현금이라는 것이 문제가 되기는 했지만 전에도 현금을 찾아가 계약을 한 적이 있기에 아주 없던 일도 아니었다. 다만 그것이 회사 직원이 아닌 제3자를 통해서라는 게 걸렸다. 시간에 맞추어 대전역 앞에 나가기는 했지만 돈을 주어도 될지 안 될지 판단이 서지 않았다. 사장과 전화통화만 되면 아무 일도 아닌데 전화마저 꺼져 있어 의심스러웠다. 경찰에 연락을 해야 할까도 망설여졌다. 아무 일도 아닌데 괜히 경찰에 연락했다고 사장이 나무라면 어쩌지. 하지만 사장에게 안 좋은 일이라도 생겼다면 그것도 안 될 일인데. 돈이 든 가방을 들고 오 부장은 어찌할 바를 몰랐다. 만나기로 한 시간은 여지없이 다가왔고, 사장의 전화는 끝내 전원이 들어오지 않았다. 약속한 시간이 넘어가자 전화가 울렸다.

"여보세요."

"왜 돈을 가져오지 않는 겁니까?"

목소리는 낮고 듣는 것만으로도 오싹할 만큼 차가웠다. 아까까지 통화를 했던 사람의 목소리라고 믿을 수 없었다.

"사장님이 전화통화가 되지 않아서 전달을 해야 할지 망설여지네요."

"……."

잠시 침묵이 흐르고 박창기는 대답을 하지 않았다. 돈을 주기로 한 사람이 미적거리며 나타나지 않자 위험스럽지만 방법을 바꿔야 했다. 사장과 통화 없이는 남자가 쉽게 돈을 가지고 나올 것 같지 않았다. 서울에 올라가는 시간을 맞추기 위해서는 어쩔 수 없었다.

"사장에게는 전화를 하지 말라고 했을 텐데요."

"그래도 걱정이 되어서……."

"사장은 전화 받지 않습니다."

"왜요?"

"그건 우리가 인질로 잡고 있으니까요."

박창기는 '우리'라는 말로 사장을 잡고 있는 사람을 여럿으로 포장했다.

"준비한 돈을 대전역 앞으로 가져오지 않으면 사장은 죽습니다. 당신이 돈을 주지 않고 계속 망설이면 지금 당장 사장을 죽이겠습니다. 사장은 당신이 돈을 주지 않은 것을 원망하다 죽을 겁니다."

"뭐? 뭐라구요?"

"내 말 못 알아듣습니까. 지금 당장 돈을 가져오라고. 사장을 살리고 싶으면."

"그, 그 그러니까 지금 사장님을 납치해 데리고 있다는 말입니까?"

"다시 말하지 않겠습니다. 사장을 살리고 싶습니까, 죽이고 싶습니까. 당신 때문에 사장이 죽을 수 있습니다. 전화가 끊기고 3분을 기다리죠. 오지 않는다면 사장을 구할 의사가 없는 것으로 알고 바로 죽이겠습니다. 시체는 찾지 못할 겁니다. 모두 태워버릴 거니까."

"당장 드리겠습니다. 저 역에 와 있거든요. 지금 드릴게요."

오 부장의 입은 타들어가기 시작했고 떨리는 심장에 목소리도 제대로 나오지 않았다. 사장이 죽는다는 말에 어떻게 해야 할지 몰라 들고 있는 돈을 당장 가져다주겠다고 말했다.

"역 공중전화 박스 옆 쓰레기통 오른쪽에 돈을 놓고 가십시오. 경찰에 신고를 하거나 우리를 잡아보려고 생각만 하더라도 사장은 죽습니다. 당신의 장난질에 사장이 죽는다면 원망을 누가 받을까요. 우리를 원망할까요. 가족들은 아마 당신을 원망할 겁니다. 그러면 당신은 후회하겠죠. 돈만 놓고 가십쇼. 확인이 되면 사장은 곧바로 내보내줄 테니까."

"예, 예, 감사합니다. 사장님만 내보내주신다면 그렇게 하겠습니다."

오 부장은 전화를 귀에 대고 허리까지 숙여가며 인사를 했다. 돈가방을 들고 차에서 내려 공중전화로 뛰었다. 걸어가면 안 될 것 같았다. 공중전화 옆 쓰레기통 오른쪽에 돈이 든 가방을 놓아두었다. 주변을 살피는 것이 납치범을 자극할까 봐 오로지 앞만 보며 뛰었다. 그러곤 곧바로 차로 돌아가 전화를 기다렸다. 남자가 차로 돌아간 것을 보고 시내버스 정류장 안에 있던 박창기가 서서히 걸어가 가방을 들었다. 가방을 어깨에 메고 서둘러 대전역 대합실로 들어갔다. 대합실 안 화장실에서 지퍼를 열어 안을 보자 5만 원권 지폐가 다발로 묶여 들어 있었다. 일은 순조롭게 진되었다. 다만 최싱만의 전화기를 트럭에 그내로 두고 온 세 아무래도 걸렸다. 경찰이 수색을 했다면 분명 발견했을 것이다. 전화를 다시 걸었다.

"돈은 잘 받았습니다. 말 잘 들으십시오. 지금부터 사장님이 집으로 돌아갈 때까지 걸려오는 일체의 전화를 받지 마십시오. 사장님의 휴대전화로 걸려오는 전화도 받으면 안 됩니다. 받는 즉시 사장님은 죽습니다. 경찰에게 조금의 빌미라도 준다면 그 또한 죽습니다. 사장님이 살아서 돌아오기를 바란다면 저의 말을 명심하십시오. 평생 후회할 행동 하지 마시기 바랍니다. 또 연락드리겠습니다."

"사장님이 전화를 한다구요? 여여……. 여보세요. 여보세요!"

경찰이 왔다는 사실에 사무실 직원들은 난감해했다. 경찰에 알리지 말라고, 그러면 사장은 죽는다고 했는데 경찰이 왔으니 어떻게 해야 할까. 사무실로 들어온 한 사람은 큰 덩치에 모자를 쓰고 손에는 붕대를 감고 있고, 다른 한 명은 젊고 어수룩해 보였다. 오히려 납치범처럼 생겨 경찰이라고 믿음이 가지 않았지만, 쉬쉬했는데도 납치 사실을 알고 찾아온 걸 보면 경찰이 맞는 것 같기는 했다.

"저희 사장님은 이제 어떻게 되는 것인가요?"

"돈 언제 줬어요?"

"얼마 안 되었는데……. 4시가 조금 못 되어서요."

"어디서요?"

"역 공중전화 옆에서요."

"놈을 봤어요?"

"아니요. 전화 통화만 했는데요."

"전화! 휴대전화로 왔어요? 번호 있어요?"

"예. 번호가 있기는 하지만……. 알려드릴 수 없습니다."

"그게 무슨 말이에요? 알려줄 수 없다니?"

오 부장은 경찰에게 알리면 곧바로 사장을 죽이겠다는 말이 지금도 귀에서 맴돌았다. 그는 절대로 알려줄 수 없다는 듯 단호하게 말했다.

"지금 당신들이 와 있는 것을 그 사람들이 안다면 바로 사장을 죽일지도 몰라요. 가세요. 사장님이 풀려난 뒤에 수사하세요. 가시라구요. 빨리!"

"그 사람들이 아니고 그놈이에요. 한 놈이 지금 그러고 있는 겁니다. 사장님과 그놈이 지금 같이 있지 않아요. 사장님은 영광에 있고, 놈은 조금 전까지 여기 대전에 있었단 말입니다. 지금 사장님을 죽일 수 있는 사람은 없습니다. 놈이 사장님에게 간다면 죽일 수 있겠지요."

"영광요? 전남 영광경찰서에서 왔어요? 사장님이 영광에 있다는 말인가요?"

"예. 그런데 지금 그게 중요한 게 아닙니다."

대전과는 너무 동떨어져 있는 곳이기 때문에 영광에서 왔다고 하자 사람들은 모두 놀랐다.

"풀어주려고 그런 건지도 모르죠."

"그래, 풀려나면 그때 잡으면 되죠. 나가세요. 좀!"

직원들은 곧 사장이 풀려날지도 모른다는 생각에 경찰이 빨리 가주기만을 바랐다. 풀려난 후에 잡아서 돈도 찾으면 되는 것 아니냐는 식이었고, 여직원들은 눈물까지 흘리고 있었다.

"납치사건의 90프로 이상이 돈을 받고 나면 피해자를 죽입니다. 절대 풀어주지 않아요. 지금 당장 추적을 해야 한단 말입니다. 내 말 못 알아듣겠어요! 내가 미쳤다고 영광에서 여기까지 쫓아왔겠냔 말입니다. 이미 돈은 줘버렸으니까 놈이라도 쫓게 번호를 알려주세요!"

태석은 답답한 말만 하고 있는 회사 직원들의 말에 흥분을 감추지 못했다.

"우리 남편 어디 있어? 우리 그 사람 지금 어디 있냐구?"

"사모님! 어떻게 해요?"

문을 박차고 들어온 사람은 사장의 부인이었다. 50이 넘어 보이는 부인은 핏기 없는 얼굴로 넋이 나간 듯 나타났다. 사무실에서는 숨기려고 하다가 그래도 가족에게는 연락을 해야 하는 것 아니냐는 의견이 있어 통보를 했다. 여직원들과 부인은 서로 부둥켜안고 울었다.

"우리 남편이 납치되었다는 말이 맞는 말인가요? 어떻게 해? 어떻게! 오 부장님, 우리 남편 어떻게 해요?"

"부인이십니까? 납치를 했던 박창기가 전화를 여러 대 가지고 있습니다. 저희도 번호를 아는 게 있는데 놈은 제가 자기 전화번호를 알고 있다는 것을 알고는 다른 전화기를 쓰고 있어요. 그 번호를 사무실 직원이 알고 있는데, 그걸 빨리 알아야 추적이 가능합니다. 이미 돈을 수중에 넣었기 때문에 살해할 가능성이 더 높습니다."

"누구신데……?"

"경찰입니다."

"경찰이 왜 여기에 있어? 알리면 우리 남편 죽인다고 했다는데, 경찰이 왜 여기에 있냐고? 우리 남편 죽으면 당신이 책임질 거야! 책임질 거냐고!"

"사모님 힘드니까 나가요. 나가시라구요."

"그래요. 나가요!"

사무실 직원들이 태석을 밀어냈다. 부인은 흥분해 있었다. 어떤 말을 해도 부인을 이해시키기는 힘들어 보였다. 그러나 설득시키지 못한다면 박창기를 잡을 수 없었다. 태석은 사장의 휴대전화를 꺼내 부인에게 내밀었다. 남편의 전화기를 보자 부인은 더 오열했다.

"놈이 전화기를 놓고 여기로 달려와 돈을 받아간 겁니다. 그놈이 알고 있는 어딘가에 남편분이 있다구요."

"남편은 돌아올 거예요. 경찰이 쫓다가 오히려 흥분해 죽이면 어떻게 해요. 그러지 마세요. 돈을 받았으니 풀어줄 거니까."

"그건 납치범들의 심리를 모르고 하는 말입니다. 돈을 손에 넣으면 인질은 더 이상 필요가 없어요. 납치 장소와 얼굴까지 알고 있는 인질을 그대로 보내줄 거라는 것은 순진한 생각이죠. 죽인다니까요. 시간이 없어요!"

"죽이다니요. 죽이다니! 그런 말 하지 마세요!"

"그만하고 나가세요. 저희가 경찰이 필요하면 그때 요구할 테니까 그때 오세요."

부인과 직원들은 여전히 박창기의 말을 믿고 있었다. 돈을 받았으니 사장은 풀려날 것이라는 미련한 믿음이었다. 태석은 물러서지 않았다.

"사모님! 제 동생도 잡혀 있습니다. 제 여동생이 그놈에게 잡혀 있다구요. 벌써 3일째, 살아 있는지 죽었는지조차 확인이 안 되고 있지만 놈이 데리고 있는 건 분명합니다. 확인을 하려면 놈을 잡아야 합니다. 사장님까지 나섯 넝이 실종되었어요. 모두 놈과 관련이 있어요. 너 늦기 전에 빨리요!"

"……."

"아! 진짜 우리 애들 엄마가 잡혀 있다니까. 사람 말을 진짜 못 알아들으시네. 저 전화기만 보면 된다고 우리 형님이 그러시잖아요. 멍청하게 진짜!"

"못 알아듣기는 뭘 못 알아들어요!"

태석의 다급한 말에도 부인이 말이 없자 대준까지 나서 설득을 하려고 했지만 오히려 직원들의 반감만 샀다.

"경찰 맞아요? 신분증 좀 보여줘 봐요."

신분증이 있을 리 없었다. 태석은 망설였다.

"이상해, 경찰 아닌 것 같아. 놈들하고 한 패거리 아니야."

"생김새도 그렇고 이 사람들 경찰 아니야. 잡아!"

"피도 흘리고 있어요."

"그러니까 잡아, 잡아!"

사람들의 반응이 이상한 방향으로 흘러가고 있었다. 태석의 모습이 경찰로 보이지 않았고, 사장의 휴대전화를 가지고 있는 것도 이상했다. 직원들은 오히려 태석을 잡으려고 다가왔다.

"시간이 없다고 말했습니다. 알려주지 않는다면 어쩔 수 없이 내려가겠습니다. 영광군 전체를 손으로 뒤져서라도 찾아야죠. 대신 지금 바로 경찰에 신고하세요. 대전 경찰이 도와준다면 조금 수월할지도 모르니까. 대준아, 가자."

"가긴 어딜 가! 납치범들하고 너희가 한 패지!"

"아래 직원들 올라오라고 해, 빨리! 112에 신고도 하고!"

태석은 갑자기 변해버린 직원들에 난감했다. 설명을 하려 해도 성난 이들에게 통하지 않을 것 같아 충돌을 피하기 위해 뒤로 물러났다. 그 와중에도 태석의 눈은 오 부장이 손에 쥔 핸드폰을 놓치지 않고 있었다. 사람들이 태석을 잡으려 다가오자 양손을 들어 결백하다는 뜻을 보였지만 통하지 않았.

"너 먼저 나가서 시동 걸어. 빨리!"

"전화번호를 알아야 한다면서요?"

"그건 내가 알아서 할 테니까 시동 걸고 있으라고!"

태석은 서서히 출입문 쪽으로 몸을 옮겨 사람을 막아서고 대준에게 차를 준비하도록 했다.

대준이 문을 나서자 태석은 곧바로 몸을 날려 오 부장에게 달려들었다. 그러고는 가지고 있던 휴대전화를 빼앗았다. 사람들이 달려들어 태석을 잡으려고 했지만 큰 덩치에 사람들은 밀려 넘어졌다. 계속해서 덤벼들자 태석은 화분을 들어 사람들에게 던질 듯 위협했다.

"나 경찰 맞아요. 휴대전화는 내가 가져가서 확인을 할 거고. 대신 빨리 경찰에 신고하세요. 영광에 사장님이 납치되어 있다고. 이런!"

1층에서 올라온 직원들이 태석을 뒤에서 올라탔다. 다시 몸싸움이 시작되었다. 태석을 납치범이라고 믿는 회사 직원들이 막무가내로 잡으려 들었다. 태석은 떼어내고 밀치기를 반복하며 간신히 사무실을 빠져나와 차를 향해 달려갔다.

"대준아! 출발해, 빨리!"

뒤에 사람들을 달고 도망쳐 나오며 소리를 질렀다. 공장에서 부인의 오열히는 소리기 피져 니왔다. 왜 이런 시련을 주느냐며 신을 원망하는 울음이 태석을 쫓아와 뒤통수를 잡았다. 대준이 문을 열고 기다리다 태석이 올라타자마자 차를 출발시켰다. 굉음을 내며 차량은 골목을 빠져나갔고 직원들은 쫓아 나오다 더 이상 어쩌지 못했다.

울고 싶기는 태석도 마찬가지였다. 박창기가 영광으로 돌아갔을까. 아니면 돈을 가지고 제3의 장소로 갔을까. 박창기의 행방을 찾는 것보다 잡혀 있는 사람들이 있는 곳을 찾는 게 더 급박했다. 대전까지 올라올 게 아니라 처음부터 영광 전체를 뒤져보는 게 나았을지도 모른다. 지금 자신의 판단이 잘못되어 최성만 사장도 미숙도 모두 목숨을 잃어버리는 것은 아닐까. 너무도 힘겨운 싸움이었다. 서울에서 아이들을 찾지 못했던 그때로 다시 돌아간 것만 같았다. 조금만 일찍 찾았더라면 아이들은 살았을지도 모른다. 그때의 실수를 태석은 또다시 하고 있는 것만 같았다.

화물차는 더 이상 필요 없었다. 골목 후미진 곳에 세우고 키는 구석에 던져버렸다. 골목에서 차가 발견되려면 몇 달은 걸릴 것이다. 차를 끌고 올라가기에 서울은 너무 복잡했다. 대신 열차를 타고 가기로 했다. 차는 다시 서울에 가서 구하면 되는 거였다. 일이 잘된 것 같기는 한데 사장의 전화기가 아무래도 자꾸 신경 쓰였다. 사장의 전화도 받지 말라고 경고는 해두었지만 그것이 지켜질지는 알 수 없었다. 태석이 차를 뒤졌다면 전화기를 찾았을 것이고, 그럼 사장이 납치되어 있다는 것을 알아차렸을 것이다. 경찰들이 자기를 찾고 있는 것은 아닐까. 주위를 살폈다. 제복을 입은 경찰이 있기는 했지만 박창기와는 아무런 상관이 없는 것처럼 옆을 지났다. 아직 신분이 노출된 것 같지는 않았다.

손을 씻다가 화장실 거울에 비친 얼굴을 보고 깜짝 놀랐다. 태석에게 맞은 눈두덩이 부어올라 멍이 들고 입술은 찢어져 피가 말라붙어 있었다. 사람들이 이상하게 쳐다보고 있다는 게 그제야 느껴졌다.

"개새끼!"

역 안 가판대로 가 모자를 골라 쓰자 흉한 얼굴이 가려졌다. 태석에게 복수를 해야 하는 또 하나의 이유가 생겨났다.

표를 끊고 부산에서 올라오는 KTX 열차를 기다렸다. 한 시간이면 족히 서울에 올라갈 수 있을 터이다. 열차는 4시 30분에 들어오기로 되어 있었다. 그런데 시간이 되어도 탑승하라는 방송이 나오지 않았다. 여기저기서 사람들의 웅성거리는 소리가 들려왔다. 10분이 더 지나서야 방송은 열차 고장으로 30분이 지연된다는 안내를 내보냈다. 대합실에 느긋이 앉아 있던 박창기는 다급해졌다. 7시까지 서울 청계천에 가야 하는데. 거래 상대방은 조금만 늦어도 물건을 다른 이에게 처분할 것이라는 경고를 여러 차례 보냈었다. 이미 박창기 말고 다른 거래 상대를 찾아 놓고 시간에 늦기만을 기다리고 있다는 생각마저 들 지경이었다. 그렇기에 절대로 늦어서는 안 되었다. 안내 데스크로 찾아갔지만 박창기 말고도 여러 사람들이 항의를 하러 그곳에 있었다. 고속철이 아니라 고장철이라는 고함 소리가 여기저기 떠다녔다. 담당 직원은 고개를 숙이고 모든 이야기를 혼자서 듣고 있었다. 그가 하는 거라곤 고개를 숙이고 죄송하다는 말을 하는 게 전부였다. 그렇게 따진다고 열차가 벌떡 일어나 달려올 수도 없는 노릇이었다. 다만 열차가 들어올 때까지 사람들의 욕을 듣고 서 있는 게 그 사람의 역할인 것 같았다. 박창기도 따지려들다가 뒤로 물러났다. 박창기 말고도 화난 사람은 많았다. 30분 후면 온다던 열차는 그 시간이 더 지나고도 들어오지 않았다. 소총판매자와 만나기로 한 약속시간을 맞추기에는 시간상으로 불가능해지고 있었다.

'시간이 좀 늦을 것 같습니다. 약속시간을 8시로 늦추면 안 될까요?'

박창기는 문자를 보내 시간을 연기해줄 것을 요청했지만 답장은 오지 않았다. 답답해 같은 내용으로 다시 문자를 보내자 곧 답장이 왔다.

'물건은 다른 사람에게 인도되었습니다. 2주 정도 후 다시 구해질 것

으로 보입니다. 물건이 구해지면 다시 연락드리겠습니다.'
 일방적인 통보였다. 내용을 읽자마자 박창기는 통화 버튼을 눌렀다. 아직 약속한 시간도 되지 않았는데 물건을 처분하다니 화를 참기 힘들었다.
 "다른 사람에게 인도했다니 무슨 말이에요?"
 "아저씨, 글 읽을지 몰라? 다른 사람이 사갔다고!"
 "나하고 계약했잖아. 돈 때문인가? 지금 온라인으로 송금해줄게. 계좌 번호를 불러요."
 "돈은 무조건 현금으로만 받는다니까. 그리고 이미 팔려서 안 돼요. 아저씨는 다음에 다시 연락할게. 알았지?"
 "난 지금 당장 필요해. 돈 가지고 가니까 기다리라고, 개새끼야!"
 "뭐, 개새끼야? 너 욕했냐? 총 사고 싶지 않아?"
 "지금 당장 달라고! 지금 써야 돼! 지금!"
 "미친놈! 얌마, 너 그거 가지고 사람 죽이려고 그러지. 큰일 날 뻔했네. 그거 인마, 그런 데 쓰라는 거 아니야. 그냥 장식용이지. 이 새끼 진짜 쏘려고 그랬나봐. 너 같은 놈 때문에 물건 팔 때 신중한 거야, 미친놈아! 끊어!"
 "너 나 무시해? 무시하냐고?"
 "그래 무시한다. 병신새끼야!"
 "뭐야! 여보세요. 여보세요! 끊었어. 전화를 끊어! 이런 개새끼!"
 전화를 다시 걸었지만 전원이 나가 받을 수 없다는 음성이 들렸다. 어떻게 해야 할지 몰랐다. 수전증이 걸린 듯 손이 떨리고 발을 동동 구르기를 반복했다. 호흡도 거칠어져 싸움을 하려는 짐승의 숨소리처럼 숨이 요동쳤다. 당장 이빨을 드러내고 놈에게 달려가 목덜미를 물어뜯고 숨통을 끊어놓아야 호흡이 안정될 것 같았다. 지금까지 한 번도 자신을 무시했던 사람을 그대로 보낸 적이 없었다. 죽여버려야 한다. 박창기는 어떻게 하면 놈을 찾아 죽일까 온통 그 생각뿐이었다. 시간이 지나도 분노는 쉽게 사그라지지 않았다. 심호흡을 해도 숨소리는 작아지지 않고 점점 커져만 갔다. 이게 다 하태석 그놈 때문이다! 그놈이 끼어들지만 않았다면 시간이 이렇게 지체될 리 없고, 얼굴이 이렇게 망가질 일도 없었다. 당장 달려가 미숙을 죽여버려야겠다. 박창기는 역을 나와 차를 버린 곳으로 가 던져버렸던 차 키를 찾아 시동을 걸었다.

  차는 굉음을 내며 영광으로 출발했다. 2주 후에 연락을 하기로 했으니까, 놈은 2주 후에 죽여주면 된다. 총을 받고 바로 쏴 죽여버려야지, 그렇게 생각을 하자 마음이 좀 가라앉았다. 다만 하태석에 대한 증오는 사그라지지 않았다. 하태석이 더 고통스럽도록 미숙의 손을 자르고 미숙의 비명을 들려줄 것이다. 생각이 거기까지 미치자 마음이 차츰 진정되었다. 모두 죽여버리고 떠나야겠다. 더 오래 있을 수 있는데, 모두 하태석 때문이다. 차는 고속도로를 따라 빠른 속도로 영광으로 향했다.

  대중정공 사무실을 빠져나온 태석은 팀장에게 전화를 넣었다. 박창기의 범죄가 확연히 드러난 이상 혼자서 수사를 하기에는 무리가 있었다. 거기다 납치에 몸값까지 받았다면 최성만 사장의 목숨도 위태롭고 미숙도 장담하기 힘들었다. 그런데 팀장의 전화는 신호만 갈 뿐 받지 않았다. 팀장은 아파트 절도건 때문에 수사과장과 함께 서장실로 들어가 대책보고를 하고 있었다. 아파트 한 동의 반절인 열다섯 가구가 절도범에 의해 문이 뜯기고 모두 2,000만 원 이상의 피해가 발생했다. 그중에 피해를 당한 기자가 찾아와 허술한 경찰의 순찰을 지적하고 가자 언론보도를 대비한 대책보고부터 향후 수사방향까지 회의가 오래도록 이어졌다. 무엇보다 서장 관사까지 털렸으니 영광경찰서의 자존심이 걸린 큰 사건이 되어버렸다. 팀장의 책상에서 전화가 계속 울어댔지만 형사들 모두 현장에 탐문을 나가 있어 받아주는 사람도 없었다.

"시발, 전화를 왜 안 받아!"

태석은 몇 번 전화를 더 걸어도 연결되지 않자 급한 마음에 서울로 전화를 걸었다. 촌각을 다투는 시간에 팀장과 전화가 연결되기만을 기다릴 수는 없었다. 할 수 있는 한 모든 수단을 강구해야 했다.

"정수야!"

"예, 형님 어쩐 일이에요?"

"받아 적어봐, 011-7324-5899. 적었어? 이거 긴급으로 실시간 좀 걸어봐. 수신 전화는 내 것으로 할 수 있겠냐?"

오 부장의 휴대전화를 뒤져 박창기의 전화번호를 찾아내 불렀다.

"형님, 왜 그래요. 자초지종을 설명하고 하라고 하든지 해야지. 무작정 그러면 내가 뭔지 알아."

"시간 없어, 인마! 내 동생이 이 새끼한테 납치되었어. 그러니까 당장 해달라고."

"납치요?"

"그래. 미숙이가 납치되었어. 이 번호 쓰는 시발럼한테."

"형님 다급한 건 알겠는데 접수도 안 한 사건을 어떻게 실시간을 걸어요? 말이 된다고 생각해? 형님도 알잖아."

"말이 안 되니까 너한테 부탁하는 거 아니야. 무슨 사건이든 만들어 접수시켜봐! 긴급으로 해보라고! 정수야! 내가 언제 너한테 이런 부탁하데?"

"거기 직원들 없어요?"

"도와줘라, 좀! 새끼야."

"진짜 이러면 안 되는 거 알잖아, 형님."

"한정수! 너 진짜! 시간이 없다. 애들은 못 찾았지만……. 미숙이는 찾을 수 있다."

태석은 저번 일을 반성하듯 부탁했다. 대답을 하는 정수의 목소리도 숙연하게 변했다.

"알았어요. 일 나면 형님이 책임져! 실시간만 하면 된다는 거죠?"

"그래. 최대한 빨리!"

"알았어요. 암튼 끊어봐요."

전화를 끊고 차는 속력을 내어 왔던 길을 다시 되돌아갔다. 박창기가 영광으로 돌아가고 있다는 것을 가정한다면 지금 거의 도착할 시간이 되어가고 있었다. 원하는 것을 얻었으니 인질은 필요 없을 것이다. 최성만 사장은 죽을 가능성이 높았다. 그렇다면 미숙은……? 거기에 대한 답은 생각하고 싶지 않아 다음으로 미루었다. 생각만으로 소름이 돋고, 납치의 이유가 자신 때문이라니 더 가슴이 미어왔다. 차는 전속력으로 영광으로 내려갔다.

31

여자가 가늘게 숨을 쉬었다. 여자의 숨소리는 지치고 고달팠다. 더 이상의 몸부림이 아무 소용이 없다는 것을 아는지 희미하게 숨만 쉬었다. 반면에 남자의 숨소리는 거칠고 분노하고 있었다. 몸을 비틀고 소리를 지르면 누군가 와줄 것이고 묶였던 끈이 풀릴 것만 같았다. 그러나 몸부림을 칠수록 끈은 더 조여왔고 입을 막고 있는 재갈은 목구멍으로 파고들어 기도를 막을 것만 같았다. 점점 남자의 몸부림도 여자가 그런 것처럼 힘을 잃고 지쳐갔다. 어둠 속 공포에 소리를 잃고 육체의 고통을 감내하기에도 힘겨웠다.

완전한 어둠은 시간이 흘러서야 받아들일 수 있었고 정신은 가까스로 충격에서 빠져나와 현실을 보기 시작했다. 왜 자기가 여기에 있는지는 더 이상 질문이 되지 못했다. 여기를 빠져나가야 하고 그렇지 않으면 죽는다는 직감만이 그의 머릿속에 남은 생각이었다. 보이는 것이라고는 암흑뿐이고 빛이라고는 환풍구가 전부였다. 그건 사물을 구별할 만큼의 빛이 되지 못하므로, 소리로 앞을 보고 옆을 느껴야 했다. 조금의 움직임에도 고통이 밀려왔다. 부서진 뼛조각이 날카로운 칼이 되어 근육을 찌르고 신경을 자극했다.

"으으으?"

"……."

정신을 차리고 소리를 내는 데 몇 시간은 걸린 것 같았다. 최성만 사장은 입에 물린 재갈 사이로 혀를 밀어 올리며 미숙을 불렀다. "여보세요?"라는 말이지만 밖으로 만들어진 음성은 '으'가 전부였다. 그 물음에 미숙은 대답이 없었다. 몇 번을 다시 불렀지만 여전히 아무런 반응이 없었다. 미숙은 그의 음성을 들었지만 거기에 대답을 해줄 만큼 기운이 남아 있지 않았다.

"으으으?"

"으으……."

최성만 사장은 정신을 차리고 다시 소리를 내어 물었다. 끈질기게 묻는 말에 미숙이 겨우 반응을 보였다. 그러나 입에서는 아무런 소리도 만들어내지 못했다. 대신 눈물이 섞인 숨소리를 내어 목소리를 듣고 있음을 표시했다. 그 소리에 최성만 사장은 몸을 움직이기 시작했다. 바닥에 몸을 비비대고 꿈틀거리며 조금씩 미숙에게 다가갔다. 그 움직임에 놀라 미숙이 물러났다. 미숙은 다가오는 모든 것을 박창기로 인식하고 있었다.

"으으으응!"

"으으……."

최성만 사장은 자신이 움직일 때마다 미숙이 멀어지고 있다는 것을 알았다. 그래서 계속해서 소리를 질러 안심을 시켰다. "걱정하지 마세요. 우리 여기서 빠져나가야죠. 그놈이 오기 전에 몸에 묶인 줄을 풀고 나갑시다!"라고 했고 미숙은 "안 돼요. 너무 무서워요. 우린 죽을 거예요."라고 대답을 했다. 그래도 최성만 사장은 부서진 몸을 움직여 미숙에게 다가갔다.

고속도로를 달려가는 태석의 머릿속은 복잡했다. 휴대폰에 놈의 전화번호를 찍고 통화버튼을 누를까 말까를 계속 고민했다. 놈이 미숙과 최성만 사장을 앞에 두고 있다면 전화통화가 자극이 되어 최악의 상황이 일어날 수도 있고, 다른 곳으로 이동을 했다면 놈을 추적해야 하니 더더욱 전화를 걸어선 안 되었다. 섣불리 전화통화를 했다가 최악의 상황이 벌어질 수 있어 신중하지 않을 수 없었다. 제발 서울에서 빨리 전화가 오기만을 간절히 빌었다. 삐리릭 전화가 손안에서 울었다.

"어, 확인했어?"

"예, 형님. 서류는 제가 가지고 있던 사건으로 만들어 지금 막 긴급으로 집어넣었거든요. 전화도 형님 걸로 했으니까 통신사에서 접수하는 대로 전송될 거예요. 최대한 빨리 해달라고 전화까지 넣었으니까 바로 갈 거구요. 그런데 정말로 미숙 씨가 납치된 거예요?"

"그래, 미숙이 말고도 여러 명인데 죽었는지 어쩐지는 아직 모르겠다. 통신사에 다시 전화 한번 넣을래? 급하다고."

"알았어요, 형님. 바로 전화할게요. 더 도울 일은 없을까요?"

"응. 이것만 해도 어디냐, 고맙다."

전화가 끊어져도 태석은 전화기에서 눈을 떼지 못했다. 도로에 어둠이 내려앉고 있었다. 비가 올 것 같은 흐린 날씨 때문에 미등을 켜는 차들이 늘어났다. 태석은 고개를 창문 앞으로 내밀어 하늘을 올려다보았다. 검은 구름이 하늘을 덥고 금방이라도 비를 쏟아 부을 듯 성난 모습을 하고 있었다. 창문에 빗방울이 하나씩 떨어지더니 금세 전체를 덮었다. 빗속에 미숙이 울고 있는 것만 같아 휴대폰을 더 오래 쳐다보았다.

위잉……. 문자가 도착했다.

"장성! 이 새끼 내려가고 있네. 장성에서 서해안 고속도로 타려고 그러는 거 같은데. 이 새끼보다 더 빨리 가야 돼! 여기가 어디지?"

"익산요."
"얼마 안 떨어졌네. 그 새끼하고 한 시간도 안 돼! 좀 더 빨리 가."
"형님 빗길이라……."
"빗길은 무슨……. 더 밟아! 그 새끼 잡게 달리라고, 인마!"
"알았어요."

얼마 후 다시 고창이 떴다. 서해안고속도로로 들어갔다. 시간상 거리는 길어야 한 시간, 짧으면 30분이었다.

팀장에게 다시 전화를 넣었다. 고속도로 톨게이트 몇 군데만 지키고 검문을 하면 놈을 잡는 것은 어렵지 않은 일이었다.

"형님, 저 태석이요."

다행히 팀장이 전화를 받았다. 형사들도 서장 관사 절도건 때문에 정신이 없다가 이제 겨우 저녁을 먹고 모두 들어온 상태였다.

"그래, 어디냐?"

"형님, 지금 김제인데, 박창기 그놈이 지금 고속도로를 타고 내려가고 있어요. 톨게이트 입구 몇 군데만 막고 검문하면 놈을 잡을 수 있어."

"니가 거기를 왜 가?"

"아, 시발! 그 새끼가 미숙이를 납치했다고 했잖아. 정말 몇 번 말을 해야 나를 믿어줄 거야. 그 새끼가 대전에 사는 최성만 사장도 납치해서 데리고 있다니까. 정말 미치겠네, 시발!"

"무슨 소리 하는 거야, 지금? 대전에서 누가 납치가 돼? 니가 거기를 또 왜 가고?"

"박창기 그 새끼 잡으려고 갔지. 형님, 제발 고속도로 좀 막아달라니까."

"알았다. 알았으니까 기다려봐. 과장한테 보고하고 전화 줄게."

"형님! 형님! 아, 왜 끊어, 정말 미치겠네."

전화를 끊은 팀장은 잠시 망설였다. 태석이 이 정도 집착을 할 정도면 분명 아무것도 없이 그냥 설치는 것은 아닐 것이다. 더구나 여동생이 납치되었다고 하지 않는가. 저번 일처럼 그냥 넘겨버릴 수는 없을 것 같았다. 황 반장을 불러 서둘러 박창기의 옛날 집으로 가보도록 했다. 태석 말대로 사람의 혈흔 반응이나 사체가 있었던 흔적이 있는지 확인하도록 하고, 김근호 형사에게는 태석이 수사를 했던 서류에 대해 면밀히 검토해보라고 했다. 현장과 서류를 검토해서 조금의 신빙성이라도 있다면 태석의 말을 믿고 과장과 서장에게 보고를 하기로 했다.

"태석이 그 새끼 말도 안 되게 뭔 시체 흔적이 있다고……. 그놈이 시체를 몇 번 보기는 했대? 시체 흔적이 있네 없네 하게?"

"이미 아니라고 하고 종결까지 한 사건을 왜 다시 들여다봐요. 여동생이 집 나가니까 미쳤나 보구만, 생안계 직원한테 물어보니까 여동생이 집 나가는 게 상습이라고 하더만. 오빠나 동생이나……."

"형님, 그럼 서류를 제가 한번 볼까요?"

"승오 니가? 그래 한번 봐봐라. 얼마나 수사를 잘해놓았나."

근호와 황 반장은 팀장의 지시가 못마땅해 한마디씩 했다. 그리고는 태석의 책상 아래에서 서류를 꺼내 책상 위에 올려놓고는 담배를 피우러 밖으로 나갔다. 승오는 태석을 돕고 싶은 마음에 자리에 앉아 서류를 검토했다.

감식 차량을 몰고 박창기의 집으로 가는 황 반장의 입은 새 주둥이처럼 튀어나왔다. 절도건으로 집에 들어가지 못한 데다 비까지 쏟아지고 있어 불만이 이만저만이 아니었다. 그냥 가지 않고 없다고 할까 하다가 확인해보고 별거 아니면 다시는 태석을 보지 않을 맘으로 현장으로 갔다.

"야, 이 새끼 영광으로 들어가버렸잖아. 시발, 팀장은 뭐하는 거야."
 태석의 차는 이제 고창으로 접어들고 있었다. 속이 타들어가고 있는데 팀장에게서는 이렇다 할 전화가 없었다. 다시 전화를 걸었다. 놈이 이동하는 걸 보니 톨게이트를 그냥 통과하고 있는 게 틀림없었다. 검문도 없고 형사들도 출동하지 않았다. 그렇게 믿어달라고 했건만. 태석은 참지 못하고 폭발하고 말았다.
 "시발! 형님, 그럴 거야! 놈이 가면 지금 미숙이가 어떻게 될지도 모른다고 했잖아. 좆같이, 시발! 잡아야 할 거 아니야. 살인범이라고 했잖아! 개새끼야! 내 동생 죽으면 니가 책임져, 알았어! 시발럼! 과장이랑 서장이랑 다 죽여버릴 거야. 개새끼들!"
 더 이상 말이 고분고분하게 나오지 않았다. 욕이 터져나왔고 고함에 휴대전화가 터져버릴 것 같았다. 팀장은 그내로 듣고만 있다. 태석에게 일방적으로 전화가 끊긴 다음에야 마음이 바빠졌다. 이 정도 화가 날 정도라면 문제가 있어도 분명 있었다. 전화를 끊고 나서도 태석은 화가 풀리지 않는지 차 안을 발로 부서질 듯 찼다.

"형님 이거 좀 이상한데요. 한번 봐보죠."
"뭐가?"
 서류를 검토하던 승오가 근호에게 서류를 넘기며 심각한 표정을 지었다. 별것 아니라고 생각했던 근호도 서류를 넘겨보고는 얼굴이 빨개졌다. 그리고 곧바로 팀장에게 달려갔다.

"팀장님, 서류를 검토를 해보았는데요…….."

"근데, 뭐가 좀 있어?"

"하태석이 주장했던 게 신빙성이 아주 없는 것은 아닌 것 같은데요."

근호는 태석을 인정하기 싫었지만 서류를 보고는 도저히 달리 보고할 수가 없었다. 처음과 달리 신빙성이 있다고 에둘러 조심스럽게 말했다. 자기가 잘못 생각을 하고 있었다는 듯 눈빛은 아래를 내려다보고 있었다. 평소 태석을 무시하던 근호의 예상외의 반응에 팀장도 놀란 눈빛을 보냈다.

"완전히 얼토당토않은 말은 아닌 것 같아요. 여자하고 남자가 실종된 것에 박창기의 차가 관련이 있다는 진술이 못 믿을 정도는 아니구요. 자동차 사고도 그 후에 탑차 한 대가 뒤를 따르던 게 CCTV에 찍혀 있는데 그게 박창기의 차가 아니라고 하기도 어렵습니다. 그런 걸 고려했을 때 박창기하고 실종자들의 관계를 충분히 의심할 만합니다. 거기다 박창기 차도 전에 고기를 대던 사람 것인데, 그 사람도 아직 신고가 안 되어서 그렇지 실종 상태라고 봐야 할 것 같구요."

"실종이 그러면 4건이나 된단 말이야?"

"더 연관을 지어보면, 보름 전엔가 광주에 간다고 트럭을 몰고 나갔다가 귀가하지 않은 매우리 주민도 있는데 그것도 이 사건과 연관이 있지 않을까 싶은데요."

"그것도 단순가출이라고 해서 생안계로 넘겼잖아."

"그런 게 유형이 비슷비슷해서요."

"뭐야, 그러면 지금 5건이나 실종이 있는데 모두 박창기하고 연관이

다가 확인해보고 별거 아니면 다시는 태석을 보지 않을 맘으로 현장으로 갔다.

"야, 이 새끼 영광으로 들어가버렸잖아. 시발, 팀장은 뭐하는 거야."
 태석의 차는 이제 고창으로 접어들고 있었다. 속이 타들어가고 있는데 팀장에게서는 이렇다 할 전화가 없었다. 다시 전화를 걸었다. 놈이 이동하는 걸 보니 톨게이트를 그냥 통과하고 있는 게 틀림없었다. 검문도 없고 형사들도 출동하지 않았다. 그렇게 믿어달라고 했건만. 태석은 참지 못하고 폭발하고 말았다.
 "시발! 형님, 그럴 거야! 놈이 가면 지금 미숙이가 어떻게 될지도 모른다고 했잖아. 좆같이, 시발! 잡아야 할 거 아니야. 살인범이라고 했잖아! 개새끼야! 내 동생 죽으면 니가 책임져, 알았어! 시발럼! 과장이랑 서장이랑 다 죽여버릴 거야. 개새끼들!"
 더 이상 말이 고분고분하게 나오지 않았다. 욕이 터져나왔고 고함에 휴대전화가 터져버릴 것 같았다. 팀장은 그대로 듣고만 있었다. 태석에게 일방적으로 전화가 끊긴 다음에야 마음이 바빠졌다. 이 정도 화가 날 정도라면 문제가 있어도 분명 있었다. 전화를 끊고 나서도 태석은 화가 풀리지 않는지 차 안을 발로 부서질 듯 찼다.

"형님 이거 좀 이상한데요. 한번 봐보죠."
"뭐가?"
 서류를 검토하던 승오가 근호에게 서류를 넘기며 심각한 표정을 지었다. 별것 아니라고 생각했던 근호도 서류를 넘겨보고는 얼굴이 빨개졌다. 그리고 곧바로 팀장에게 달려갔다.

"팀장님, 서류를 검토를 해보았는데요……."

"근데, 뭐가 좀 있어?"

"하태석이 주장했던 게 신빙성이 아주 없는 것은 아닌 것 같은데요."

근호는 태석을 인정하기 싫었지만 서류를 보고는 도저히 달리 보고 할 수가 없었다. 처음과 달리 신빙성이 있다고 에둘러 조심스럽게 말했다. 자기가 잘못 생각을 하고 있었다는 듯 눈빛은 아래를 내려다보고 있었다. 평소 태석을 무시하던 근호의 예상외의 반응에 팀장도 놀란 눈빛을 보냈다.

"완전히 얼토당토않은 말은 아닌 것 같아요. 여자하고 남자가 실종된 것에 박창기의 차가 관련이 있다는 진술이 못 믿을 정도는 아니구요. 자동차 사고도 그 후에 탑차 한 대가 뒤를 따르던 게 CCTV에 찍혀 있는데 그게 박창기의 차가 아니라고 하기도 어렵습니다. 그런 걸 고려했을 때 박창기하고 실종자들의 관계를 충분히 의심할 만합니다. 거기다 박창기 차도 전에 고기를 대던 사람 것인데, 그 사람도 아직 신고가 안 되어서 그렇지 실종 상태라고 봐야 할 것 같구요."

"실종이 그러면 4건이나 된단 말이야?"

"더 연관을 지어보면, 보름 전엔가 광주에 간다고 트럭을 몰고 나갔다가 귀가하지 않은 매우리 주민도 있는데 그것도 이 사건과 연관이 있지 않을까 싶은데요."

"그것도 단순가출이라고 해서 생안계로 넘겼잖아."

"그런 게 유형이 비슷비슷해서요."

"뭐야, 그러면 지금 5건이나 실종이 있는데 모두 박창기하고 연관이 있다는 거야? 그렇게 생각 안 했었잖아?"
"하태석의 서류를 보기 전까지는……."
"이런! 서류 줘봐."
팀장은 두껍게 철이 된 태석의 사건서류를 받아 근호가 접어놓은 곳들을 보고는 얼굴이 붉어졌다. 그대로 있어선 안 될 것 같았다.

32

"시발, 미숙이가 잘못되기만 해봐. 서장이고 과장이고 다 죽여버려, 개새끼들!"
"흑흑흑."
"너 왜 그래, 인마. 울어?"
운전을 하던 대준이 갑자기 눈물을 흘리고 있었다. 그것도 마구 쏟아지는시 손으로 눈물을 훔쳐가며 운전을 하고 있었다.
"누나가 잘못되면 어떻게 허죠, 형님? 저 누나 없으면 못 살아요. 내가 지금까지 어떻게 사람구실 하면서 살았는데요. 쓰레기 같은 저를 누나가 아니면 누가 지켜주었겠어요. 죽지는 않았겠지요?"
"재수 없는 소리 하지 마, 인마. 미숙이 안 죽었어. 운전이나 똑바로 해!"
"누나! 누나!"
"이 새끼 왜 그래? 언제부터 미숙이를 누나라고 불렀다고. 운전 똑바로 하라니까. 진작에 그렇게 걱정하지, 인마."
눈물에 앞을 보지 못해 차가 좌우로 흔들렸다.

"미숙이 살아 있으니까 걱정하지 마. 알았어?"

"이제 정말 잘할게요, 형님. 누나가 돌아오면 제가 진짜진짜 잘할게요. 진짜로 맹세하구만요. 노름도 절대 안 하구요. 운전 열심히 해서 지웅이 재웅이 잘 키울게요. 미용실도 도와주구요. 내가 잘못했다고 진짜로 사과도 할게요. 진짜구만요……. 흑흑흑."

"그래, 무슨 일이 있어도 미숙이는 꼭 구한다. 구해야지……."

대준은 전과 다르게 눈물까지 보이며 속마음을 내비쳤다. 그런 대준에게 자신 있게 구한다고 말했지만 실은 걱정이 더 컸다. 제발 살아만 있으라고 빌고 또 빌었다.

"형님, 이제 어디로 가요?"

오후에 박창기와 몸싸움을 했던 고속도로 입구로 빠져나왔다. 어디로 가야 할까? 놈은 복정면 일대를 계속 이동 중에 있었다. 서둘러 달려서 그런지 놈과의 시간상 거리는 약 20분 안으로 줄었다. 그러나 넓은 땅덩이를 무작정 뒤지고 다닌다는 것은 불가능했고 시간상으로도 무리가 있었다.

"내려."

"예?"

"내리라고!"

"왜요?"

"너 당장 경찰서로 가. 가서 대전에서 있었던 일, 낮에 박창기하고 맞닥뜨렸던 거 다 말해. 그래서 경찰들 데리고 와. 최대한 많이 데리고 와. 여기 다 뒤져야 하니까. 알았어? 못 데려오면 넌 죽어!"

"형님은요?"

"나는 미숙이 찾아야지, 인마!"

"저도……."

"니가 가서 경찰을 데려와야 더 빨리 찾을 거 아니야. 헛소리 말고 경찰들 몽땅 데려와. 여기 다 뒤져야 하니까. 알았어?"

"예, 제가 무슨 일이 있어도 경찰들 몽땅 데려올게요."

톨게이트를 지나 대준을 내리게 하고 운전대를 잡았다. 경찰을 데려오겠다는 대준의 얼굴이 긴장된 듯 붉게 상기되어 있었다. 반드시 경찰들을 많이 데려오겠다고 다짐하고 대준은 빗속으로 들어가 톨게이트 사무소로 뛰었다.

"대준아!"

차를 멈추고 대준을 불러 조수석 앞자리에 넣어놓았던 박창기의 노트를 꺼내주었다. 노트에 적힌 내용을 보면 신뢰를 얻는 데 도움이 될 것 같았다.

"이거 가지고 가서 그놈 노트라고 보시라고 그래. 알았어?"

"예, 형님. 누나 꼭 구해줘야 돼요, 꼭요!"

"그래, 인마. 알았어."

차는 다시 어둠 속으로 들어갔다. 이제 밤이 되어가고 있었다. 어둠은 죽음의 냄새를 드리우며 빗물과 함께 영광을 덮어가고 있었다. 흐르는 빗물이 미숙의 핏물이고 눈물인 것 같아 태석의 맘은 터질 것만 같았다. 복정면을 어떻게 뒤져야 할까? 기지국은 복정면 매우리로 나오고 있었다. 직경 5킬로미터 안이다. 그 안 어디에 놈이 있을까. 기지국은 더 이상 이동하지 않았다. 박창기가 멈추었다.

수사과장은 이미 퇴근해 서장과 함께 술자리를 갖고 있었다. 서장은 수사과장만 믿는다며 잔에 술을 따랐고, 수사과장은 서장 관사의 절도 건은 수사과 명예를 걸고 꼭 잡아내겠다고 다짐을 하며 술잔을 받았다. 옆에 같이 앉아 있던 경무과장이 강력팀 직원들이 반드시 잡아낼 거라고 수사과장에게 힘을 실어주고 있었다.

"서울에서 온 하태석 그 직원은 좀 이상한 게……."

"그놈 얘긴 이제 그만해!"

"생안과장님, 그 친구 얘기는 다음에 하시죠. 서장님은 이름만 나와도 징그럽다고 하시니까요. 서장님, 그보다 이번 절도건은 저희 직원들을 한번 믿어보시죠. 차량 블랙박스에 놈들 인상착의가 확인되었다고 하니까 잡아내는 것은 시간문제입니다."

생안과장이 하태석 얘기를 하려 하자 서장은 술맛이 떨어진다는 듯 짜증을 내며 잔을 내려놓았다. 옆에 앉아 있던 수사과장이 기회를 잡았다는 듯 생안과장을 밀어내고 단말로 서장을 달랬다. 다시 잔에 술이 채워지고 서장의 표정이 좋아질 즈음 수사과장의 전화가 울렸다. 전화번호를 본 수사과장은 고개를 돌려 전화를 받았다.

"과장님, 하태석이 맡았던 사건 때문인데요. 지금 사무실로 좀 오셔야 할 것 같은데요."

"왜?"

"하태석이 지금 대전에 있다가 내려오는데 다시 박창기를 쫓고 있다고……."

"미친 새끼! 동생 찾는다고 휴가까지 내더니 아직도 그러고 있어?"

"그게 아니구요. 제가 태석이 서류를 다시 보았는데 신빙성이 아주 없는 게 아니구요. 또 지금 박창기가 다른 사람도 납치를 한 것 같다고 말을 해서요. 어려우시겠지만 사무실로 나오셔서 상황을 보는 게 나을 것 같은데요."

팀장은 최대한 조심스럽게 전화에 대고 말했다. 태석이 말한 것이 모두 현재 진행 중이라면 팀장으로서 팀원의 말을 묵살한 책임을 면하기 힘들기 때문이다.

"됐어. 지금 서장님하고 같이 있으니까 확실한 거 아니면 전화하지 마."

수사과장은 이미 확인해서 별일도 아닌 것을 가지고 일을 확대하려고 한다고 생각하고는 전화를 끊어버렸다. 팀장은 끊어진 전화에 어찌해야 할지 몰랐다. 다시 전화를 해야 할까, 아니면 태석에게 다시 확인을 해야 할까. 망설이기만 하고 결단을 내리지 못했다. 이미 일은 팀장으로서 감당하기 힘든 상태가 되어버렸다.

팀장의 전화가 울렸다. 박창기의 집으로 감식을 하러 간 황 반장이었다. 황 반장의 목소리는 흥분해 있었다.

"팀장님, 사체가 있었던 게 맞는데요. 하태석 말이 맞습니다."

황 반장은 사체가 있었던 안방으로 들어가 어둠 속에서 루미놀 반응 검사법을 시행했다. 태석이 말한 장롱 안과 방 안에 루미놀 액을 분사하고 반응이 나오기를 기다렸다. 그러자 방 안 전체에서 초록색의 형광발광이 가득하고 장롱 안은 불을 켜놓은 듯 환하게 빛나기 시작했다. 이럴 수가! 황 반장은 충격에 눈이 휘둥그레진 채 입을 다물지 못했다.

"시간이 좀 오래되어서 그렇지 사체가 맞습니다. 보름 이상 된 것 같구요. 정밀 감식을 해보아야 알겠지만……. 동네 이장님이 그러는데 박창기의 할머니일 가능성이 높다고 하네요. 박창기가 할머니를 요양병원에 넣었다고 했는데 아닐 거라구요. 폭력이 심했답니다. 하태석이 했던 말이 모두 사실인 것 같아요. 거기다 이웃집 할머니도 한 분 없어졌는데 그 집에서도 루미놀 반응이 일어났습니다. 혈액반응으로 보아서는 둔기로 내려치고 사체를 예리한 흉기로 훼손한 것 같습니다. 여기 저 혼자 감식하기 어려울 것 같아요. 지방청 감식도 좀 불러야 할 것 같고 형사들도 좀 보내주세요. 청에도 빨리 보고하셔야 할 것 같아요."

전화를 거는 내내 황 반장은 흥분을 감추지 못했다. 아무것도 아닌 것을 가지고 하태석이 난리친 거라고 생각했었다. 그러나 현장에서 감식을 해보고 생각이 완전히 바뀌었다. 연쇄 살인이 일어나고 있는 게 분명했고, 그것을 먼저 감지한 태석을 몰아붙였던 게 후회되었다. 황 반장은 박창기의 집과 옆집 할머니 집 전체에 노란색 폴리스 라인을 쳐놓고 지방청 감식팀이 도착하기를 기다렸다. 사체가 사라진 만큼 정밀한 감식이 필요했다. 전화를 거는 황 반장의 옆에는 낮에 태석과 이야기를 했던 노인이 큰 결심을 하고 박창기를 신고한다는 표정으로 서 있었다.

전화를 받는 내내 긴장한 팀장의 손과 얼굴은 땀으로 범벅이 되었다. 전화를 잡고 있던 손이 미끄러질 뻔했고 등줄기를 타고 내려가는 땀에 마른침을 삼켰다. 무엇을 먼저 해야 하지. 정신이 하나도 없었다. 이게 무슨 일이야, 하고 넋이 빠져 중얼거리다 다시 수사과장에게 전화를 넣으려 했다. 그때 현관에서 소란이 벌어졌다. 남자 한 명이 강력팀장을 만나야 한다고 소리를 지르고 있었다. 대준은 입초에 근무자를 밀치고 사무실 안으로 뛰어 들어왔다.

"저 하태석 형사님 매제 되는 사람인데요. 지금 빨리 경찰들 모두 복정면으로 가야 해요. 빨리요! 당장! 빨리 출동준비를 하세요! 출동!"

비를 흠뻑 맞고 들어온 대준은 앞뒤 설명도 없이 손짓 발짓을 하며 흥분해서 떠들고 있었다. 거기다 박창기의 엽기적인 노트를 보이고 당장 경찰들을 모아 찾으러 가야 한다고 고함을 질렀다. 횡설수설이지만 그의 설명에 팀장은 놀라지 않을 수 없었다. 더구나 팀장이 받아 든 박창기의 노트에는 온통 사람을 죽이는 모습이 그득했다. 그것도 모두 토막을 내서 피가 솟구치고 불사르는 끔찍한 모습들이었다.

"이런 미친 새끼, 완전히 사이코패스 아냐! 이런 미친놈이 여기에 있었단 말이야!"

팀장은 다급한 마음으로 수사과장에게 다시 전화를 넣었다.

"자꾸 왜 전화를 해. 서장님하고 있다고 했잖아."

"과장님 큰일 났습니다. 박창기 그놈이 실종자들을 모두 납치해서 실해한 게 맞습니다. 지금 당장 들어오셔야 합니다. 그리고 서장님도 들어오셔서 청장님께 사태를 보고해야 할 것 같은데요."

"팀장 미쳤어?"

"미친 게 아니라니까. 제 말 좀 들어요!"

팀장은 자기 말을 믿어주지 않는 수사과장에게 자기도 모르게 버럭 화를 내었다.

"지금 난리가 나게 생겼구만. 나나 과장님이나 모가지 날아갈 만큼 큰 일이라니까요! 술은 그만 드시고 빨리 서장님 모시고 경찰서로 들어오세요. 거기로 차를 보냈으니까 빨리 들어오시라구요. 코드 원 사건 중에서도 최고로 높은 등급 사건이라니까요. 지금 당장 청장님께 보고를 해야 해요. 과장님이 문제가 아니라 서장님까지 난리가 나게 생겼당게요. 빨리요."

팀장의 다급한 목소리에 과장은 술이 한꺼번에 깼다. 지금 당장 청장에게까지 보고를 해야 할 사안이라니……. 수사과장은 얼굴이 붉어져 서장에게 다가갔다. 서장에게 어떻게 설명을 해야 할지 몰라 망설이다가 어렵게 말을 꺼냈다.

"서장님, 지금 바로 경찰서로 들어가시죠. 강력팀장이 급하게 보고 드릴게 있답니다. 청장님께도 보고를 해야 할 만한 사안이라 시각이 급하다고 하는데요."

"뭔 일인데?"

"가보시면 알 것 같습니다."

"회가 아직 많이 남았는데……."

"지금 그게 중요한 게 아닌 것 같습니다."

"누가 죽기라도 했어? 팀장이 알아서 하라고 해! 이쪽으로 와서 보고 하던가."

"그게 아니라니까요. 서장님!"

"어디서 소리를 질러, 이 친구가!"

사태를 알지 못하는 서장은 답답한 말만 하고 있었다. 하태석이 살인범을 추격 중이라는 말은 하지도 못했다. 조금 전까지 하태석을 무시하던 수사과장으로서는 말하기가 곤혹스러웠다. 취한 서장을 데리고 밖으로 나오자 김근호 형사가 차량을 대기하고 있었다. 쏟아지는 비를 맞으며 차에 올랐다. 서장이 타자 과장들까지 모두 차에 올라 경찰서로 이동했다. 왜 그러냐고 서장이 물었지만 수사과장은 가보면 안다는 말로 얼버무렸다. 태석의 수사가 맞았음이 밝혀지자 수사과장은 입이 열 개라도 할 말이 없게 되었다. 비가 얼마나 많이 내리는지 와이퍼가 속도를 내어 유리를 닦아도 앞이 잘 보이지 않았다. 경찰서로 들어가 현관에 차를 대려 하자 경광등을 켠 여러 대의 차가 한꺼번에 정문을 통과해 현관으로 들어왔다.

"야간에 훈련 있어? 뭔 차들이 이렇게 한꺼번에 들어와?"

대답을 해줄 수 있는 사람은 없었고 그저 침묵을 지키며 문을 열었다. 강력팀장이 우산을 들고 현관에 나와 있다가 서장에게 우산을 씌워주었다.

"비 오는데 훈련해?"

"예?"

"저 차들이 뭐냐고?"

팀장도 현관으로 들어서는 차에 대해서는 알지 못했다. 그보다는 태석에 대해 보고를 하는 게 먼저였다. 그런데 차 문이 열리고 건장한 사내들 여럿이 내리더니 현관으로 걸어 들어왔다.

"어디서 왔어요?"

"대전청 광역수사대에서 왔습니다. 최성만 씨 납치건 때문에. 여기 직원 중에 하태석이라고 있습니까?"

"대전청? 거기서 왜? 그리고 하태석은 왜 또? 그 새끼 또 사고 쳤어?"

"서장님 그게……."

수사과장이 태석에 대해 설명하려는데 또 다른 승합차가 정문을 통과해 현관에 멈추었다. 또다시 한 무더기의 사람들이 차에서 내리며 긴박한 듯 현관으로 올라섰다.

"광주청 광수대장입니다. 대중정공의 최성만 사장이 광주 상무지구에서 납치가 되었다고 해서 확인하려고 왔습니다."

비를 피해 현관으로 올라온 광수대 직원들의 모습에 서장은 어리둥절한 표정으로 직원들은 바라보았다. 서장은 지금 상황에 대해 이해할 수 없었다.

삐리릭. 서장의 주머니에서 전화가 울렸다.

"청장님이 웬 전화지?"

"예? 청장님요?"

"그래."

"그게……."

서장은 뭣 때문이냐고 수사과장과 팀장에게 물었지만 둘은 고개만 숙이고 있을 뿐이었다.

33

태석보다 먼저 톨게이트를 빠져나온 박창기는 쏟아지는 비 때문에 천천히 도로를 달렸다. 비가 와서 그런지 도로에 차들은 거의 없었다. 시간이 지날수록 비는 더 거세게 몰아쳐 바람까지 일었다. 라이트를 켜고 와이퍼를 세차게 움직이며 시골길을 따라 차는 움직였다. 담배를 꺼내 입에 물고 불을 붙였다. 붉은 불빛이 빨려 들어갔다 연기가 되어 실내를 채웠다. 창문을 조금 열자 비바람이 몰려 들어와 연기를 밀어냈다. 차는 점점 더 깊은 시골길로 접어들었다. 큰 도로에서 빠져나와 중앙선이 없는 아스팔트길을 달리다가 시멘트 길로 들어가 경사진 도로를 달려 산 아래로 향했다. 산에서 내려오는 물들이 시멘트 길을 넘어 끌고 내려온 모래와 함께 넘쳐나고 있었다. 차량 불빛이 아니면 앞을 볼 수 없을 정도의 어둠이 빗줄기에 섞여 더 음산함을 느끼게 했다. 그런 음산함이야말로 그에게 어울리는 망토였다. 건물은 비와 어둠 속에서 충직한 개처럼 그를 기다리고 있었고 소리 없는 파수꾼이 되어 침묵에 싸인 채 비를 맞고 있는 듯했다. 차 안의 시계가 9시를 알리며 희미하게 빛났다. 라이트를 끄자 세상은 다시 어둠에 싸였다. 떨어지는 비가 차에 부딪혀 산산이 부서졌다 물줄기가 되어 흘러 내려갔다. 박창기는 남은 시간이 얼마 되지 않는다는 것을 알고 있었다. 검은 건물을 바라보며 주머니에서 휴대전화를 꺼냈다. 그리고 전화번호를 찾아 통화를 눌렀다. 그의 복수는 처절해야 했다.

태석의 차는 기지국이 뜨는 곳으로 거침없이 달렸다. 바닥의 웅덩이에 차가 휘청거려도, 타이어가 밀려 길 밖으로 빠질 뻔해도 달리는 것을 멈추지 않았다. 휴대전화에 찍힌 기지국 위치를 찾아 정신없이 달리고 주위를 살폈다. 사람을 가두어둘 만한 곳. 사람을 가두어 죽여도 의심을 받지 않을 곳. 어디일까? 수없이 질문을 토해냈다. 마을 안으로 사람을 끌고 가지는 못해. 비명을 지를지도 모르고 그 모습을 다른 사람들이 볼지도 몰라. 그것까지 감수할 만큼 멍청한 놈은 아니야. 떨어져야 한다. 떨어져 있다면 축사? 태석은 급한 마음에 마을 안으로 차를 끌고 들어갔다. 마을 회관에 사람이 있는지 불이 켜져 있었다.
"깜짝이야, 누구여?"
비를 맞은 채 회관 문을 연 태석을 보고 화투를 치던 할머니들이 기겁을 하며 물었다. 캄캄한 밤에 모자를 눌러쓴 낯선 사람의 출연에 놀라지 않을 사람은 아무도 없었다.
"근처에 축사 없어요? 소하고 돼지 키우려면 마을하고 떨어져 있을 건데……."
"근데 누구여?"
"경찰인데요. 사람을 좀 찾아요."
"비나 그치면 찾으러 댕기지."
할머니들은 태석의 모습에 수다를 떨 듯 한마디씩 했다.
"요 근처는 축사가 없는디."
"긍게 우리 마을은 비가 와도 냄새가 없어. 비 오고 날 궂으면 축사 있으면 똥 냄새가 얼마나 지독헌디."
"그럼 마을하고 떨어져 지어진 집이 있어요?"
"옆에 다실리 마을 못 가서 오른쪽에 집이 하나 있기는 허는데. 사람이 사는지는 떨어져 놔서 잘 모르겄는디."
"얼마나 걸려요?"
"금뱅이여. 왜 거기서 누가 죽었어?"
할머니들의 말이 꼬리를 물고 이어졌지만 태석은 듣지 않고 달려 나갔다. 오른쪽에 있다는 말에 혹시 놓치지 않을까 눈을 부릅뜨고 찾았다. 잠시 달리니 오른쪽으로 작은 도로가 있었다. 차는 내리막길을 거침없이 내려갔다. 시간이 없었다. 박창기의 위치는 움직이지 않고 한곳에 있었다. 한곳에 머물고 있다는 것은 결코 좋은 일이 아니었다. 얼마 가지 않아 차가 세워져 길을 막고 있었다. 지은 지 얼마 되지 않은 집이었고 집에는 불도 켜져 있었다. 태석은 안의 동정을 살피거나 기다릴 여유도 없었다. 도로 옆에서 각목을 하나 빼들고 집을 향해 달려갔다. 갑자기 개가 나타나 짖어대기 시작했다. 개줄에 묶여 있지 않다면 달려들어 물 정도로 크고 사나운 개였다. 태석이 개를 보고 멈칫한 사이 현관문이 열리며 40대 초반의 여자가 나왔다.

"누구세요?"

"……."

여자가 누구냐고 묻는 말에 태석은 대답 없이 앞으로 갔다. 박창기가 있어야 하는데 젊은 여자가 있었다. 그래도 안은 한번 보아야 한다. 태석은 곧바로 현관 안으로 밀고 들어가려 했다.

"경찰입니다. 혼자 사세요?"

"경찰요?"

"엄마, 누구야?"

현관으로 올라서기 전 여자의 옆으로 일곱 살쯤 되어 보이는 어린 딸이 잠옷을 입고 나와 섰다. 이 집이 아니다. 미안하다는 말을 남기고 돌아서 차에 올라탔다.

'아! 시발……. 어디로 가야 하냐고!'

태석은 차를 후진해 도로로 나왔다. 다시 큰길로 나왔지만 갈 곳을 찾지 못했다. 어디에 가서 찾아야 할까. 시간과 거리는 거의 좁혔다고 생각했는데……. 시간은 빠르게 9시를 가리키고 있었다. 기지국이 분명이 근처가 맞는데 넓은 지역을 혼자서 찾는다는 것은 불가능했다. 대준이 녀석이 빨리 경찰들을 끌고 오기를 더 간절히 빌었다. 다시 휴대전화를 보았다. 놈의 위치는 계속 그대로였다. 이 시간이면 사람을 죽이고도 남을 시간이다. 시간이 지체되어 갈수록 꿈속에서 보였던 미숙의 처참한 모습이 스쳐 지나갔다.

"박창기!"

차를 두드리며 박창기의 이름을 외쳤다. 하지만 소리를 질러도 해답은 없었다. 차를 멈추고 핸들에 머리를 박고 움직이지 못했다. 아무것도 할 수 없는 자신의 모습에 심장이 터질 것 같았다. 차라리 전화를 걸어버릴까. 박창기도 자신이 쫓기고 있다는 것을 알고 있을 것이다. 안 돼. 전화를 받고 조급한 마음에 행동을 빨리한다면 최악의 상황이 되어버린다. 하지만 이렇게 지체하는 사이 이미 행동을 해버렸을지도 모른다. 전화를 걸어야 할까. 어떻게 하지? 머리를 핸들에 처박고 손에 쥔 핸드폰에 힘을 주었다.

그때 삐리릭 전화가 울렸다. 액정에 나타난 전화번호를 확인한 순간 숨이 막혀왔다. 놈이 먼저 전화를 하다니!

"박창기!"

"하 형사님, 그렇게 소리를 지를 게 아닌데."

"박창기, 너 어디 있어? 내 동생을 왜 데려간 거야?"

"질문은 내가 하는 건데, 하 형사님이 하는 게 아니고."

"그래, 미숙이가 무사한지만 알려줘."

"미숙이? 그년이 미숙이였어? 그래, 아직은 살아 있어. 하지만 빨리 찾아야 할 거야. 이 전화를 끊고 나면 바로 죽일 거거든."

"잠깐 잠깐, 내 동생을 죽일 이유가 없잖아. 왜 죽이는데?"

"이유가 없어? 왜 이유가 없어. 당신이 내 일을 방해했잖아. 나를! 몰라? 당신 때문에 내 일을 모두 망쳤어. 내가 얼마나 공을 들여 만들어놓았는데. 짐승들을 모두 잡아 태울 수 있었는데 니가 그걸 방해한 거잖아!"

"누가 짐승이야? 김동우가 짐승이야? 노미주가, 조만석이 짐승이라고? 짐승은 없어. 니가 짐승이지!"

"그래. 내가 짐승일지도 모르지, 내가 사람이 아닌 것은 맞아. 세상에 더러운 놈들이 가득한 이상 난 사람이기를 포기했으니까. 멍청한 신조차 구하지 못한 이 좆 같은 차별된 세상을 내가 구하려는 거지. 어때, 멋지지? 그런데 문제는 내가 애써 준비해 온 걸 니가 무너뜨렸다는 거야. 이제 연습을 마치고 진짜 짐승들을 잡아 죽이려고 했는데……. 했는데!"

박창기는 한동안 말을 잇지 못하고 부르르 떨었다.

"너 때문에 그러지 못하고 내가 만든 이 집을 무너뜨려야 하잖아. 아직 시작도 못 했는데. 너 때문에! 너만 아니었어도! 니가 다 망친 거야, 시발! 니가! 니가!"

성난 짐승이 전화기에 대고 소리를 지르고 있는 것 같았다.

"나 다시 시작할 거야. 여기서 연습을 마쳤으니 이제 진짜 사냥을 해야지. 아무도 찾지 못하는 곳으로 가서."

"미친놈! 사람을 연습으로 사냥하고 죽이다니, 그게 말이 된다고 생각해!"

"왜 말이 안 돼? 더럽고 추잡한 인간들을 잡아 죽이겠다는데. 너는 세상이 공정하고 공평하다고 생각해? 아름답기만 한가? 벌레로 태어나면 평생 벌레로 살아야 하는 이 세상이 아름답냐고! 부모 잘 만나 뒤룩뒤룩 살찐 놈은 죽을 때까지 고생 한 번 하지 않고 살아가는데, 나같이 못

난 부모 만난 놈은 평생 못난 짓거리만 해야 하는 이 좆 같은 세상이 아름답냐고! 시발! 가난한 버러지 같은 놈의 피를 빨아 먹는 돼지 같은 새끼들이 얼마나 많은데. 그놈들을 내가 다 죽일 거라니까."

"돼지를 죽이든 벌레를 죽이든 니 맘대로 하는데 왜 내 동생이냐고, 미친 새끼야!"

"나를 자극하면 안 될 텐데. 니 동생을 살려달라고 빌어야지. 그래야 되는 거 아니야?"

사정을 해야 할 태석이 오히려 따지고 들자 박창기는 비위가 틀렸다.

"박창기, 나랑 얘기하자. 그래, 내가 니 일을 망쳤다고 치자. 그럼 나하고 이야기를 해야지. 왜 내 동생을 죽이려고 해. 죽이려면 나를 죽여야지. 만나자. 니가 있는 곳으로 갈게. 어디로 갈까?"

"오호호, 내가 하태석 형사님을 만난다고? 왜 꼭 그래야 할까? 나는 니 동생을 죽여서 니가 평생 후회하면서 살게 하고 싶은데."

"제발 만나자, 박창기. 만나서 내가 니 이야기 들어줄게. 니가 왜 이 짓을 하고 있는지."

"내 말을 들어준다고?"

박창기는 이야기를 들어준다는 말에 잠시 말을 멈추었다.

"그럼 내가 만날 수 있는 시간을 주지. 내가 지금 차에서 내려 들어갈 거야. 건물에 기름을 붓고 당신 동생을 죽인 다음 불을 붙이고 여기를 떠날 거야. 내 집이 타들어가는 것을 나는 볼 수 없다는 게 아쉽기는 하군. 이게 다 하 형사님 덕분이지. 시간이 얼마나 걸릴까. 10분, 15분 정도? 그 안에 나를 찾으면 당신 동생을 구할 수 있을 거야. 물론 나와 이야기할 수도 있고. 그러지 못하면 당신은 불에 탄 동생을 발견하게 될 거야. 지금부터 시작이야. 넉넉히 15분을 주지. 그 안에는 전화 받지 않을 테니까 전화하지 마! 15분이 지나면 그때 받아주지. 왜? 동생이 죽는데 마지막 통화는 해야지. 안 그래? 자, 그럼 날 찾아."

"여보세요. 박창기! 박창기!"

전화는 끊어져버렸다. 전화를 다시 걸었지만 말했던 대로 전화는 받지 않았다. 차를 달렸지만 어디로 가야 할지 몰랐다. 남은 시간이라고는 15분뿐이다. 마음은 조급하기만 하고 조그만 실마리조차 없다는 것에 심장이 터져버릴 것만 같았다.

침착해야 해. 침착해야 해. 진정을 하려 되뇌어도 마음은 안정되지 않았다. 어디일까? 주변에는 축사가 없다. 축사가 아니라면 어떤 집일까. 소리가 밖으로 새어나가지 않아야 한다. 비명이나 고함 소리를 주위에서 듣는다면 의심을 살 것이고 놈이 그것에 대비하지 않았을 리 없다. 사람들에게서 완전히 숨기려면……. 지하? 지하가 있는 집이 시골에 있을까. 그런 집을 지으려면 신축을 해야 했을 텐데. 생각이 거기에까지 미치자 태석은 근식이 떠올랐다. 근식은 영광에서 시어서는 모든 건축물에 시멘트를 보급하고 있었다. 근식이 알지도 몰랐다. 전화번호를 누르는데 손이 떨려왔다. 생각만 하는 데 벌써 1분이 지나버렸다. 전화에서 들려오는 근식의 음성은 술에 취해 있었다. 비가 오는 날은 공사가 없어 당연히 술이었다.

"어이구, 우리 하 형사, 이혼남 아니신가. 어쩐 일이야? 내가 지금 니 기사 막아준 오 기자 대접하고 있다. 잘했지?"

"근식아! 급하다. 시끄러우니까 밖으로 좀 나와서 전화를 받아봐."

"그냥 말해. 여기서 받아도 다 들려."

주점에 들어가 있는지 여자들의 목소리와 노랫소리가 시끄러웠다.
"아이 시발럼아! 나와보라고. 음악을 끄든가."
"아야! 음악 꺼봐. 얼른!"
태석이 저렇게 욕을 하고 화를 낼 정도면 무슨 일이 있는 게 분명했다.
"무슨 일 있냐?"
"근식아! 미숙이 찾아야 하는데 시발 어디 있는지를 모르겠다……."
태석은 한동안 말이 없었다.
"너 내 말 잘 듣고 무슨 일이 있어도 기억해내야 한다. 매우리 근처에 시멘트 넣어준 적 있냐? 지하실을 지었을지도 몰라. 시골에 지하실 짓는 것은 드문 일이니까 기억에 남을 수도 있는데. 아니 꼭 기억해야 해! 빨리! 그게 아니면 사람들하고 멀리 떨어진 외딴집 그런 거 있었어?"
"잠깐만이……. 매우리라고 했지. 지하실?"
근식은 생각에 잠겼다. 그때 도우미 아가씨가 술에 취해 노래를 누르려 시작 버튼을 눌렀다.
"아이 시발년아! 꺼! 끄라고. 나가, 다 나가! 내가 들어오라고 할 때까지 나가 있어. 빨리!"
아가씨와 일행을 모두 쫓아내고 근식은 생각에 잠겨 태석이 말한 내용을 되짚었다. 지하실을 지은 집이 있었던가. 그러다가 문득 생각이 떠올랐다. 산 아래 축사를 짓는 것도 아니고 과실 농장을 짓는 것도 아닌데 지하실까지 짓는 집이 분명 있었다. 용도에 대해 확인할 필요는 없었지만 시골에 지하실을 짓는 집은 드물었다.
"태석아! 올봄에 매우리 근처에 레미콘 세 대를 넣어준 적이 있다. 농장을 지으려고 허는지는 모르겠는디 두 사람이 거기다 집을 짓는 것 같드라. 남자끼리 무슨 집을 산 아래 지어놓고 살라고 그러는지 수상쩍다고 생각을 했었제."

"남자 둘?"

"그려. 아! 맞다. 그러고 더 이상한 것은 그 집에 창문이 없더라. 창문이 없는 집이여. 나 그런 집 처음 보았다."

"창문이 없어?"

"어. 아무리 창고라도 창문은 만들거든."

비명 소리를 숨기고 사람을 가두어두려면 창문이 없는 게 나을 것이다. 분명히 그 집이다. 다만 남자가 둘이라는 말에 태석은 고개를 갸웃거렸다. 혼자가 아닌가? 공범이 있을 리 없는데.

"거기가 어딘데?"

"거기가 어디냐면 매우리에서 주원리로 가다가 저수지를 끼고 오르막 커브를 막 돌면 오른쪽으로 시멘트 도로가 나와, 거기 길로 한 1킬로 정도 산으로 죽 들어가면 시멘트 건물이 있을 것이다."

"저수지를 왼쪽에 두고 오른 커브라는 말이지?"

"그려, 확실혀. 그때 레미콘 차가 들어가기 힘들었는데 억지로 들어가다가 바퀴가 빠져가지고 내가 갔었잖여. 그거 빼느라고 애 좀 먹었지. 그래서 확실히 기억허지. 도로가 좀 좁으니까 들어갈 때 조심혀, 커브도 심한게. 여보세요. 여보세요? 태석아!"

전화는 이미 끊어졌다.

통화만으로 3분이 흘렀다. 주원리 저수지라면 10분은 족히 가야 했다. 평소에도 그렇게 걸리는데 비바람 속에서 가기는 더 힘이 들었지만 태석은 그 시간을 앞당겨야 했다. 바퀴가 도로가로 빠질 듯 위태롭게 바닥에 밀려드는 빗물을 가르며 차는 달렸다. 저수지를 지나 오르막을 오르며 우측으로 난 도로를 찾았다. 오른쪽으로 휘는 커브를 돌자 오르막의 시멘트 도로가 나왔다. 도로에서는 빗물이 폭포가 된 듯 쏟아져 돌과 흙들을 밀고 내려오고 있었다. 시간은 불과 2, 3분밖에 남지 않아 밀려 내려오는 빗물에 바닥이 미끄러워도 속도를 줄일 수 없었다. 길은 점점 더 좁아지고 커브 길도 각도가 심해져 직각에 가깝게 돌아야 했다. 급기야 타이어가 속도를 이겨내지 못하고 바닥에 미끄러지며 밖으로 밀려났다. 배수로에 조수석 앞뒤 바퀴가 모두 빠져 허우적거렸다.

"젠장!"

웅덩이를 빠져나오려 액셀러레이터를 더 세게 밟자 바퀴가 물에 젖은 흙벽을 파고들었다. 돌부리를 캐듯 뒤로 흙덩이가 밀려났지만 빠져나오지 못하고 오히려 더 깊이 빠져들었다. 태석은 차를 버리고 어둠 속 시멘트 길로 달리기 시작했다. 비바람에 모자가 벗겨지고 앞이 보이지 않아도 무작정 앞으로 달렸다. 손을 감고 있던 붕대도 거추장스러워 벗겨버렸다. 빗줄기가 더욱 세차게 때렸고, 어둠 속에 길은 희미하게 회색으로 보이고 있었다. 박창기가 말한 15분이 다 되었다. 빗속을 달려가며 전화를 걸었다. 이번에는 받아줄 것이다.

태석에게 전화를 마친 박창기는 차에서 내려 터벅터벅 건물로 걸어갔다. 빗물이 흐르는 철문이 삐거덕 소리를 내며 주인에게 인사를 하고, 죽은 자들의 냄새가 박창기의 품에 안겼다. 형광등을 켜고 시체를 태우려 구석에 쌓아놓은 기름통을 집어 들었다. 뚜껑을 열고 주둥이를 아래로 향하자 기름은 콸콸 소리를 내며 바닥으로 퍼져나갔다. 금세 1층이 석유 냄새로 가득 찼다. 지하 문을 열자 어둠 속에서 코가 마비될 듯한 악취가 뿜어져나왔다. 그 냄새가 좋았다. 불을 켜자 어둠 속 박쥐들이 빛에 놀라 날갯짓을 하듯 파리들이 일제히 날아올라 허공을 맴돌았다. 철창 안에는 최성만 사장과 미숙이 지친 모습으로 널브러져 있었다. 박창기의 등장을 눈치챘는지 두 사람의 몸뚱이가 다시 공포에 떨기 시작했다. 훗, 그 모습을 비웃었다. 방의 책상과 냉장고에서부터 기름을 뿌렸다. 냉장고는 동우의 불에 고장이 나 안에 있던 고깃덩이가 썩어 물이 흥건했다. 바닥에도 뿌리고 사람을 태우던 화덕에도 뿌렸다. 재들이 석유와 섞이며 먼지를 일으켰다. 철창문을 열고 들어가서 최성만 사장과 미숙의 몸뚱이 위에도 뿌렸다. 두 사람이 석유를 뒤집어쓰고 겁에 질려 비명을 지르며 바르르 떨었다. 몸에 부어진 것이 석유라는 것을 알고 비명은 더 높아졌다. 지하에 석유 냄새가 가득 들어찼다. 통을 던지고 피가 말라 검게 변해 있는 도끼를 들어올렸다. 도끼날을 코에 가져가 냄새를 빨아늘이며 삼시 누리시 못한 희열을 다시 찾은 듯 미소를 흘렸다. 그러고는 미숙에게 성큼성큼 다가갔다.

"이제 니가 죽을 시간이야. 죽는 게 너무 오래 걸렸지? 빨리 죽는 게 나았을 거라고 생각할 거야. 어제 죽었으면 이런 공포는 없었을 테니까. 이제 공포는 없어. 왜? 죽을 거니까. 아! 죽기 전에 너하고 통화를 하고 싶어 하는 사람이 있는데 이제 곧 전화가 올 거야. 니가 아주 잘 아는 사람이지. 너는 그놈 때문에 죽는 거고. 그놈만 아니었으면 너는 여기에 오지도 않았어. 너는 그놈을 원망하면서 죽으면 돼."

박창기의 말을 미숙은 겁에 질려 알아들을 수 없었다. 종일 눈물을 흘렸음에도 눈가에는 또다시 눈물이 쏟아져내렸다. 박창기는 전화기를 꺼내 액정을 바라보았다. 곧바로 전화가 왔다.

"봐, 내가 전화가 올 거라고 했지? 어디서 많이 본 전화번호일 텐데. 왜? 니 애인이니까."

미숙을 향해 자기 말이 맞다는 듯 전화기를 가까이 가져가 보여주었다. 태석의 애를 태우려는 듯 벨소리가 한참을 울리고 나서야 박창기는 전화를 받았다. 그러고는 동정하듯 다정한 말투로 말했다.

"하태석! 아직까지 날 못 찾으면 어떻게 해. 무슨 일이 있어도 찾았어야지. 니 동생이 죽는데. 그럼 어쩔 수 없지. 그런데 내가 참 착한 것 같애. 왜? 그래도 내가 니 동생 목소리라도 들려주고 죽이잖아. 그렇지? 고마워해야 해."

전화기를 미숙의 얼굴에 가져다 대었다.

"자, 말해봐. 니 오빠야!"

"오빠……. 오빠!"

태석을 부르는 것 말고는 지금 할 수 있는 말은 아무것도 없었다. 하얗게 마른 입이 간신히 오빠라고 부르는 것만도 다행이었다.

"미숙아! 미숙아! 괜찮아? 조금만 기다려, 조금만! 오빠가 갈게."

"오빠……. 오빠, 너무 무서워……."

기다리라는 말에 박창기는 비웃음을 보이며 전화기를 가져갔다.

"기다릴 수 없겠는데. 나도 가야지. 언제까지 당신을 기다릴 수 없잖아. 이제 당신 동생 죽어가는 소리를 들어봐. 오래는 못 들려줘. 왜? 한번에 죽일 거거든."

"박창기! 박창기! 미친 새끼야! 제발, 제발 죽이지 마……. 제발!"

태석은 화를 내다가 다시 살려달라고 애원했다. 전화기를 켜놓은 채 박창기는 도끼를 머리 위로 들어 올렸다. 그 모습에 미숙은 지하가 떠나갈 듯 비명을 질렀고, 비명은 절규가 되어 전화기로 빨려 들어가 태석에게 전달되었다. 비명 소리가 즐거운지 박창기는 미숙에게 미소를 지어 보였다. 미숙의 공포가 태석에게 더 많이 전해지라고 도끼날로 얼굴을 쓸어내리며 전화기를 더 가까이 가져갔다. 태석이 괴로워할 것을 생각하자 오늘 풀리지 않던 일이 모두 보상이 되는 것 같아 기분이 나아졌다. 이만하면 복수가 된 것 같아 도끼를 머리 위로 들어 올렸다. 그리고 아래로 내려쳤다. 도끼는 두개골을 쪼갤 듯 속도를 내어 미숙의 정수리를 향했다. 미숙은 눈을 감았다.

"악! 뭐야, 새끼!"

빗속으로 뛰어들어 산 아래쪽을 향해 달리다 박창기에게 전화를 걸었다. 그것이 미숙과의 마지막 전화가 될지도 모른다는 생각에 전화를 잡은 손이 사정없이 떨려왔다. 전화를 받자마자 제발 살려달라고 애원했다. 죽이지 말라고 차라리 자기를 죽이라고 매달려도 놈은 미숙의 비명 소리만 들려주었다. 더 이상 달려가는 게 무의미해져서 그 자리에 멈추어 선 채 비명을 들었다.

"아아아악!"

미숙의 비명에 태석의 절규도 빗속에서 함께 퍼져나갔다. 그런데 도끼가 미숙과 부딪히는 순간 미숙의 비명에 섞여 또 다른 외침이 들려왔다. 휴대전화가 바닥에 떨어지는 소리가 들리고 나서 전혀 예상치 못한 소리가 있었다. 휴대전화를 귀에 더 밀착해 희미하게 들려오는 소리에 집중했다. 빗소리에 섞인 그 소리는 미숙이 죽어가고 있는 소리가 아니었다. 싸우는 소리다. 박창기와 또 다른 사람, 최성만 사장이다. 그가 박창기와 싸우고 있다.

예상치 못한 일이 벌어졌다. 묶여 있어야 할 최성만 사장이 박창기에게 달려들었다. 그는 손목의 결박을 풀고 일어나 박창기를 밀어 넘어뜨리고 그 위로 올라탔다. 박창기가 자리를 비운 사이 그는 어둠 속에서 결박을 풀어내기 위해 바닥을 더듬어 시멘트 조각을 찾아냈다. 그것으로 끊으려 했지만 조각은 밧줄 몇 가닥을 끊지 못하고 부서져버렸다. 미숙의 도움을 받아 끊어내고 싶었지만 미숙은 거의 이성이 없는 상태였다. 그가 다가가는 것조차 두려워 뒤로 물러나며 비명을 질러댔다. 몇 번을 설득하려고 했지만 정신을 잃어버린 그녀는 설득이 불가능했다. 어쩔 수 없이 혼자서 방법을 찾다가 쇠창살에 난 홈을 찾아냈다. 홈은 날카롭지 않고 무디어 수십 가닥으로 된 밧줄을 자르는 데 무한의 인내와 시간이 필요했다. 한 가닥을 끊어내는 데만 족히 30분은 걸렸다. 홈에 문지르는 만큼 밧줄이 손목을 긁어댔고 그만큼 손목이 해져 피가 흘러내렸다. 그래도 멈추지 않았다. 손목의 밧줄이 거의 풀어져갈 즈음 납치범이 돌아왔다. 조금만 시간이 더 있었더라면 발목까지 풀고 미숙을 구해 빠져나갈 수 있었을 텐데 기회는 사라져버렸다. 그러나 최성만 사장은 끝까지 포기하지 않았다. 기름을 부어대고 있을 때도 멈추지 않았고, 태석에게 미숙의 비명을 들려줄 때도 밧줄을 풀고 있었다. 그러다 미숙을 내려치려 하자 더 이상 기다릴 시간이 없었다. 몇 가닥 남지 않은 밧줄에 손목이 찢기고 뼈가 드러나는 고통을 이겨내며 손목을 빼내었다. 아직 발목이 묶여 있지만 그것까지 풀어내기에는 미숙이 너무 다급했다. 발이 묶인 채로 무릎을 세워 박창기에게 달려들었다. 그러나 내려치던 도끼는 여지없이 미숙의 머리를 때리고 지나갔다. 미숙은 곧바로 쓰러졌고 피가 솟아났다. 박창기는 밀려나 벽에 부딪혀 넘어졌고 최성만 사장은 박창기 위로 올라가 주먹으로 얼굴을 때리기 시작했다. 바닥에 떨어진 휴대전화가 안의 상황을 태석에게 들려주었다.

태석이 다시 뛰기 시작했다. 전화기를 귀에 대고 어둠 속으로 무작정 달렸다. 웅덩이를 박차고 떨어지는 빗물을 밀쳐내며 산 아래 건물을 찾으려 어둠을 뚫고 달려나갔다. 한 발짝 한 발짝이 10미터 100미터처럼 멀게만 느껴졌다. 박창기가 벌써 죽여버린 것은 아닐까? 지금 달려가도 이미 소용이 없게 되어버린 것은 아닐까? 전화기에서는 더 이상 아무 소리도 들려오지 않았다. 빗물에 배터리가 젖어 뜨겁게 달구어지더니 꼬르륵거리며 전원이 나가버렸다. 태식은 소리를 들으며 달리는 것도 멈추었다. 전원을 다시 켜보았지만 아무 반응도 없었다. 모두 죽은 걸까. 절망적인 순간 산으로 내려치는 번개가 사방을 밝히며 앞을 보여주었다. 눈앞에 거대한 검은 물체가 아래를 내려다보고 있었다. 악마가 만들어놓은 창문 없는 집이 거기 있었다.

최성만 사장은 죽을힘을 다해 바닥에 넘어진 박창기를 내리쳤다. 놈이 움직이지 못하도록 주먹은 턱과 얼굴을 계속해서 때렸다. 그러나 놈은 쓰러지지 않고 몸을 일으켜 최성만 사장을 넘어뜨리고 구석으로 밀어버렸다. 그리고 도끼를 잡으려 일어섰다. 최성만 사장이 묶인 다리를 하고 필사적으로 놈을 막으려 했지만 역부족이었다. 다시 놈의 손에 도끼가 들렸고 도끼는 여지없이 최성만 사장의 머리를 향했다. 턱 소리를 내며 붉은 피가 쏟아졌다. 다리가 묶여 멀리 갈 수도 없는 몸뚱이를 버둥거리며 도망치려 했다. 놈의 분노에 찬 눈이 바닥을 기어가는 최성만 사장을 쫓아갔다. 살기 위해 발버둥치는 그를 향해 도끼는 춤을 추듯 따라가 두들겼다. 피가 사방으로 튀고 도끼를 따라 진득하게 딸려나왔다. 떨어져나간 살점과 뼛조각에 잠잠하던 구더기와 파리들이 살아나 꿈틀거렸다. 핏자국이 선명해질수록 몸뚱이는 조각조각 해체되어갔다. 최성만 사장의 죽어가는 눈이 쓰러진 미숙의 눈과 마주쳤다. 미숙을 바라보며 가족을 생각했다. 아내와 유학 간 딸 그리고 회사 직원들이 눈물과 함께 빠져나갔다. 보고 싶다고 아무리 애원해도 잡을 수 있는 것이 아니었다. 가족도 회사도 이제 걱정할 수 없는 상태가 되어버렸고, 손바닥이 펴지며 쥐었던 추억도 모두 놓쳐버렸다. 최성만 사장은 왜 그래야 하는지도 이유도 모른 채 숨을 멈추었다.

박창기는 화가 누그러질 만큼 실컷 두들겼다. 해체되고 또 해체되었다. 얼굴과 옷이 모두 피로 물들어 붉은 얼굴이 악마의 그것보다도 무서웠다. 이제 떠나야 할 시간이다. 불을 붙이면 모두 잿더미가 되어 사라질 것이다. 아쉽지만 이만하면 태석에 대한 복수로는 만족스러웠다.

얼굴에 묻은 피를 피가 흥건한 손으로 닦으며 계단을 올랐다. 계단을 중간쯤 올랐을 때 박창기는 멈추어 섰다. 그를 위에서 노려보는 사람이 있었다. 커다란 덩치에 빗물을 떨어뜨리며 눈을 치켜뜬 그는 숨을 몰아쉬며 시퍼런 얼굴로 그를 노려보고 있었다. 박창기는 태석이 온 것에 놀라면서도 그러지 않은 척 침착하려 애썼다.

"미숙이 어떻게 했어?"

"빨리 왔네."

"미숙이 어떻게 했냐고?"

"왜? 궁금해? 내려와서 봐. 어서! 아래에 누워 있어."

박창기는 조심스레 계단 아래로 발을 옮기며 따라 내려오라고 손짓했다. 그리고 바닥에 던져놓은 도끼를 곁눈으로 찾았다.

아래에서 올라오는 냄새에 태석은 코를 주먹으로 맞은 듯 충격을 받았다. 그건 산 사람에게서 나는 냄새가 아니었다.

"죽였어?"

"죽였는지 살아 있는지 내려와 보면 알잖아. 무서워? 너도 죽을까봐?"

"미친 새끼!"

"무서워서 못 내려오겠지?"

"넌 죽었어, 개새끼야!"

악마의 손길처럼 붉게 변한 손이 아래로 내려오라고 손짓을 했다. 저 피가 미숙의 피일까. 손짓에 반응하듯 말이 끝나자마자 태석은 뛰어 내려가 몸을 날려 박창기를 걷어찼다. 몸을 피하려던 박창기는 태석의 발에 맞아 뒤로 넘어졌다. 바닥을 구르며 잽싸게 도끼를 잡았다. 아직 피가 식지 않아 뜨거운 온기를 간직한 도끼를 들고 일어서며 태석을 노려보았다. 태석은 중심을 잡으며 몸을 세웠다. 처참한 지하가 한눈에 들어왔다. 최성만 사장의 해체된 육신이 철창 안에 널려 있고 그 옆으로 미숙이 피를 흘리며 쓰러져 있었다. 박창기의 노트에 그려져 있던 모습이 그대로 현실이 되어 있었다. 토막 난 시체들, 피가 흥건한 도끼, 사람을 올려놓고 태우는 화장시설, 철창……. 상상을 현실화한 것일까, 아니면 실제를 그린 것일까? 역겨움과 소름이 밀려왔다. 앞에 있는 박창기는 사람이 아니었다.

"미친 새끼! 진짜였어!"

태석이 미숙에게 가려 하자 박창기가 빈틈을 노리듯 도끼를 들고 달려들었다. 도끼는 바람 소리를 내며 날아들었고 태석은 머리를 숙여 이를 피했다. 수차례 더 쉿 소리를 내며 도끼가 지나갔고 그럴 때마다 뒤로 물러나며 도끼를 피했다. 도끼가 머리를 스쳐지나가고 박창기의 몸이 옆으로 틀어지자 태석은 놓치지 않고 옆구리를 어깨로 힘껏 밀어붙이며 박창기의 도끼를 잡았다. 박창기는 놓치지 않으려 힘을 주었고 태석은 빼앗으려 박창기의 손을 비틀었다.

"아악!"

"넌 비명 지를 자격도 없어, 개새끼야!"

태석의 힘이 박창기보다 강했다. 손목을 비틀고 이마로 박창기의 얼굴을 찍었다. 코뼈가 부러지는 소리가 나고 피가 튀었다. 그래도 도끼를 놓지 않으려 하자 계속해서 머리로 얼굴을 박았다. 둘은 뒤로 같이 넘어졌고 도끼를 놓지 않으려 빙글빙글 바닥을 굴렀다. 화덕까지 굴러가 멈추어 섰고, 박창기의 배를 깔고 위에 앉은 태석은 박창기가 쥔 손을 화덕에 때려 도끼를 떨어뜨렸다. 도끼가 바닥에 떨어지며 묵직한 소리를 내었다.

"개새끼야, 왜 죽였어? 왜?"

"너 때문이라고 했잖아. 히히히. 죽으면서 널 원망했을까, 나를 원망했을까. 물론 너겠지? 왜? 너 때문에 죽는다는 것을 알고 있으니까. 그렇지? 나를 건드린 걸 후회하지?"

"후회 안 해, 개새끼야. 죽어! 죽어!"

박창기는 태석이 후회하기를 원했다. 그래야 자기가 이긴 것이라고 생각했다. 태석은 그런 박창기의 얼굴을 뼈가 부서져라 계속해서 때렸다. 범인을 잡으려는 주먹이 아닌 사람을 죽이기 위한 주먹이기에 자비가 있을 리 없었다.

"악!"

태석의 옆구리를 불에 지진 쇳덩이가 밀고 들어오는 것 같았다. 화덕에 놓여 있던 긴 쇠꼬챙이가 태석의 옆구리를 깊숙이 파고들었다. 박창기의 손에 쥐어진 쇠꼬챙이는 불덩이처럼 파고 들어가 내장을 모두 헤집고 돌아다녔다. 태석은 쇠꼬챙이를 잡아 더 이상 들어오지 못하게 하려고 했지만 그럴수록 더 깊이 파고들었다.

"아아악!"

고통을 이기지 못하는 비명이 시하에 울렸다. 꼬챙이가 반대편으로 뚫고 나갈 듯 깊이 파고들었다. 온몸에 힘이 빠지고 중심을 잃자 이제는 박창기가 태석을 깔고 앉았다. 태석의 얼굴로 주먹이 수없이 날아왔다. 태석은 정신이 혼미해지려는 것을 간신히 붙잡고 어떻게든 박창기를 멈추게 할 방법을 찾았다. 머리 위 화덕에 놓인 두개골이 눈에 띄었다. 그건 동우였다. 동우는 박창기에게 복수를 해달라고 불덩이 위에서도 타지 않고 버티고 있었던 것만 같았다. 태석은 두개골을 집어 들어 박창기의 머리를 올려쳤다. 때리고 또 때렸다. 두개골이 부서질 듯 계속해서 치자 박창기의 얼굴이 만신창이가 되어 너덜거렸다. 코가 부러지고 터진 입술 사이로 부러진 이가 튕겨져나왔다. 핏줄이 곤두서 노려보던 눈도 서서히 감겼다. 뒤로 넘어가 정신을 잃어도 계속해서 두들기다 숨소리조차 들리지 않자 그제야 멈추었다. 동우의 두개골은 화덕 위에서 오히려 쇳덩이처럼 더 단단해져 있었다. 옆구리로 들어간 쇠꼬챙이를 잡아당기자 뭉쳤던 피가 쏟아져내렸다. 태석은 쏟아지는 피를 막고 숨을 몰아쉬었다.

비틀거리며 미숙에게 갔다. 미숙의 머리는 한쪽이 깨져 바닥에 피를 쏟아내고 있었다.

"미숙아! 오빠랑 가자. 오빠랑 집에 가자. 애들 보러 가야지. 미안하다. 오빠가 너무 늦게 와서 너무너무 미안하다. 미숙아!"

태석은 미숙을 끌어안고 오열했다. 미숙의 죽음이 모두 자기 때문이라니 가슴이 찢어지는 것 같았다. 놈을 건드리지 않았더라면 이런 일은 없었을 텐데, 놈에게 후회하지 않는다고 했지만 너무도 후회되었다. 놈이 의도한 대로 되고 말았다는 생각에 쏟아지는 눈물을 주체할 수 없었다.

미숙을 묶고 있는 손과 발의 끈을 모두 풀었다. 얼마나 빠져나오려 애썼는지 근육이 찢어져 속살이 보였고 피를 먹은 밧줄은 흥건했다. 상상할 수도 없었던 비참한 모습이었다. 죽은 미숙을 끌어안고 몸을 일으켰다. 조심스레 머리를 손으로 떠받들고 허리를 들어 올렸다. 그런데 그때, 죽어 있던 미숙의 몸이 미세하게 움직였다. 허리를 숙여 코와 입에서 소리를 들었다. 따뜻한 온기의 숨이 있었다. 박창기의 도끼가 최성만 사장 덕분에 다행히도 머리를 스치고 지나간 것이다.

"미숙아! 미숙아! 살아 있구나, 살아 있어. 가자! 얼른 가자."

태석은 지옥 같은 이곳에서 한시라도 빨리 미숙을 데리고 나가고 싶었다. 그런데 기척을 느끼고 고개를 돌리니 거기에 박창기가 없었다. 놈의 복수는 미숙을 죽이는 것이라 미숙이 살아 있다는 말에 피가 고여 있던 눈이 핏덩이를 털어내고 뜨였다. 순간 태석의 뒤통수에서 바람이 일었다. 쇠의 비린내가 바람을 가르고 빠른 속도로 날아오고 있었다. 그러나 살기를 띤 그것은 태석이 아닌 미숙을 향해 달려오고 있었다. 태석은 쇠가 자신을 향하지 않고 미숙을 향하고 있다는 데 소름이 돋았다. 피하기보다는 막아야 하는데 막을 거라고는 아무것도 없었다. 몸을 돌려 등으로 쇠를 막아냈다. 도끼는 옷감을 찢고 살을 파고 들어가 뼈에 부딪히며 멈추어 섰다. 그나마 놈의 힘이 많이 빠져 있어 다행이었다. 악마를 발로 걷어차자 철창으로 밀려나 넘어졌다. 미숙을 내려놓고 등에 박힌 도끼를 빼려는데 다시 악마가 달려들어 태석의 등으로 올라타 목을 감고 힘을 주었다. 숨이 막혀 목에 감긴 팔을 풀려 했지만 풀리지 않았다. 있는 힘껏 철창에 박창기의 몸을 부딪치자 부서질 듯 쇠가 휘는 소리가 났다. 등에 매달린 악마는 더 힘을 주어 목을 조여왔고 태석은 떼어내려 더 세차게 철창에 부딪쳤다. 태석은 거친 숨을 몰아쉬며 조여진 목구멍으로 간신히 숨을 집어넣고 있었다. 숨이 목에서 막혀 머리와 몸통을 따로 떼어놓는 것만 같았다. 놈을 떼어내려 죽을힘을 다해 또 다시 철창에 부딪쳤다. 천장과 바닥에 고정되어 있던 철창이 태석의 힘을 이겨내지 못하고 밀려나기 시작했다. 다시 괴성을 지르며 힘을 주어 등을 철창에 부딪치자 천장의 시멘트가 부서지며 벽을 이루고 있던 철창이 버텨내지 못하고 쓰러져 넘어갔다. 철창이 바닥에 부딪히는 굉음을 내고 그 위로 태석과 악마가 쓰러졌다. 도끼는 튕겨져나갔고 태석의 무게에 가슴이 눌린 악마는 쓰러져 거친 숨을 몰아쉬었다. 태석도 정신이 혼미해져 앞을 제대로 볼 수 없었고 막혔던 숨이 한꺼번에 목구멍을 넘어가며 거친 소리를 내었다. 숨을 가다듬고 고개를 돌리자 놀랍게도 악마가 미숙에게 다가가려 몸을 일으키고 있었다. 몸을 날려 놈을 덮쳤다. 얼굴을 주먹으로 가격하자 고개를 들어 피의 눈으로 태석을 노려보았다.

"아악!"

태석이 비명을 지르며 옆으로 넘어졌다. 악마의 손이 태석의 상처 난 옆구리를 파고들었다. 손은 입을 쫙 벌린 뱀이 되어 상처를 헤집었다. 그리고 넘어진 태석을 그대로 두지 않았다. 그가 맞았던 것보다 더 두들기고 괴롭혀 태석의 얼굴은 피 범벅이 되어 눈조차 뜨이지 않았다.

"후회되지? 후회된다고 말해!"

"미친놈……."

"빨리 말해! 어서!"

"……."

"후회할 거야. 왜? 니가 보는 앞에서 동생을 죽일 거니까. 자, 봐! 눈 똑바로 뜨고 니 동생이 죽는 모습을 보라고!"

"……."

고통에 태석은 아무런 대답도 하지 못했다. 온몸에서 힘이 빠져나갔다. 옆구리를 악마가 더 찢어놓아 내장이 드러나고 고여 있던 피들이 쏟아져 나왔다. 악마는 기름통을 잡아당겨 태석의 얼굴에 기름을 부었다. 그러고는 옆에 떨어져 있던 도끼를 들어 올렸다.

"더 이상 나를 잡지 마. 니 동생을 죽인 다음 너도 죽여줄 테니까."

"미친 새끼."

"욕할 힘이 남아 있나보네. 그래도 내가 이겼지? 너 같은 놈도 있다는 게 좋은 연습이 되었어. 하지만 이제 끝을 내야지?"

말을 마치고 일어나려 하는 것을 태석은 옷을 잡아당겨 일어나지 못하게 했다. 그러자 도끼로 태석의 어깨를 내리쳤다. 그래도 옷소매를 잡고 있던 손에서 힘을 빼지 않았다. 오히려 더 힘을 주어 끌어당겼다.

"이거 놓으라고! 손목을 자르기 전에."

"그만하자."

작게 울린 태석의 목소리에는 힘이 실린 경고가 있었다.

"시작은 니가 했어. 끝은 내가 내는 거고."

악마가 도끼를 들어 올려 손목을 찍으려 했다. 그래도 태석의 손은 여전히 옷소매를 잡고 있었다. 손이 부서지더라도 가지 못하게 해야 했다.

도끼가 태석의 손목을 향했다. 도끼는 손목을 부러뜨릴 기세로 떨어졌다.

"윽!"

외마디 비명이 지하에 퍼져나갔다. 비명은 길지도 짧지도 않았다. 비명보다는 비명 후에 전해오는 목을 끄는 소리가 더 요란했다. 목구멍 사이로 물체가 끼어 뱉어내려는 소리 같기도 하고 잡아 끌어내려는 소리 같기도 했다. 그러나 그것이 죽음을 얼마 남겨놓지 않은 마지막 발악의 비명이라는 것은 확실했다. 소리는 태석이 아닌 악마에게서 났다. 태석은 악마의 행동을 막아야 했다. 막지 못한다면 미숙도 자신도 모두 악마의 도끼에 해체될 것이 분명했다. 그때 손에 잡히는 게 있었다. 기다랗고 끝이 뾰족한 그것은 불에 그슬린 노미주의 나비 비녀였다. 처음 그것은 악마의 책상 위에 있었다. 동우가 불을 질렀을 때 불을 끄는 악마의 손길에 밖으로 튀어나와 바닥에 떨어졌다. 거기에서 악마를 노려보며 지금까지 기다린 것일지도 모른다. 비녀는 날카로운 이를 드러내 악마의 목을 뚫고 들어갔다. 나비의 날개는 떨리고 있었고 더듬이는 피에 젖어 붉은 빛으로 반짝였다. 그녀의 복수였을까. 비녀는 피눈물을 쏟아내며 창기의 목을 찌르고 있었다. 컥 소리를 내며 악마의 동작이 멈추었다. 숨을 쉬려는 거친 소리가 들려오고 비녀를 따라 악마의 피가 태석에게 쏟아졌다.

"죽는다고 그랬지……. 개새끼야!"

태석은 입술을 겨우 뻐끔거리며 말했다.

악마가 눈을 내려 목에 꽂힌 나비장식을 바라보았다.

"나, 비……."

놈이 남긴 마지막 말이었다. 태석은 그렇게 들었다.

밖에서 사람들의 소리가 들려왔다.

"빨리 오라니까 이제 왔네, 시발놈."

대준이 데려온 경찰들이 건물 안으로 들어왔다.

밖은 여전히 비가 내리고 있었다. 어둡기만 하던 산 아래가 경찰차들에서 나오는 라이트로 대낮같이 밝았다. 아래서는 태석의 차 때문에 다른 차들이 들어오지 못해 레커차가 들어와 차를 꺼내고 있었다. 늦게 도착한 구급차에 미숙이 먼저 실리고 다음으로 태석이 실렸다. 강력팀장이 태석에게 달라붙어 상황을 설명해주기를 바랐지만 태석은 구급차에 미숙을 뉘자마자 곧 의식을 잃어버렸다. 시멘트 길을 따라 구급차는 병원으로 향했다. 설명을 들었어야 하는데, 걱정에 팀장은 떠나는 구급차를 멍하니 바라보았다. 늦게 도착한 서장에게 상황설명을 해야 했지만 설명해줄 말이 없어 강력팀장은 뒷머리만 긁적거렸다. 그건 우산을 들어 서장을 받치고 있는 수사과장도 마찬가지였다. 청장에게 어떻게 보고를 해야 할지 서장은 난감했다. 과학수사 대형버스가 들어오고 어디서 듣고 왔는지 장의차량들도 들어오려 아우성이었다. 건물 전체에 폴리스 라인이 쳐지고 대형 천막이 공터에 마련되었다. 카메라 후레쉬가 쉴 새 없이 터지고 사체를 거두려는 시체포가 들어가기를 반복했다. 입구는 교통경찰이 막고 통제를 했고 특종을 잡으려는 기자들의 전화 소리가 요란했다. 비는 조금도 수그러들지 않고 바람까지 섞여 이리저리 흩어져내렸다.

"형님 저예요."
"응. 정수냐?"
"몸은 좀 어때요?"
"조금씩 나아간다."
"움직일 수는 있어요?"
"혼자서 화장실 갈 정도는 돼."
"빨리 추슬러야죠. 근데 형님, 이번에 청장 바뀌는 거 알죠? 그럼 형님 올라올 수 있을 거야."
"그게 무슨 말이야?"
"신임 청장님하고 과장님이 고등학교 동문인 거 몰랐죠? 나도 어제야 알았네. 어릴 적부터 잘 알던 사이였대요. 바로 옆집에 살았다네. 형, 동생 했나 봐. 청장으로 취임한다는 말 듣고 과장님이 말씀드렸나봐요. 형님하고 같이 복귀해서 김동수 그 새끼 꼭 잡는다구요. 과장님도 형님만큼이나 쌓인 게 많았나봐. 청장님도 그렇게 인사처리 하겠다고 하셨나봐요. 청장으로 취임하면 곧바로 인사발령 있을 거예요. 올라올 준비하고 있어요. 인사계에서 전화 갈 거니까."

"그래……. 알았다."

"대답이 왜 그래요? 바람 빠진 것처럼. 형님 그놈 벌써 잊어버린 거 아니야?"

"정수야, 미숙이가 아직 의식이 돌아오지 않았어. 나중에 생각해볼게."

"예?"

"피곤하다. 끊는다."

"형님, 형님!"

작가 후기

어릴 적 봄이면 꽃을 찾아 날갯짓을 하는 나비를 잡으러 산으로 들로 뛰어다녔던 게 기억난다. 손바닥에 올려놓고 쓰다듬으며 날개에 입을 맞출 정도로 나비는 아름다웠다. 그러나 밤이면 불이 켜진 시골집에 나비가 아닌 나방이 날아들었다. 날갯짓을 할 때마다 비늘가루를 날리며 괴기스런 눈빛을 하고 방 안에 들어와 전등에 부딪혔다. 녀석들은 낮에는 햇볕을 피해 습하고 어두운 수풀 속에서 나무의 진액을 빨아먹으며 숨어 있다가 어두운 밤이면 숨겼던 모습을 드러내었다. 똑같은 나비목과에 속하는 곤충이지만 나비와 나방은 그 모습이나 생활환경이 너무도 달랐다. 나방에게 인간과 같은 감정이 있다면 햇살 아래서 날아다니는 나비를 시기하고도 남았을 것이다.

그들은 나비가 되고자 했다. 어둠이 아닌 빛을 받고, 나무의 진액이 아닌 꽃가루를 먹고, 사람들의 냉소가 아닌 사랑을 받고 싶어 했다. 그러나 아무리 발버둥을 쳐도 햇볕으로 나아가지 못하는 자신들의 모습에 오히려 증오하듯 나비를 죽이려 들었다. 나비를 잡아둘 채집장을 만

들고 태워 없앨 소각장도 만들었다. 잡은 나비에게 복수를 하듯 날개를 뜯고 더듬이와 다리를 모두 잘라 불에 태워 사라지게 했다. 그들은 나비의 눈물을 외면했고, 무표정으로 그 죽음을 더 초라하고 무의미하게 만들어버렸다.

꼭 20년 전의 일이다. 나비를 사냥했던 그들은 '지존파'라는 이름으로 세상에 존재를 알렸다. 세상은 인간이 저지를 수 있는 잔인함의 극치에 놀라고, 검거된 후의 당당함에 다시 한 번 놀랐다. 사람을 잡아 상상조차 하기 힘든 방법으로 살해하고도 죄책감은커녕 오히려 더 죽이지 못해 안타까워하는 모습에 세상은 경악하지 않을 수 없었다. 사람들은 왜라는 질문보다는 얼마나, 어떻게 잔인했는지 결과에만 치중했으며 그마저도 너무 빨리 잊어버렸다. 애꿎은 희생자들은 어떤 위로로 받지 못한 채 기억에서 멀어져갔다.

직원들이 모두 퇴근하고 야근 당직자들만 복도를 걷고 있던 시각, 내 책상에는 《살인사건백서》가 펼쳐져 있었다. 바로 1994년 벌어진 '지존파 살인사건'에 관한 내용이 기록된 페이지였다. 그들은 왜 그렇게 잔인하게 변하고 말았던 것일까? 나는 20년 전으로 거슬러올라가 그 잔인한 현장에 서 있었다. 살아 있는 것이 더 고통스러웠을 희생자들의 비명 소리를 들으며 살인자들의 분노에 찬 눈빛에 집중했다. 그들은 타인들의 풍족한 삶을 동경했을 뿐 그것을 정직한 방법으로 이루고자 하지 않았다. 그렇게 될 수 없는 현실을 사회와 환경 탓으로 돌리고 증오와 혐오를 드러냈다. 그리고 그것은 납치와 살인, 사체소각이라는 용납할 수 없는 잔인한 범죄로 이어졌다.

나는 그들을 동정하지 않는다. 다만 왜 그런 잔혹한 괴물이 되어버린 것인지, 그들이 그렇게 될 수밖에 없었던 사정에 대해 쓰고자 했다. 절대 동정받아서는 안 되며 용서해서도 안 될 그들의 이야기를 어렵게 드러내 다시는 불행한 사건이 반복되지 않도록 하고자 한다.

지존파에 희생되신 분들과 그 유족들이 겪었을 아픔이 이 소설로 인해 다시 덧나지 않기를 바란다. 또한 사회적 비난과 따가운 시선을 피해 지난한 삶을 살아가고 있을 지존파의 남은 가족들이 이 소설로 인해 또다시 이목을 받는 것은 아닐지 우려스럽다. 하지만 갈수록 흉폭하고 잔인한 범죄가 높아져가는 요즘, 지존파 사건을 망각해버린 대다수의 사람들에게 경고와 경각심을 줄 수는 있을 것이다.

희생되신 고인들의 명복을 빌며, 다시는 똑같은 비극이 반복되지 않기를 바란다.

2013년 5월 강력팀 당직 사무실에서
박영광

나비 사냥

1판 1쇄 발행 2013년 5월 22일
1판 10쇄 발행 2025년 9월 8일

지은이 · 박영광
펴낸이 · 주연선

편집 · 이진희 박은경 강건모 오가진 박나리
디자인 · 김서영 손혜영
마케팅 · 장병수 김한밀 오서영
관리 · 김두만 구진아 유효정

(주)은행나무
04035 서울특별시 마포구 서교동 384-12
전화 · 02)3143-0651~3 | 팩스 · 02)3143-0654
등록번호 · 제 10-1522호(1997. 12. 12)
www.ehbook.co.kr
ehbook@ehbook.co.kr

ISBN 978-89-5660-696-5 03810

• 이 책의 판권은 지은이와 은행나무에 있습니다. 이 책 내용의 일부 또는 전부를 재사용하려면 반드시 양측의 서면 동의를 받아야 합니다.

• 잘못된 책은 구입처에서 바꿔드립니다.

* 매드픽션(Mystery And Drama Fiction)은 문학성과 대중성을 함께 갖춘 작품을 소개하는 은행나무출판사의 새로운 장르문학 브랜드입니다.